씨올의 희망과 분노

씨올의 희망과 분노
- 함석헌의 시대정신과 대통령

2012년 12월 1일 초판 1쇄 인쇄
2012년 12월 8일 초판 1쇄 발행

지은이 이만열 석경징 김영호 외 11인
기   획 함석헌평화포럼
펴낸이 김영호
펴낸곳 도서출판 동연
등   록 제1-1383호(1992. 6. 12)
주   소 서울시 마포구 망원동 472-11
전   화 (02)335-2630
전   송 (02)335-2640
이메일 dongyeonpress@gmail.com

ISBN 978-89-6447-192-0 03800

〈함석헌평화포럼〉 씨올정론 2집

씨올의 희망과 분노

- 함석헌의 시대정신과 대통령

이만열 석경징 김영호 김대식 김상태 김수우 박경희
박병상 박상문 박서률 박정한 박종강 예관수 함보윤시
함께 씀

동연

차 례

들머리 말

1. '무지개사상'을 만든 함석헌은 누구인가.

우리 시대 왜 함석헌(1901~1989)을 말해야하는가. 이 시대를 살아가는 사람들 모두가 함석헌을 알지는 못한다. 더욱이 대체로 50대 이하의 연령대 사람들은 함석헌을 잘 모른다. 50대 이상에서도 잘 모르는 사람들이 있다. 그리고 그를 알고 있는 사람들 중에도 수구守舊적인 사람들은 함석헌을 반정부적인 인사 정도로 치부한다. 또 민족통일을 지향하는 사람들 중에는 함석헌이 반공주의자라고 싫어하는 사람도 있다. 또 도덕군자 중에는 함석헌이 여성편력이 있다하여 부도덕不道德한 인물로 폄하하는 이도 있다. 그러나 잘난 사람일지라도, 모든 사람의 마음에 들 수는 없다. 반정부니 부도덕이니, 반공이니 하는 말들은 죄다 먼 옛날의 인간들(권력자)이 제 입맛에 맞게 정형화form regularization, 整形化하여 강제된 규칙들이다. 이렇게 지배권력, 종교권력, 자본권력 중심으로 법제화되고 윤리화된 약속을 가지고 반정부적이다. 반공인사다. 부도덕하다로 매도하는 것은 시대흐름에 맞지 않는다.

정의로운 사람들의 반정부적 행위는 오히려 사회발전에 긍정적으로 작용한다. 만약 이 땅에 민주화운동(박정희와 전두환의 파쇼에 저항 한 것은 당시는 분명 반정부적이라 볼 수 있다)이 없었다면, 오늘날 우리 사회가 보다 민주적으로 발전될 수 있었을까. 정의로운 사람들의 자기희생을 무릅쓴 반정부운동이 없었더라면, 박정희, 전두환 같은 독재권력에 의한 인권유린이 사라질 수 있었을까. 생각만 해도 끔직하다. 또 어떤 사람들은 함석헌을 반공적이라고 한다. 그렇지만 강제된 비극의 분단 상황에서, 인민군에게 아들을 잃었다면 그 사람과 가족들은 공산주의에 대한 어떤 태도를 취할까? 공산주의에 반대하는 태도를 취할 수밖에 없다. 이 점도 우리는 이해될 수 있는 부분이다. 또 여성편력이라 했을 때, 색한色漢의 개념을 갖는 호색가와 천재성을 지닌 남자의 여성편력은 그 개념이 크게 다르다. 그것은 그들의 여성편력을 "창조적 행동과 혁신적 사고를 통해 기존의 낡은 우상을 파괴"하려는 행동(?)으로 인식하였기 때문은 아닐까. 그리고 저들의 여성편력은 미래의 새로운 질서 창조를 위한 신선한 반란이 아닐까?

혹자들이 뭐라고 하더라도, 함석헌은 분명, 역사 속에서 인간의 삶을 철학적으로 규명하였던 많은 성자들의 사상을 모두 섭렵하여 하나의 '무지개사상'을 만들어낸 천재다. 무지개는 일곱 가지 색깔을 띠면서 하늘과 지상을 연결하는 아름답고 영롱한 희망의 다리다. 우리말의 무지개라는 말은 『용비어천가』(1447, 50장 '므지게')에서 처음 보인다. 무지개는 비온 뒤에 반대쪽에 나타난다. 농경사회에서 해(太陽=지게)와 비(雨=물)는 농민들에게 희망이었다. 비가 없으면 농사를 지을 수 없다. 그리고 태양이 없어도 농사가 안 된다. 무지개가 뜨면 해가 뜬다는 희망을 갖는다. 무지개는 반드시 비온 뒤 맑은 하늘에만 나타난다. 비(땅)와 태양(하늘), 두 가지를 상징하는 게 무지개다. 그래서 우리의 옛 농민들은 희망을 '무지개'에서 찾았다. 그래서 땅에서 하늘로 연결된 무지개를 '무지개다리'(색동다리)라 했다. 무지개다리를 통해 하늘이 인간에게 풍요로운 먹거리를 내려준다고 믿었다. 그리고 혼인할 색시와 총각도 보내준다고 믿었다. 곧 삶의 희망이요, 결혼의 희망이다. 그래서 무지개는 우리 농민들에게 적극적 희망과 기쁨을 주는 행복이었다. 지금도 무지개는 우리의 희망이 되고 있다.

무지개는 '빨주노초파남보' 색의 경계가 분명치 않다. 색의 경계를 고집하지 않는다. 그게 무지개의 본질이다. 그래서 무지개를 학문에다 대입하면 분명 '융합철학'(이를 무지개사상으로 표현하였다)에 해당된다. 세상이 급진적으로 변하고 있던 18세기 정약용(丁若鏞, 1762~ 1836)이 융합철학자였다면, 탈근대脫近代 post-modernism로 가는 이 시대의 융합철학자는 함석헌이다. 앞으로 나가고 있는 이 시대는 과거처럼 한 가지 사상만을 고집할 수 없을 정도로 다양성을 강조한다. 곧 다문화시대이다. 이게 부정할 수 없는 오늘의 시대사조이다. 함석헌은 무지개처럼 뚜렷한 한 가지 사상만을 고집하지 않았다.

함석헌은 분명 우리 시대에 '사상의 무지개'를 놓고 간 분이다. 다양해져 가는 열린 시대에 필요한 융합철학의 무지개를 놓고 간 사상가다. 서양의 그리스도교 사상(퀘이커)을 기본으로 동양의 불교사상, 공맹사상, 노자사상, 양명사상, 그리고 다시 서양의 실존주의 사상과 아나키즘까지 융합하였다. 그래서 함석헌은 무지개사상을 만들어냈다. 함석헌의 무지개사상은 문화의 다양성 강조와 하나의 인류를 지향해 가는 곧, 미래사회의 세계주의로 귀결되었다. 그래서 그는 지행합일知行合一의 귀감을 보이면서 세계주의를 실천해갔다. 세계주의는 곧 평화주의 사상이다. 세계평화는 전쟁이 종식되어야만 가능하다. 전쟁종식을 위하여 합법을 가장한 국가폭력을 반대해야 한다. 곧 국가(정부)지상주의에 대한 반대이다.

2. 함석헌평화포럼, 그리고 지향점

이러한 함석헌의 사상과 실천을 본받고자『씨올의 소리』에 관계하고 있던 몇몇 사람(김영호, 이치석, 황보윤식)이 모여 〈함석헌평화포럼〉(이하 포럼)을 탄생시켰다(2008. 11). 포럼은 미래를 살아갈 젊은이들에게 함석헌의 평화사상을 심어주기 위해 온라인을 이용하기로 하였다. 하여 당시 인터넷신문인「오마이뉴스」블로그에 '함석헌평화포럼'을 개설하였다(2009. 1). 그리고 포럼 창설자와 몇몇 함석헌 연구자를 중심으로 함석헌의 사상과 철학을 알리는 글을 실어 보냈다. 그러다가 포럼의 기조를 바꾸게 되었다(2000. 2). 포럼의 창설 취지를 살리되, 우리 사회가 당면한 문제를 '함석헌의 생각'으로 풀어내야 한다는 성격을 보태었다. 그래서 여러 분야에서 순수한, 그리고 올바른 의식을 가지고 살아가는 평범한 필진을 모아 이 시대의 문제를 파헤치고 대안을 제시하는 글들을 내보내게 되었다. 호응이 좋았다. 이 덕분에 온라인상에서 포럼이 많은 네티즌들에게 인지되어 갔다. 이 덕분으로 〈함석헌평화포럼〉이 생각과 실천을 아우르는 '다면적 문화운동'의 한 갈레로 자리매김하고 있다.

우리 사회는 너무나 외형에 치우치면서 실속이 없다. 때문에 인문주의가 땅에 떨어지고 말초신경적 외형주의가 판을 치고 있다. 교육적(인문과 과학, 예술) 가치보다는 비교육적(자본에 휘감기는 연예와 스포츠) 가치가 야단법석이다. 자본적 가치만을 지향하는 오늘의 세태 때문에 우리는 지나치게 (학력의) 경쟁주의와 (자본의) 능력주의를 강조한다. 인간 삶의 가치가 전도되었다는 말이다. 오늘날 우리 사회를 이끌어주는 '주제어'는 인간적인 "공평公平, 평등平等, 균산均産, 평화平和"여야 한다. 그런데 이런 개념은 물밑으로 가라앉고 말았다. 그리고 외형적이고 물질적인 "명품名品, 최고 연봉, 금메달, 명문대, 유명인, 스타"등이 이 시대의 주제어로서 맹위猛威를 떨치고 있다. 다시 말하지만, 인간의 삶을 풍요롭게 하는 가치는 물질적 외형(명품)이 아니다. 일등이나 유명한, 그리고 스타가 아니다. 또 전체(글로벌 global: 중앙통제시스템, 곧 정부지상주의 및 국가)가 아니다. 지역(로컬 local: 지역관리시스템, 곧 자치적 마을 공동체 및 개인)이다. 인간 최고 가치는 국가의 이익(GDP)이 아니다. 개인의 이익(행복, GNH)이다. 개인의 행복은 개인과 개인 사이의 '평화' 그리고 '공평', '균산'에서 나온다. 개인의 행복은 국가가 만들어주지 않는다. 곧 사회구조는 이제 글로벌에서 로컬로 바뀌어야 한다는 의미다. 글로벌에서는 평화가 없다. 로컬에서만 평화와 균산, 공평이 있을 수 있다.

3. 함석헌평화포럼 필진은 누구이며 무엇을 썼는가

포럼에 필진으로 나오는 사람들은 일부 유명한 학자를 제외하고는 대부분 평범한 사람들이다. 평범한 사람들이 자기 위치에서 세상을 올곧게 바라보며 바르게 살아가고자 글(칼럼, 단상, 수필)을 썼다. 기교를 부리지도 않았다. 잘 쓴 글도 아니다. 어떤 글은 서툴기도 하다. 그 글들은 학자나 전문 글쟁이들의 글처럼 난해하지 않다. 그저 평범하다. 그러나 그 글 중에 세상을 바르게 사는 진리와 원칙들이 들어 있다. 행복의 근원인 평화로운 사회를 만들기 위해 우리 포럼은 성격이 서로 다른 필진들이 글을 쓰고 또 이 책을 만들었다. 이와 같이 이 책의 글들은 우리사회 여러 분야에서 생활하고 있는 분들이 썼기 때문에 그 내용 또한 풍부하고 다양하다. 그리고 글의 핵심은 우리 사회가 갖는 문제인식과 그 대안들을 제시하는 내용이다. 포럼 필진들이 그 동안 써왔던 글들 중에서 포럼 운영진이 필요에 의해 몇 편의 글을 선택하여 이 책에 실었다. 필진들의 글맛을 미리 살펴본다. 글을 쓰기 시작한 순서대로 적어본다.

함석헌학회 학회장이신 이만열 선생님은 세 편의 글을 썼다. 그의 글「진실과 국익」은 '천안함사건'을 언급하면서 "거짓은 나라를 위하는 경우에라도 말해서는 안 된다"는 교훈을 주었다. 그리고「부시와 '평화기도회'가 어울릴 수 있을까」라는 글에서는 미국의 이익을 위해 거짓을 꾸며가며 이라크를 공격한 미국의 전직 대통령을 평화기도회에 초청한 기독교단체는 정신이 있는 건지 아닌지를 언급하였다. 또「항일독립운동과 3·1운동」이라는 글에서는 3·1운동의 역사적 의의를 언급하면서 "3·1운동은 민족운동이면서 인류의 양심의 회복, 인류의 공동선을 추구한 운동이었다."라고 했다. 그리고 그 공동선의 중심사상은 민주주의와 평화주의라고 했다.

함석헌학회 고문이신 석경징 선생님은 한 편의 글만 썼지만, 그의 글「윗도둑 털기 운동」에서 작은 도둑(서민)이 큰 도둑(정부 고위관료, 재벌 등)을 터는 것은, "사회정화의 효과"가 있고, 복지사회의 기본요건인 "부의 재분배"에 해당된다고 보았다. 그래서 "좀 더 큰 도독 털기 국민운동"을 일으키자는 제안을 하기도 하였다. 참으로 멋진 발상이라는 생각이 든다. 이글을 읽으면, 대한민국의 공직에 있는 자(대통령으로부터 장관, 고위관료, 국회의원, 법관, 장군 등)들이 죄다 큰 도독이 아닌지 하는 생각이 든다.

＜함석헌평화포럼＞의 공동대표이며 함석헌학회 부회장으로서 학

술위원장을 겸하고 있는 김영호 선생님의 글에서는 다섯 편을 골랐다. 그의 글에서는 경제발전과 사회발전에 대한 올바른 측정은 "총생산지수나 소득지수(GNP, GDP)"가 아닌 행복지수(GNH)라고 강조하였다. 그리고 행복지수는 "공평하고 지속가능한 사회-경제적 발전, 자기문화의 보전과 진흥, 환경보존, 좋은 관리체제의 증진"으로 결정된다고 하였다(「이제는 행복지수(GNH)다」). 또 이명박 정부 4년간을 "정치, 사회, 경제 모든 점에서 후퇴와 퇴행의 과정이었다."고 평가하였다(「부끄러운 자화상, 남북 정권의 극복을 위하여」). 그리고 "분노indignation는 정의로운 동기에서 나온 의분義憤, 공의公義로운 공분公憤이어야 한다고 강조하면서 '저항하는 백성'이 되자고 제창하였다(「공분公憤 공로共怒하자!」). 이외 "오늘의 정치상황에서 통합을 강조하면서 통합은 화합을 이끌고, 화합만이 분단, 분열, 양극화된 사회를 치유할 수 있다고 하였다(「시대정신이 있는 사회인가? -통합의 정치를 위하여-」). "지금, 촛불을 켜는 것은 내 마음에 켜는 유일한 희망이다."이라고 하였다(「탐욕의 공화국에서 촛불을 켜는 마음으로」).

생활정치를 주장하며 〈2013생명평화경제시민포럼〉 대표를 맡고 있는 박석률 선생님은 여러 편의 글을 보내왔지만 그 중에서 세 편의 글을 골랐다. 그는 6·10항쟁정신을 "독재로 회귀하거나 역사를 퇴행시키거나 하는 자가당착을 되풀이 않는 것"이라고 하였다. 이러한 정신을 이어받아 분단독재의 산물인 반통일, 반민족적 정책을 지양하고, "남북 사이의 관계를 발전시켜 이 땅에 공고한 평화를 실현"해야 한다고 주장하였다(「6·10항쟁 25주년을 맞아, 아닌 항쟁의 기조 정신은 어디에?」). 그리고 남북관계를 파탄으로 몰고 간 이명박의 반역사성과 반민족성을 비판하였다. 그리고 통일 민족으로 가기 위해 금강산관광을 재개해야 한다고 주장하였다. 효율적인 남북경협은 북한의 중국에 대한 경제적 예속을 막는 길이라고 미래진단도 하였다(「금강산 관광의 파탄-그간의 남북교류, 남북경협의 교훈-」). 또 6·15남북공동선언에 대해서도 언급하였다. 이명박 정부가 들어와 잠깐 사이에 남북의 평화적 공존상태의 실험이 깨지고 말았다고 비판하고 남북의 평화적 공존, 평화적 경쟁을 강조하였다(「6·15 정신이 빠진 6·25, 역지사지하라!」). 그리고 이명박 정부 이후 몰락해 가는 중산층의 서민경제를 안타깝게 생각하면서 생활정치를 강조하였다.

　　<함석헌평화포럼> 운영자이면서 종교학자인 김대식 박사는 그의 전공 '그리스도교의 영성'에 관계되는 글을 내놓으면서 참 종교, 참 신앙, 참 윤리를 강조하였다. 에너지문제를 언급하면서 생태에너지를 강조하였다. 현재 세상의 "에너지가 가난하게 된 원인에는 예수를 전혀 닮지 않은 종교의 부유가 한몫을 하고 있다."고 지적하였다. 그러면서 그는 종교단체가 '에너지의 가난한 사용 운동'을 해야 한다고 주장하였다(「가난한 에너지 비극의 탄생, 종교의 부유에도 원인이 있다!」). 또 대학이 상아탑에서 자본의 노예가 되어가는 모습을 비판하였다. 그리고 '투명 가방끈'을 선언하는 학생들의 모습에서 "전체 즉 큰 것, 하늘의 뜻, 온전한 것, 완전한 것을 찾"게 될 거라는 희망을 이야기하였다(「'투명 가방끈'을 선언하는 젊은이들에게서 희망을 보다!」). 이어 전쟁을 "역사의 질곡, 인간의 상처"로 보고 "평화와 상호부조만이 살길이다."고 강조하였다(「대립이 아니라 평화, 상호부조여야 한다!」). 또 시간을 "경제적 가치로 환원해버리는 자본주의 세계"를 비판하고 지금까지 우리 인간은 빨

리 빨리라는 속도를 만들어내기 위해 "환경적, 생명적, 관계적 손실"이 상당히 컸다고 지적하였다(「속도에 굶주림과 속도의 무의미」).

사법고시 33회 출신으로 지금 제도권의 로스쿨에 반대하여 방송통신 로스쿨(민중로스쿨)운동을 전개하고 있는 박종강 변호사도 많은 글을 썼다. 이 중에서 다섯 편의 글을 뽑았다. 박 변호사는 제도권 로스쿨 제도의 시행과정과 그 문제점을 파헤치고, 방송통신 로스쿨(민중로스쿨)제도가 설치되어야 한다고 역설하고 있다(「로스쿨시대 변호사자격 취득문제」). 또 박정희 권력이래, "잘 살아 보세"라는 구호정치로 "바로 살아 보세"는 인륜이 망실되었다고 지석하고, 그 결과로 요즈음 사람들의 도덕성 타락(위장전입, 탈세, 자녀이중국적, 부동산투기, 묻지마 살인 등)이 왔다고 지적하였다(「사람은 도덕적 책임이 있다」, 「우리가 풀어야 할 문제」 등). 그리고 도덕적 타락을 정화시킬 '양심의 태풍'이 불어줄 것을 호소하였다. 그는 이 나라의 정부, 사법, 입법부 등 권력 3권이 모두 부패와 비리로 타락하였다고 지적하고 함석헌이 제창한 "같이살기운동"을 강조하였다(「함석헌이 바라던 정치政治」). 또 그는 법조인답게 사법부의 재판비리에 대해서도 언급하였다. 법관이 양심재판을 하지 않는 것, 재판부의 '몰아주기'식 재판배당 등. 그리고 법관들이 외부압력에 굴하지 않고, 소신 있는, 공정한, 정의로운 '판결'을 촉구하였다(「그대는 이 나라 재판관이 맞는가?」).

방송 작가로, 참된 그리스도교 교인으로『여자 나이 마흔으로 산다는 것은』의 저자인 박경희 작가는, 일상생활과 관련된 많은 단상과 수필을 썼다. 그 중에서 여섯 편의 글을 골랐다. 아이들 돌잔치에 막대한

비용을 들이는 '돈 잔치'를 개탄하였다(「말로만 듣던 '돌잔치'가 '돈 잔치'
일 줄이야!」). 또 그리스도를 믿는 정치인들의 행태도 비판하였다. 이명
박이 대통령이 된 이후 기독교가 '개독교'로 욕먹는 현실, 목사들이 정
치를 하겠다는 건, 똥물 속으로 들어가겠다는 것과 같다고 비판하였다
(「기독당 창당, 목사님들 똥물에 들어가지 마세요」). 이 글이 나가자. 기독
교 목사들이 이 글을 인터넷상에서 삭제할 것을 요구하기도 했다. 그리
고 이명박 대통령이 다니는 소망교회의 부패·타락한 현실도 이야기하
였다. "세습 문제", "부목사의 신도 돈 차용문제", "청와대 신우회"문제
등(「장로 대통령님, 회개의 제단 앞에 무릎을 꿇으시오」). 또 박완서 작가
의 죽음을 기하여 대통령과 정치인, 재벌영수들에게 박완서의『부끄러
움을 가르칩니다』를 꼭 일독할 것도 권하였다(「대통령님, "부끄러움을
가르칩니다"를 읽으세요」). 이외 여성들에게 '믹서된 인간'에서 일탈하
여 자기생활을 찾으라고 권하기도 했다(「이 나라 여성이라는 존재, 그저
희생양인가」).

    인천에서 근본생태주의 입장을 가지고 도시와 생태계 문제를 고민
하며 살아가는 생물학자로서 환경운동을 하고 있는 박병상 박사의 글
에서는 네 편을 골랐다. 그는 이 땅에서 아무런 대가없이 생태환경운동
을 하는 학자운동가다. 박 박사는 이명박 정부의 4대강 사업에 대한 실
상과 허구를 분석하고 자연에 대한 파괴행위가 결국은 부메랑이 되어
인간에게 돌아온다고 경고하였다(「곧 드러날 교활한 거짓말의 부메
랑」). 또 2010년 말 구제역이 한창일 때, 구제역의 원인은 대량생산이라
는 인간의 욕망에서 비롯되었다고 힐난詰難하였다(「차례상에 어떤 고
기를 올려놓을까」). 이어 자본권력과 결탁한 개발독재가 저들의 자연파

괴행위와 또 개발에 방해가 되는 생물 보호종마저 멋대로 바꾸는 행태를 '통재'痛哉한다고 개탄하였다(「개발독재가 인간까지 잡는다. 보호대상종이 개발의 걸림돌인가」). 또 그는 핵발전소의 위험성을 경고하고 인간이 안전한 환경 속에서 살기 위해서는 핵발전소를 폐기해야 한다고 주장하였다. 그리고 2012년 대선에서는 '핵발전소 폐기'를 공약하는 대통령이 당선되어야 한다는 메시지를 전했다(「다음은 핵발전소를 폐기하는 대통령이어야」).

한국근대사를 전공하였고, 인천사연구소 소장을 맡고 있는 김상태 박사 또한 많은 글을 보내왔다. 그 중에서 다섯 편의 글을 골랐다. 젊은이들에게 기성세대가 시행착오를 한 것을 되풀이 하지 않도록 주관적 판단에 의한 바른 투표를 요구하였다(「정치인은 투표하는 유권자를 두려워한다」). 그리고 정치권의 여야가 모두 새로운 개혁정치를 시도하고 있는데 그 개혁정치가 누구를 위한 것인지를 잘 따져보아야 한다고 정치권의 행태를 우회적으로 비판하였다(「누구를 위한 통합이고 혁신인가」). 또 현실을 "급변하는 시대로 평가"하고 정치인들이 세상의 변화를 읽어내지 못하고 있는 것을 개탄하였다(「2012년을 기대하며」). 그는 학생들을 가르치는 교수답게 젊은 세대들이 유럽 중심의 사고에서 벗어나 '바로 생각'하고 '바로 판단'하는 능력을 준비해야 한다고 교훈한다. 그리고 대학공부가 직업을 찾는 준비가 아닌, 인생을 여유롭고 다양하게 사는 방법을 찾는 공부가 되어야 한다고 주문하였다(「생각하는 백성이라야 산다」, 「젊은이의 기백」 등).

인천에서 『인천의제21실천협의회』 상임회장과 『지역문화네트워크』공동대표를 맡고 있는 박상문 대표도 많은 글을 썼다. 이 중에서 네 편을 골랐다. 그는 지역문화네트워크 대표답게 지역문화의 활성화를 강조하였다(「시민문화운동-21세기는'로컬리티'다」). 그리고 지역사회 문제에도 관심을 보였다. 특히 인천공항을 매각하려는 이명박과 한나라당(지금 새누리당)의 꼼수를 폭로하였다. "한나라당이 인천국제공항공사법을 개정하여 외국자본(이명박 대통령의 친인척과 측근 인사가 관련되어 있는 매콰리 그룹Macquarie Group에 팔아넘기려는 속셈을 가지고 있다"(「인천공항을 외국자본에 팔아넘긴다고?」). 또 이명박 정권 이래 우리 사회에 삶의 질이 급격히 무너진 불행한 사회라고 진단하였다. 그리고 일꾼들이 정당한 대가와 대우를 받는 삶의 질 개선을 주장하였다(「분노하는 국민, 삶의 질을 개선하라」). 또 지방자치단체들이 우후죽순 격으로 벌이고 있는 레지던스 사업을 비판하고 진정한 "예술인마을 또는 창작공간"이 되어야 한다고 강조하였다(「'레지던스' 사람 사는 예술 창작공간지원 사업이어야」).

부산에서 인문주의의 부활을 꿈꾸며『백년어서원』원장을 맡고 있는 김수우 시인은, 오늘의 학문현장을 "지식의 소비현장"으로 지적하였다. 그리고 오늘날 인문학을 "자본에 의해 길들여진 인문학"이라고 비판하였다. 이러한 현실을 극복하기 위해서는 "일상을 지배하고 있는 속도주의와 편리주의와 성과주의"에서 벗어나야 한다고 주장하였다(「인문의 실천은, 용기 있는 저항이다」). 그리고 오늘의 우리 현실을 "문화도 교육도 종교도 소비재가 되어버린 물질사회"라고 평가하였다. 그리고 진리를 꽃에 비유하여 설명해 나갔다(「남을 끌어안을 때 나는 하나로 완성됩니다」). 이어 함석헌의 말을 인용하여 입으로 들어가는 것은 물질이지만 나오는 것은 정신이라고 하였다. 그래서 "말은 곧 생명이고 숨결이다."라고 하였다. 때문에 "미래를 꿈꾸는 시민이라면 입의 문화에 좀 더 고뇌"해야 하고, "지성의 입술"을 키워나가야 한다고 주장하였다. 그리고 말을 "소비의 방식에서 사랑의 방식"으로 만들어 "말의 진정한 심연을 찾자"고 주장하였다(「사람의 입이 만드는 문화-입의 문화, 말의 심연」).

대학에서 행정학을 전공하고 개인사업을 하고 있는 예관수 선생님도 많을 글을 썼다. 이 중에서 여덟 편을 골랐다. 특히 그는 쉬운 언어로 사회현상을 담아내는 필력이 대단하다. 그리고 그의 예리한 사회분석력은 독자들에게 귀감이 되리라 본다. 카이스트에서 과학영재들이 자살하는 이유가 살인적 '경쟁제일주의', 징벌적 '능력최고주의'에 있다고 분석하고 이를 극복하는 방법은 "홍익인간"정신으로 경쟁위주의 배타적이고 이기적인 교육방식과 제도를 바꾸는 일이다"라고 말하였다(「카이스트(KAIST)는 자살 배양대학인가」). 이외「곽노현 식 마녀사냥」, 「한미FTA만이 살길인가?」, 「씨울들이여, 아일랜드에서 탈출하라」, 「걸레를 빤다고 행주가 되랴」, 「새누리당의 신하여가新何如歌」 등이 있다. 특히「새누리당의 신하여가」는 3.4조 시조형식을 빌려 새누리당의 부정 부패적 정치행태를 해학적으로 노래한 글이다. 참으로 통쾌하다.

생태영성학을 전공하고 울산에서 목회활동을 하고 있는 박정환 목사님은 뒤늦게 포럼의 필진에 합류였다. 그의 글 중에서 네 편을 골랐다. 그는 그리스도교 정화운동을 하고 있는 목사답게 한 방송사의 개그 콘서트에 나오는 '애정남' 프로에 빗대어 우리 사회의 부정과 비리를 고발하였다. 그리고 말로만 부르짖는 이명박 대통령이 말끝마다 주장하는 '공정사회'는 과연 존재하는 것인지 '애매한 상황'이라고 비꼬았다(「애정남, 대통령의 원칙은 어디까지인가」). 또 "오늘날 이 나라의 정치인들은 그 이름값을 하고 있는지 물어보고 싶다"고 하였다(「꼴값하고 삽시다. 이름값을 하고 사는가?」). 그리고 그는 2011년을 "무수한 부조리와 모순, 불의와 전쟁, 가난과 억압 등을 경험"한 한 해였다고 회고하고 2012년을 카이로스(kairos: 행복과 기쁨을 느끼는)의 삶이 될수록 노력하자는 제안을 하였다(「새해, 새역사를 창조하자」).

<함석헌평화포럼> 공동대표인 황보윤식의 글에서는 일곱 편을 골랐다. 그는 박정희 때 긴급조치 9호 위반죄, 전두환 때 5·18광주민주화운동과 관련된 국가변란죄 등 두 차례 옥살이를 마치고 나와 지금은 농부로 살고 있다. 그의 글들은 현실을 비판하고 대안을 제시하고 있다. 더 이상의 박정희 식 파쇼정치는 안 된다. 그리고 친일파 독재자의 딸이 다시 그 아버지의 파쇼정치를 계승해서는 안 된다는 주장을 한다(「36년만의 '긴급조치' 위헌판결과 인권해방」, 「소크라테스 왈 "박근혜, 너 자신을 알라"」 등). 또 올 12월 대선에서 한국인이 꼭 가슴에 새겨할 교훈을 던져주고 있다. 우리가 명심해야 할 말 같다. "우리가 원하는 대통령은 민족통일을 지향하는 통일대통령이다. 우리가 원하는 대통령은 국민을 사람으로 보는 인격 대통령이다. 우리 사회의 민주주의를 지켜가는 양심대통령이다. 자연을 자연답게 가꾸는 환경대통령이다." "우리가 필요로 하는 대통령은 경제를 들먹거리는 사기꾼 대통령이 아니다"(「우리는 인격대통력을 원한다」). 그리고 제도정치의 부패와 부정을 근절하기 위해 시민운동의 필요성을 강조하고 협동생활운동을 제시하

고 있다(「밑으로부터 변화를 추구할 때다」). 이외 글로는「국가를 바로 잡아야할 권리는 국민에게 있다」,「이명박 정권에 고함」 등이 있다.

이렇듯 포럼에 나온 글들은 평범한 사람들의 글이지만, 역사에 남길 진리와 인생의 길잡이가 되는 교훈들이 담겨있다. 곧 독자들에게 '역사 인식의 변화'를 가져다줄 글들이다. 그래서 포럼 필진의 글들은 미래 사회에 예언으로, 인류 역사에 교훈으로 남을 글들이라는 것을 자부해 본다.

이렇게 씨올정론은 만들어졌다.

<함석헌평화포럼>이 첫 번째 낸 책은『길을 묻다. 간디와 함석헌』 (프리칭아카데미, 2011)이다. 이 책은 <함석헌평화포럼> 시민강좌라 는 이름으로 나왔다. 그러다가 운영진이 모여 논의한 끝에 책의 주제를 시민강좌 대신에 '씨올 정론'으로 바꾸기로 하였다(2011. 12). 그래서 이 책은 '씨올정론'의 첫 책이 되는 셈이다. 씨올정론이 나오기까지 출판사 와 함께 편집하고 교정을 보아주는 등 수고를 아끼지 않은 김대식 박사 님께 깊은 감사를 드린다. 그리고 이 책이 나오도록 배려를 아끼지 않으 신 동연출판사 김영호 사장님과 편집장님 이하 여러 직원들에게도 감 사의 말씀을 드린다.

2012. 11. 25.

여러 필자들은 대표하여

<함석헌평화포럼> 공동대표 황보윤식 씀

진실과 국익

이 만 열

● 진실과 국익 - 천안함 사건을 대하는 '함석헌 식' 연상(聯想)

● 부시와 '평화기도회'가 어울릴 수 있을까

● 항일독립운동과 3·1운동

이만열

서울대학교 대학원 졸업(박사: 한국 근대사). 1980년대 신군부에 의해 강제해직된 해직교수 출신으로, 자주적인 시각에서 한국사를 조망해온 진보적 성향의 원로사학자다. 한국기독교역사연구소를 창립하고 이사장을 역임하였다. 한국독립운동사연구소장, 친일인명사전편찬위원회 위원장, 한국독립운동사 편찬위원회위원장을 역임한 바 있다. 현재 <함석헌학회> 학회장.
개신교의 대표적인 잡지 중 하나인 『복음과 상황』을 창간하였고 단재 학술상(1992), 독립기념관 학술상(2008), 용재 석좌교수상(2008)을 수상하셨다.

주요 저서로는 『한국근대역사학의 이해』(1981), 『한국 기독교와 역사의식』(1981), 『단재 신채호의 역사학 연구』(1990), 『한국기독교와 민족의식』(1991), 『한국기독교 수용사 연구』(1998), 『우리 역사 오천년을 어떻게 볼 것인가?』(2000), 『한국기독교와 민족통일운동』(2001), 등 20여 편의 저서가 있다. 역사수상집으로 『감히 말하는 자가 없었다』(2010)을 출간.

진실과 국익
- 천안함 사건을 대하는 '함석헌 식' 연상(聯想)

내 집이 '참여연대' 사무실 근처에 있는 덕분에 최근의 여러 가지 사건을 내 눈으로 직접 목격하게 되었다. 참여연대가 천안함 사건과 관련된 민군합동조사단 보고서에 대한 의문점을 시민단체 입장에서 유엔 안보리에 제시하자, 이를 못마땅하게 생각한 이들이 참여연대를 반애국적이라고 하면서 도를 넘어선 비판과 비난을 퍼부었다. 한때는 '애국심'이 지나쳐 자살 폭탄테러라도 감행할 듯한 기세마저 보였다. 이 같은 사태가 일어나자 식자들 중에서는 참여연대가 한 시민단체로서 '민군합동보고서'에 나타난 의문점들에 이의를 제기하는 것은 지극히 정당한 활동일 뿐 아니라, 유엔에 그 사건을 과학적으로 밝히라고 촉구한 것도 시민단체의 일상적인 업무에서 일탈한 것이 아니라는 견해를 밝히기도 했다.

이런 상황에서 이 나라 국무총리는 참여연대의 그런 자세를 반애국적인 행동으로 규정했으며, 조중동을 비롯한 많은 언론들도 시민단체의 속성과 책임에 대한 고려는 일언반구도 없이 여기에 동조하면서, 일방적으로 참여연대를 '반국민적' '반애국적' 단체로 매도하고 나섰다. 언론의 이 같은 행동은 언론이 추구해야 할 가치가 무엇인가에 대한 질문을 다시 한 번 던져 준다. 정부에 비판적인 시민단체가 존재할 수 없는 전체주의 국가처럼, 시민단체에 대한 이런 태도가 과연 민주주의 사회에서 있을 수 있는 것인지 크게 의아해하지 않을 수 없다. 참여연대 사무실 앞에는 볼썽사나운 모습을 한 여러 군상들이 보였다. 애국과잉증후군 '군복'들은 물론이고, 여차 직 하면 자살특공대로 나설 듯한 '가스통 할배들'의 모습도 보였다.

참여연대에 가해지는 혹독한 매질을 보면서, 과연 그들은 참여연대가 제기한 질문들을 이해하면서 그렇게 돌을 던지고 있는가 하는 의문을 갖게 되었다. 참여연대는 천안함 사건이 일어나자 전문가들과 함께 여러 차례 회합을 갖고 자신들의 입장을 정리했다. 참여연대가 정리한 사건개요는 다음과 같다. 한미연합군이 북한의 유사시를 대비하여 대량학살무기 제거 팀을 참여시킨 가운데 '독수리연습'이라는 군사훈련을 하던 중인 2010년 3월 26일 21시 15~22분 사이에, 백령도 서남해 1마일 지점의 얕은 바다에서 1,300톤급의 초계함 천안함이 두 동강 난 채로 침몰했으며 이때 함장 포함 58명은 생존했으나 나머지 46명은 죽거나 실종되었다는 것이다.

참여연대 보고서는 '천안함 침몰에 대한 기본입장'을 밝힌 후, '민군 조사단이 공개한 최종조사결과에 대한 간단한 약평', '이명박 대통령이 결정한 후속조치들의 문제점' 및 '권고사항'을 언급하고, '천안함 침몰 조사결과에 대한 8가지 의문점'을 발표했다. 여기서도 먼저 '천안함 관련 민군 합동조사단의 발표 개요'를 다시 소개하고 '어뢰에 의한 공격임을 입증하는 증거 불충분' 6개(1~6)항과 '북한 잠수정의 침투에 의한 공격임을 입증하는 증거 부족' 두 개(7, 8)항을 다음과 같이 제시했는데 여기서는 그 제목만 원문대로 나열하겠다.

1. 어뢰 폭발로 인한 물기둥은 과연 있었나?

2. 생존자나 사망자에게서 어뢰폭발에 상응하는 상처가 발견되지 않
   는다.

3. 천안함 사건 초기 TOD 영상 진짜 없나?

4. 절단면과 선체 바닥, 선체 내부에서 폭발의 흔적으로 볼만한 심각
   한 손상이 없다.

5. 가스터빈실 인양을 왜 은폐했나? 가스터빈실 조사결과는 왜 누락
   했나?

6. 화약 아닌 알루미늄 산화물이 과연 폭발의 흔적인가?

7. 연어급(YONO types) 잠수정의 실체는 뭔가? 수 일간 추적하지 못한
   것은 납득할만한가?

8. 어뢰발사 감지 못했나?

또한 '천안함 침몰 조사과정의 6가지 문제점'도 지적했는데, 거기에
는 '군의 정보통제와 선별 정보공개의 문제점' 3개(1~3)항과 '민군합동
조사단의 문제점' 3개(4~6)항을 다음과 같이 열거했다.

1. 군, 천안함 관련 기초자료 비공개와 정보 통제

2. 천안함 절단 침수 관련 TOD 동영상 은폐와 말 바꾸기

3. 의혹 제기 시민들에 대한 정치적 법적 수단을 이용한 제재

4. '민간'은 사실상 배제된 민군합동조사단

5. 민군합동조사단, 민간인 조사위원회 조사활동 제한

6. 알려지지 않은 해외조사단의 역할

참여연대가 제기한 이런 문제들은 참여연대에 비판적인 사람이라도 이성적으로 냉철하게 생각해볼만한 문제다. 애국의 화신으로 등장한 '군복'들과 '가스통 할배'들도 참여연대를 성토하기 전에 정부를 향해 이런 의문점들에 대해 속 시원하게 대답해 달라고 요구해야 한다. '이적행위'라는 딱지를 붙여 참여연대를 '박살'내겠다고 하기 전에, 우선 먼저 이런 의문점들을 속 시원히 공개하지 않는 정부의 태도에 대해 항의하고 성토할 수 있어야 하는 것이다. 참여연대가 제기한 의문점들이 전혀 새롭거나 특별난 것은 아니었다. 그것들은 그 동안 줄곧 여론으로 환기되어 온 것들이며, 특별히 참여연대만의 어떤 전문가적 안목이라고 볼 수 없는 것이다.

때문에 정말 애국하는 시민이라면 참여연대의 문제제기로 우리가 생각지 못한 많은 문제들이 민군합동조사단의 발표 속에 숨어있음을 알게 해준 것을 감사하게 여기며, 민군합동조사단의 발표를 그대로 받아들이기 전에 여유를 갖는 것도 필요했다고 본다. 당국의 해명을 들어본 후에 가스통을 지고 참여연대에 돌진한다 해도 늦지 않을 것이다. 또 해외전문가까지 포함된 민군합동조사단도 이런 질문들에 대해, 초유初有의 현상이라 설명하기 힘들다는 어정쩡한 해명 대신 성실하게 답변하는 자세를 가져야 했다. 그러나 그들이 그렇게 하지 않은 이유를 많은 국민들은 납득하지 못했다.

참여연대가 천안함 사건과 관련, 유엔 안전보장이사회에 '증거 불충분'과 '증거 부족' 및 '조사과정의 문제점' 등을 제시한 방식에 대해 할 말이 없는 것은 아니다. 참여연대에 항의하는 '애국적 인사'들도 참여연대가 제시한 내용에 대한 불만보다는, 유엔에 그런 내용을 보내 '나라망신을 시키느냐'라는 식의 절차상 문제에 불만이 더 컸던 것으로 이해한다. 이런 문제제기는 정부가 천안함 사건을 유엔에 서둘러 제기한 것에 대해 절차상의 문제를 지적하는 것과도 일맥상통한다. 정부가 천안함 사건을 유엔에 제소하기 전에 국내에서 국민을 상대로 충분히 납득시키는 등의 여과과정이 필요했다는 것이다. 그와 마찬가지로 참여연대도 유엔에 의견을 제시하기 전에 국민적인 혹은 시민운동 차원의 동의와 설득의 과정을 충분히 밟지 않은 데 대한 아쉬움이 없지 않다. 그렇게 했다면 정부가 서둘렀기 때문에 빠진 '수렁'에 시민단체도 똑같이 빠졌다는 지적은 피할 수 있었을 것이다.

천안함 사건에 대한 합동조사단의 발표는 솔직히 말해 필자에게도 곤혹스러웠다. 정부는 열린 자세로, 한 점 의혹 없이, 누구도 부인할 수 없는 물증과 과학적인 방법으로 조사한다고 했으며, 그 결과 천안함 사건을 북한이 저지른 것으로 단정적으로 발표했다. 그러나 과학의 이름으로 조사한 합동조사단의 발표는 필자를 납득시키지 못했다. 앞에서 참여연대가 열거한, '증거불충분'과 '증거부족' 및 '조사과정의 문제점' 등은 물론이고, 최근 합동조사단이 과학적 실험을 할 수 없다고 버티는 모습이나, 과학적 설명을 요청하는 대목에서 '초유初有의 현상'이라는 말로 얼버무리는 태도는 특히 필자에게 납득되지 않는다. 차라리 '과학적'이라는 말을 빼버리든지, 아니면 과학적으로 충분히 사실을 증명해야 한다고 본다.

거기에 더하여 북한의 소행이 틀림없다면, 국방상 허점이 드러난 것에 대해 가장 먼저 책임을 져야 할 사람이 어떻게 지금까지 계속 그 자리에 앉아 있는 것인지, 필자는 상식선에서 도저히 납득할 수 없다. 명백한 책임자에게 책임을 묻지 않는 것이나, 스스로 책임을 지고 물러나지 않는 모습이 오히려 북한의 사건관련성을 모호하게 만든다. 이게 과연 지나친 생각일까? 참여연대도 제기했지만, 합동조사단 발표와 다른 말을 했다고 해서 그걸 "정치적, 법적 수단을 이용해 제재"를 가하는 것도 과학의 세계에서는 인정할 수 없다. 그것은 과학이 아니라 정치적인 관점에서만 가능할 뿐이다. 그렇다면 합조단 발표가 과학적임을 증명하는 방법은 어떤 것일까?

이 정권이 등장한 이후, 역대 어느 정부 때보다도 사회적 이슈와 관련된 특이한 현상이 엿보인다. 우선 이 정부는 귀를 막는 데에 있어 달인의 경지에 이르렀다. '너희는 지껄여라, 나는 내 길을 가겠다.' '니네들이 지껄이는 것은 국리민복을 위해 열심히 일하는 우리를 방해하는 데 지나지 않는다.'는 식이다. 비판과 반대의 소리를 용납하지 않으려는 곳에 소통이 있을 수 없다. 미네르바 사건이 그랬고, 천안함 사건과 관련하여 박원선과 도올, 참여연대에 대한 자세가 그랬으며, 최근의 총리실 산하 공직윤리지원관실 사건도 같은 맥락이다. 경찰을 동원하고 검찰로 하여금 겁박토록 하고 때로는 정보기관도 활용한다. 공권력을 집행해야 할 기관이 '충견'이란 소리까지 감수해야 할 판이다. 처음에 '열린' 자세로 '과학적'인 방법으로 문제를 해결하겠다는 자세는 어느덧 이 정권의 귀를 막는 관성 속에 갇혀버리고 말았다.

과학적으로 밝힌다고 하면서 조사 시한을 무리하게 잡은 것도 덫이 되었다. 민군합동조사발표 당시 아직 실험조차 완료되지 않은 것이 있다고 했을 정도니 더구나 그렇다. 5월 20일을 발표일로 잡은 것은 아마도 국민으로부터 사건 규명을 위해 두 달여 동안 무얼 했느냐 하는 힐난을 받을 수도 있다고 판단했기 때문일 것이다. 그러나 석연치 않은 것은, 결정적인 물적 증거가 발표일 닷새 전에 발견되었다면서 어떻게 결정적인 증거 획득 이전에 이미 발표 날자가 정해졌으며, 사고 원인이 이미 규명된 것처럼 언론에 흘려졌는가 하는 대목이다. 혹시 결정적인 증거가 발견되기도 전에 사고원인이 이미 예단된 것은 아니었는가 하는 의심마저 든다. 이것은 합동조사반 조사의 과학적 신뢰성에 상처를 줄 수도 있다. 그리고 발표 닷새 전, 어부에 의해 건져졌다는 그 결정적인 물증이 닷새 만에 분석 조사가 완료됐다는 것이 쉽게 납득되지 않는다. 더구나 합동조사 발표당시 아직 실험을 완료하지 않은 부분이 있다는 것을 들으면서, 실험도 끝나지 않은 사건이 과학의 이름으로 발표될 수도 있는가 하는 의구심도 없지 않았다.

아직 실험을 완료하지 않은 채 이뤄진 발표가 혹시 처음에 모든 가능성을 열어놓고 조사하겠다는 개방적 자세를 닫아버린 결과를 가져온 것은 아니었을까? 이런 생각을 하게 된 것은 그 뒤 정부가 보인 몇 가지 자세 때문이다. 합동조사단의 발표와는 다른 주장이 나올 때에는 폐쇄적인 입장을 취했고 심지어는 고소사태까지 있었다. 수차례의 말 바꾸기에는 거리낌이 없었지만, 자료를 더 공개하라는 요구는 군사기밀을 내세워 거부했다. 심지어는 TOD 공개에 국방장관이 관여했다는 주장까지 있었다. 이런 사례들은 과학의 이름으로 이뤄진 조사나 발표의 신뢰성에 상당한 의문을 던지게 했다.

부실한 내용을 서둘러 발표했다면 거기에는 그럴 만한 의도가 있었을 것이다. 그 의도가 지방선거에 영향을 미치기 위한 북풍효과를 감안한 것이었다면 정부(正負)간 효과가 나타났으니 더 까탈하지 않겠다. 아쉬웠던 것은 발표 시기가 정치적인 고려에서 결정되었다 하더라도 발표 내용은 신중했어야 했다고 본다. 더구나 과학적인 실험을 끝내야 할 사항들이 있었다면 단정적인 결론은 유보했어야 했다. 속단한 듯 결론을 내면 진퇴양란에 빠질 수도 있다는 것을 염두에 두었어야 했다. 정치적인 기회를 선점할 욕심이 진실성에 의심을 불러일으킨 것은 아닐까? 그래서 필자는 정부가 천안함 늪에 빠진 것이 아닌가 하는 느낌을 지울 수가 없다. 그때 발표를 '중간발표' 정도로 해도 좋았다고 본다. 아니면 지금까지의 조사는 여기까지 왔다고 하고 그 추이를 관찰하는 것도 지혜로웠을 것이다. 결정타를 유보한 채 현재진행형의 짬을 두는 한편 외교력을 발휘할 여유를 가졌어야만 했으며, 한꺼번에 모든 것을 밀어붙이기 전에 문제가 꼬였을 경우 빠져나올 출구도 마련했어야 했다. 성급한 결론을 낸 데는 그만한 이유가 있었겠지만, 혹시라도 이 정권의 소통부재가 조급성을 부채질한 것은 아니었을까?

천안함 사건과 관련, 정부의 조급성이 가져온 폐해는 한두 가지가 아니다. 심리전을 재개하겠다고 호언장담하던 기개는 상대방의 '조준타격론'과 '서울 불바다론'이 나온 후 오비이락격으로 머쓱하게 들어가버렸고, 합조단 발표 후에 곧 행할 것 같았던 서해 한미연합훈련도 호언과는 달리 미국 측이 발을 뺐다. 안보리에 가져가기만 하면 금방이라도 북한 제재가 가능할 것처럼 보였지만, 그 동안 들인 외교적 비용에 비해 나타난 성과는 초라하기 그지없다. 차라리 그렇게 양언하면서 안보리에 가져가지 않은 것만 못하게 되었다.

보라는 듯이 한미공조를 외치던 이 정권이지만, 오히려 미국은 심리전 재개나 유엔안보리 문제 및 한미군사훈련 등에 소극적으로 대응하고 있다. 그럼에도 정부는 이에 대해 일언반구의 해명조차 없다. 46명 아들들의 희생을 북한의 소행으로 단정해 놓고, 정부는 왜 가만있느냐고 국민이 힐난하는 것 같아서 대책이라고 내 놓은 것이 바로 그런 큰 소리들이었는가. 그렇게 양언한 군사 외교적 조치들이 제 기능을 발휘하지 못했다면 그 이유에 대해 무언가 해명이 있어야 할 법도 한데, 정부는 어제 한 말을 오늘 잊어버렸는가, 아니면 국민을 기롱하는 것인가? 사실 그런 조급성 호언들이 한반도 평화에 부정적 영향을 끼치게 될 것은 명약관화하다. 그러므로 조용한 것이 국민의 입장에서는 오히려 다행으로 생각되지만, 국가 지도자와 정부의 호언이 실없는 허언으로 그쳤을 적에 입어야 할 국민적 상처와 모멸감은 어떨지 생각해 봤는지 묻고 싶다. 정부는 그런 국민적 정서까지 사려 깊게 감안하여 대외관계 발언에 신중을 기해야 한다. '바쁠수록 둘러가라'는 옛말이 아니더라도, 실천 못할 호언으로 일시적인 기분풀이를 하기 보다는 국민을 안심시키고 위무하는 데에 진정성을 쏟는 것이 정부가 할 일이다. 더 중요한 것은 호언장담으로 국가위신을 떨어뜨린 데 대해서는 반드시 책임을 물어야 한다는 것이다.

처음 천안함 사건이 발생했을 때 당시 이미 갖가지 억측이 나왔지만, 대통령은 모든 가능성을 열어놓고 조사하겠다고 했다. 이에는 사건 당시 한미합동훈련이 진행 중이었다는 점과, 사고 지점이 백령도에서 가까워 수심이 깊지 않다는 것 등도 고려되었을 것이다. 대통령의 그런 자세는, 조사하지 않고서도 그 소행이 누구의 것인가를 지목할 수 있다고 생각하는 일부 특정세력에게는 불만이었겠지만, 국가적 위난을 맞아서도 흔들리지 않고 중심을 잡아야 할 위치가 바로 대통령의 자리라는 점에 비춰본다면 믿음직했다. 대통령의 그 같은 자세는 곧 사건의 원인을 과학적으로 규명하겠다는 의지로 연결되었다. 과학의 이름으로 그 원인을 규명하겠다고 한다면 적어도 조사나 원인규명 과정에서 정치적인 고려는 배제하겠다는 것이다. 이는 과학적으로 규명하여 과학의 이름으로 말하도록 하겠다는 것이었다. 과학이 말하도록 하겠다는 것은 사실규명에서 정치적인 고려나 애국심(국익)을 근거로 한 판단을

가급적 자제하겠다는 뜻으로 읽혔다. 정치적인 판단이나 애국심(국익)
은 자칫 과학적인 판단을 흐리게 할 수도 있다.

　이렇게 유추해 보면 정부가 천안함 사건의 원인규명에서 의도했던
것은 먼저 과학적인 방법을 통한 '진실' 규명이었다. 그 진실이 정치적
인 고려를 압도할 뿐만 아니라 애국심에 입각한 비과학성까지도 용납
하지 않겠다는 의지로도 읽혀질 수 있었다. 국민에게는 애국심으로 호
소할 수 있지만, 국제사회에서는 애국심으로 설득할 수 있는 것이 아니
다. 대통령은 국민의 반공사상과 애국심보다 과학이 말하는 진실이 국
제사회의 보편적인 가치를 견인하는 데에 더 호소력이 있다는 것을 알
고 있었다. 자, 그렇다면 이제는 참여연대가 문제를 제기한 것이 국익
우선이었는지, 아니면 국제사회의 보편적 가치에 입각한 진실 규명이
었는지를 따져봐야 할 것이다.

　필자는 진실과 애국(국익)이 상반될 수도 있고 합치될 수고 있다고
생각한다. 물론 진실과 국익이 합치되는 것이 가장 바람직할 것이다. 그
러나 둘 사이에는 일치하지 않는 경우가 있을 수도 있다. 이럴 때 우리는
어떤 선택을 할 것인가? 진실이 아닌데 오로지 국익이라는 관점에서 진
실인 양 우길 것인가, 아니면 진실을 살리기 위해 국익을 양보해야 할
것인가? 앞의 경우는 국익이 진실을 덮어버릴 수도 있을 것이며, 후자처
럼 진실의 편에 서게 되면 국익과 배치될 수도 있을 것이다. 그러므로
진실과 애국이 서로 상반되는 경우, 과연 어떤 자세를 취하는 것이 성숙
한 인간인가 하는 문제에 부딪칠 수도 있다. 거짓을 통해 일시적으로 국
익에 도움을 주었다 하더라도 그것이 영원히 국익으로 남는다고 장담
할 수 없다. 비록 거짓이라도 국익에 도움이 된다면 감행해야 한다는 주
장이 오늘날도 없지 않지만, 이렇게 가치가 대립할 때 우리가 어떤 태도

를 취할 것인가 하는 문제는 결코 쉽지 않은 선택이다. 가령 진실과 국익이 양립할 때, 거짓을 말함으로써 당장의 국익에 손상을 끼치지 않을 수도 있고, 반대로 진실을 말함으로써 당장의 국익에 손해를 끼칠 수도 있다. 그런 선택의 기로에 섰을 때 어느 쪽이 진정한 애국이 될 것인가? 친구나 이웃 간에도 마찬가지이며, 또한 세계 보편적인 가치와 민족적 이해관계가 상충되는 경우에도 동일하다. 경우의 수는 이렇게 얼마든지 나올 수가 있다. 그럴 때 한 가지 원리로 모든 경우의 수에 적용하여 문제를 해결하기는 어려울 것이다. 그래서 스스로 현명하다고 자처하는 사람들 중에는 거짓이든 진실이든 말하지 않음으로써 어려운 처지를 모면하는 이들도 있다. 이걸 지혜라고 가르치기도 한다.

20세기 초 제국주의 시대 피식민지의 역사 속에서도 각각의 특수한 민족적 상황에서 비롯된 많은 고민들이 있었다. 그러나 식민지의 어려운 상황에도 불구하고 거짓을 버리고 진실의 편에 서서 꿋꿋이 자신의 신념을 지키며 살아간 선현들이 있었으니, 바로 도산 안창호와 간디가 그들이었다. 도산은 한민족의 큰 병폐가 거짓에 있다고 보고, <거짓은 나의 불구대천지원수不俱戴天之怨讐라>고 하여 항상 거짓을 경계할 것을 촉구했으며, 거기에 민족구원의 삶이 있다고 보았다. 간디는 더 나아가 <거짓은 나라를 위하는 경우에라도 말해서는 안 된다>고 했다. 이들은 식민지 하의 고통 속에서도 국익 대신 정직과 진실을 지켰기에 지금까지도 존경을 받고 있다. 프랭클린은 젊은이들에게 아예 정직과 신뢰(신용)를 자본으로 삼으라고 훈계했다. 이들 선현들은 국가적 이익 앞에서라도 거짓을 말해서는 안 된다는 교훈을 남겼다. 이 말을 바꾸면 국가적 이익이 걸려 있는 곳에서도 진실을 말해야 한다는 것이다. 거짓과 위장된 진실은 드러나게 마련이다. 거짓을 말한다든가, 진실을 말하지 않음으로써 얻는 잠시간의 이익은 뒷날 역사 앞에서 반드시 드러나게 마련이다. 이렇게 역사는 언제나 진실을 드러내기에 난신적자들은 역사를 두려워했던 것이다.

드레퓌스 사건이 그랬다. 19세기말~20세기 초, 프랑스의 반독일적인 맹목적 애국심이 인종차별 및 부패하고 무능한 군부와 결탁, 유태인 장교 드레퓌스 대위를 독일군의 스파이로 몰아 희생시켰다. 그러나 에밀 졸라 등의 지성인들에 의해 결국 이 사건의 진상이 폭로되었고 드레퓌스는 종신유배지에서 돌아왔다. 미국이 미서美西전쟁의 구실로 삼은 메인호 사건은 그렇다 하더라도, 베트남 전쟁 개입의 명분으로 삼았던 통킹만 사건이나, 이라크 전쟁 참여를 정당화한 대량학살무기은닉 선전 등은 결국 거짓으로 판명 났다. 미국의 국격이 급속히 떨어지게 된 것은 이 두 사건과 무관하지 않다. 진실이 아닌 것을 가지고 국익을 위한다고 우긴 역사적 사건들은 프랑스와 미국을 한 때나마 더 큰 위기로 몰아갔다.

천안함 사건으로 수장된 46명의 꽃 같은 젊은이들을 생각하면 지금도 가슴이 아리고 목이 메인다. 그러나 이제 그렇게 많은 우리 젊은이들의 목숨을 앗아간 천안함 사건의 진실을 캐는 것은 성역으로 되어 민군합동조사단이라는 정부 지정 기관 외에는 접근조차 불가하게 되었다. 군부는 자료를 독점하고 있으면서 그것을 공개하여 진실을 밝히는 데에는 소극적이다. 이런 분위기에서 '증거불충분'과 '증거부족' 및 '조사과정의 문제점' 등을 지적하는 참여연대 등 시민단체의 주장은 마치 이적행위처럼 치부되고 있다. 그렇다고 국회가 진실을 밝히려고 성의를 보이는 것도 아니다. 기껏해야 정략적으로 접근하는 태도들이 오히려 국민에게 실망만을 안겨줄 뿐이다. 이럴 때 국제사회에서 더 깊은 신뢰를 갖도록 하자면 어떻게 해야 할 것인가? '만에 하나' 기왕의 합조단 발표가 뒤엎어진다면 국가 체통은 말이 아닐 것이다. '만에 하나' 국가체통이 떨어졌다면 더 떨어지지 않고 회복하는 방법은 무엇일까? 지금이라도 그 '만에 하나'를 대비하여 자료를 공개하고 자유롭고 활발한 논의를 통해서 원점에서 객관적이고 체계적인 조사를 시작해야 할 것이다. 그것은 황우석 박사 사건에서도 이미 배운 바 있다. 국내의 양심적인 젊은 학자들이 황우석으로 말미암아 떨어진 국격을 회복하는 데에 크게 공헌했다. '만에 하나'를 대비한다는 것은 대단히 어려운 결단이지만 빠를수록 좋을 것이다. 그렇게 된다면 지금까지의 대결적인 자세를 누그러뜨리고 한반도 평화회복의 회기적인 계기도 만들 수 있는 희망도 다시 찾을 수 있을 것이다. 진실만한 국익이 없고, 진실에 바탕을 두지 않은 평화란 있을 수 없다.

(2010. 7. 11. 함석헌평화포럼)

부시와
'평화기도회'가
어울릴 수 있을까

　　기독교 언론매체인 『뉴스앤조이』가 전하는 내용이다. 이달 6월 22일 오후 5시 30분, 서울 상암동 월드컵경기장에서 '한국 전쟁 60주년 평화기도회'가 '분단을 넘어 평화로!'라는 제목으로 열리는데, 거기에 부시 전 미국 대통령을 초청하기로 했단다. 주최 측은 부시 전 대통령이 평화통일과 자유에 대해서 이야기할 수 있도록 배려하겠다고 한다.

　　'평화기도회'에 부시를 초청하겠다는 발상을 보면서 느껴지는 바가 많다. 그는 "이라크에 대량살상무기가 은닉되어 있다는 증거가 있다."고 주장하면서 이라크를 침공했다. 그러나 이 정보는 거짓된 것이었음이 뒤에 드러나게 되었다. 미국과 영국 측이 승리를 선포한 뒤인 2004년 10월, 미국이 파견한 조사단은 "이라크에 대량 파괴 무기는 존재하지 않는다."라는 보고서를 제출하였다. 전쟁을 시작한 근거가 된 대량살상무기 은닉은 이렇게 거짓으로 밝혀져 이 전쟁의 정당성이 크게 흔들리게 되었다. 이 명분 없는 전쟁은 이라크라는 나라를 철저히 파괴했고, 2007년 현재 최소 65만 명의 민간인 사망자와 난민 450만 명을 양산했다. 여기에 지금도 살해당하고 있는 민간인과 군인을 합산하면 피해 규모는 더 불어날 것이다. 그 뿐인가, 2001년 9·11테러 이후 알카에다를 잡겠다고 시작한 아프가니스탄 침공은 오바마 정권에 들어서도 계속되고 있다.

이라크에 대량살상무기가 존재한다는 주장이 근거 없음이 밝혀졌을 때 부시는 어떤 태도를 취해야 했을까? 이라크와 세계에 사과하고 이 정당성 없는 침략군을 철수하고 이라크에 법적인 책임을 졌어야 했다. 그렇게 해야만 미국의 과오에 대해 최소한의 책임이라도 지는 것으로 보였을 것이다. 그러나 그는 전쟁 발발에 대한 아무런 책임도 지지 않았다. 미확인된 정보에 근거하여 섣불리 전쟁을 시작한 것은 처음부터 다른 목적이 있었기 때문이라고 밖에는 말할 수 없으리라. 인권과 민주화 문제에서 세계를 주도한다고 자처한 미국은 베트남전쟁 개입과 이라크전쟁으로 말미암아 그런 위상이 크게 흔들리게 되었다. 불의한 전쟁으로 미국의 위상을 크게 떨어뜨린 부시를 한국 교회가 평화의 사도로 둔갑시켜 초청한다는 것은 있을 수 없는 일이다.

9·11사태 이후 미국은 알카에다와의 전쟁을 일방적으로 선포하고, 그들의 근거지로 여겨진 아프가니스탄에 침공, 벌써 10년 가까이 전쟁을 계속하고 있다. 이 역시 부시 정권 때에 이뤄진 것이다. 명분은 아프가니스탄에 은신하고 있는 알카에다를 잡겠다는 것이지만 그 목표도 뚜렷하지 않고 작전 지역 또한 분명하지 않았다. 민간인 사살도 서슴지 않는 미국의 아프가니스탄 침공은, 위장된 '평화'의 이름으로 아프가니스탄의 국가적 자주성뿐만 아니라 수많은 부족 공동체를 파괴하고 있다. 미국의 아프가니스탄 공격은 결국 탈레반과의 싸움으로 변화되었다.

과연 평화가 전쟁의 승리로 주어질 수 있을까? 전쟁에 승리하여 상대방을 힘으로 누르고 침묵토록 하는 것이 평화일까? 부시를 이은 오바마는 아프가니스탄에 대해서 한술 더 떠서 미군의 증강을 결정했고, 우방에 대해서도 증원파병을 요청했다. 그 모습을 보면서 오바마에게 걸었던 잠깐의 기대가 사라졌다. 미국이 아프가니스탄 전쟁의 진흙탕에서 헤어나는 길이 병력을 증강하고 무기를 정예화 하는 데에 있을까? 이미 드러난 바와 같이, 그것은 끝없는 보복의 악순환으로 될 수밖에 없다.

지금 전쟁에 쏟아 붇고 있는 그 막대한 비용을 평화 건설의 비용으로 바꿀 때에만 평화의 실마리가 열려질 것이다. 그래야만 "칼을 쳐서 보습을 만들고 창을 쳐서 낫을 만들며 이 나라와 저 나라가 다시는 칼을 들고 서로 치지 아니하며 다시는 전쟁을 연습하지 아니하는"(사 2:4) 평화의 때가 올 것이다. 미국이 지금이라도 불의하고 무모한 전쟁을 끝내고, 지금까지 쏟아 부었던 전쟁비용을 평화구축을 위한 비용으로 전환할 때만 세계를 향한 미국의 새로운 지도력을 회복할 수 있을 것이다.

아프가니스탄에서 10년, 이라크에서 8년간 전쟁을 치렀던 부시 못지않게, '한국전쟁 60주년 평화기도회'를 준비하는 소위 한국 교회 지도자들의 자세도 문제다. 평화를 위한 기도회를 열겠다면서 평화와는 반대의 길을 걸어온 부시를 초청해서, 그를 마치 평화의 사도인 양 대접하겠다는 것은 아무래도 기독교적인 가치관과는 부합되지 않는다. 부시를 초청한 것이 역설적인 발상에 의한 것이라면 이해됨직한 소지가 있다. 그를 무모한 전쟁을 일으킨 장본인으로 치부하고 그에게 전쟁이 이렇게 비참한 것이니까 전쟁할 생각일랑 아예 하지 말라고 강조하면서 평화의 소중함을 일깨우게 하자는 취지라면 굳이 반대할 이유가 없을는지도 모른다. 그러나 이번에 부시를 초청하는 것은 그런 의미가 아니다. '9·11 테러'에 대한 보복수단으로서 전쟁을 일으킨 '그의 용기'에 주목하면서 응징수단을 과감히 실천한 그에게 한 수 배우기 위해 그를 초청하는 것은 아닐까? 만약 그렇다면 그것이 진정 기독교 지도자들이 취해야 할 자세인가? 한국 기독교는 기껏 이정도 수준 밖에 되지 않는가?

오랜 동안 민족문제와 통일문제에 접근해 왔던 한국 기독교는 1980년대까지 통일문제를 남북한 정부만이 배타적으로 보유하고 있던 자세에 비판을 가하면서, 민족통일 문제를 국민대중의 것으로 끌어내리는 일에 누구보다 앞장서왔다. 1990년대에 이르러 공산권의 붕괴로 북한이 경제적으로 어려워졌을 때 북한 돕기에 가장 먼저 나선 것도 한국교회다. 그러나 한편으로 새 세기에 들어와서 '반핵·반 김' 대열을 주도하면서 서울광장을 뜨겁게 한 것도 역시 한국 교회였다. 한국 기독교는 이렇게 한반도의 평화와 통일 문제를 두고 양면성을 보여 왔다. 그러나 전쟁과 평화의 문제를 두고 어느 편을 선호하는 것이 기독교적인가 하는 것은 자명한 문제다. 한국 기독교는 분명한 입장을 가져야 한다. 미국의 기독교 원리주의자들은 응징을 위해 전쟁도 불사한다는 입장이다. 그것이 부시와 그를 충동질하는 기독교 세력들이 취한 태도다. 그들은 자기들이 자의적으로 설정한 '의로운 전쟁'에 하나님이 함께 하시고 승리로 이끌 것이라는 확신을 갖고 있다. 한국의 기독교인들 중에는 그 아류에 속하는 이들이 없을까? 부시를 초청하여 '평화기도회'를 열겠다고 하는 이들이 바로 부시와 같은 동류의식을 가진 이들이 아닐까?

이번에 부시를 초청하는 '평화기도회'는 준비위원회 대회장에 김삼환 목사(명성교회)와 준비위원장 이영훈 목사(여의도순복음교회), 그리고 총무 고명진 목사(수원중앙침례교회)를 중심으로 구성됐다고 전한다. 기도회 강사는 조용기 원로목사(여의도순복음교회), 김장환 원로목사(수원중앙침례교회), 김삼환 목사 등이라고 한다. 부시 전 대통령 초청에 큰 역할을 한 것으로 알려진 김장환 원로목사는 "6·25를 경험한 목회자들이 한국전쟁 경험담을, 부시 전 미국 대통령이 평화 통일과 자유에 대해 이야기하면 좋을 것"이라고 했단다.

비용이 얼마가 들던, 어느 정도의 인원이 모이든 그것은 그들의 자유에 속할 것이다. 그러나 당부할 것이 있다. 대형교회 목회자들이 주관하는 그런 행사가 '평화기도회'라는 이름으로 자신들의 이름이나 드러내는 그런 거창한 모임이 되어서는 안 된다. 과거의 행적으로 보아 충분히 그럴 수 있는 분들도 있다. 평화라는 이름을 걸고 적대의식을 고양하는 기도모임이라면, 정작 그 기도를 들으실 하나님이 함께 하실까 걱정스럽다. 부시를 초청할 정도라면 그럴 가능성을 배제할 수 없다. 차라리 그 모임이 6·25 동족상잔의 죄악을 고통스럽게 되돌아보면서 분단의 죄악을 통회하는 '미스바의 성회'(삼상 7:5-6)가 되기를 원한다. 그렇게 되려면 부시 초청을 취소하라. 아직도 이라크 침공을 회개하지 않는 부시는 그런 회개의 모임과는 어울리지 않는다.

한 가지 더 있다. 몇몇 교회와 이름난 목회자들의 이름으로 하는 그런 모임이 한국 기독교의 이름으로 치러지지 않기를 기대한다. 그런 일이 아니더라도 한국교회는 우리 사회로부터 욕먹을 일이 너무 많다. 이미 이름이 거론된 분들이 한국 교회를 대표한다고 할 수도 없거니와 그들은 영적으로 신선함을 주기에는 이미 한물 간 사람들이다. 한국교회를 대표하는 척하면서 혹시라도 매명에 열을 올릴까 두렵다. 후세들에게 그런 식의 기독교 행사를 더 가르치지 않았으면 한다. 더구나 '평화기도회'를 하겠다면서 부시를 초청하고 한국교회가 이런 일을 했다고 성언한다면, 하나님이 그 의식을 어떻게 보실까? 네 골방에 들어가 민족적인 죄악과 평화통일을 위해서 조용히 기도하라고 책망하지 않을까 두렵다.

이번 '평화기도회'를 주도하는 대형교회에 고언하고 싶다. 부시를 초청하여 그런 거창한 행사를 주관할 물질적 능력이 있다면, 한국전쟁으로 인해 상처받고 가정이 파괴된 공동체를 찾아가, 오른손이 하는 것을 왼손이 모르게 조용히 그곳에 용서와 화해를 심고 평화를 확대해 가는 노력이 더 필요하지 않겠는가? 그런 조용한 사역이 부시를 초청해서 요란하게 평화기도회를 하는 것보다는 더 하나님을 영화롭게 하고 공동체와 민족에게 진한 감동을 불러일으킬 것이다.

'부시와 평화', 호전적인 그에게는 어울리지 않는 말이다. 21세기를 전쟁으로 시작한 부시, 그에게 평화라는 말도 어울리지 않는데 더구나 '평화기도회'는 더 용납될 수 없다. 아무리 한국 교회의 몇몇 지도자들이 역사의식이 없다 하더라도, 호전성을 가진 그를 기독교의 이름으로 평화의 사도인 양 초청하는 것은 한국 교회를 오도하는 것이다. 부시와 함께 '평화기도회'를 개최한다는 데 대해서 부끄럽게 생각하는 많은 한국 기독교인들이 있음을 인지한다면, 그를 빌어서 평화를 말한다는 것은 더 이상 용납될 수 없다. 부시가 아무리 하나님을 위한 열정을 가졌다 하더라도 그가 저지른 중동의 두 전쟁은, "평화를 만드는 자는 복이 있나니 그들이 하나님의 아들이라 일컬음을 받을 것"(마 5:9)이라는 말씀에는 결코 부합될 수 없다.

(2011. 6. 17. 함석헌평화포럼)

항일독립운동과
3·1운동

머리말

한국의 근대 민족운동은 19세기에 들어서서 일어난 수많은 농민운동의 연장선상에서 전개되었다. 봉건적 수탈에 시달리면서 반봉건·사회개혁 사상을 수용하며 점차 운동성을 확대해 갔던 한말 농민운동은 방곡령사건防穀令事件 같은 항일운동과 동학농민운동 및 의병운동으로 연결되는 일련의 강력한 반외세(반침략)·반제 운동으로 발전해 갔다. 한국 근대 민족운동에 대한 이 같은 이해는 그것의 성격이 두 가지 주요 모순을 극복하기 위한 것이었음을 의미한다. 그 하나는 조선 봉건사회의 복잡한 내부모순의 존재를 의미하며 다른 하나는 내적인 모순 못지 않게 외세의 압제와 간섭이 있었음을 의미하는 것이다.

따라서 한국 근대 민족운동의 이러한 두 가지 측면은, 대내적으로는 봉건사회를 개혁하려는 반봉건·사회개혁운동으로 나타났고, 대외적으로는 일제의 침략에 맞서서 국권을 수호하려는 의병운동과 국권을 회복하려는 민족독립운동으로 나타났다. 전자가 자기 사회를 개혁하는 데에 초점이 주어져 있다면 후자는 외세에 대응하려는 데에 초점이 주어져 있다. 이와 함께 애국계몽운동 같은 민족운동은 기본적으로는 사회개혁적인 성격의 대내적인 점이 강조되고 있지만, 부국강병을 추구하는 점에서는 침략세력을 물리치기 위한 대외적인 성격도 일부 갖고 있었다고 할 것이다.

항일독립운동을 논할 때에 그 범위가 한말에까지 확대되어야 한다는 것은 당연하다. 그러나 독립운동의 범위를 한말에까지 확대하여 논하게 되면 어느 시점을 중심으로, 반식민지 상태를 극복하기 위한 구국운동과 국권회복운동으로서의 독립운동을 구분할 필요가 있다. 한말의 구국운동은 나라를 사랑하고 구하려는 의식면에서는 일치하지만 그것을 실현하는 방법에서 차이를 나타내고 있었다. 쇠망해 가는 나라를 어떤 방식으로 구하는가에 따라 크게 의병운동 세력과 애국계몽운동 세력으로 나뉘게 된다. 의병운동 세력이 침략세력인 일제와 직접 맞서서 싸워 나라를 구하려고 한 데 비해서, 애국계몽운동 세력은 일제와 맞서서 싸우기보다는 일제의 침략을 극복할 수 있는 실력을 길러야 한다고 주장했다. 한말 일제에 항거하여 나라를 구하려는 구국운동의 유파는 일제 강점기에 들어서서는 그 형태가 일정하지 않은 독립운동의 여러 유파를 형성하게 되었다. 따라서 오늘 언급하는 항일독립운동은 시기적으로는 한말의 구국운동에서 시작하여 일제 강점기의 국권회복운동으로서의 독립운동까지를 포괄하는 것이며, 형태면에서는 일제로부터 나라를 보위하고 해방, 독립시키려는 전반적인 운동을 항일독립운동으로 규정하고 있다.

민족해방운동과 독립운동

1910년 일제가 나라를 강점했을 때, 반만 년 역사를 가진 한 민족은 이런 현실을 수긍할 수 없었다. 일부 친일분자들이 일제에 협력한 경우도 있었지만, 민족 구성원 대부분은 일제의 식민지 지배를 용납하지 않았다. 나아가 민족의 자주권과 생존권을 확보하고, 일제에게 빼앗긴 국토와 주권을 완전히 되찾아 민족국가를 건설해야 한다는 것을 당면과제로 여겼다. 이를 해결하기 위한 노력이 바로 독립운동이었다.

일제하의 독립운동과 관련, 현재 우리 학계는 이 시기의 사회운동 일반을 특징짓는 개념을 다양하게 사용하고 있다. 기존의 역사학계에서는 이 시기의 국권회복을 위한 항일운동을 독립운동 혹은 민족운동이라고 명명해 왔는데, 최근에는 민족해방운동이라는 용어가 함께 사용되는 추세에 있다. 이는 종래 민족주의 계열의 항일운동을 주 대상으로 했던 연구에서 그 연구의 영역을 좌파계열의 운동까지를 확대하면서 붙여진 명칭이라 할 것이다.

20세기 후반기에 들어가면서 시작된 한국독립운동사 연구는 일제의 식민지 지배정책연구와 함께 대한민국 임시정부 운동 등 주로 민족주의계열의 것에 국한되어 있었다. 그러나 1980년대 후반에 들어와 한국독립운동사는 양적, 질적인 면에서 연구 수준이 크게 비약하였고 연구 시각도 상당히 변화하였다. 특히 1980년 5·18민주화운동 이후 민족운동을 민중 중심으로 보아야 한다는, 민족운동사 연구의 민중적 관점이 확립되기 시작했다. 또 세계사적으로도 냉전의 벽, 이데올로기의 벽이 무너지면서 기존의 냉전적 사고의 틀을 빗어나 일세 하 사회주의운동까지도 독립운동의 범주 안에 포함시켜 보아야 한다는 시각이 학계에서 자리 잡기 시작했다.

또 하나 중요한 것은 일제하의 독립운동은 항일국권회복운동인 동시에 근대 민족국가 수립운동으로서 근대 민족국가가 갖고 있는 민주적 성격을 가져야 한다는 당위성이 역사적 의미로 부각되기 시작했다. 따라서 3·1운동 이전에 더러 보였던 구 왕조를 회복하려는 독립운동은 복벽復辟적인 성격을 갖고 있기 때문에, 그것이 비록 항일독립운동이라 하더라도 민주적인 성격을 갖고 있지 않음으로 근대 민족국가 수립운 동의 성격을 갖고 있지 않다고 성격 짓게 되었다. 따라서 그런 복벽운동 은 항일독립운동의 범주에 속하긴 하지만 근대 민족국가 수립운동으 로서의 독립운동은 될 수 없다고 보았다. 여기서 한 걸음 더 나아가 근대 민족국가 수립운동과 역사적 궤를 같이 하지 않는 항일운동은 엄격한 의미의 독립운동이라 할 수 없으며 민족해방운동으로서의 성격도 갖 지 못한다는 견해가 제기되어 왔다.

일반적으로 민족해방운동은 반식민지 해방운동, 식민지 해방운동, 사회주의 계급해방운동으로 나누어지는데 반식민지 해방운동은 제국 주의 침략을 받거나 반식민지 상태에 있을 때, 이를 극복하기 위한 구국 운동을 말한다. 식민지 해방운동은 한국의 의병전쟁이나 애국계몽운 동과 같은 구국운동이 반식민지 상태를 극복하지 못하고 식민지로 전 락하였을 때, 식민지 상태를 청산하고 자주독립국가 건설을 목표로 하 는 독립운동을 일컫는다. 즉 독립운동은 식민지 해방운동이다. 피압박 대중의 사회경제적 억압으로부터의 전면적 탈피를 의미하는 계급해 방운동은, 독립운동과정에서 민족 자본가 등 지배계급들과의 민족통 일전선을 형성하는 동시에 노동자 농민을 중심으로 한 피억압 계급의 해방운동을 전개하는 것을 말한다. 따라서 여기서 민족해방운동이라 함은 이 세 가지 정의를 포괄함과 동시에 '식민지 해방운동'을 가장 근접 한 의미로 설정하고 있다고 할 것이다.

현재 학계에서는 시각과 관점에 따라 민족운동, 독립운동, 민족해방운동이라는 용어가 다양하게 사용되고 있으나, 가장 일반적으로 사용되는 용어는 '독립운동'이다. 운동 당사자들이 당시에 가장 많이 사용했던 용어도 '독립운동'이었고, 연구자들도 흔히 '독립운동'이라 명명하였다. 일제의 침략으로 국권을 상실한 이후 독립을 쟁취하기 위하여 일제에 저항한 항일운동에 대한 올바른 개념정립에 대한 논의는 한국 근대사의 중핵을 이루는 일제강점기 연구의 지평을 넓히는 중요한 주제라고 할 수 있을 것이다.

3 · 1운동의 역사적 의의

최근에 우리사회에는 '일제강점'이라는 용어가 널리 회자되고 있다. 을사조약을 비롯한 한말의 늑약된 제반 조약들이 국가 간의 국제조약이 갖추어야 할 제반 조건을 갖추지 못하고 불법적으로 이뤄졌기 때문에 '강점'이라는 용어를 사용되고 있는 것이다. 일제가 한국을 식민지화한 것은 일종의 '강점强占'이라고 하지 않을 수 없다. 그러나 일본은 한말의 제반 조약들이 합법적으로 이뤄졌다고 주장해 왔으며 아직도 그 주장을 포기하지 않고 있다. 그러므로 이런 용어의 선택은 20세기 초 한일관계의 핵심을 이해하는 대단히 중요한 고리라고 할 것이다.

일제가 한국을 강점하는 과정은 여기서 일일이 상론할 수 없다. 그들은 러일전쟁을 전후하여 군대의 힘으로 한국을 제압한 후 한일의정서와 한일협약 등을 강제하고, 그 후에도 계속 각종 조약을 강요하여 한국의 외교권·행정권·군사권·사법권·경찰권 등을 차례로 빼앗아 갔다. 그런 과정에서 그들은 한국인의 저항을 없애기 위해 군대를 해산하고 각종 결사와 언론기관 등을 차례로 해체시켰다.

일제가 한국의 국권을 강탈하는 위기의 상황에서 한국인의 구국운동 차원의 저항운동은 계속되었다. 을사조약 후 '시일야방성대곡是日也放聲大哭'에서 시작된 언론의 저항운동이나, 1907년 군대해산을 계기로 전력이 강화된 의병운동 등은 그 대표적인 것이었다. 의병운동은 일본군의 대토벌작전에 밀려 국내에서 차차 한·만韓滿, 한·로韓露의 국경지대로 옮겨 계속되었다. 한말 유인석柳麟錫의 의병운동과 안중근安重根의 의병부대, 이범윤李範允·홍범도洪範圖의 의병부대 등은 대표적인 의병운동이라고 할 수 있다. 그러나 이런 의병운동도 1915년을 전후하여 차차 힘을 잃게 되거나 장기적인 항일투쟁으로 투쟁방향을 전환하게 되었다.

한편 일제의 직접적 식민지지배를 받는 상황에서 국내독립운동은 비밀결사의 형태로 나타났다. 의병부대이긴 했지만 1912년에는 전라도에서 임병찬林炳瓚이 독립의군부獨立義軍府를 조직하고 1914년에는 대한독립의군부大韓獨立義軍府의 편제를 완비하게 되었다. 1913년에는 경북 풍기豊基에서 채기중蔡基中 등 13명이 비밀결사 대한광복단大韓光復團을 조직하였는데, 그 뒤 1915년에는 박상진朴尙鎭 등이 가담하여 이를 광복회光復會로 개칭하였고 1916년에는 로백린盧伯麟 등이 가담하여 광복단光復團으로 발전, 그 이듬해에는 각지의 부호들에게 국권회복운동 자금을 요구하는 통고문을 보냈다가 발각된 '광복단 사건'이 일어나기도 했다. 이와 함께 경북 달성達成에서는 서상일徐相日 등이 조선국권회복단朝鮮國權回復團을, 이용우李用雨 등이 조선산식장려계朝鮮産織獎勵契 등을 조직하였는데 이는 모두 국권회복을 위한 비밀결사적 성격을 지니고 있었다. 주목되는 것은 이들 독립운동이 '복벽적 성격'을 띄고 있었다는 점이다. 구 왕조를 회복하겠다는 뜻이다. 그런 의미에서 백성이 주인이 되는 '민주공화국' 이념은 아직 기대할 수 없었다. '백성이 주인이 되는' 민주국가, 말하자면 근대적인 민족국가의 이상은 결국 3·1운동과 대한민국임시정부를 통해서 비로소 나타나게 되었다.

일제 강점 후 해외의 독립운동도 활발했다. 미주에서는 1909년, 샌프란시스코에서 발족한 국민회가 안창호를 중심으로 1912년에 대한인국민회 중앙총회를 결성하였다. 대한인국민회는 한 때 재외 한국인을 대표하는 임시(가)정부 구실을 하는 한편 북미와 하와이·원동지역에도 지부를 설치하여 독립운동에 본격적으로 뛰어들게 되었다. 이러한 역할 때문에 대한인국민회는 1910년 대한제국이 망하고 1919년 대한민국 임시정부가 서기까지 해외한인을 대표하는 과도기적인 정부구실을 했다고 볼 수 있다. 대한인국민회의 결성과 확장에 이어 하와이에서는 박용만朴容萬이 1914년에 국민군단國民軍團을 조직했다.

한편 서간도 통화현에서는 경학사耕學社를 토대로 1912년에 부민단扶民團을 조직했는데 이를 계기로 그 전까지 만주와 연해주 지역에서 의병활동을 전개하던 세력들도 장기적인 전략 하에 독립운동의 기지를 이 지역에 자리 잡기 시작했다. 상해에서는 1917년 신규식申圭植 등이 조선사회당朝鮮社會黨을 결성하여 스톡홀름 만국사회당 대회에 독립요구서를 제출했다. 1918년에는 러시아 이르쿠츠크에서 공산당 한국지부가 창립되었는가 하면, 하바로프스크에서는 이동휘李東輝·김립金立 등이 한인사회당韓人社會黨을 조직하기도 했다. 한인사회낭은 그 뒤 1919년에는 블라디보스토크로 옮겨와 고려공산당高麗共産黨이라 개칭했는데 이를 뒷날 상해파 공산당이라 한다. 청년 독립운동 단체들도 조직되었는데 블라디보스토크에서는 한인청년단이, 상해에서는 1918년 여운형 등에 의해 신한청년당新韓靑年黨이 조직되었다. 이렇게 해외의 독립운동은 제1차 세계대전의 종결을 전후하여 활발하게 전개되고 있었다.

3·1운동은 1919년 3월 1일 서울의 파고다공원과 태화관, 그리고 전국 9개 지역에서 〈독립선언서〉를 선포하면서 시작하여, 그 뒤 1년여에 걸쳐 우리나라 안과 만주·연해주 등 해외에까지 확산된 거족적인 항일 민족독립운동을 총체적으로 일컫는다. 이 운동은 1910년 8월 일제가 한국을 강점한 후 강요된 포학한 무단식민통치로 실의와 좌절 속에 빠져 있던 한국민에게 민족 독립에 대한 새로운 가능성과 소망을 불어넣어 주었다.

일제는 한국강점 후 한국민을 두고 나라를 빼앗기고도 분통해 하지 않는 나약한 열등민족이라고 했는가 하면, 한민족이 일본의 시민통치에 열복(悅服:기쁜 마음으로 순종함)한다고까지 세계에 선전하였다. 그러나 3·1운동은 우선 일본의 이러한 선전을 거부했을 뿐 아니라, 민족의 저력을 확인하고 그것을 집약하여 한국 민족사를 새로운 차원으로 끌어올리는 계기로 삼았다. 3·1운동을 계기로 한민족사에는 다음과 같은 새로운 전기가 마련되었다.

첫째, 한성, 블라디보스토크 등과 함께 상해에서는 그 해 4월 11일, 대한민국임시정부가 창건되어, 일제에 항거하여 민족독립을 추진할 수 있는 거족적인 구심점이 형성되었다.

둘째, 만주지역을 중심으로 항일무장독립투쟁이 가능하게 되었는데, 3·1운동을 전후하여 북간도에서는 국민군회, 북로군정서, 대한독립군, 서로군정서, 대한의용군, 광본군 총영 등이 조직되어 일본군과 교전을 벌였으며, 1920년에는 홍범도 장군이 거느린 독립군 부대가 봉오동 전투에서 승리했고, 같은 해 청산리 전투에서는 김좌진 장군과 북로군정서군이 일본군을 크게 섬멸하는 큰 전과를 올리기도 하였다.

셋째, 국내의 민족운동에도 큰 힘을 불어넣어 주었는데, 한국인의 고등교육을 위해 민립대학기성회가 조직되었는가 하면 물산장려운동과 근검·절제운동 등의 실력양성운동을 일으켜 백성을 깨우치고 독립을 준비하는 계기를 만들었다.

넷째, 3·1운동은 항일독립운동 못지않게 민주민족운동사상 중요한 계기를 마련하였는데, 그것은 두 가지 면에서 돋보인다. 그 하나는 '백성이 나라의 주인'이 되는 '민주공화정'을 3·1운동이 추구한 국가적인 이상으로 제시하였는데, 이것은 독립선언서에 서명한 손병희·이승훈에게서 나타나고 있다. 그전까지는 독립운동을 해도 옛 왕조를 회복하겠다는 정도의 '복벽운동復辟運動' 차원에 머물렀으나, 3·1운동의 지도자들은 일본 재판장의 심문에서 분명하게 '백성이 주인이 되는 나라를 세우겠다.'고 소신을 밝혔던 것이다. 바로 이 이념이 상해임시정부의 헌법에 '민주공화정'으로 정착하였다. 또 한 가지는 3·1운동 이전에는 민족운동사에 평민 지도자가 거의 없었는데, 3·1운동을 계기로 이 땅에서 양반출신 지도자 대신 평민출신 지도자가 민족운동을 이끌어 가게 되었다는 점이다.

3·1운동은 또한 국내의 이 같은 민족운동·독립운동에 끼친 영향 못지않게 세계사에 끼친 파장도 크다. 당시 세계는 제1차 세계내전이 끝나고 베르사유 체제가 출범하려 하였다. 이는 제1차 세계대전에서 승리한 전승국 중심으로 세계질서를 재편성하려는 움직임으로, 패전국의 식민지에 대해서는 민족자결권을 허락하는 듯했으나, 전승국의 식민지에 대해서는 민족자결권을 암시하지 않아 계속 피압박 상태에 머

무를 수밖에 없었다. 이때 한민족은 3·1운동을 통해 당시 전승국 대열에 끼어 있는 일제에 항거함으로써 1차 세계대전 후의 전승국 중심의 침략·강권 질서를 비판하였다. 이것은 바로 피압박 민족의 입장에서는 세계 최초의 항거였다.

한국의 3·1운동에 자극 받은 세계의 피압박 약소국가들은 그들의 독립운동을 전개하게 되었다. 중국에서는 같은 해 북경대학생들을 중심으로 5·4운동이 일어났는데, 이 운동을 주도한 청년들은 '조선을 본받자'는 구호를 외쳤다. 인도에서는 마하트마 간디를 중심으로 비폭력·무저항의 '사티아그라하' 운동이 일어났으며, 이는 영국에 대한 독립운동이었다. 또한 3·1운동은 필리핀·베트남·이집트 등지의 독립운동에도 직·간접으로 영향을 미쳤다. 따라서 이런 의미에서 3·1운동은 그 세계사적 의의도 높다고 할 것이다.

한편, 「3·1독립선언서」에는 '민족의 자주·자존'을 강조함과 동시에 '민족주의'가 빠질 수 있는 오류에서 벗어나려고 노력하는 대목이 보인다. 민족의 자주·자존을 강조하다 보면 자칫하면 다른 민족에 대하여 배타적이기 쉬운데, 우리의 「독립선언서」는 우리 민족의 독립을 동양의 평화, 나아가서는 세계평화의 틀 속에서 강조하고 있다. 또 우리의 적대국이었던 일본에 대해서도 열린 마음으로 공존共存과 호혜互惠를 강조하고 있는 것은 당시 피압박 상태에 있던 우리 민족의 성숙도를 보여주는 것이라 하겠다.

3·1운동은 민족운동이면서 인류의 양심의 회복, 인류의 공동선共同善을 추구한 운동이었다. 이것은 말하자면, '민주民主'의 개념이 확연하게 드러난 민족해방운동이면서 폐쇄적인 민족주의를 넘어서서 동양평화 세계평회를 모색하려는 운동이었다. 따라서 3·1운동은 민족이 다

르다는 이유로 한민족을 핍박한 일제에 항거하는 해방의 의지를 분명히 하면서, 폐쇄적 민족주의를 극복하고 인류의 보편적 진리에 접근하려는 성격을 내포하고 있는, 세계화의 선구적 사상을 실천한 것이라고 할 수 있다.

3·1운동 이후에 전개된 한국독립운동

1919년 3·1운동이 발발하면서 독립운동은 크게 변화·발전하였다. 3·1운동이 비록 소기의 목적을 제대로 이루지는 못했지만, 한국 독립운동사상에 남긴 가장 큰 성과는 바로 임시정부를 창건한 것이었다. 3·1운동 후 국내외에서 적어도 8개 정도의 임시정부가 실제 혹은 전단상傳單上으로 존재했다고 알려져 있다. 그 중 가장 뚜렷한 것은 1919년에 선포된 노령露領의 대한민국의회(大韓國民議會, 3. 17; 대통령 손병희, 부통령 박영효, 국무총리 이승만)와 상해의 대한민국임시정부(4. 11; 국무총리 이승만), 그리고 인천 만국공원에서 국민대회 이름으로 그 조직이 선포된 한성임시정부(漢城臨時政府, 4. 23; 집정관 총재 이승만, 국무총리 총재 이동휘) 등이었다. 상해 임시정부는 이 세 곳의 임시정부를 통합하여 일원화하는 작업을 시작했다. 9월에 이르러 상해임시정부는 임시정부개편안과 헌법개정안을 확정하여 대통령 이승만, 국무총리 이동휘로 하는 통합정부를 출범시켰다. 이로써 노령·한성·상해에서 설립된 임시정부는 형식상으로 한성정부를 정통으로 잇는 통합정부로 재출범하게 되었다.

그러나 임시정부는 여러 가지 문제에 봉착하여 독립운동을 추진하는 중추적인 역할을 수행하지 못하였다. 이승만 대통령은 위임통치안 요청설로 상해(1920. 12~1921. 5)에 왔다가 제대로 임무를 수행하지도 못한 채 미국으로 돌아갔다. 거기에다 임정은 출발부터 지방색을 둘러싼 파벌의식과 갈등으로 독립운동을 지휘할 수 있는 중심 기구로서의 기능을 수행하지 못하였다. 노령파를 대표하는 이동휘와 미주파를 대표하는 안창호가 탈퇴하자 임시정부의 결속력은 급속하게 약화되었다.

임정을 중심으로 한 독립운동이 결속력을 잃게 되자 대안으로 1923년 국민대표회의가 등장하였다. 그러나 파벌싸움 등의 구태를 일신하고 새로운 차원으로 출발하는 데는 성공하지 못했다. 국민대표회의는 문치파와 무단파, 서북지역과 기호지역, 노령·만주 지역과 상해 임정 세력의 연계를 원활하게 하는 한편 1920년에 만주 지역에서 활발하게 전개된 무장 항일운동을 더욱 조직화하기 위해 독립운동 기관들의 대표들을 회집시킨 연합체였다. 논의과정에서 생산적인 것들이 없지 않았지만, 임시정부에 대한 태도에서 창조파와 개조파로 나누어지고, 창조파가 기존의 임정을 두고 새로운 정부를 세우려 하자, 임정 내무총장 金九는 임시정부 내무령을 발동, 해산시키고 말았다. 그 뒤 1920년대 중반부터 독립운동 세력들을 단결시키기 위한 민족유일당 운동이 일어났다. 중국관내와 만주, 그리고 국내에서도 통일운동은 활발하게 전개되었으나, 국내에서 신간회를 조직한 것 외에 해외에서는 이렇다 할 성과를 거두지 못했다. 그러나 이 같은 독립운동 세력의 합작·통일운동은 해방될 때까지 계속되었다.

1931년 일제가 9·18 만주사변을 일으켜 중국에 대한 침략을 전개하자, 그 동안 독립운동선상에서 지도력을 제대로 발휘하지 못한 임정은 반전을 모색하게 되었다. 임정의 위임을 받은 김구는 한인애국단을 통해 특무공작을 기도하였다. 1932년 1월의 이봉창 의사 일본 천황 폭살 기도와, 같은 해 4월 29일 윤봉길 의사의 홍구공원 의거는 바로 이러한 특무공작의 일환으로 나타난 것이었다. 이 밖에도 이덕주李德柱·유진식兪鎭軾의 조선총독 기습공격작전이나, 최흥식崔興植·유상근柳相根의 관동군사령관·관동청장관·만철총재 기습공격작전도 임정을 배후세력으로 한 한인애국단의 특공작전이었다.

임정이 독립운동의 지휘부로서의 역할을 그나마 회복하게 되는 것은 1940년대에 들어서서다. 윤봉길 의거 이후 9개소 이상을 거쳐 중경重京에 정착한 임정은 1940년 한국광복군을 창설했고, 1941년에는 삼균주의에 기초한 대한민국건국강령大韓民國建國綱領을 발표했는데 이는 '수정자본주의 또는 사회민주주의의 논리'에 의한 것으로 지적되고 있다. 이 무렵 김원봉金元鳳이 이끄는 좌파계열의 조선의용대가 광복군의 일지대로서 합류했고(1942), 조선민족혁명당도 임정에 참여하게 되었다. 한편 광복군은 중국군·미국 OSS와 연합작전을 준비하고 있었고, 인도·버마 전선에서는 영국군과 함께 연합군의 일원으로 활약하였다. 또 김구 주석이 이끄는 임정은 이 무렵에 이르러, 1942년에 김두봉 등에 의해 결성된 조선독립동맹·조선의용군, 1944년에 여운형에 의해 결성된 조선건국동맹 및 만주·연해주 지역에서 무장활동을 전개했던 한인부대와 통일전선을 도모하려고 하였다. 이렇게 본다면 임정은 한국 역사상 최초로 민주공화국의 이념을 헌법 속에 구현했던 기관으로서, 27년간 연면 하는 동안 초기에 파벌과 분열로 취약해졌던 한국 독립운동상의 지도력을 상당 부분 회복, 강화하게 되었던 것이다.

한편 일제의 강점에 조직적으로 저항하던 의병세력은 1915년을 전후한 시기에 거의 투쟁력을 상실하게 되거나 그 투쟁방향을 선회하게 되어 무장투쟁을 거의 볼 수 없게 되었다. 그러나 3·1운동으로 독립운동이 다양화하면서 무장투쟁과 의열투쟁이 조직화되고 강화되었다.

1919년 4월에는 이범윤이 중심이 되어 서로군정서西路軍政署를 조직하는가 하면 신흥학교를 신흥무관학교로 개편하게 되었다. 같은 해 8월에는 홍범도 휘하의 대한독립군이 갑산·혜산진 등지의 일본군 병영을 습격하였고 그 이듬해(1920) 6월에는 왕청현 봉오동에서 일본군 1개 대대병력을 격파하는 봉오동전투의 승리를 가져오게 되었다. 뿐만 아니라 1920년 10월에는 김좌진·이범석 등의 북로군정서北路軍政署부대가 길림성 화룡현 청산리에서 일본군 1,200여 명을 사살한 청산리대첩이 있었고 11월에는 서일을 총재로 하고 홍범도·김좌진·조성환을 부총재로, 김규식을 총사령, 이청천을 여단장으로 하는 대한독립군단을 조직했다. 봉오동 및 청산리 싸움에서 대패한 일본군은 만주지역의 조선족을 살해하는 경신정변庚申慘變을 일으켰다.

이에 앞서 1919년 11월에는 김원봉이 길림성에서 일제의 관공리와 관공서에 대한 암살·파괴를 목적으로 한 의열단義烈團을 조직하였는데 본격적인 활동은 1923년부터 시작된다. 즉 1923년 의열단은 자신들의 행동강령을 명시하기 위해 신채호申采浩가 기초한 <조선혁명선언>을 공포하는가 하면, 김상옥의사가 종로경찰서에 투탄하고 일경들과 총격전을 벌였으며, 김시현·황현·김재진·권동산 등이 상해에서 폭탄을 가지고 안동·신의주를 거쳐 국내에 잠입했으나 김재진의 밀고로 체포되는 '황옥경부사건黃鈺警部事件', 그리고 편강렬片康烈 의사의 장춘·봉천 교전사건을 거쳐 나석주羅錫疇 의사의 식민은행殖産銀行·동척東拓투탄 사건 등이 나타나고 있는데, 이는 모두 의열단의 활약이었다. 항일무장투쟁은 뒷날 조선의용군과 광복군으로 재편되어 중국 관내에서의 무장투쟁으로 연결되지만, 초기에는 주로 동북삼성에서 전개되었다. 그러나 1930년대에 들어서서 일제는 만주사변을 일으키고 한국인들의 만주에서의 독립운동을 억압하면서 무장독립운동 세력을 소탕하려고 했다. 무장독립부대는 때로는 부대를 이끌고 중국 관내로 이동하기도 하고 만주에 남은 부대는 중국인과 합작하여 항일 빨치산운동을 전개하기도 했다. 따라서 1930년대 후반에 이르러서는 만주 안에서는 물론 한반도에 대한 무장침공투쟁은 거의 볼 수 없었다. 그런 시기에 1937년 5월, 갑산군 혜산진 보천보 주재소를 습격하여 일제 경찰에 타격을 준 동북항일연군 소속 김일성의 보천보 전투와 1940년의 홍기하 전투는 아마도 뒷날 '김일성 신화'를 가능하게 했던 요인이 아닌가 생각된다.

항일독립운동의 분야는 이 밖에도 많다. 정치단체의 조직과 외교활동, 무실역행운동을 포함한 문화운동과 실력양성운동, 청년·학생운동, 노동운동·농민운동 등이 있고 지역별로는 국내는 물론 국외의 만주·노령 방면, 임정·중국 방면, 미주 방면, 일본 방면 등 여러 분야가 있다.

맺음말

항일독립운동은 시간적으로는 한말·일제강점기에 국한되고 있지만, 지역적으로는 한반도를 비롯하여 세계의 각 지역에서 전개되었다. 우선 의병만 하더라도 한반도 안에서만 전개된 것이 아니다. 김구도 참여한 1895년의 강계의병은 만주 삼도구에서 전개되었고 이범윤·안중근의 경우는 연해주에서 전개되었으며, 유인석은 서간도 관전현에서 활동하였다. 한말 안창호의 공립협회는 샌프란시스코에서 조직되었고, 박용만의 한인소년병학교는 네브래스카 등지에서 활동했다. 항일 무장투쟁이 주로 한반도·연해주·만주·중국관내 등지에서 전개되었다면, 워싱턴과 뉴욕·파리·헤이그·스톡홀름·하와이 등지에서는 외교적인 항일독립운동이 전개되었다.

당시 독립운동가들은 민족의 독립이라는 최상의 목표를 두고 그 실천방법을 다양화했다. 앞서 언급한 여러 방법 외에도 어떤 이들은 독립운동을 지원하는 것으로 참여했고, 한글이나 국사 등 민족문화를 보존하고 창달하는 것으로 독립운동에 매진한 학자들도 있었다. 일제가 민족문화를 비롯하여 여러 가지 측면에서 민족말살정책을 강행하고 있을 때 민족문화의 수호는 무엇보다 중요한 민족독립운동의 방편이라고 하지 않을 수 없다. 어떤 이는 종교와 신앙으로 항일투쟁을 전개했다. 민족말살정책의 일환으로 주어진 신사참배강요에 대해 반대투쟁을 전개한 것은, 우상을 숭배하지 말라는 기독교적 신념에 입각해서 전개했다 하더라도 민족사적 의미로는 항일독립운동의 차원에서 평가할 수 있다고 본다. 신앙적 의도와는 달리 신사참배강요라는 민족말살정책에 반대하여 투쟁했기 때문이다. 끝으로 항일독립운동의 민족사적 의미를 간단하게 언급함으로써 이 글을 맺고자 한다.

항일독립운동은 무엇보다 일제에 대한 저항을 통해서 한민족의 자아를 좀 더 명확하게 인식하게 되었다는 것이다. 다시 말하면 항일독립운동은 한민족의 주체적인 자아를 형성하는 데 큰 영향을 미쳤다. 일제강점 이전에는 한민족이 근대적인 자아를 파지把持하는 것이 엄밀하지 못했다. 이민족의 지배 하에서 고통 받아 신음하는 경험을 통해 거기에서 해방하여 자유를 쟁취하지 않으면 안 되는 주체적인 자아-민족공동체를 재발견하게 되었던 것이다.

또 하나 꼭 짚고 넘어가야 할 점은 3·1운동을 비롯한 항일독립운동을 통하여 한민족이 추구하는 근대적인 국가상이 정립되었다는 것이다. 3·1운동을 통해 표명되었던 '민주民主'의 국가상이 대한민국임시정부 설립을 통해 '민주공화국'으로 이념상의 변화가 일어났다는 것이다. 그것은 항일국권회복운동 이전에 가졌던, 그리고 일제강점 초기에 국권회복운동을 하면서도 분명하게 하지 못했던 국가상이라고 할 것이다. 이것은 또한 항일독립운동을 통해 국가건립의 목표가 근대적으로 되어갔음을 의미하는 것이고, 한 민족이 다시 세우려는 국가의 상像에 대해 일대 발상의 전환이 주어졌다는 것이다. 이제는 국가를 재건한다는 것은 종래와 같은 '조선왕조' 혹은 '대한제국'을 회복한다는 의미의 복벽復辟이 아니었다. 항일독립운동 특히 3·1운동을 계기로 이제는 우리가 세우려는 나라가 '백성이 주인이 되는' '민주공화정'이라는 것이다. 3·1운동 지도자들의 사상에서도 그 점이 뚜렷이 나타날 뿐만 아니라, 그 이후의 독립운동을 통해서 '민중이 나라의 주인'이라는 민주공화국 건설이 점차 보편화되었던 것이다.

따라서 일제강점기의 항일독립운동은 단순히 국권회복을 목표로 한 독립운동의 차원이 아니라 근대 시민사회를 건설하려는 근대국가 건설운동으로 발전되어 갔던 것이다. 해방 후 남북이 그 명칭은 다르지만, 다 같이 민주공화국 혹은 민주주의인민공화국을 선포하게 된 것은 바로 이러한 항일독립운동이 남긴 중요한 결실이었다고 확신한다.

(2011. 3. 1. 함석헌평화포럼)

윗도둑 털기 운동

석 경 징

● 윗도둑 털기 운동

석경징

필자는 서울대학교 사범대학 영어과를 졸업(1960)하고, 서울대학교대학원 영문과에서 수학하다가 도미, 미국 인디애나 대학교 대학원(1965-66), 텍사스(오스틴)대힉교 대학원(1973-75)에서 영어교육, 응용언어학, 현대영문학, 일본 문학 등을 연구하고 박사학위를 받았다(1975). 제물포고등학교(1959-60)와 서울고등학교(1960-64)에서 교사로 일하고, 서울대학교 교양과정부, 인문대학 영문과에서 교수로 재직하면서(1967-2000), 주로 언어이론, 현대 영미소설, 비평 등을 가르치다가 퇴임(2000)하고, 현재 서울대학교 인문대학 영문과 명예교수, 함석헌학회의 자문위원으로 있다.

윗도둑
털기 운동

　건물 밖에 달린 가스관을 타고 10층 건물을 오르는데 10분도 안 걸리는 재주 좋은 사람들이 열린 창문으로 빈 집에 들어가 재물을 털어 갔는데, 정작 도둑맞은 사람들은 어느 한 사람도 경찰에 신고하지 않았다고 한다. 어떻게 그런 일이 있을 수 있을까? 경찰을 못 믿나, 아니면 도둑맞은 줄을 모르나? 가져가는 것이 당연하다고 생각하나? 그렇다면 경찰보다 도둑을 더 믿나? 정말 도둑맞은 줄 모르면, 그럴 수 있다. 마침 없애려던 물건을 가져갔어도 그럴 수 있다. 가난한 도둑에게 가진 것을 풀어 주려던 사람이었대도 그럴 수 있다.

　그러나 그런 경우는 아주 드물거나 거의 없을 것이다. 그런데, 잃어버린 물건이 제 것이 아닌 경우라면, 혹 그럴 수 있을 것이다. 남의 물건이 그 집에 왜 와 있었을까? 남이 맡겨놓은 물건을 잃어버렸다면, 찾아서 원 주인에게 돌려줘야 할 책임이 있다. 그러나 잃어버리고도 아무렇지도 않을 수 있는 물건은 맡아 놓은 남의 물건이 아니다. 그 물건의 원 주인이 그 물건이 그 집에 있는 줄 모르는 그런 물건일 것이다. 즉 훔쳐 온 남의 물건일 경우에 그럴 수 있을 것이다. 그러니까 건물타기 도둑은 10층을 올라가 그만 다른 도둑의 집을 턴 것이다. 이렇게 밖에는 설명할 길이 (거의) 없다.

남의 물건이나 돈이 다른 사람 집에 와 있는 경우는 그리 많지 않을 것 같지만 현실은 그렇지도 않다. 그동안 제집에 남의 물건이나 돈이 숨겨져 있던 것을 세상에 대고 큰 소리로 인정하는 사람도 심심치 않게 보게 되기 때문이다. 제 재산을 모두 "사회"에 환원하겠다는 것을 두고 하는 말이다.

이런 소리를 처음 들었을 때는, "회사"를 "사회"라고 잘못 말한 건가도 생각되었다. 제 회사에 있던 재산을 제집에 갖다 놓았다가 도로 제 회사로 되돌려 놓는 것은, 그 절차가 장부상으로 좀 복잡한 것인지는 몰라도, 큰 손해를 무릅쓰고 하는 일은 아닐 것이다. "제집에서 제 회사로"니까 여전히 제 것이기 때문이다.

하지만, "회사에"가 아니라 "사회에"라니! 게다가 "환원"이라니! 환원이란 원래 있던 자리로 도로 갖다 놓는 것이니, 제 것이라고 해오던, 전 재산 또는 엄청난 크기의 재산을, 사회에 환원하겠다는 말에는 오로지 크게 놀랄 수밖에 없다. 두 가지가 놀랍다. 하나는 그 많은 남의 재산을 어떻게 그 사람이 갖게 되었는가에 관한 것이고, 다른 하나는, 그것이 제 것이었건 혹 남의 것이었건 간에 그 많은 재산을 사회라는 데다가 내놓는다니! 보통 사람 같으면 남에게 무엇인가를 내놓는 것이 여간 어려운 일이 아닌 것 같은데, 그런 일을 스스로 선선히 하겠다니 그냥 놀라울 뿐이다. 이런 사람들은 엄청난 선인(착할 善 자, 사람 人 자)들 아닌가!

그렇게 놀라운 일이긴 하지만 그리 석연치 않은 점도 있다. 사회에 환원을 한다는데 그 사회란 뭔가? 환원을 한다니, 분명 그 사회란 것이 그 재산의 원 주인이었나 본데, 그 사회란 도대체 무엇이며, 누구인가? 다른 사람들도 그렇겠지만 나도 이 사회의 한 사람인데, 다른 사람들은 환원되는 그 재산 가운데서 제 앞으로 돌아오는 것을 받고도 말을 안 하는 것인지는 모르나, 나는 지금까지 환원되는 재산에 관해서는 신문 같은데 크게 보도되는 것이나 알았지, 단 십 원이라도 내 손에 받아본 적이 없다. 이건 또 어떻게 된 일인가. 사회에 환원한다지만 사회를 구성하는 이들 모두에게 환원한다는 것은 아니라는 말이었나? 그건 그렇다 치고, 다시 원래 얘기로 돌아가서, 도둑이 들 정도로 사는 것을 보면 분명 이 도둑은 썩 잘 사는 도둑임이 틀림없다. 그러니까 작은 도둑이 10층을 올라가서 큰 도둑의 집을 턴 것이라고 밖에는 달리 설명할 길이 없다.

높은 건물에 사는 사람들은 큰 도둑일 경우가 많다는 것도 이번 일로 드러났다. 지위로는 총리급이나, 장관급으로 행세하던 이들도 끼어 있다니, 어떤 총리, 어떤 장관이 도둑이었을 가능성이 매우 크다는 겄두 이번 일로 들어났다.

"아하, 우리 사회가 이렇게 생겨먹었구나."하는 느낌이 안 들 수 없다. 도둑은 크건 작건 간에 붙잡아서 벌해야 할 텐데, 경찰력은 모자라고, 시민들이 신고도 열심히 안 하니, 이 기회에 청운의 꿈을 지니고(말이 좀 이상한 것 같겠지만, 10층에 사는 썩 잘 사는 도둑 정도는 꿈꿀 터이니) 나선 신출내기 도둑이나, 서툴고 어설픈 도둑을 데려다가, 전문가(이 방면의 전문가도 경찰에 쌔고 쌨을 테니까)에게 맡겨 집중훈련을 시키고 전문가들의 정보를 풀어주면서 법이 다스리지 않는 큰 도둑들의 집을 털도록 하면, 경비를 덜 들여 사회를 정화하는 효과를 크게 볼 것이다.

그렇게만 한다면 여러 가지로 좋은 일만 있게 되는데, 첫째, 건물 오르기라는 재주는 있으나 재주를 맘껏 부릴 기회를 못 가져 몸이 근질근질한 재주꾼들에게, 지닌 재주를 부릴 기회를 주는 것. 둘째, 그 사람들이 이런 일을 하게 되어서 마치 "국민을 위한다."는 무슨 공영기관의 직원이나 된 것 같은 자부심도 느끼게 되고, 앞으로 세상을 긍정적으로 보게 되리라는 것. 셋째, 작은 도둑이 큰 도둑을 터니, 부의 재분배라는 복지사회의 기본 요건을 쉽게 달성한다는 것. 작은 도둑이 시작한 이 일은 "좀 더 큰 도둑 털기 국민운동"같은 것으로 발전하게 될 것인데, 왜냐하면 작은 도둑에게 털린 큰 도둑은 저보다 더 큰 도둑을 조만간 털 것임으로-스스로 안 나서면, 사회정의를 일러가며 시민의식을 키우면서 건물 오르기 교육을 전문가들이 실시하면 되고-결국 가장 높은 데서 가장 잘 사는 도둑을 터는 데 까지 발전하게 되는 것.

넷째, 이런 유니크한 사회정화 운동은 소리 소문 없이 벌어질 터이니, 다른 나라에 까지 우리의 어수선한 도둑 다스리기 현상이 알려지지도 않으리라는 것. 왜냐하면, 아무도, 즉 훔친 사람이 말할 리 없고, 잃은 사람 또한 말을 안 하니, 겨우 알려지는 것은 건물타기 교육에서 성적우수자를 고위직의 이름으로 표창할 때 드러나게 되는 정도 일 텐데, 그것은 건물타기란 진작 국제적인 경기종목에 들었어야하는 스포츠라고 하면서 오히려 더 요란스럽게 선전해도 될 것.

그리고 다섯째, 무엇보다 잘된 점은 관련되는 어느 누구도 언짢아하는 사람이 없다는 것이다. 왜냐 하면, 윗도둑을 턴 아랫도둑들은 대 만족일 것이고, 그저 맨 윗도둑만이 털어낼 그 이상의 윗도둑이 없음을 서러워하겠지만, 이것은 정상의 고독이라는, 영화에나 나오는 말로 달랠 수도 있을 것이고, 결국 우리 사회는 다른 방법으로는 그렇게나 이루기 힘든, 부의 재분배를 통한 복지사회로의 진입을 완성할 수 있게 되기 때문이다.

뭣 좀 하는 사람이면, 으레 국민을 끌고 들어간다. 저이가 하는 짓은 무조건 국민을 위하는 것이라거나, 국민과 함께 하는 것이라고 한다. 그렇게 내세우던 경영실력으로 경제를 살리는 일을 자기가 해야 할 때가 되니까 "이제 다 같이 경제 살리기 횃불을 들자"고 우리를 끌고 들어간다. 횃불은 촛불보다 돈도 더 든다. 촛불을 횃불로 바꾸는 것이 경제 살리기의 방책이나 된다는 듯이 말한다. 제발 대통령은 대통령끼리 놀았으면 좋겠다. 없으면 혼자서 놀던지. 국회의원은 국회의원끼리, 신문기자는 신문기자끼리, 교수는 교수끼리 놀고 제발 우리를 끌고 들어가지는 말았으면 한다. 작은 도둑으로 큰 도둑을 털게 하고, 교인은 교인끼리 천당이나 지옥이나 가자고 하게하고, 노동자는 노동자끼리 놀고, 제발 국민을 끌고 들어가지 말았으면 한다. 그러면 세상은 훨씬 더 조용하고 편안하고, 천당 지옥 그 어느 곳보다도 살만한 곳이 될 지도 모른다. 도둑은 도둑끼리! 국회의원은 국회의원끼리! 그리고 국민은 국민끼리!

(2011. 4. 9. 함석헌평화포럼)

탐욕의 공화국에서 촛불을 켜는 마음으로

김 영 호

● 이제는 행복지수(GNH)다

● 부끄러운 자화상, 남북 정권의 극복을 위하여

● 공분公憤, 공로共怒하자

● 시대정신이 있는 사회인가 – 통합의 정치를 위하여 –

● 탐욕의 공화국에서 촛불을 켜는 마음으로

김영호

서울대, 중앙신학(강남대), 펜실베이니아대, 맥마스터대에서 인문학 분야(영/독문학, 신학, 인도학, 종교학)를 마치고 스톡홀름대, 하버드대 세계종교연구소에서 연구. 인하대(인문학부 철학)와 캐나다에서, 불교철학, 인도철학, 종교철학, 세계종교 등을 강의하였다. 불교사상(인도, 중국, 한국), 비교종교 및 다원주의, 한국사상(함석헌 포함)에 관한 (영문 및 국문) 논문 및 저술, 번역서들이 있음. (함석헌기념사업회 산하) 함석헌 · 씨올사상연구원장과 『씨올의 소리』 편집위원장을 지냈으며, 지금은 <함석헌평화포럼> 공동대표와 <함석헌학회> 부학회장 겸 학술위원장.

대표적인 저서로는 『씨올 생명, 평화』(공저), 《『Tao-sbeng's Commentary on the Saddbarmapundarikasutra』(道生의 法華經疏)》, 엮은 책으로, 『사랑에는 방법이 없습니다-가려 뽑은 함석헌 선생님 말씀』(한길사, 2009)이 있다. 그리고 역서로는 크리슈나므르티의 『길을 묻다. 긴다와 함석헌』(공저, 프리칭아카데미, 2011), 『생각과 실천』(공저, 한길사, 2011), 『완전한 자유』, 『명상』 등이 있다.

이제는
행복지수(GNH)다

주민의 행복을 측정하고 그 정보를 공공 정책을 세우는 데 사용하는
것은 불경기에서 회복하고 영국 국민을 위한 더 나은 삶을 이룩하는
데 중요한 단계가 된다. 그것은 무엇이 중요한가에 대해서 검토하고,
나중에는 핵심적인 것만이 아니고 삶을 가치 있게 만드는 모든 것들
에도 초점을 더 맞추는 정부정책으로 이어질 것이다.

_데이비드 카메론 영국수상의 11월 25일 연설문

근래 세계적으로 전개되고 있는 운동의 하나가 '행복지수Gross
National Happiness' 설정 운동이다. 총생산지수나 소득지수(GNP, GDP)만으
로는 경제발전과 사회발전을 올바로 측정하기 힘들다고 보고, '행복'과
복리(well-being)를 가리키는 지수를 사회의 진정한 발전 기준으로 삼자
는 운동이다. 이 운동은 히말라야 산맥 밑의 작은 나라 부탄에서 시작되
었다. 1972년, 당시 부탄의 3대 국왕인 지그메 도르지Jigme Dorji Wangchuck
가 이 용어를 창안하고, 불교국가로서 불교의 영적 가치에 근거한 독특
한 부탄 문화에 맞는 경제를 건설하고자 했다. 이후 다년간에 걸쳐 유엔
개발계획의 지원을 받아 이 개념을 실천에 옮겨 GDP보다 더 전체론적
이고 심리적인 용어로 삶의 질이나 사회발전을 측정해왔다. 국왕이 앞

장서서 행복지수 결정 요인 중의 하나인 통치체제governance를 개선하기 위해 정체조차 왕정을 헌정憲政으로 바꾸기로 계획하고, 자기희생을 감수해가면서 그 개념을 실천했다.

행복에 대한 종합적인 검토는 아리스토텔레스로 거슬러 올라간다. 아리스토텔레스는 행복이 육체나 물질의 소유에서 오는 즐거움에서만 오는 것이 아니라고 보았다. 행복은 다분히 주관적이고 심리적인 개념이지만, 행복지수는 충분히 객관성을 확보하는 장치가 포함된다. 이것은 개인들이 스스로 느끼는 행복 정도를 표시하여 평균치를 내는 국가별 조사와는 다르다. GNH는 아래와 같은 네 가지 축으로 구성된다.

- 공평하고 지속가능한 사회-경제적 발전
- 자기문화의 보전과 진흥,
- 환경보존
- 좋은 관리체제의 증진

경제적 복지와 번영은 그 자체가 목표가 아니라 상호보완적인 네 가지 요인 중 하나일 뿐이다. 일부 부탄 사람들은 경제발전이 없이는 환경 및 문화 보존이 불가능하다고 볼만큼 경제적 번영은 주요한 요소라고 할 수도 있지만, 그것이 다른 세 요인보다 더 중요하지는 않다. 경제 번영은 네 가지 요인들 가운데 조화를 유지하기 위해 필요한 것들 중 단지 하나의 열쇠일 뿐이다.

이에 반해 GDP는 경제성장에 의한 복지의 증가를 목표로 할 뿐 환경보존, 문화증진, 좋은 통치체제를 고려하지 않는다. 예를 들자면 GDP는 공평하고 평등한 분배, 미지불된 노동, 취업, 건강 및 교육 같은 사회

권역 지표, 개인의 힘든 노동, 수입을 늘리기 위하여 가족과 떨어져 지내는 시간 등을 반영하지 않는다. GDP는 번영만을 중요시 하는 까닭에 생산이 환경과 문화에 끼치는 영향 등은 고려대상으로 삼지 않는다.

두 세기에 걸친 자본주의 산업경제의 발전은 '경제성장'의 초점을 벗어난 어떤 논의도 '경제효율'에 반대된다는 환상을 심어주었다. 하지만 한편으로 전통적인 경제성장 모델이 사회와 자연에 많은 비효율을 가져온다는 것을 받아들이는 경제학자들도 많다. GNH는 GDP에 존재하는 효율적 경제성장과 사회 및 환경 사이의 '맞바꾸기'를 허용하지 않는다. GNH는 행복을 최대화하기 위해서 네 축 사이의 균형을 유지한다. 부탄은 이 네 축의 균형을 깰 수 있는 국제지원을 거절했다. 부탄학연구소(Center for Bhutan Studies)는 GNH의 정책개발을 위한 네 축을 임시 작업구조로 설정하고 분석해오다가, 9개의 연구영역을 분리시켜 그에 대한 경험적 자료를 수집하였다. 아래와 같은 9개의 영역은 사실상 행복지수를 결정하는 구체적인 요인이라고 볼 수 있다.

1. 심리적 복리
2. 건강
3. 시간 사용 및 균형
4. 교육
5. 문화적 다양성 및 탄력
6. 좋은 통치(관리)체제
7. 공동체 활력
8. 환경의 다양성 및 탄력
9. 생활수준.

2006-2007년 사이에 이에 대한 자료수집 조사가 실시되었으며, 이에 대한 제1차 국제회의(2004)가 부탄에서, 제2차(2005) 회의는 캐나다에서 세계 여러 나라의 각계인사들이 참여한 가운데(400명 정도씩) 개최되었다. 이후 제3차(2007) 회의는 태국 방콕에서, 제4차(2008)는 다시 부탄에서 열렸다.

필자는 방콕 회의를 참관할 기회가 있었다. 그 당시만 해도 동남아시아를 중심으로 한 활발한 움직임이 있었을 뿐이고, 몇몇 서방 국가에서는 단지 민간 운동 차원에서 다루어지고 있었을 뿐이었다. 당시에는 지금처럼 영국, 프랑스가 채택하고, 캐나다 등의 국가들이 채택하려 할 만큼의 발전은 전혀 예상할 수 없었다. 회의에 참석한 대만의 한 교수가, 임박한 대만의 총통 선거에서 유력한 후보가 GNH에 관심을 갖도록 설득 작업을 했다는 이야기를 한 걸 보면 지금쯤 채택되었는지도 모른다. 필자도 2007년 말 대선 과정에서 만나게 된 한 후보에게 관련 자료를 직접 넘겨주고 정책 반영을 촉구한 바 있으며, 또한 한 신문사에도 제보하였지만 그들은 별 관심을 보이지 않았다.

영국보다 먼저 프랑스가 행복지수를 채택하는 과정을 밟아왔다. 이미 지난 9월 사르코지 대통령은, 프랑스 정부가 앞으로 경제발전을 측정할 때는 행복과 복리를 포함시키겠다고 발표했다. 사르코지는 "대혁명이 우리를 기다리고 있다."고 하면서 다른 나라도 뒤따르라고 촉구했다. 그는 프랑스 정부가 노벨 경제학상 수상자인 조셉 스티그리츠와 아마르티아 센 교수에게 사회복리와 경제발전을 측정하는 대안을 연구하도록 위탁하고, 이들의 의견을 기다리고 있다고 말했다. 지난 9월에 발표된 스티그리츠 위원회의 보고서는 프랑스 정부가 주관적 복리에 더 많은 관심을 갖도록 건의하였다.

행복경제는 캐나다에서도 연구소들과 정부쪽이 참여한 가운데 활발한 논의가 진행되고 있어, 정책의 채택은 시간문제로 보인다. 한 행복도 조사에 의하면 캐나다인의 91%가 자기 삶에 만족한다고 응답했다.

어느 미국 경제학자가 행한 1970년도 조사에 의하면, 일정한 '포화점'을 넘어서면 더 많은 돈이 더 많은 행복을 가져다주지는 않는다고 한다. 이는 특히 한국인이 주목할 대목이다. 늦은 감이 있지만 지금은 우리나라에서도 행복을 주제로 한 논의가 본격적으로 시작되었다. 심지어 교과서 편찬을 준비하는 연구 집단도 있다. 삶의 만족도를 측정하는 데 있어 자살률, 특히 청소년 자살률이 세계 최고인 나라에서, 행복이라는 기준보다 더 나은 도구는 없을 것이다. 각 개인의 행복은 국가정책뿐만 아니라 가정생활, 교육, 종교생활의 기준으로 삼을만한 가치가 있다.

이제부터는 행복이다. 자기 자신에게 그리고 동료와 이웃들에게 "당신은 행복한가?"라는 질문을 던져보자.

(2011. 1. 5. 함석헌평화포럼)

부끄러운
자화상
- 남북 정권의 극복을 위하여

절망의 한 해가 가고 희망의 새해가 밝았다. 왜 절망이라고 하고 희망이라고 하는가. 지난해에는 절망이 아닌 어떤 희망이라도 있었던가 셈 해보자. 정치, 경제, 사회 하나하나, 나라를 이끌어가는 입법, 행정, 사법, 그것을 사실상 총괄하는 대통령, 어떤 쪽에 희망이 있었던가. 반칙과 부패, 사실상 독재와 독선이 지배하지 않았던가? 절망의 그림자는, 그것이 개선이라는 확증도 없이 엄청난 재정을 쏟아 부은 4대강 공사와, 미국과의 자유무역협정(FTA)의 예에서 찾을 수 있다. 그것들 자체의 득실도 문제이지만, 더 큰 문제는 충분한 과학적 분석 및 토론, 합의과정을 거치지 않은, 오로지 단 한 사람의 생각과 의견을 권한이라는 이름아래 밀어붙인 사실이다. 절차적 민주주의는 완성되었다고 말하지만, 사실은 아직도 절차의 문제가 남아있다.

지난 4년간 모든 나라일(國事)이 그런 식으로 처리된 결과, 이제는 이 사회가 과연 민주공화국인가들 되묻지 않을 수 없는 지경에 이르렀다. (마치 북한이 표방하는 '인민공화국'이 사실이 아닌 것처럼) 오죽하면, 신당 창당을 주도하는 보수논객이 "대한민국을 이끌어온 주류세력이 와해" 되고 있으며 "대한민국은 형식적 국가는 있으나 정신적 국가가 해체되고 있다, 주류세력이 이익집단화 했기 때문"이라고 했을까.

그렇다면 이제는 새로운 주류세력이 등장하는 것이 순서다. 수구세력이 언제 '정신'을 염두에 두었던가. 처음부터 '이익집단'이 아니었던가. 무엇이 '정신'인 줄이나 알고 있었던가? 그 정신은 수구신문이 아니고 민중(씨올) 속에서 찾아야 했다. 그런데 수구세력과 언론은 민중을 오도하고 속이기에만 바빴다. 대통령이 교수신문의 사자성어를 흉내 내 '임사이구臨事而懼'(일에 임해서 두려워한다)를 신년 표어로 삼았다는데 무엇을, 그리고 누구를 진정으로 두려워하는가가 중요하다. 두려워할 대상은 수구언론이나 부자, 재벌이 아닌 90%의 국민이 아니던가. 4년이 지난 이제 와서 되돌리기는 너무 늦었다. 사회질서는 망가질 대로 망가졌다. 사회의 기본적인 신뢰가 무너져 복구는 힘들어졌다. 민족의 사활이 달린 대북관계도 마찬가지다.

이 모든 것을 감시하고 시정해야할 사법부가 제대로 기능하지 않은 것이 우리사회를 절망으로 이끌었다. 국민은 '재벌 공화국', '검찰 공화국' 시하에서 벌벌 떠는 노예로 전락했다. 이 사회는 자유롭지도 평등하지도 않다. 거기다가 다른 감시기구인 기존 언론매체가 구체제를 철저히 경호하고 감싸고 있다. 종합 채널인지 뭔가를 몽땅 인가하여 이제는 공정한 시사뉴스를 보도하는 방송이 한 군데도 없는 사회가 되었다. 신문은 그나마 두 개 정도가 공정한 보도를 하지만 수구신문에 비하면 그 비중이 미미하다. 젊은이들은 기존 언론보다는 새로운 매체, 즉 소위 SNS(Social Network Service)라는 새로운 사회관계망에 눈을 돌릴 수밖에 없는 현실이다. 기존 신문과 방송이 점점 자멸의 길을 재촉하고 있다면, 거기에 희망이 있다.

지난주에는 김정일이 죽고 3대 세습이 이루어졌다는 소식이 전 세계인의 귀와 눈을 사로잡았다. 마치 군주시대의 사극을 보는 듯한 풍경이었다. 이것이 바로 우리 민족이요 우리나라다. 나와 우리의 일그러진 거울이자 부끄러운 자화상을 세계에 비춰준 꼴이다. 남쪽이라고 큰 소리 칠 것은 없다. 대통령이 중국 주석에게 통화거부를 당할 정도로 국격國格이 바닥에 떨어졌다. 북쪽 인민은 사이비 사회주의에 최면당하여 환각상태에 빠져있고, 남쪽 국민은 잘못된 정치, 언론, 교육, 종교 때문에 미쳐 돌아가고 있다. 모두 그 사실조차 모르고 있는(함석헌이 진단했듯이) 정신분열증 환자들이다. 분단이 극복되지 않는 한 그 상태는 개선될 수 없다. 우리의 반쪽을 그대로 놔두고 얼굴을 들고 다닐 수 있을까? 남북정권은 민족반역자로 역사의 심판을 받을 것이다. 누구보다 우리 남한이 지렛대가 되어야 남북이 상생하는 형제로 관계를 개선할 수 있다. 그런 역할을 할 수 있는 정권이 들어서야한다. 흥부와 놀부의 화해가 필요하다. 두 형제의 위치를 바꾸어 흥부 형과 놀부 동생이라 하자. 어쩌다 박이 터진 형이 놀부 아우를 도와준다고 쳐보자. 형제간에 '퍼주기'는 당연한 의무요 미덕이 아닌가.

정치, 사회, 경제 모든 점에서 지난 4년간은 후퇴와 퇴행의 과정이었다. 그래서도 2012년은 민족사에서 더욱 중요한 한 해가 될 것이다. 지금은 총선과 대선이 마주치는 절호의 기회다. 이 잘못된 흐름을 끊어주지 않으면 5년, 10년이 문제가 아니다. 민족의 흥망이 달려있다고 해도 지나친 말이 아니다. 엊그제 별세한 우리시대의 영웅 김근태가 남긴 유언 "분노하고 투표하라"가 실천의 요체다. 절망의 한 해에 그나마 희망이 있었다면 후반부에 있었던 서울시장 선거에서 나타난 새로운 정치세력의 부상일 것이다. 그 연장선상에서 새로운 정치가 등장하기를 희구하며, 새해를 희망이라 이름 해 보는 것이다. 이대로 절망 속에서 무너질

수는 없지 않은가? 시장선거의 충격으로 야당이 두 큰 우산(민주, 진보)으로 재편, 통합된 것은 새로운 흐름이 형성되고 있다는 신호다. 통합이 시대정신이다. 획일적인 통일이 아니라 이념과 방법론의 다양성을 살리는 통합과 통일(unity in diversity)이 동양문화와 한국 민중문화 속의 기본 틀paradigm이었다. 그 정신으로 정치를 개혁하고 통일을 준비한다면 희망이 있다.

용의 해에 용처럼 비상, 비약할 마음을 갖자!

(2012년 새해 초하루 함석헌평화포럼)

공분(公憤),
공로(共怒)하자

프랑스 레지스탕스 출신인 90줄의 노인 스테판 에셀이 쓴 글 『분노하라』가 프랑스 사회를 뒤흔들고(번역을 통해서) 한국으로도 전해졌다. 하지만 그 여파가 얼마나 있는지는 모르겠다. 프랑스 같이 원로의 목소리에 귀 기울일 줄 아는 사회가 부러울 뿐이다. 일부 언론에 소개되기는 했지만, 그 취지가 제대로 소개되었는지 의심스럽다. 수구 언론('조·중·동')에서는 아마 거의 다루어지지 않았을 것으로 짐작된다(보도되었더라도 입맛에 맞게 요리했을 것이다). 우민愚民화의 앞잡이들이 수구정권과 기득권층에 대한 저항을 부추길 리 없기 때문이다.

그 작은 책은 프랑스 사회가 지향해야할 가치를 일깨워주는 경책警策의 글이다. 그 논지를 알고 보면 단순히 프랑스인에게만 해당되는 것이 아니라 세계적 보편성을 지닌 내용이다. 특히 복지 정책을 놓고 다투고 있는 한국정치인들에게 나침반이 될 만하다. 에셀이 드골과 함께 레지스탕스 운동에 참여하여 이룩한 프랑스 공화국의 기초가 된 개혁안은 이렇게 만들어졌다.

개혁안이 명시한 바는 '모든 시민에게, 그들이 노동을 통해 스스로 살길을 확보할 수 없는 어떤 경우에도 생존방도를 보장해주는 것을 목표로 하는 사회보장제도의 완벽한 구축, 늙고 병든 노동자들이 인간답게 삶을 마칠 수 있게 말해주는 퇴직연금제도'였다. 각종 에너지원, 전기와 가스, 탄전, 거대 은행들이 국영화되었다. 이 역시 레지스탕스의 개혁안이 권장한 바였다. 또한 이 개혁안은 '공동노동의 결실인 대표적 생산수단-에너지원, 지하자원, 보험회사, 거대은행들-을 국가로 복귀시키는 것', '경제계, 금융계의 대재벌들이 경제 전체를 주도하지 못하게 하는 일까지 포함하는 진정한 경제적, 사회적 민주주의 정립' 같은 것들도 권고했다. 특정인의 이익보다 전체의 이익을 우선해야 하며, 노동계가 창출한 부를 정당하게 분배하는 일을 금권 金權보다 중시해야 한다는 것이었다. 레지스탕스가 제안한 것은 '파시스트 국가들의 모습을 본떠 구축된 전문적 독재에서 놓여난, 일반의 이익을 특정인의 이익보다 확실히 존중할 합리적인 경제조직'이었다. 그리고 프랑스 공화국 임시정부는 이 제안을 넘겨받아 추진했다.

_스테판 에셀, 『분노하라』, 11쪽

그런데 현재 이 기초가 흔들리고 있다는 것이다. 그것은 금권 때문이다.

만약 그럴 돈이 부족하다고 강변한다면 그건 아마도, 이젠 국가의 최고 영역까지 금권의 충복들이 장악한 상태에서 레지스탕스가 투쟁 대상으로 삼았던 금권이 전에 없이 이기적이고 거대하고 오만방자해졌기 때문일 것이다.

_같은 책, 13쪽

이러한 에셀의 진단은 재벌, 은행, 기간산업 등 한국사회가 당면한 문제와 해결방안을 제시하고 있다. 우리가 지향해야할 사회민주주의의 이상과 복지국가의 틀을 보여준다. 다음 선거에서 집권을 목표로 하는 민주진보 세력이 반드시 참고해야할 내용이다.

이제 우리에게 던져진 문제는 프랑스보다 뒤쳐진 우리 상황에서 분노를 어떻게 표현하고 구체화하느냐는 것이다. 우선 중요한 것은 각계각층 사람들이 자기 환경에서 어떻게 분노를 표출하게 하느냐이다. 분노는 에셀이 충고하듯이 격정적으로 할 것이 아니고 비폭력적이라야 한다. 분노의 대상과 내용이 중요하다. 단순한 자기의 이득만을 추구하기 위한 탐욕의 표출이어서는 안 된다. 사리사욕에서 나온 것이면 공감을 얻을 수 없다. 그 분노^{indignation}는 정의로운 동기에서 나온 의분^{義憤}, 공분^{公憤}이어야 한다. 양극화된 사회에서 가진 자가 못가진 자에게 지르는 소리는 올바른 분노라고 할 수 없다. 오직 씨올의 소리야말로 참다운 분노가 될 수 있다.

물론 분노의 출발은 각 개인이 처한 환경마다 다를 수 있다. 최근 대학생들의 등록금 투쟁은 그런 개인적인 불만의 집합으로 나타난 것이었다. 그것이 교육제도, 사회구조문제로 확대되면서 사회적 쟁점으로 부상되어 그 해결의 단초를 제공하고 있다. 그것은 요구한 '반값 등록금'으로 그칠 일이 아니다. 사회가 필요로 하는 인재를 교육하는 비용을 정부(중앙, 지방)가 부담하는 것은 세계적인 상식이다. 그런 의미에서 국립대의 법인화는 퇴행이다. 다음 선거에서 민주·진보 진영의 후보(들)는 등록금 폐지를 공약으로 내세워야 한다. 그것이 다수의석과 집권을 가능하게 하는 확실한 길이 될 것이다.

자동차를 운전하다 보면 자주 분노하고 화를 내게 된다. 주로 택시나 버스가 주범인데 개인 운전자들도 그 습관에 물들어있다. 그러나 그들이 왜 무리하게 빨리 달려야 하는지를 추적해보면 결국은 임금 문제, 사회복지 문제에 당도한다. 그렇게 본다면 운전기사보다 결국 임금격차를 만든 제도와 관료, 정치인들에게 책임을 물어야 한다. 분노의 화살이 방향을 바꾼다. 그때 개인의 분노가 공분이 되는 것이다. 거슬러가다 보면 (헌정)질서를 어겨가면서 자기 욕심과 탐욕으로 사회를 혼란시킨 박정희, 이승만으로 분노가 치밀어진다.

개인 문제라도 헌법이 보장하는 인권과 국민의 권리를 찾기 위한 것이라면 공분을 일으킬 수 있다. 한진중공업에서 농성중인 김진숙 같은 이는 처음부터 개인적인 사사로운 동기가 아니고 공익을 세우기 위한 공분에서 출발한 드문 경우이다. (그를 지원하기 위한 3차 '희망 버스'를 타려고 5천명의 지원자가 몰렸다니, 이 각박한 사회가 그래도 희망을 갖고 있는 것이다.) 생태 보존을 위한 장기 단식 투쟁을 벌인 지율 비구니도 공분의 귀감이다.

개인이 1인 시위를 할 수도 있지만, 집합적으로 함께 공분公憤하고 공노共怒한다면 더욱 시너지가 생길 터이다. 하늘(신)까지 함께 모두 천인공노天人共怒하도록 하면 못할 일이 없다. 촛불 시위도 한 가지 방법이다. (잘못된 정책과 법률에 대한) 비협조운동, (왜곡된 언론과 재벌 상품에 대한) 불매운동도 효율적인 실천운동일 것은 분명하다. 쥐 한 마리가 혼자서 고양이 목에 방울을 매달 수는 없다. 집단적 운동이 일어야 큰 악에 대항할 수 있다. 혼자 씩씩거리지만 말고 공분하고 공노하자! 복합적인 거악에 대항하려면 이제는 혼자만의 지성이 아닌 집단 지성collective in-telligence이 요구된다. 분노는 감정표출에 그치지 않고 행동으로 이어져야 한다. 함석헌은 인간 존재의 속성을 저항(맞섬)으로 규정했다. 에셀이 말하는 분노는 저항의 표현이다. 저항은 분노의 실천이다.

사람은 저항하는 거다. 저항하는 것이 곧 인간이다. 저항할 줄 모르는 것은 사람이 아니다. 왜 그런가. 사람은 인격이요 생명이기 때문이다. 인격이 무엇인가. 자유하는 것 아닌가? 우선 나는 나다 하는 자아의식을 가지고, 나는 나를 위한 것이다 하는 자주하는 의지로써, 내 뜻대로 내 마음껏 나를 발전시켜 완전에까지 이르자는 것이 인격이다.

_함석헌저작집 2권, 109쪽

저항! 얼마나 좋은 말인가? 모든 말이 다 늙어버려 노망을 하다가 죽게 된다 해도, 아마 이 저항이라는 말만은 새파랗게 살아나고 또 살아나 영원의 젊은이로 남을 것이다. 아마 "맨 처음에 말씀이 계셨다."하던 그 말씀은 바로 이 말 곧 '저항'이었을 것이다. 왜 그러냐고? 말씀은 근본이 반항이다.

_같은 책 2권, 113쪽

자유야말로 생명의 근본 바탕이다. 진화(to evolve)하는 것이 생명이다. 생명이 진화하는 것이기 때문에 역사는 혁명적(to revolve)이 아닐 수 없다. 역사가 혁명의 과정이라면 인생이 어찌 저항적이 아닐 수 있겠는가

_같은 책 2권, 115쪽

무저항주의라고 아는 체 그런 소리를 마라. 그것은 사실은 저항의 보다 높은 한 방법뿐이다. 바로 말한다면 비폭력저항이다. 악을 대적

하지 말라 한 예수가 그렇게 맹렬히 악과 싸운 것을 보아라. 말은 들을
줄 알아야 한다. 하늘에 올라가도 저항, 땅에 내려와도 저항, 물속에
들어가도 저항, 허무 속에 가도 거기 스스로 일으키는 회오리바람
속에 버티고 있는 하나님이 있는데 너만이 저항을 모른단 말이냐?

_같은 책 2권, 115쪽

요컨대, '생각하는 백성'을 넘어, 저항하는 백성이라야 산다!

(2011. 8. 1. 함석헌평화포럼)

시대정신이 있는
사회인가?
- 통합의 정치를 위하여

　　우리가 속한 공동체, 즉 우리 사회에 당연히 있어야 하는 가치 가운데, (전번 글에서 주제로 다룬 양심처럼) 잘 보이지 않는 또 한 가지는 '정신'이다. 개인으로서야 영육, 심신으로 이루어진 인간인지라 정신이 부족하다고 할 수는 없겠지만, 살림을 함께 공유하는 공동체로서 과연 정신을 가지고 정신을 차리고 사는지, 있다면 어떤 정신을 가지고 지속하고 있는지 묻지 않을 수 없다. 개인에게 인격이 있어야 사람이라 할 수 있듯, 나라에도 국격이 있어야 한다면, 과연 우리는 정신을 가진 나라에 살고 있는가.

　　'양심'처럼 '정신'도 헤아리기 힘든 추상적인 개념이다. 그렇더라도 구체적인 공간과 시간 속에서 그 실체를 파악해야만 한다. 시대마다 공동체를 지배하는 정신이 있다. 그것이 바로 시대정신이라는 것이다. 이 말은 서구에서 *zeitgeist*(spirit of the times)로 대표된다. 원래 독일말로 웹스터 영어사전에서는 "한 시대의 지적, 도덕적, 문화적 풍토climate" 또는 "특정한 시대의 특징적인 사고와 감정의 일반적인 경향"으로 정의된다.

　　지금 한국사회의 풍토는 어떤가? 물질과 명리에 대한 끝없는 탐욕이 우리의 시대정신은 아닐까? 신문과 텔레비전이 주도하는 언론환경을 생각하면 한 마디로 '한심하다'고 할 수밖에 없다. 비현실적인 드라마, 천박한 연예, 쾌락과 욕망의 정보, 돈과 부동산, 부패와 어두운 그림으로만 가득 차 있으며 건설적인 문화콘텐츠는 거의 찾아볼 수 없다. 아마 아닐 것이다. 모두가 정신없이 추구하는 것들은 물질이지 정신적 가치가 아니다. 그것이 우리의 시대정신인가?

물론 '정신'에는 다른 함의도 있지만, 시대정신은 탐욕의 대상인 물질은 아니다. 앞에서 본 시대정신의 정의가 현실태를 말하는 것이라면 당위적인 이상을 가리키는 뜻으로 볼 수도 있다. 그래서 함석헌은 시대정신을 "인격이 자기 완성적으로 역사 환경을 파악한 것"(함석헌 저작집 14: 30)이라고 정의한다. 즉 인격과 역사이해를 내포한 것이다. 이것은 정신사의 진화에 필요한 요소다. 인격자체가 곧 시대정신이다. 참된 인격 속에 시대정신이 녹아서 화현化現되어 있다는 뜻이다. 시대정신을 읽으려면 훌륭한 인격을 보면 된다. 그런데 이 시대, 이 땅 위에 인격을 갖춘 사람들이 얼마나 될까? 인격자는 이성, 감성, 영성spirituality을 조화시킨 사람이다. 한국사회는 감성만-그것도 감정수준에서만- 남아있고 이성과 영성은 아예 고갈되었거나 없는 개인들로 가득 차있다. 특히 입법, 사법, 행정의 3부 요인들, 큰 조직을 이끄는 종교 지도자들을 보면 확연하다. 인격을 갖추고 정신이 똑바로 박힌 교육자나 학자도 드물다. 대부분은 그저 지식기술자들에 불과할 뿐이다.

결국 시대정신은 밑바닥 민중 속에서 찾을 수밖에 없다. 그것은 얼음 밑으로 가늘게 흐르는 시냇물처럼 씨올 가운데, 가슴 속에, 핏줄 속에 연면하게 흐르는 정신이다. 그것은 눈이 뜨인 자에겐 분명히 보일 수 있지만, 그렇지 못한 사람들에겐 현실의 밑바닥에서 작동하는 생존 법칙으로 눈에 안 보이고 은밀히 작동하는 것으로 생각될 수 있다. 그럼 이

사회를 지배하는 정신은 무엇일까. 얼른 잡히지 않는 것은 그만큼 우리가 정신없이 살고 있기 때문이다. 돈과 재산은 누구나 가장 정신을 쏟고 있는 대상이다. 없는 자는 있어야 살고, 있는 자는 더 많이 가지려고 하는 돈이나 재산은 물질이지 정신이 아니다. 정신과 인간성을 빼앗는 사탄의 도구다.

그렇다면 이 시대의 정신은 무엇인가. 아마 선뜻 대답하기 어려울 것이다. 그것을 일깨우고 가르쳐야할 교육이나 종교가 역시 물질의 썩은 똥통에 빠져있다. 그 사실을 알려주어야 할 언론은 권력과 광고주에 붙어서 본연의 임무인 비판 정신을 잃어버리고 오직 광고지, 재벌의 대변지로 전락했다. 이를 비판하고 견제해야 할 지식층, 지도층도 돈과 권력에 줄 서느라 양심을 챙길 틈도 없이 정신이 없다. 겨울이 가고 봄이 오는 길목에서 얼음 아래로 졸졸졸 흐르는 시냇물에서 계절의 낌새를 알 수 있듯이, 무엇이 이 시대의 정신이어야 하는가는 민중, 씨울의 밑바닥을 들여다보는 수밖에 다른 도리가 없다. 시대의 소리는 그들로부터 나오기 때문이다('윗물이 맑아야 아랫물이 맑다'는 원리는 더 이상 통하지 않는다).

지금 그 소리는 무엇인가. 그것은 진보적인 대안세력들이 하나로 뭉쳐야 한다는 것이었다. 그것은 배우 문성근이 주도하는 통합을 위한 서명운동에서 나타나기 시작했다. 시대정신은 바로 그것이다. 분열과 대립으로 갈라진 개체들을 함께 묶는 것이다. 반세기 이상 분단된 나라의 통일과 (동서 및 계층으로 분열된) 사회의 통합보다 더 큰 목표는 없다. 분단과 갈등의 문제를 해결하기는커녕 사회양극화를 심화시키면서 기득권 세력의 옹호에만 힘을 쏟는 위장 보수세력을 끌어내리고 양심적인 진보 세력이 정치를 주도하려면, 갈라진 진보 야당과 시민들이 연합하는 것이 현실적으로 최선의 방법이다. 일제 강점기의 시대정신이 해방과 독립이었다면, 1945년 이후의 시대정신은 통일과 통합 또는 연합이었다 할 수 있을 것이다. 그 정신은 분단을 극복하는 날까지 유효할 것이다.

그런 의미에서 정당 간 통합을 위한 작업이 활발하게 일어나고 있는 것은 어둠속의 한 줄기 빛이다. 그 과정에서 민주노동당과 국민참여당 간, 민노당과 진보신당 간 통합이 일단 좌절된 것은 실망스러운 일이다. 그런데 민노당과 국민참여당 간의 통합이 부결된 것을 잘된 일로 보는 입장이 있다. 박노자 교수는 「한겨레」 칼럼(9. 29) "계급정당의 사명"에서 두 정당의 계급적 성격 상 통합해서는 안 된다고 보았다. 두 정당의 주류를 상이한 계층으로 보고 그 계층을 마르크스주의 식 계급으로 해석하기 때문이다. 두 정당 구성을 엄격하게 계급으로 가르는 것은 문제가 있다. 유물론적 계급관은, 함석헌이 잘 말한 대로 사회분석의 낡은 틀이다. 설사 주류계층이 다르더라도 두 정당이 진보를 표방한다면 그것이 통합을 가로막을 이유는 되지 못한다. '진보'만으로도 충분히 뭉칠 근거가 된다. 진보가 아니라도 공통분모는 얼마든지 찾아낼 수 있다. 다음 총선과 대선을 위해서라도 전략적으로 통합해야 한다. 완전한 통합이 불가능하거나 이념적인 명분이 서지 않는다면 통합 대신 연대나 연합이 가능하다. 각기 지분을 유지하면서 한 정당을 운영하고 지분만큼 의석수를 확보하고 국정에 참여하는 것이 자기 정체성만 고집하는 것보다 훨씬 좋다. 작은 차이로 큰 것을 잃을 수는 없다. 자기만의 이념적 정체성을 유지하면서 다른 정파들이 함께 엮는 우산 정당이 최선의 방책일 것이다. 정권을 수구세력에게 내주고 나서 국민이 당하고 있는 이 고통을 다시 반복할 것인가?

통일/통합/연합/ 연대가 이 시기 한국사회의 시대정신이어야 한다.
다른 원리나 가치가 이것을 대치할 수 없다. 전체를 앞세우지만, 개인/
개체를 살피지 않는 전체는 무의미하다. 서로 다른 두 가지 입장이 영원
한 대립으로 고정되는 것은 아니다. 이타주의와 이기주의는 출발점은
반대지만 결국은 두 대립 방향으로 돌아서 만나게 되어있다. 동서 반대
방향으로 출발한 두 사람이 지구를 돌아서 결국 만나게 되어있듯이 남
을 위함이 결국 자기를 위함이요, 자기를 위함이 남을 위함이 된다. 인간
을 위하자는, 자기가 속한 공동체를 위하자는 순수한 동기에서 출발한
다면, 보수와 진보도 끝내는 만난다(필리핀 같이 빈부 양극화가 심화된 사
회에서 불안하게 사병을 두고 살 것인지, 북유럽 국가들 같이 자유와 평등이 보
장된 복지국가에서 안전하게 살 것인지는 우리자신의 선택 문제이다).

개인주의 철학을 바탕으로 발전해온 서구사회가 그 본보기이다. 이
제는 개인주의와 전체주의/사회주의 사이의 벽이 허물어지고 있다. 스
웨덴처럼 보수와 진보 사이의 거리도 좁혀지고 있다. 진보정당이 이루
어놓은 좋은 정책과 장점을 유지, 보전하는 것이 보수정당의 일이다. 그
것이 (경제, 복지, 남북관계 등) 앞 정권의 장점을 지우는 일에만 열심인 한
국과 미국의 보수정당과는 다른 모습이다. 그래서 두 나라는 여러 면에
서 지금 큰 난관에 봉착하고 있다. 또한 바로 그것이 두 나라 정부가 자유
무역협정(FTA)에 목을 매고 있는 이유다. (시대정신을 못 읽고 있는 한국국
민의 대표가 바로 지금 워싱턴에서 미국 지도자를 만나서 국빈 대접을 받고 있
는데, 그 대접에 녹아나서 일방적으로 협정을 몽땅 다 바치지나 않을지 걱정이
다.) 유례없는 경제·금융 위기를 겪고 있는 미국이 자기가 주도하는 문
명(pax americana)의 벼랑 끝에 와 있다는 진단이 나온 마당에 그나마 희망
이 비친다면, 그것은 금융자본의 탐욕에 대한 항의가 뉴욕에서 시작되

어 전체 미국의 도시로 확대되고 있는 현상이다. 만약 탐욕의 문화 저변에 흐르는 미국 민중의 시대정신이 있다면 어떻게 표출될지 궁금하다.

작건 크건 이념과 방법론의 차이를 인정하는 통합이라면 두려워할 것이 없다. 상호보완과 조화, 타협을 통해서 통합 아니면 연합을 구축할 수 있다. 통합이 최선이지만 현실적으로 당장 어렵다면 연합이 차선이다. 결과적으로 차선이 최선일 수도 있다. 통일이라 하더라도 획일화하는 통합unification이 아니라 다양성을 살린 통일(unity in diversity)이어야 한다. 개성과 다양성을 살리지 못하는 통일, 통합은 무의미하고 불필요하다. 통일성-다양성은 세계화 시대의 패러다임인 다원주의, 다문화주의와 부합한다. 남북의 통일이나 통합도 유럽처럼 연방제도가 가장 가능하고 현실적인 방법이다. 7·4 공동선언에서 약속한 '낮은 단계의 연방' 가운데 통일의 묘수가 있다. 사랑과 결혼도 한쪽이 다른 쪽을 지배하는 결합이 아닌, 서로의 역할과 기능을 인정하는 연합이나 연대로 보는 것이 안전하다. 그것이 부부유별夫婦有別의 현대적인 의미다.

오늘의 정치상황에서 통일/통합/연합/연대의 정신을 벗어나면 민족과 역사에 죄를 짓는 일이 될 것이다. 작은 차이를 인정하고 큰 동질성을 찾는 대동소이大同小異의 시각이 필요한 때다. 통합은 화합으로 이끈다. 화합은 공동체에 필요한 평화, 조화, 합심과 합동의 정신이다. 화합만이 분단, 분열, 양극화된 사회를 치유할 수 있다. 그 점에서 서울 시장 후보 단일화는 큰 획을 긋는 출발점이 된다.

(2011. 10. 14. 함석헌평화포럼)

탐욕의 공화국에서
촛불을 켜는
마음으로

등록금이 왜 이리 올랐는가. 등록금이 (미국 다음으로) 세계에서 두 번째로 높다지만 그것은 절대액수로 본 것이고 실질 평균 국민소득으로 따져보면 첫째이다. 그 해답을 찾다보면 우리 사회의 모든 문제와 모순이 노출된다. 자신의 내면까지 내려가 탐욕으로 얼룩진 부끄러운 자화상을 접하게 될 터이다. 공교육과 (사유화된) 사립학교, 즉 공과 사의 혼란과 도착, 명백한 모순이다. 공교육의 경우 사립이 사유화를 의미하지는 않는다. 개인이나 집단이 학원을 설립했더라도 법적으로는 공공재公共財가 된다지만 실질적으로 이사장과 족벌이 소유권을 행사한다. 대개 가족끼리 돌아가며 총장이나 이사장직을 맡으면서 자기 후손들에게 대대로 물려준다.

그러나 같은 사립학교라도 개인소유가 아닌 사립학교는 약간 다르다. 대개 종단이나 교파 소속으로 족벌 사립학원과는 운영 방식에서 차이가 있다. 하지만 재정조달에서는 큰 차이가 없어, 중등학교는 국민 세금에, 대학은 학생들 등록금에 전적으로 의존하는 것은 마찬가지다. 교주나 교단의 전횡을 허용하는 사학법을 고치려고 하면, 이들도 벌떼처럼 함께 단합하여 저항한다. 그들 역시도 같은 기득권 온존세력이다. 그러나 종단 사립은 일차적인 개혁대상이 아니다. 개인 소유 족벌 기관은 아니기 때문이다. 하지만 엄청난 적립금을 당장 학교 예산으로 전환해 등록금의 감면으로 이어지도록 해야 한다.

교주가 있는 족벌 사학은, 교육은 허울뿐이고 사실상 명리추구가 학교설립의 동기이다. 교육에 기여하고 싶으면 기금을 기존의 학교나 공동체에 맡기면 된다. 명예와 이윤(名利)의 추구는 교육주체로서는 적합하지 않다. 신성한 가치를 위장하여 권세를 탐하는 점에서 학교의 교주(校主)는 (유사)종교의 교주(敎主)와 다를 바 없다. 교주에게 교사나 교수, 학생들은 도구에 불과 할 뿐이다. 교수나 교사들이 불이익을 당하지 않고 (보직, 승진 같은) 혜택을 받기위해서는 학교재단이나 교주 편에 줄을 서야한다. 교주들이 사실상 인사권과 재정권, 운영권까지 전횡하는 구조 속에서는 부패가 만연할 수밖에 없다는 것은 잘 알려져 있다. 재벌, 대기업까지 대학을 야금야금 먹어가고 있는 이유는 너무 뻔하다. 학교가 이익을 창출하고 있기 때문이다. 그런 곳에서 교육자들이 제대로 교권을 행사할 수 없는 것은 당연한 현실이다. 그런 현실에서 그들이 진리를 말하고 사회정의나 양심의 자유를 이야기하기는 쉬운 일이 아니다. 등록금 투쟁에 대해서 단 한 사람이라도 지지발언을 한 교수가 있는지 모르겠다. 대부분의 교수들은 사회문제에 거의 다 침묵하고 있다. 탐욕의 화신이, 더불어 사는 공동체 교육의 주체가 된다는 것은 어불성설이다. 도저히 납득할 수 없는 모순이다. 자본주의와 신자유주의 시장경제의 모델인 미국의 경우에도 그러한 사례는 있을 수 없다. 아무리 찾아봐도 없을 것이다. 남과 북의 두 정권이 자본주의와 사회주의의 극악한 모델이 되어있는 것은 참으로 부끄러운 일이다.

교육이 몰락하고 있다는 경고는 근거 없는 주장이 아니다. 우리는 침몰하고 있는 천안함에 타고 있다. 천안함의 진실을 모르듯, 원인은커녕 그 사실조차 모르고 있다는 데 문제의 심각성이 있다. 모두 유물론자가 되어 물신物神의 마술에 마취, 최면당하고 있어서다. 영이 있는 인간이라 할 수 없는 지경이다. 정치지도자나 내로라하는 부자들이 쥐나 곰 같은 동물 형상으로 보이는 것도 그 증거다. (신문 만평이 그걸 잘 반영한다. 웃고 있는 미국 부자 빌 게이츠의 얼굴과 대조해보라.) 중국 사람들이 개인의 태생을 12간지干支 동물로 형상화한 것은 옳았다.

탐욕이 인간고통의 근원이라는 것은 석가모니가 아니라도 이해할 수 있는 공리이다. 모든 종교는 그것을 극복하기 위한 방편을 제시하고 있으며, 종교마다 있는 계명誡命들이 바로 극서다. 그런데 계명을 지키고 사는 신도가 얼마나 있는가? 각종 종교의 신자는 인구의 절반이 넘는다. (각 종단이 주장하는 숫자를 합치면 인구수를 초과한다.) 자기 종교의 계명에만 충실해도 사회가 이렇지는 않을 터이다. 종교를 믿는다고 더 착해지는 것 같지도 않다. 오히려 종교인들은 물질로 천당, 내세까지 차지하려고 욕심을 부리고 있다. 신과 진리를 교회(종교 조직) 안에 가두어 놓으려 하는 격이다. 신학에서는 한 때 구원이 교회 안에만 있는가, 아니면 밖에도 있을 수 있는가 하는 논쟁이 있었다. 그 연장선상에서 교회를 종교조직으로 확대한다면, 구원이 종교 밖에만 있다고 주장한다 해도 그들이 과연 반증할 수 있을까? 종교의 순기능과 역기능을 따져서 가늠해본다면 오히려 그 주장이 옳지 않을까?

그래서 함석헌 선생이 교회조직을 떠나있으면서 제2의 종교개혁을 부르짖었던 것이다. 무교회주의를 거쳐 가장 덜 조직적이고 평화주의적인 퀘이커 모임에 몸담기도 했다. 무교회주의는 무종교주의로 확대할 수 있다. 종교를 떠날 때, 역설적으로, 가장 종교적이 될 수 있을지도 모른다. 그는 인간개조와 사회변혁에 종교와 교육을 가장 중요한 근원으로 보고 무엇보다 두 가지의 개혁과 혁명을 평생 외쳤다. 함석헌은 평생 공인으로 살았다.(박명림 교수가 「한겨레」 신문 칼럼에서 지적했듯이) 그는 공과 사를 넘어서 철저히 공인으로 산 지성이었다.(노무현도 누구보다 가장 공인적인 대통령이었다.) 사회의 녹을 먹고 산 지식인이 지천명知天命의 나이 쯤 되면, 가족의 울타리를 넘어 공인임을 인식하고 선언해야 한다.

이 두 가지가 우리의 기대에 못 미치고 있는 현실에서 남아있는 대안은 무엇인가? 결국 민주주의의 절차와 실천과정에서 개혁과 혁명을 이루는 수밖에 없다. 내년 총선과 연이은 대선이 마지막 기회일 수 있다. 함석헌이 통탄하였듯 이름만의 삼국통일로 고구려의 고토를 잃어버림으로서, 이후 14세기 동안 수난당한 것처럼, 그나마 더 한민족의 영토를 빼앗기는 운명에 빠질 수도 있다.(잘못하면 북한의 붕괴과정에서 고구려처럼 북한 땅이 중국에 예속될지도 모른다. 막 출간된 김진명의 소설 『고구려』는 그런 불안 심리의 표출로 보인다.) 국토만이 아니라 정신적으로 한 마음으로 통합된 민족으로서, 나라로서 행세할 근거가 있겠는가. 남북과 동서로만이 아니라, 계층적으로도 갈기갈기 찢어져 있는 지금도 과연 한 공동체, 한 국가라고 할 수 있는지 의심이 드는 현실인데 말이다.

현실적으로 남은 희망에 불을 붙이기 위해서는 진보를 표방하는 정당들의 연대와 통합이 필수적이다. 우선 두 진보정당이 합의를 이루어가는 모습에서 한 줄기 빛이 보인다. 집단이기주의는 작은 것을 탐하다가 큰 것을 잃어버리는 소탐대실小貪大失이 될 것이다. 과거 두 김 씨처럼 탐욕을 부리는 정치인들은 역사의 심판을 받을 것이다.(양 김의 고집으로 민주주의가 5년 이상 후퇴했다는 것은 상식이다.) 그것은 인간고통의 원

흉인 탐욕의 발동이다. 또 하나의 희망은 등록금 반대 투쟁을 하는 촛불 집회가 되살아나고 있다는 것이다. 촛불은 노무현이 말한 "깨친 시민권력"의 상징이다. 월드컵 응원 때, 촛불을 켜고 시민의 권리를 주장할 때, 우리는 모처럼 행복했었다. 그러나 정치권력과 언론(권력)이 시민의 권리를 지키고 향상시키기 위한 본연의 기능을 전혀 못하고 있는 현실에서, 교육과 종교까지 절망만을 안겨주는 지금, 우리가 다시 촛불을 켜는 것은 낭만이 아니다. 그것은 다만 빈자貧者의 일등一燈이며, 내 마음에 켜는 유일한 희망의 빛이다.

(2011. 6. 4. 함석헌평화포럼)

생활정치, 성찰과 전망

박 석 률

● 6·10 항쟁 25주년을 맞이하며 - 항쟁의 기본정신은 어디에

● 금강산 관광의 파탄 - 그간의 남북교류, 남북경협의 교훈 -

● 6·15가 없어진 6·25, 역지사지하라

● 5·16과 5·18 사이 - 중간층과 중도 강화론의 도그마

● 생활정치, 성찰과 전망

박석률

74년 민청학련사건에 관련되어 옥살이를 했다. 석방 이후에는 한국진보연대를 통한 민주화운동, 6·15공동선언실천 남측위원회 공동대표 등을 통한 민족통일운동을 계속해 오다가 지금은 민주화운동정신계승 국민연대, 사월혁명회, 평화와 통일을 사랑하는 사람들 등에서 민족, 민주, 통일운동을 계속하고 있다. 현재 <평화경제미래포럼> 대표.

저서로는 한반도의 당면 과제인 북핵문제와 관련해 펴낸 『자주와 평화, 개혁으로 일어서는 땅』(백산서당. 2003)과 『자주와 평화 누가 위협하는가』(풀무 2002) 등이 있다.

6·10항쟁
25주년을 맞이하며
- 항쟁의 기본정신은 어디에?

남북의 대치 상태를 허물고 남북사이의 관계를 발전시키자는 남북 관계발전기본법이 있다. 남북 사이는 나라와 나라 사이의 관계가 아닌 통일을 지향하는 과정에서 잠정적으로 형성되는 특수 관계다. 남북 사이의 교류와 협력은 남북사이의 화해를 전제로 한다. 이런 화해를 실천하기 위한 구체적 협약이, 남북 사이의 화해와 상호불가침 및 교류·협력에 관한 합의서(남북기본합의서)이다. 이것은 노태우 정권 시절인 1991년 12월 13일, 7·4남북공동성명에서 천명된 조국통일 3대원칙을 재확인하고, 이를 계승 발전시키기로 남북 당국 간에 이루어진 합의의 성과물이다.

7·4공동성명은 박정희 정권이 유신체제를 선포하기 전에 북에 가서 맺은 협약이고, 남북기본합의서는 노태우 정권이 북에 가서 맺고 남북이 동시에 발표한 협약이다. 이전에 총리를 지낸 한 정치인이 최근 한 인터뷰 도중 북한인권법에 관한 견해를 밝히는 자리를 가졌다. 그는 지금 우리가 북한 인권을 운운할 상황이 아니라는 뜻으로, 국제기구인 유엔에 가입해 있는 북한의 인권 문제에 개입하는 것은 다른 "외국"에 대한 경우와 마찬가지로, 있을 수 없는 결례라고 말했다. 이것을 두고 적절

치 못하다며 고의적으로 의미를 곡해하는 수구적 해석을 경계한다. 남북관계가 화해와 협력, 상호불가침을 견지하고, 더 나아가 평화통일의 관문을 열어젖히고 나가려면, 남북 사이는 우선 적대와 대치 상태의 대결정책을 종식시키는 것이 그 첫 출발점이다. 이를 위해 남북기본합의서는 휴전선에서 상호간 대북 비난방송과 대남 비방방송을 하지 말자고 약속했었다.

> '남과 북은 상대방의 체제를 인정하고 존중한다'(남북기본합의서 제1조)
> '남과 북은 상대방의 내부문제에 간섭하지 아니한다'(제2조)
> '남과 북은 상대방에 대한 비방, 중상을 하지 아니한다'(제3조)
> '남과 북은 상대방을 파괴 전복하려는 일체 행위를 하지 아니한다.'(제4조)

이렇게 합의서라는 이름으로 민족 앞에 실천을 약속했다. 그러나 실천과정은 순탄하지 않았다. 휴전선에서 대북 비난방송이 중지된 것은 노무현 정권 때이다. 이 약속을 위반하고 남쪽의 최북방에서 비난방송을 재개하여 남북관계를 대결상태로 몰고 간 것은, 누구나 알다시피 시대역행을 서슴지 않았던 이명박 정권 때문이다. 이 남북기본합의서를 백지화하고 또 다른 남북합의서를 만들자고 하자면, 이는 역대 정권이 맺은 협약의 기본 정신을 후퇴시키는 것이다.

2010년 12월 크리스마스를 앞두고 뉴라이트들이 대북 최북방의 봉우리까지 쫓아가 떠들어대고는, 2011년에도 다시 그런 행위를 반복하려 했었다. 남북 사이의 비방은 한번 터지면 악순환으로 되풀이되어 적대감을 불러일으킨다. 남북 사이의 왕래를 실현시키려 했던 철길을 막아버린 것도 이명박 정권의 시대역행적 정책 탓이다.

6·10 항쟁 25주년을 맞이하는 지금, 남북 사이의 막혀 있는 철길을 되살려 내는 데도 새로운 다짐이 필요하다. 정치적으로 말하자면 외국의 내정에 간섭하지 않는다는 것이 상식이듯 남북 사이에 각자의 내부 문제에 상호 간섭하지 않는다는 것도 반드시 견지해야 할 기본자세 중 하나이다. 그런 관점으로 볼 때, 북한의 내부문제를 우리의 내정에 빗대어 표현했다는 사실만을 가지고 대한민국 헌법의 '영토를 규정한 조항'을 들이대며 비난을 퍼붓고 소동을 일으킨다면 국민들이 과연 호응할 것인가? 그들은 남북기본합의서와 6·15공동선언, 10·4공동성명 합의 시, 남과 북, 북과 남을 대표해 대한민국 총리, 조선 민주주의인민공화국 정무원총리 또는 대한민국 대통령, 조선 민주주의인민공화국 국방위원장 등이 서명의 주체였다는 사실을 어떻게 보고 있는가? 반역사적 잣대를 들이대, 합의서에 서명한 대통령들을 모두 걸고넘어지겠다는 것인가?

남과 북은 대등한 입장에서 서로를 보아야 한다. 동등한 입장에서 화해와 협력을 진전시키고 관계를 발전시키는 것이 전쟁위협 속에서 대결을 되풀이해 온 지난 반세기를 청산하고 공고한 평화체제로 나갈 수 있는 길이라는 것을 다짐하자! 7·4공동선언 이래 역대 정권이 남북관계에서 발전시켜 온 기조정신을 이만하면 충분히 알 수 있지 않는가? 휴전협정 당사자로 서명하기를 거부해, 대한민국을 협정 당사자에서 제외되게 만든 이승만식 냉전시대의 사고가 과연 합리적이었다는 말인가? 남북 사이의 관계를 발전시켜 이 땅에 공고한 평화를 실현하자면, 우선 대결과 적대를 부추기는 일체의 행위를 남과 북이 중단하고 화해, 협력의 기조로 다시 돌아서야 한다. 세계 유일의 분단국가로 남아 있는 우리 민족이 공생, 번영해 나갈 수 있는 길은 이미 남과 북 사이에 맺어 온 합의서와 공동성명, 공동선언들에 충분하게 규정돼 있다. 북이라는 상대방의 존재를 부정하려고 해서는 안 된다. 국제정치의 역학 관계 상, 남과 북은 서로를 외면해서는 안 되는 숙명을 갖고 있다. 아무리 시대 역행적 정책을 마다 않는 정권이라 할지라도 이전 보수정권들이 심사숙고, 백년대계를 위해 민족 앞에 약속한 협약 속에 흐르고 있는 기본정신을 뒤집으려는 우愚를 더 이상 저지르지 말아야 한다.

보수논객들도 과거의 독재정권들이 맺어 둔 협약서의 정신을 다시금 되새겨 보아야 할 것이다. 6·10항쟁 25주년을 맞이하여, 항쟁의 정신을 국가적으로 기념하는 이유가 무엇인지 되물어보자. 독재로 회귀하거나 역사를 퇴행시키거나 하는 자가당착을 되풀이 않는 것이 6·10항쟁을 기념하는 기본정신에 다름 아니라는 것을 강조해 두고자 한다. 그렇지 않다면 국가적 항쟁기념일이 무슨 의미가 있겠는가?

(2012. 6. 10. 함석헌평화포럼)

금강산 관광의
파탄
- 남북교류와 남북경협의 교훈

　　1988년 11월 18일 금강산 관광이 열린지 13년 만에 남북 화해와 협력을 상징했던 금강산관광이 파탄에 직면했다. 2008년 7월 남쪽의 한 관광객의 피격 사망사건을 계기로 금강산관광이 중단된 초기만 하더라도, 이 사건이 향후 모든 남북관계를 단절로 몰고 갈 거라고 보는 관측은 많지 않았다. 그러나 관광객의 신변보장, 재발방지 등 접점을 찾지 못할 이유가 없는 사항들이 끝내 합의를 이루지 못하고 협상이 파탄에 직면했다. 이명박 정부가 주장하는 '원칙'이 과연 설득력 있는 객관성을 지녔느냐에 대해 시민사회와 대부분의 국민들은 의아스럽게 생각한다. 금강산 관광을 통해 북으로 흘러들어가는 돈을 못 마땅하게 여긴다면, 이것은 교류와 협력의 대전제에 반하는 것이다.

　　과거 분단국이었던 동·서독 사이에서는, 서독 측이 대가성을 넘어서 보낸 돈이 많았다. 북쪽에 돈이 들어가는 것을 못마땅하게 여긴다면 북측은 중국을 대신 내세워 경협의 빈자리를 메우게 되고 만다. 이것은 그간 남북경협에 참여했던 일선 기업체가 북경 등지에서 직접 목도한 얘기들 중의 하나이다. 이명박 정부가 남북관계를 단절과 대립·대결로 몰고 가는 것에 대해 북측도 굽히려고 하지 않으면서, 생각도 못할 이자에 단기간 내의 원금변제 조건으로 중국 사람들과 거래를 하면 했지, 같은 동족끼리 "돈"을 앞세우며 압박을 가하는 것에 자존심까지 내던지고 굴하지는 않겠다는 자세를 여실히 확인했다고 한다.

북측으로 보자면 협력파트너를 바꾸는 것뿐이어서, "현금 유출"을 막겠다는 이명박 정부의 원칙은 실효 없음을 실증해 보였다. 금강산관광에서 얻는 남쪽 기업의 수익은 북한이 얻는 수익의 대략 5배 정도였다. 수지 타산으로 보면 남쪽 기업만 죽이는 꼴이 된다. 금강산 관광의 파탄상황에 직면하여 우리가 취할 수 있는 방도가 하나도 없다는 게 말이 될까 생각해 본다. 이유야 어떻든 금강산 관광을 중단시키고 파탄으로 내몬 것은 MB정부의 대결적 대북정책 고수와, 상대방이 넘어지기만 기다리는 무모한 원칙 탓이다. 문제의 심각성을 외면하면서 소극적으로 대응하려 했던 것은, 우리 시민 사회와 종교권 등이 크게 반성해야 할 대목이라는 데 달리 변명의 여지가 없을 것 같다.

(2011. 8. 25. 함석헌평화포럼)

6·15정신이 빠진
6·25,
역지사지하라

언제든지 전쟁의 참화에 맞부딪칠 수밖에 없는 분단의 종식을 다짐한 6·15선언이 발표된 것은 6·25 전쟁 반세기만의 일이었다. 그러나 그것을 휴지조각으로 만드는 데는 잠깐의 시간밖에 걸리지 않았다. 서로 간의 사상과 이념, 사회체제를 존중하자는 합의서의 정신은 과거 냉전 시대의 평화공존 이래 국가 간의 관계에 있어 기본적인 것이다. 여기에는 무력 대결 없이 평화적 공존, 평화적 경쟁으로 나가도 체제 경쟁에서 이길 수 있다는 자신감이 전제되어 있다. 세계사적으로 보아도 분쟁의 평화적 해결 원칙이 제창되고 강조된 것은 두 차례의 세계대전을 겪고 나서의 일이다.

1922년 1차 대전 직후, 제네바에서 열린 국제연맹의 회의에서는 모든 참가국들이 분쟁의 평화적 해결 원칙에 합의하였다. 또한 국제연맹은 어느 나라든지 먼저 대결을 획책하고 무력으로 위협하고자 기도하는 국가를 "침략자"로 규정할 것임을 확인하였다. 2차 세계대전의 결과로 창립된 유엔은 이 원칙을 재확인 했고, 각국은 모두 여기에 합의했다. 특히 유엔 안전보장이사회는 이런 원칙 하에서 전 세계 분쟁지역의 문제를 중재하고 풀어 나가는 핵심 기구이다. 남북한은 모두 유엔 헌장에 규정된 평화애호 국가라는 자격 심사를 통과해 유엔에 동시에 가입했으며, 또한 유엔의 가입국을 무력시위로 위협해서는 안 된다는 원칙을 준수하기로 함으로서, 한반도 지역의 분쟁을 평화적으로 해결해 나갈 기반을 갖추게 되었다.

세계정세의 변화에 맞춰 남북 대결의 종식을 당사자 간에 확인하고 선언한 것이 6·15선언이다. 평화를 선언하기에 앞서, 남북은 무력에 호소하지 않고 대결의 벽을 높이는 상호 비방, 중상을 그만두기로 다짐함으로써, 민족통일의 이정표를 향해 한 걸음 나아갔다. 그러나 지금의 이명박 정부에 들어서서는, 6·15선언의 기본정신과 평화적 통일로의 이정표가 짓밟힌 것을 넘어, 이제는 일촉즉발의 전쟁 분위기까지 이르렀다. 처음부터 어느 한 쪽의 미필적 고의가 있지 않고서야, 지난 2008년 여름의 금강산 관광 중단사태가 남북 교류관계 전반을 경색시키는데까지 이른 것은 무언가 석연치 않은 느낌이 든다.

사태의 재발 방지와 진상 조사의 중요성은 두 말할 필요가 없다. 그러나 말로만 시비를 늘어놓으며 거듭 발목잡기 식으로 대처하기 보다는, 보다 효과적인 대처 방식이 얼마든지 가능했을 것이다. 예를 들어, 금강산 관광에 나선 사람들의 신변 안전을 우려한다면, 야간 교대 근무자를 강화해 마음대로 호텔 밖으로 나가려는 투숙자를 관리하는 나름의 방지책도 얼마든지 가능할 터였다. 네 쪽이 사람을 죽였으니 그 책임을 따져 평생 교류하지 않겠다고 나선다면, 지난 정권들이 살얼음판 위에 간신히 쌓아올린 남북 간 화해와 평화의 공든 탑들을 한꺼번에 무너뜨리는 반역사적 반민족적 행위가 될 것이다. 집권층이 아무리 바뀌어도 헌법정신의 준수는 한결 같아야 한다는 사실에 이의를 달 사람은 아무도 없으리라 믿어 의심치 않는다.

만약 집권층의 정신이 녹슨 철갑 속에 갇혀 맹인의 증상을 드러내고 있다면 경고등을 높이 들어 올려야 한다. 조국의 평화적 통일은 헌법상의 책무이다. 서독은 통독 이전의 어느 시기에도 단 한 번도 인도적 지원을 단절해 본 적 없다는 한 독일인의 지적을 새겨들을 수밖에 없다. 상대방만 불신의 대상으로 규정해 놓고, 내 자신의 행위를 역지사지 않는다면 인류는 무슨 방법으로 지속 가능한 사회를 꿈꿀 수 있을 것인가?

(2011. 6. 27. 함석헌평화포럼)

5·16과
5·18 사이
- 중간층과 중도 강화론의 도그마

2011년에 새로운 변화를 갈망하는 계층을 진보세력이라고 부르는 것은, 2007년 대선 시 변화를 시도했던 계층을 진보세력이라고 부르는 것과 무엇이 다른가? 2007년의 변화 바람은 성장과 일자리 늘리기라는 구호로 요약되었다. 2010~2011년의 변화 바람이 구호로만 그친 2007년 식 변화와 다른 점은, 보편적 복지의 절대적 확대가 전면적 요구로 등장하면서, 보편적 복지에서 뒷걸음치는 주장은 진보적 개혁에 발을 들여 놓을 수 없게 됐다는 점이다.

중간 평가를 겸하는 4·27 재보선 결과를 놓고서 중도, 진보성향이 보수성향을 눌렀다고 보는 데 대개 평가가 일치하는 것 같다. 그러면서 2012년을 향한 전략적 지표로서, 중도세력의 강화를 부르짖는 주장들이 우세한 것처럼 자주 보도되고 있다. 그러므로 중도 강화, 중간층 강화론이 우리 사회의 현실적 계층구조를 얼마나 잘 반영하고 있는지 들여다 볼 필요가 절실하다.

그런 입장은 성남시 분당구의 선거를 자주 모범사례로 들고 있다. 언론보도만 보더라도 두 가지 측면이 동시에 진행되고 있었다. ① 투표 막바지 시각에 사무직 넥타이 부대라고 일컫는 중간층들이 대거 몰려가도록 SNS가 역할을 했다는 것이다. ② 같은 시각 한국노총이 분당 지역 노조원들에게 투표를 독려하여 4000여명이 몰려갔다고 한다. 분당 재보선의 당락을 가른 것은 2000여 표 차이였다.

위 2개의 현상 중에서 어느 것이 결정적인 승패에 작용했을까? 한국노총 소속의 노동자들은 지난 2007년 선거에서 한나라당과 전략적 제휴를 하고난 뒤 쓴물만을 마셨다. 상대적으로 소득의 박탈을 심하게 당한 넥타이 부대들이 종전과 다른 관심으로, 아침 일찍부터 줄을 서서 투표장 분위기부터 바꾸어 놓았다는 말도 많이 들려 왔다. 사무직 넥타이 부대나 한국노총조합원은 우리 사회에서 중산층을 차지하는 계층인가? 분당 내에서도 15평 미만의 아파트에서 전세를 사는 사람들이 그 지역 주민의 50%를 넘는다는 분석 자료가 있었다. 이들이 사무직 넥타이 부대인지 한국노총 조합원인지의 차이보다는, 한국사회의 대다수 빈곤층인 서민들보다는 좀 나은 처지의 계층이라는 점이 더욱 중요하다고 볼 수 있다.

그들 말고 청년 실업자들이나 집에서 그냥 쉬고 있는 사람들, 그리고 비정규직은 어느 정도였을까? 한국 사회 노동자들의 절반 이상이 비정규직인데, 이들은 그 소득정도나 사회적 위치에서 보면 중간층 보다는 오히려 중간층에서 진즉 탈락해버린 하위 계층에 가깝다. 대다수 자영업자들의 소득정도 역시 이들 비정규직 노동자들의 그것과 그리 큰 차이가 없다. 이렇게 큰 분류만 놓고 보더라도 중간층보다는 하층계층이 곱절 이상 많다는 것을 알 수 있다. 과연 성남시 분당구 선거에서는 중간층이 더 많은 역할을 했을까, 아니면 중간층에서 탈락할지 모른다는 위기감을 갖고 있고 실제로는 중간층이 아닌 사람들이 더 많은 역할을 했을까.

선거를 통한 변화를 갈망하는 세력들은 4·27 선거 이후 중도강화론을 강력하게 내세우고 있다. 그것이 중간층에서 탈락한 하위계층들을 끌어올려 사회의 중간층으로 만들어 주자는 내용의 의미라면 옳다고 할 것이다. 그러나 그들의 구체적 정책으로 들어가 보면, 단지 중간층이 싫어할는지 모르는 내용의 구호를 내걸지 말자는 선거공학적 계산속에서 그런 주장을 포함시키고 있는 것을 본다.

한국사회의 구조에 대한 착시에서 벗어나야 한다. 중간층이라고 할 만한 계층의 숫자는 이미 30%도 안 된다. 그런데 50% 이상 쯤 되는 걸로 안이하게 보는 사람들이 상당히 많다. 결코 그렇지 않다. 과거 1998년 IMF 위기를 맞이하기 전까지는 중간층이 거의 70%에 가까운 정도였다고 본다. 그러나 지난 IMF 이후 민주개혁세력이 집권했던 시기에도 중간층은 현저히 감소해서 집권 말에는 50% 이하로 줄어들고 말았다. 선거공학적 측면에서 만들어진 구호로서의 중도 강화론은, 하위계층들의 삶의 질을 개선해 사회 중간층을 다시 두텁게 만들어 나가겠다는 그런 반성적 성찰을 배제한다면 일종의 도그마에서 벗어나지 못할 수도 있다. 이번 선거와 2012년의 총선과 대선에서, 이미 중간층에서 탈락해 버린 도시 자영업자의 대다수, 비정규직 대다수, 그리고 실직 상태에서 대책 없이 정부만 쳐다봐야 할 그런 대다수 국민이, 소위 언론이나 정부가 통칭 말하는 중간층이 아니라는 데 좀 더 솔직하고 과감하게 다가갈 수 있어야 한다.

대다수 대중들의 눈에는 중도란 말이, 갈림길에서 어느 편에도 들어가지 않고, 하는 듯 마는 듯 그저 서 있기만 하는 부류로 받아들여진지 오래되었다. 그런데 중도 강화론은 도대체 누구를 중도로 칭하는 것인지, 무엇을 중간층 강화라고 하는지가 분명치 않아 보인다. 오히려 과거처럼 그저 이런 도그마를 내걸고 중간층으로부터 탈락해버린 대다수 서민, 하층 계층의 사람들에게 또 다시 가슴에 못을 박는 것은 아닌지 우려된다. 민주-진보개혁세력의 연합·연대를 위한 명분으로서의 중간층 강화라는 슬로건은, 실제로는 대다수 하위계층의 이해관계를 배제할 수도 있다. 그러므로 정말로 진보를 지향하는 세력들은 정치적 명분이 아닌 현실의 삶에서 대다수 서민의 빼앗긴 권리들을 되찾아올 계획부터 세우고 실천해야 할 것이다. 그렇다면 몰락해버린 중산층과 구호로만 나부끼는 중도강화론 사이에는 무엇이 있는가? 바로 선거공학적 접근에서 비롯된 관념적 도그마가 벽을 쌓고 있는 것이다. 허구적인 중간층이라는 도그마에 몸을 기대지 말고, 소수 특권층에게 모든 권리와 이익을 빼앗겨온 대다수 하층계층이야 말로 진정으로 모든 사회적 변화의 핵심이라는 진실을 인정하는 것부터 시작할 것을 바란다.

(2011. 5. 23. 함석헌평화포럼)

생활정치,
성찰과 전망

지난해에 이어 새해에도 '생활정치'의 의제화가 활발하게 이루어지고 있다. 모두 '생활정치로 새 시대를' '생활밀착형 정치로 희망과 대안을' 등과 같은 비슷한 맥락의 얘기들이다. 선거를 전후해 '생활정치'라는 말이 오르내린지는 벌써 오래 전이지만, 지금까지도 사람들에게 그 실체의 그림자조차 보여주지 못한 채 구호로만 되풀이 되고 있다. 그런데 아무리 구호가 요란해도 정작 생활의 문제는 획기적으로 개선되거나 해결 되지 못했다는 현실로부터, 대의제의 한계나 국민주권의 행사 방식에 이르기까지 '생활정치'의 논의 범위는 더욱 커지고 있다. 일자리, 의식주, 교육, 건강 등, 한 사람 한 사람의 삶과 관련된 문제의 해결을 무엇보다도 중시하는 생활정치, 구체적인 삶과 직결되는 정치에 앞장서겠다는 다짐들이 쏟아져 나오는 선거 전후의 시기에, 우리는 과연 무엇을 생각해 보아야 하는가?

우리 사회의 지배계층이 기득권을 지속적으로 누리려면, 나머지 하위 계층들은 그들의 기득권을 위해 모든 사회경제적 권리의 사각지대에 그대로 남겨져야 한다는 전제는 필연일 것이다.

상당수 노동현장에서 비정규직화를 전제로 유지되는 고용조건의 타협적 방치, 일할 수 없거나 일하지 못하는 자에게만 주어지는 선별적 사회보장책의 유지, 공급과잉인데도 계속되는 뉴타운 건설 등 등, 수없이 많은 사회문제들이 모두 관련자들의 제 밥그릇 챙기기와 관련되어 있으므로 쉽사리 해결될 수 없다. 지방자치단체 선거를 앞두고 우리는 모두 후보들이 외치는 '생활밀착형 정치'가 자기 지역만의 밥그릇 챙기기, 즉 다른 사람들의 희생이나 권리 사각지대의 방치를 전제로 한 구호는 아닌지 성찰해야 한다. 서울에서 인구수가 불과 이만 수천 명에 불과한 동네에 수백억짜리 동사무소-문화센터를 짓는 사이, 적어도 20%가 넘는 절대빈곤층들이 이웃에서 밥을 굶고 있다는 사실을 직시할 수 있어야 한다.

아파트 소유자 입장에서 보면, 아파트가격이 두 배가 되면 자산 가격이 두 배로 증가해서 좋을 것이다. 그러나 아파트를 소유하지 못한 사람들은 그 격차가 두 배로 벌어지는 것만이 아니라, 전보다 절반의 평수를 임대할 수밖에 없어 상대적 격차는 4배차이로 벌어진다. 소득 수준 하위 10%의 소득은 수십만 원에도 미치지 못하지만 도시 노동자 소득 수준 상위 10%의 소득은 천여만이나 된다. 같은 도시 노동자 하위 10%의 소득은 1백만 원이 채 안 된다. '생활정치'를 들고 나와 지역에 경전철을 끌어오고 개발 예산을 끌어오겠다고 해서, 이것을 대중들 한사람 한사람의 생활이 좋아진다는 의미의 생활정치로 이해하는 사람은 별로 많지 않다. 그래서 2007년 대선 패배 이후, 탈이념을 내세우면서 생활밀착정치를 외친 노무현 정권의 소장 개혁파들은 2008년 총선에서 거의 다 낙선했다. 탈이념이 아니라 오히려 사회적으로 배제되고 소외되는 절대 취약계층 다수를 위한 이념을 더욱 분명하게 제시했어야 했다.

전체 산업 생산액의 88%가 중소기업에서 이루어지는데, 지역차원이든, 전국 차원이든 중소기업의 고용조건을 개선하고 저임금을 보전해주는 재정정책, 연구개발비 투자의 획기적 지원은 아예 있어본 적이 없다. 제1야당의 중산층, 서민을 위한다는 탈이념, 생활정치의 정책(뉴플랜)이 기실 상대적으로 우위에 있는 사람들을 지켜내는 정도에 머물러 있다는 것은, 전체가 골고루 잘 살 수 있는 일자리에 대한 전략적 고민조차 부족해 보이기에 더욱 우려스럽게 보이는 것이다. 지방자치 선거를 앞두고 야당 일부에서는 진보든 중도보수든 색깔의 차이를 넘어 '연합정치'를 해야 한다고 요란하게 움직이고 있다. 선거를 위한 연합을 통해서 '연합정치'로 지자체를 운영한다고 할지라도 세력가들의 나눠 먹기식 밥그릇 챙기기 수준에 머물 수 있다는 우려도 강하다. 시민들의 풀뿌리 조직단위와 연합을 할 만한 기본이념 위에 비전들을 세운 것이 아니라는 점에서는, 2010년의 사정도 크게 달리 보이지 않기 때문이다.

그러나 시간이 없고 늦었다고만 할 수는 없다. 생활정치의 종주국으로 불리는 일본에서도, 풀뿌리 공동체 운동이 생활정치의 기초를 이루고 있다는 것을 타산지석으로 삼아야 한다.

'생활이 제일이다', '생활정치가 기본이다'라고 내세우려면 사회적 배제와 포섭의 대상으로서가 아니라, 국민 모두가 사회의 주인으로 설 수 있도록 하는 것을 기본이념으로 견지하고 지향해야한다. 지역에 한정되지 않고, 전국 차원에서도 대중 전체가 골고루 잘 사는 사회적 주인으로 설 수 있도록 하는 데 생활정치의 요체가 있다. 선거용 구호로만 내세우지 말고 지금부터라도 실제로 시간과 노력을 투자해 처음부터 새롭게 출발한다는 각오를 해야 할 것이다.

(2010. 2. 15. 함석헌평화포럼)

종교는 사회의식과 역사정신을 혁명하라

김 대 식

● 가난한 에너지 비극의 탄생, 종교의 부유에도 원인이 있다

● "투명 가방끈"을 선언하는 젊은이들에게서 희망을 보다

● 대립이 아니라 평화, 상호부조여야 한다

● 속도에의 굶주림과 속도의 무의미

● 종교는 사회의식과 역사정신을 혁명하라

김대식

1967년생으로 서울신학대학교 신학과를 졸업(B.A.)했다. 서강대학교 대학원 종교학과에서 석사학위(M.A.)를 받은 뒤, 대구가톨릭대학교 대학원 종교학과에서 「신, 인간, 그리고 자연에 대한 생태학적 연구」로 박사학위(Ph.D.)를 받았다. 지금은 대구가톨릭대학교 가톨릭사상연구소 연구원이자 종교문화연구원 연구위원으로 있으면서 가톨릭대학교 문화영성대학원, 대구가톨릭대학교 대학원 종교학과 등 여러 대학에 출강하고 있다. 주된 학문적인 관심사는 '환경과 영성', '철학적 인간학과 종교', 그리고 '종교간 대화'로서 이를 풀어가기 위해 종교학을 비롯하여 철학, 신학, 정신분석학 등의 학제간 연구를 통한 비판적 사유와 실천을 펼치려고 노력한다.

저서로는 『환경문제와 그리스도교 영성』(프리칭아카데미), 『함석헌의 종교인식과 생태철학』(프리칭아카데미), 『영성, 우매한 세계에 대한 저항』(모시는사람들), 『함석헌의 철학과 종교 세계』(모시는사람들), 『환경철학의 이념』(철학과현실사, 공저), 『길을 묻다, 간디와 함석헌』(프리칭아카데미, 공저), 『지중해학 성서해석 방법이란 무엇인가』(프리칭아카데미, 공저), 『종교근본주의: 비판과 대안』(모시는사람들, 공저), 『생각과 실천』(한길사, 공저) 등이 있다.

가난한 에너지 비극의 탄생,
종교의 부유에도
원인이 있다

지난 2011년 9월 15일 전국 곳곳에서 대규모 정전사태停電事態가 발생했다. 엘리베이터 가동 중단, 산업시설 전력 공급 중단, 요식업계 상업 행위 마비 등 이른바 '블랙아웃black out'이 된 것이다. 그에 따라 에너지 공급에 대한 위기는 국가적 차원뿐만 아니라 시민들 개개인의 삶에 직접적인 불안을 야기했다. 전문가들에 의해서 에너지 공급이 원활하지 못한 원인 분석과 대책이 다각도로 논의되었다. 그 결과 예상되는 사태 중 가장 심각한 상황인 '토털 블랙아웃'(total black out)이 발생한다면, 수돗물 공급 중단, 가스 공급 중단, 가로등·신호등 작동 중단, 빌딩 전기시설 공급 중단, 백화점·대형마트·편의점 영업 중단, 은행 거래 시스템 중단, 휴대전화 사용 불가, 인터넷 접속 불가, TV·라디오 수신불가, 비행기·철도 운행 중단 등 실로 인간의 생활불능 상태가 초래될 것이라는 예측이 나왔다.

그러나 문제의 논점은 (원자력)발전소를 더 짓는 방향으로 갈 것인가, 아니면 개인과 사회 공동체가 에너지 절약에 대한 심각성을 인식하고 그 본질에 대한 불순한 생각들을 저지하는 방향으로 갈 것인가 하는 것이다. 이제는 이러한 삶의 방식에서 돌이킬 수 없으니, 더 많은 에너지와 더 좋은 에너지 환경을 위해 가급적 피해가 적거나 저항이 약한 지역을 목표로 선정해 발전소를 건설해야 한다는 발상은 더 없이 불순하지 않은가.

발전소를 건설하면서 최소한의 피해라는 것은 없다. 또한 최소한의 피해 지역이라는 것도 없다. 어느 지역이든 자연에게 생채기를 낸 우리가 함께 떠안아야 하는 고통의 몫이 분명히 있기 때문이다. 고통이 다가오기 전, 그 고통을 내다보고 예방하는 문제는 결국 지금을 살고 있는 사람들의 의식에서 출발한다. 게다가 전기電氣라는 것은 단순히 에너지가 아니라, 우리의 문명사회를 떠받치고 있는 인간사의 중요한 집적물이기 때문이다. 이러한 상황에서 산업 문명이 만들어 놓은 생산품을 소비하는 것에 의해 발생하는 에너지 문제는 자본이 기술에게 피드백을 한 것이고, 다시 피드백을 통해 산업 문명으로 돌아가는 것이니, 그 결과가 에너지의 과잉 소비라고 볼 수 있다. 이 같은 문제의식을 가졌던 함석헌은 다음과 같이 말하였다.

근세의 과학이 발달하고 기계가 발명이 되어 공업이 일어남에 따라 사람들은 기술을 퍽 존중하게 되었습니다. 이것이 비극의 시작이었습니다. 인간화가 발달될 것은 물론 기술이 발달된 것입니다. 언제든지 잊어서는 안 될 것은 기술은 인격의 발현이라는 것입니다. 기술 뒤에는 언제나 인격이 있어서 그 기술을 부려야 하는 것입니다. 그런데 기술을 존중하게 된 현대는 인격은 어느 덧 잊어버리고 기술만이면 되는 줄로 생각하였습니다.

_함석헌저작집 2권 『인간혁명』, 235쪽

필자는 에너지 과잉 소비의 근원을 단순히 자본에게만 떠넘기고자 하는 것은 아니다. 다만 종교가 먼저 (신앙)생활의 패턴을 생태영성적으로 바꿔 가야 한다는 것을 지적하고 싶을 뿐이다. 현재 우리나라에는 종교시설이 참으로 많다. 전국에 있는 개신교 교회만 하더라도 약 6만여 개가 있다고 하는데, 가톨릭, 불교 등의 종교를 비롯하여 소수 종교 단체의 시설까지 포함한다면 엄청나게 많을 것이다. 따라서 그 종교시설에서 에너지를 절약하는 방식을 모색해야만 한다. 일례로 교회 십자가의 네온사인만 하더라도, 한 달에 200Kw를 소비한다고 한다. 전국 개신교의 규모로 환산해보면 1년에 약 120억 원이라는 교회 예산을 낭비하는 셈이다. 교회 종탑을 붉게 또는 희게, 심지어 나이트클럽처럼 추단위로 색깔이 바뀌는 네온사인을 통해 교회 이미지를 부각시키고 선교를 위한다는 발상도, 그 효과 면에서 볼 때 별로 의미가 없다.

영성spirituality이란 본래 종교가 갖고 있는 정신성, 영적인 특성을 드러내는 것을 말함인데, 그리스도교의 경우는 예수를 본받아 하나님의 영의 의지, 혹은 하나님의 뜻대로 살아가는 것을 일컫는다. 그런 의미에서 영성이란 개인적인 인격 발달뿐만 아니라 인간이 관계적인 존재로 살아간다는 뜻을 품고 있다. 종교의 본래 정신을 보면, 가난, 무소유, 자비, 사랑, 인, 무위자연 등인데, 이것은 본디 출가 수행자들에게만 해당되는 정신적 가치나 영적 가치가 아니다.

그러나 영성 혹은 종교의 본래 정신을 추구하는 것은 출가 신도만의 것이냐 아니면 재가 신도만의 것이냐 하는 경중을 나눌 사안이 아니다. 이것은 에너지를 절약하고 여타의 발전소를 신축하는 문제에 대해서 심각한 문제의식을 가져야 한다는 차원에서도 마찬가지다. 현재 에너지가 가난하게 된 원인에는 종교의 부유가 한몫을 하고 있다는 자기 성찰이 필요한 시점에 와 있다. 더 나아가서 에너지가 가난하게 된 것은 국민들 전체가 에너지 과잉 소비를 하고 있다는 반증이다. 그럼에도 불구하고 에너지가 가난하다는 인식에 눈을 감아버리고 만다면, 에너지는 가난하다 못해 에너지의 기근과 고갈 상태를 초래하고 말 것이다. 따라서 종교의 에너지는 가난해야만 한다. 종교의 몸집도 가난해야 하지만, 우선은 종교의 몸집에 비해 터무니없이 많이 사용되는 에너지를 가난하게 해야 한다. '에너지의 가난한 사용 운동'은 종교에서부터 시작되어야 한다. 교회 몸집 구조를 보면, 몸집 전체가 전기 배선으로 이루어져 있고(초월자는 전기 배선으로 둘러 싸여), 어느 곳도 전기를 통해서 에너지원을 공급 받지 않으면 안 되는 건축 구조로 되어 있다. 요즈음은 사찰들도 편리한 전기시설 없이는 수행을 할 수 없는 구조가 돼버렸다. 가톨릭도 몸집이 커지면서 에너지를 더 많이 필요로 한다. 아마도 시원한 에어컨과 따뜻한 히터가 없으면 아무리 좋은 종교라도 얼씬도 하지 않으려는 사람들의 심리 때문일 것이다. 영성도 편리성을 따라가고 있는 것일까?

올겨울에는 결단코 에너지 대란이 다시 일어나서는 안 된다. 그러나 지금도 지하철과 버스, 그리고 학교에서는 추위를 느낄 만큼 차가운 에어컨이 쓸데없이 나온다는 것은 아이러니가 아닐 수 없다. 추울 때는 추워야 하고, 더울 때는 더워야 한다. 이 단순한 계절의 이치와 순리를 역행하는 행위는 지구와 에너지에 대한 진정한 배려 혹은 마음 씀(fürsorge)이 아니라는 사실을 기억해야 한다. 또한 그에 따른 피해의 몫은 고스란히 우리 인간 자신에게 돌아온다는 점을 잊지 말아야 할 것이다. 그런 측면에서 볼 때, 이제 종교도 미사나 예배, 혹은 법회 때 지금 사용량의 절반 정도만 전기를 사용하는 semi-electric religion 혹은 거의 전기를 사용하지 않는 시스템의 non-electric religion을 구상할 때가 아닌가 싶다.

그 모든 문명의 결국은 뭐냐 하면 편하자는 것입니다. 노력에서 해방, 병에서 해방, 거리와 시간의 단축, 시청각을 통한 매스컴 오락, 다 편하고 재미 보자는 것입니다. 생물로서의 인간에는 생물의 법칙에 의해 자연히 일과 즐거움이 자동적으로 조화되도록 되어 있습니다. 그런데 생각함으로써 일은 아니하고, 혹은 될수록 적게 하고 즐거움만 맛보려는 데서 가지가지의 문명이 나왔습니다. 그러면 자연히 본래의 대조화를 깨뜨리는 수밖에 없습니다…. 그럼 그 오염의 근본 원은 어디 있습니까? 대기오염, 일광오염, 식수오염이 있기 전에 정신오염이 먼저 되어서 그 결과로 이것들이 온 것입니다. 옛날에 벌써 악마는 도시를 만들었다 할 때 문명으로 인해 정신이 썩어지는 것을 경고한 것입니다…. 물질세계는 그 세계의 법칙에 따라 알 수 있는 데까지 아는 것이 당연합니다. 다만 뜻 찾기를 그만두고 즐거움이 있을 것처럼, 정신을 내놓고 기술만으로 가치의 세계에까지 들어갈 수 있는 것처럼 생각한 데가 잘못입니다. 지금 당하는 문제는 그 잘못에 대한 자연의 복수입니다. 정신의 오염을 씻지 않는 한, 기술로 오염 문제를 아무리 해결하려 해도 아니 될 것입니다.

_함석헌저작집 2권『인간혁명』, 246-248쪽

(2011. 9. 22. 함석헌평화포럼)

"투명 가방끈"을 선언하는 젊은이들에게서 희망을 보다!

사회는 온통 어지러움이다… 먼저 할 것은 우리 속에 질서를 잡는 일이다… 현대의 고민은 결국 새 질서 찾자는 고민, 곧 새 정신 붙잡자는 고민이다… 그 정신적 질서는 반드시 윤리적인 것이 아니면 아니된다. 그것은 우주의 근본이 윤리적 체계이기 때문이다… 따라서 우리에게 가장 크게, 가장 깊이, 가장 바르게 파악된 것은 인격적으로 파악된 것이 아니면 안 된다… 윤倫이란 차례란 말이다… 인간관계는 단순, 일양一樣의 것이 아니요, 복잡 다양한 것이다. 그러므로 그 관계를 바로 하려면 일정한 차례를 세우지 않으면 안 된다. 그것이 곧 윤리다…. 윤리는 생명적·유기적 통일이다… 선善이란 전체와 전체와의 완전한 조화적인 통일이다.

_함석헌저작집 2권『인간혁명』, 341-347쪽

우리나라와 같은 독특한 학벌사회에서 대학 진학을 포기한다는 것은 결코 쉬운 일이 아니다. 이제는 취직을 앞둔 학생들을 위한 직업훈련원으로 전락하거나 상업인문학만이 살아남은 대학이 돼버렸지만, 그래도 대학은 여전히 진리의 상아탑 구실을 해야 한다는 것이 필자의 입장이다. 진리를 탐구하고 그 진리를 몸으로 살아보겠다는 곳이 대학이라면, 대학은 분명 새로운 정신을 생산하는 진리의 요람으로서 기능을 해야 하는 것이 마땅하다.

그러나 이미 계급화 되어 있는 대학은, 사회의 질서를 바로 세우고 새로운 정신을 길어 올려 성숙한 시민과 교양인을 육성하는 개념의 큰-배움[대학]을 위한다는 기능을 상실한 지 오래다. 이것은 칼 포퍼Karl R. Popper가 플라톤의 교육과 양육에 대한 시각을 비판하는 글에서도 등장한다.

> 플라톤의 최선국가에서 보조원과 지배계급의 양육이나 교육은 무기 휴대와 마찬가지로 계급의 상징이며, 따라서 계급의 특권이다. 양육과 교육은 공허한 상징이 아니라 무기와 같은 지배계급의 도구로, 지배의 안정을 확보하는 데 필요한 것이다. 말하자면 강력한 정치적 무기로, 인간가축을 통솔하고 지배계급을 단합시키는 데 유용한 수단으로만 양육과 교육은 논의되는 것이다.
>
> _Karl R. Popper, 『열린사회와 그 적들1』, 66쪽

다시 말해 교육은 무력을 가진 교육받은 지배자들과, 무력도 교육도 없이 지배받는 짐승 같은 인간의 성분(83쪽)뿐만 지배자와 비피배자 사이에 장벽을 쌓는다(247쪽).

따라서 이러한 사실에 비추어 볼 때, 기업의 요구에 맞게 재단되어 돈의 노예로 살아갈 미래의 노동자들인 대학생들에게 새로운 정신을 기대한다는 것은 무리한 요구일 것이다. 또한 그러한 학생들에게 사회

를 비판하고 윤리를 논하면서, 삶이 추구해야 하는 가치를 형성하도록
하는 것은 한갓 사치에 지나지 않을 것이다. 단지 취직을 위해 여러 가지
스펙을 쌓아야만 하는 청년들에게 대학은 하나의 휴식처가 될 수 있을
지 모른다. 그러나 그것도 잠시뿐, 취업도 거의 불가능한 상황에서 안식
이나 휴식을 찾을만한 곳이 어디에도 없다는 사실을 깨닫는 순간, 대학
생들은 자신의 처지에 화들짝 놀라버리고 만다. 자신과 타자 사이의 사
회적 삶의 관계성을 주체적으로 자각하지 못하고 주어진 현실에 갇힌
채, 오로지 자신의 앞날에 대한 걱정으로 일관하는 삶을 살아간다. 그런
불안감이 그들로 하여금 토익이나 토플, 그리고 각종의 자격증 시험대
비서, 혹은 자신의 전공과는 전혀 무관한 공무원 수험서를 옆구리에 끼
고 다니면서 4-5년을 보내게 만드는 것이다.

그러나 이제 사회의 낡은 구습과 질서를 타파하고, 자신의 삶을 주
체적으로 살기위한 결단 속에서, 온몸으로 저항하고 부르짖는 앳된 학
생들을 보니 새로운 씨올의 정신이 움트고 있다는 것을 느낄 수 있다.
그들의 몸부림과 목소리야말로 바로 함석헌이 말한 것처럼, "새로운 정
신을 붙잡고"자기의 삶을 주도적으로 살겠다는 외침이 아니던가. 모두
가 박수를 쳐주어야 할 일이다. 얼마 전 수능을 치른 예비 대학생들도
격려해주어야 하지만, 주체적 삶으로의 결단을 내린 이들의 어깨가 쳐
지지 않도록 반드시 힘을 북돋아 주어야 할 것이다. 그들 모두가 같은
씨올이기 때문이다.

자본의 논리만을 충실히 반영하고 있는 오늘날의 대학 정신과 윤리
는, 사회전체가 아니라 고립적인 개인의 이익만을 고려한다. 학생들은
대학의 재정구조를 튼실하게 해주는 희생양이나 수단에 지나지 않는
다. 교육 소비자인 학생 고객에게 양질의 서비스를 제공한다는 것이 고

작해야 노동시장에서 자신의 몸값을 잘 올려 받을 수 있도록 커리큘럼을 짜주거나 하면 그만이다. 이러한 상황에서 대학교육이 성숙한 시민을 육성하고 세계와 사회를 전체적인 시각에서 보도록 만드는 이상적 인간을 육성한다는 것은 허울에 지나지 않는다.

함석헌은 선善이란 전체와 조화를 이루는 것, 통일을 이루는 것이라고 말한다. 꿈이 없는 사람들에게 조화와 균형을 찾으라고 외친다. 그것이 개인적 선이자 사회적 선의 본래적인 모습이라는 것이다. 더 나아가 함석헌은 '내 안의 전체란 한, 일一, 대大, 천天 등을 정신질서의 핵심으로 삼는 것'이라고 말한다(347-348쪽).

이제 수능을 거부하고 투명 가방끈을 선언하는 학생들을 불온하다고만 하지 말자. 아니 설령 그 학생들의 표현이 조금은 불온하다 할지라도, 우리 사회가 먼저 불온하고 불손한 질서에 저들을 강제로 길들이려 했다는 사실을 인정하는 것이 우선이다. 아무도 그 학생들을 나무랄 수 없다. 그 학생들은 이미 전체 즉 큰 것, 하늘의 뜻, 온전한 것, 완전한 것을 찾았을 것이라고 본다. 그러기에 필자의 마음이 아리기도 하면서 동시에 안도감이 드는 것은, 그들 안에서 인생의 큰 뜻을 보았기 때문이다. 언젠가는 그 저항이 작은 씨올들의 생명적 꿈틀거림이었다는 것을 만방이 알게 될 날이 있을 거라 믿는다. 필자는 그것이 지금 여기에서 시작되고 있음을 느낀다!

(2011. 11. 16. 함석헌평화포럼)

대립이 아니라
평화, 상호부조여야 한다

현실적인 것은 자신이 아니라 자신의 상처라는 것을 알았었다.

_Joe Bousque

대부분의 전쟁은 지배자들이 만들어내는 것이다. 민중이 원해서가 아닌 강제 통일을 하는 그들은 언제나 그 방책에 맘을 썩히고 있다. … 오늘날에도 전쟁까지는 아니라도 민중의 의사에 거슬려 통치하는 지배자들은 공연히 다른 나라에 대하여 적개심을 일으키려 하는 일이 많다. 그러나 세계의 대세는 결코 국민과 국민 사이의 대립이 아니고, 지나간 날의 원수를 잊어버리고 단단히 손을 잡아서만 너도 나도 살 수 있는 오늘이다. … 생물은 사실은 서로 도움으로써 살아가게 되는 점이 많다. … 같은 생물의 현상을 놓고 크로포트킨은『상호부조론』을 쓰지 않았나? … 동족 사이에 서로 살겠다고 남을 죽이는 것은 인간에게만 있는 일이지 동물에겐 없다.

_함석헌전집『두려워말고 외치라』375쪽

6·25 한국전쟁이 발발한 지 62주년이다. 아직까지도 수많은 사람들이 가슴 아파하며 살아가고 있고, 전쟁의 트라우마에서 완전히 자유롭

지 못한 게 사실이다. 함석헌은 전쟁이란 대부분 지배자들이 만들어낸 것이라고 말한다. 당시의 국제정치적 상황들과 역학관계를 보았을 때, 그의 진단은 과장이 아니라고 본다. 그 전쟁은 민초들의 의사와는 상관없이 일어난 전쟁이었다. 그 속에서 피 흘리며 죽어간 사람들 대부분은 민초들이었다. 그러나 원치 않은 전쟁의 깊은 상처를 치유하기 위해서는, 전쟁의 양 당사자들이 끊임없이 상대방을 비난하며 적개심을 품고 살아가는 것은 올바른 방법이 아닐 것이다. 그것을 정치적으로 역이용하는 것 또한 온당치 못한 행위다. 트라우마를 치유하려는 의지가 아니라, 지속적인 무의식적 세뇌작업을 통해 적개심과 부정적 심리를 자극한다면, 우리는 이념적 상처에서 절대로 헤어 나올 수 없다.

함석헌이 말하듯, 치유는 마음에 달려 있다. 마음을 어떻게 치유할 것인가? 역사적 치유와 함께 개인의 치유는 곧 민초의 마음에 달려 있을 것이다. 민초들에게는 결코 죄가 없다 하지만, 전쟁의 원형은 우리 모두의 마음에서 비롯되었으니 다시 마음으로 들어가야만 한다고 역설하고 있는 것이 아닌가.

우주와 인간의 근본이 뚫려 밝아지는 날, 완전에까지는 아니라도 그런 가능성이라도 환히 보이는 날, 달라질 것은 사람 자기의 마음이다. 그리고 모든 문제는 그 마음 하나에 달렸다. 사람과 사람 사이의 전쟁은 결국 각 개인 제 가슴 속의 전쟁의 반영에 지나지 않는다. 땅위의 평화가 온다면 그것은 사람의 가슴 속의 평화의 나타남일 것이다.

_앞의 책, 380쪽

달라져야 한다. 사건을 뛰어넘어 새로운 세계를 가져오려면 달라져야 한다. 전쟁으로 인한 숱한 죽음과 불행은 개인의 비극이며 동시에 역사의 질곡이고 상처다. 만인 사이의, 만인에 대한 끝없는 싸움으로 점철되어 온 역사, 그 인간의 역사를 극복하지 못한 또 하나의 전쟁이 바로 6·25 한국전쟁이다. 그것은 우리 내면의 투사였던 것이다. 폭력으로 얼룩진 현실은 종종 전쟁에까지 이르기도 한다. 그러므로 마음의 근본부터 새롭게 하여 평화를 이룩해야 한다. 평화만이 살길이며, 평화만이 새로운 삶의 사건을 만들어 낼 수 있다.

죽음은 언제나 개인의 죽음이자 동시에 역사의 죽음이다. 우리 앞에 있어서는 안 될 사건이 일어났을 때, 그 사건을 뛰어넘어 새로운 삶의 사건, 평화의 사건을 이루려고 했던 이 땅 선혈들의 죽음은 '모든 것의 죽음'이기도 하다. '모든 것의 죽음'을 '너의 죽음'으로만 혹은 '나의 죽음'으로만 한다는 것은 어불성설이다. '모든 것의 죽음'은 '몰랐던 것의 죽음'이라는 사실도 잊지 말아야 한다. 중요한 것은 전쟁을 현실로부터 추방하는 것이다. 전쟁의 날을 사유하되 현실로 재현되지 않도록, 그 이미지조차 빌려오지 말아야 한다. 나는 지금 여기에서, 평화의 길을 열기 위해 전쟁의 날, 전쟁의 사건에 바쳐진 당신들을 기억하고자 한다!

너의 의무는 시간과 공간의 구원을 수행하는 것이다. 너는 저주조차 받지 않았다. 저주란 단지 너의 가소롭고 괴물 같은 자유의 장소다
_Joe Bousquet, 『달몰이』, 192쪽

(2012. 6. 25. 함석헌평화포럼)

속도에의 굶주림과
속도의 무의미

　　빠름 혹은 속도에 익숙해져 버린 시대다. 빠름은 단순히 느림과 반대되는 개념이 아니라, 삶이 기계화 되어가는 산업사회의 산물이다. 속도에 대한 강박증에 시달리는 현대인의 심리는, 헤어 나올 길 없는 기계문명의 심연에 빠져 있다는 것을 느끼게 된다. 인간의 자연적 욕구를 넘어 조작된 욕망이 컨베이어벨트의 회전속도에 순응하게 된 것이다. 오늘날 대부분의 현대인들은 무엇이든 빠른 것을 좋아한다. 이성마저 속도의 수렁에 빠져있다는 사실을 망각한 채 끊임없이 무장해제를 당하고 자기를 놓아 버린다. 빠름은 기계적 현상이자 인위적, 조작적 시스템이다. 더 나아가 빠름은 이윤 창출을 위한 필수적 생산요소이며, 심리적 불안감을 치유하기 위한 필수적 처방전이다. 빠름은 인간행위의 윤리적 정당성이나 배려심 같은 사회도덕적 가치 등과는 아무런 관계가 없다. 즉 시계의 초침과 초침 사이의 틈을 어떻게 하면 공백이 없게 할 것인가에만 관심을 갖는다. 현대 자본주의 사회에서는 쉼, 짬, 느림이 있는 시간의 완성이나 시간의 충만은 필요 없다. 오직 때와 때 사이의 중단 없는 자본주의적 생산 활동을 통해 더 많은 경제적 이윤을 창출해야만 하기 때문이다. 자신의 시간(자기만의 때)도 빠름이라는 문명적 구조에 희생당할 수밖에 없다. 빠름을 유지시키고 빠름을 만들어내기 위해 환경적, 생명적, 관계적 손실이 얼마나 많았는지 생각해 보라. 빠름이 모두 나쁜 것은 아닐 수 있다 하지만 그 빠름을 추구하는 욕망 때문에 한쪽에서는 느리게 살 권리, 생명과 함께 할 권리를 빼앗긴다. 그래서 빠름은 한편으로는 잠정적 긍정이지만, 다른 한편으로는 영원한 부정이다. 빠름은 긍정을 요구하지만, 그것은 단순한 긍정이 아니라 순응을 강요하는 부정적 긍정이 된다. '아니오'라고 말하는 느림 혹은 생리적, 인간적 시간은 그 빠름의 시간 속에 영원히 묻혀 버리고 만다.

빠름은 우리의 몸시간이 아니다. 인간은 몸이라는 제한된 실체를 가지고 있다. 몸을 넘어서려는 인간의 정신은 지금껏 계속되어 왔고, 그 형이상학적 실체가 정신임을 확인하였지만 몸을 떠나서 실현된 적이 한 번도 없다. 유한한 몸, 한계가 있는 몸은 신체적 구조를 통해 세계와 조우하고 상호작용하며 자신의 의식을 발현하였다. 그러나 그것은 움직임, 즉 운동의 동적 상황에서조차 자신의 몸세계를 떠나서, 혹은 벗어나서는 이루어질 수 없는 명확한 한계를 가지고 있다. 인간은 자신의 몸을 세계와 자연스럽게 만나는 인격체로 삼으려 하기 보다는 몸을 기계화한다거나 몸을 대신 할 기계나 매체로 몸 자체의 한계를 극복하면서 동시에 세계를 재편성하려고 한다.

얼마 전 삼성전자는 그래핀graphene이라는 물질을 이용해 보다 빠른 데이터 처리를 하게 되었다고 하면서, 차세대 반도체 시장에 대한 밝은 전망을 발표했다. 그래핀 반도체는 컴퓨터에서 프로그램을 실행하고 복잡한 계산 작업을 할 때, 오래 기다릴 필요 없이 순식간에 데이터 처리를 할 수 있도록 해준다. 또한 한국철도기술연구원에서는 시속 430km의 차세대 고속열차 해무를 선보였다. 이른바 속도 경쟁에서 프랑스, 독일, 일본, 중국 등과 어깨를 나란히 하게 되었다는 것이다. 이런 보도를 접할 때마다 속도에 대한 근본적인 반성과 함께, 속도에 집착하는 인간에 대해 사려하지 않을 수가 없다.

빠름을 절대적 선善으로 여기는 인간의 인식적 특징은, 어떤 때(시간)와 자리(장소)의 구별 없이 모든 것에 대해 머물지 않고 주시하지 않음, 주의 깊게 보지 않음, 눈여겨보지 않음, 생각을 두지 않음이다. 둘러-있음의-세계(Um-welt)에 관심을 가질 수 없을 정도로, 속도는 우리를 끌고-감이요, 위험이자 들이닥침이다. 끌어오지 못하고 끌려가고 있다. 그로 인해 몸은 빠름의 도구에 의해 더 빠름을 요청한다. 몸은 바빠지며, 삶은 시간에 의해 조각나고, 생활세계는 가벼움에 빠진다. 삶을 속도와 효율성, 경제성으로만 평가하고 인식할 때, 삶은 내용 없는 형식에 지나지 않을 것이며, 수치화, 계량화될 것이다. 부디 빠름이 다급함, 조급함, 황급함으로 치닫게 되어 삶이 경황없음으로 추락하지 않기를 바랄 뿐이다.

시간이 때와 때 사이를 의미하는 것은 삶의 속도와 빠름을 조절하는 걸침이 있다는 말이다. 그것을 상실했을 때는 삶의 일정한 때, 중요한 때, 쉬어야 할 때, 가족과 함께 할 때, 내 안을 성찰할 때를 영원히 갖지 못할 것이다. 모든 때를 경제적 가치로 환원해버리는 자본주의 세계에서는 더더욱 그럴 것이다.

(2012. 5. 25. 함석헌평화포럼)

종교는
사회의식과 역사정신을
혁명하라

종교 의례의 경험은 각 종교의 정체성을 나타내는 특수한 지표가 된다. 무엇을 경험했는가에 대한 묘사와 그에 따른 경험의 형식적 차원의 행위들이 함께 이루어지면서 종교 자체의 독특함을 드러낸다. 그것과 더불어 초월자에 대한 경험은 윤리적 숙고와 행위를 통한 종교적 삶의 구체적 실천을 요구한다. 이에 대해 함석헌은『대학』에서 말하고자 하는 공부의 목적을 다음과 같이 풀이하고 있다.

1. 밝은 속알[德]을 밝힘에 있으며(明明德),
2. 씨올[民]을 사랑함(새롭게 함)에 있으며(親民),
3. 다시 더없는 잘함[至善]에 머무름에 있다(止於至善).

그러면서 "하나님 섬김은 실지로는 이웃 사랑에 있다. 하나님은 이웃에 와 계시다."(인간혁명의 철학 2, 223-224쪽)고 말한다.

그는 종교적 삶을 이웃 사랑이라는 윤리적 행위로 규정하고 있는 것이다. 초월적 경험, 곧 구체적인 실존은 이웃에 대한 사랑을 통해서 나타나야 한다는 것이 그의 지론이다. 그것은 도덕과 종교가 한곳에서 만난다는 입장으로 확대되며 "도덕 없이 종교 없고, 종교 없이 도덕 없다."는 말에서도 거듭 확인할 수가 있다. 따라서 종교와 도덕은 뗄 수 없는 밀접한 상관관계를 가지고 있다고 볼 수 있다. 다시 말해서 종교는 도덕이라는 사유와 행위를 통해서 종교적 경험의 현실성과 당위성을 확증하게 되는 것이다. 이것은 다음과 같은 종교 서술을 보아도 긍정할 수가 있다.

> 수행修行이라고 하는 항용 일컬어지는 광범위한 종교적 삶은 실은 종교경험의 행태적 표상을 지칭하는 것이다. 그리고 그 수행은 윤리적 실천으로 기술된다. 결국 종교경험의 행태적 표상은 제의와 윤리적 실천을 그 두 축으로 지닌다. … 보편적 불성佛性을 열망하여 이루어지는 자비의 실천은 종교경험에서 비롯하는 불가피한 의무의 실천이며, 사랑을 실천하는 것은 신을 즐겁게 하기 위한 또 다른 의무의 구체화인 것이다. 그러나 그것이 어떻게 이루어지든 종교경험의 현실적 행태는 윤리라고 하는 일상적 행위를 통해 비로소 완성된다고 하는 것은 흥미로운 일이다. 그것은 무엇보다도 종교경험이 비록 초월이나 신성 혹은 궁극성이나 절대성이라는 비현실적 사실과의 만남에서 비롯하는 것이라 할지라도 그 경험의 현실성 자체가 일상 안에서 전개되고 일상성을 그 기반으로 지니고 이루어지는 것임을 증언하고 있기 때문이다.
>
> _정진홍, 『종교문화의 이해』, 147-148쪽

종교적 삶이란, 단순히 개인 혹은 집단의 종교 경험이 일상과는 다른 낯선 행위나 언표로써 이루어지는 것이 아니라, 일상적인 삶에서 윤리적 실천과 맞닿아 있어야 한다는 것을 진술하는 것이다. 종교는 종교적 경험의 산물이지만, 그것을 몸짓으로 어떻게 이야기할 것이냐 하는 문제와도 관계가 있다. 종교는 종교적 체험을 한 개인과 집단에게 의무와도 같은 실천을 하도록 만든다. 위에서 말한 것처럼, 윤리적 실천을 통해서 종교경험의 추상성 혹은 비언표성이 비로소 현실성을 담보하게 된다는 것을 뜻한다.

그렇다면 일상성이란 구체적으로 무엇을 말하는 것인가? 그것은 바로 인간의 역사와 사회의 현재성이다. 오늘날 과학이나 경제의 진보가 인간의 정신문화를 훨씬 앞질러 나가고 있는 것은 사실이며, 이러한 상황을 함석헌은 이렇게 비판한다.

> 오늘날 세계의 고민은… 정치 · 경제 · 과학 등등 현실의 실리實利)인 면은 벌써 긴 다리가 됐는데[長足進步], 정신문화라는 다리는 아직 무지개 타고 내려오는 선녀를 만나 살기를 꿈꾸던 시대의, 그 어린이 다리를 면하지 못한 데서 나오는 절름발이의 고민이지 별 것 없다……. 혁명이라니 다른 것 아니요, 깨지 못하는 감정의 잠을 깨우기 위해 주는 하나의 기합이다. 고집쟁이는 때려야 한다. 제발 그 자리엔 가지 말고 깨닫기를!
>
> _『인간혁명의 철학2』, 229쪽

정신문화를 일깨우고 깨우치는 과업을 수행하는 일이 종교가 해야 할 일이다. 종교는 모름지기 역사정신과 사회의식을 바로 잡는 일, 자고 있는 정신을 깨우는 일을 해야 한다. 그런데 종교는 한편으로는 도그마와 싸우면서 다른 한편으로는 여전히 도그마를 지키기에 급급하다. 심지어는 기존의 체제를 유지하기 위해 안간힘을 쓸 뿐이다. 그것은 "종교

단체 속에 복잡하게 얽히어 있는 감정적인 전통 때문이다."(『인간혁명의 철학2』, 229쪽)

　도그마가 아무리 세련되고 전통이 아무리 오래되었다고 하더라도 그것들이 기능하는 자리, 즉 역사와 사회에서 그 역할을 제대로 하지 못한다면 아무런 쓸모가 없다. 함석헌은 그것을 비판하고 있는 것이다. 지금 우리의 당면 과제는 역사정신과 사회의식을 새롭게 일으키는 데 있다. 그것을 위해서는 먼저 나를 새롭게 해야 하고, 다음으로 씨ᄋᆞᆯ을 새롭게 하는 것이고, 마지막으로 종교를 새롭게 해야 하는 것이다.(『인간혁명의 철학2』, 229-230쪽)

　새로운 사명을 가진 종교가 무엇보다도 먼저 개인의 의식을 승화시켜 역사의 진보를 이루어야 함에도 불구하고 종교 간에 서로 도그마 전쟁을 한다거나, 전통과 전통이 대립되는 상황으로 치달아 우열을 가리자고 하는 싸움으로 번진다면 그것은 낡은 종교일 수밖에 없으며 혁명의 가능성은 사라지고 만다. 거기에는 희망이 없다. 인류의 역사에 관심을 갖고 사회의식을 성숙시키기 위한 종교의 노력이 요구되는 지금, 우리는 종교 본연의 모습을 성찰해볼 필요가 있다. 또한 종교는 비일상적인 종교경험을 윤리와 도덕적 실천으로 일상화시켜 인간 자신의 삶을 완성의 궤도에 올려놓을 수 있도록 수행을 게을리 하지 말아야 한다. 조계사 스님들이 호텔방에 앉아서 13시간이나 도박을 했다는 것을 수행으로 볼 사람은 아무도 없다. 지금 처해 있는 국가의 현실, 씨ᄋᆞᆯ의 정신문화, 그리고 이 사회의 윤리와 도덕적 상황을 부처의 안목으로 보았다면 그런 일이 생길 수가 있었을까. 모든 종교인들은 자성하면서 인류의 시대정신과 사회의식, 그리고 인간의 도덕성을 되돌아 봐야 할 일이다.

(2012. 6. 30. 함석헌평화포럼)

함석헌이 바라던 정치

박 종 강

● 로스쿨시대, 변호사자격의 취득문제

● 우리가 풀어야 할 문제

● 사람은 도덕적 책임이 있다

● 함석헌이 바라던 정치(政治)

● 그대는 이 나라 재판관이 맞는가

박종강

한양대를 나왔다. 사법고시 33회 합격. 법률사무소 "민중"에 소속되어 사회적 약자를 돕는 변론활동을 하고 있다. 대한변호사협회 한센병인권변호단, 서울지방변호사회 변호사기자, 한국소비자보호원 소송지원단으로 일하고 있다. 그리고 제도권의 로스쿨에 반대하여 방송통신 로스쿨(민중로스쿨)운동을 전개하고 있다. 이외 함석헌학회 감사직을 맡고 있으며, 학술활동으로는 <새물결포럼>, <함석헌평화포럼>에도 관여하고 있다.

저서로는 『길을 묻다, 간디와 함석헌』(프리칭아카데미, 2011)이 있다.

로스쿨시대,
변호사자격의
취득문제

1. 들어가며

그간 사법시험을 통해 변호사자격을 부여해 오던 방식에 일대 전환이 일어났다. 2007년 7월, 법학전문대학원 설치·운영에 관한 법률이 제정되고, 2009년 3월에 25곳의 법학전문대학원(일명, 로스쿨)이 총 정원 2,000명으로 설치인가를 받아 개원했다. 로스쿨 제도는 기존의 사법시험으로 대변되는 일회성 선발방식에 의한 법조인 배출방식을, 교육 및 양성을 통한 법조인 배출방식으로 전환하고자 한 것이다. 기존의 사법시험이 학력과 경력을 불문하고 응시 기회를 부여한 것에 비하여, 이제는 학사학위 이상의 소지자들을 법학전문대학원에서 선발하여 이론과 실무교육을 이수하게 한 후, 일정한 자격시험을 통과한 사람들에게 변호사 자격을 부여하자는 것이다.

물론, 2017년까지 기존의 사법시험제도는 병행된다. 그러나 사법시험의 합격자수는 2012년에는 500명, 2013년부터는 300명으로 감축되어 운영된 후, 2017년이면 역사 속으로 사라지게 되어 있다. 이제 2012년

이면 최초의 로스쿨 졸업생들이 새로운 변호사시험을 거쳐 변호사 자격을 취득하게 된다. 그러나 현재 상황은 변호사 업계의 불황과 관련하여 녹녹치 않다. 2011년 1월 31일 서울지방변호사회 회장 선거에 당선된 오욱환 서울지방변호사회 회장은 로스쿨 졸업자의 변호사시험 합격률을 50%로 제한하겠다는 공언을 하였다. 그러나 로스쿨 재학생들은 변호사시험 합격률을 정부방침인 75%보다 더 높이라고 요구하고 있는 실정이다. 또한, 그간의 로스쿨 입학과정을 볼 때 다음과 같은 문제점이 드러났다.

1) 높은 등록금으로 경제적 약자가 접근하기 힘들다는 점
2) 일부 대학 출신들이 로스쿨로 몰려, 학벌이 편중되고 있다는 점.
3) 서민층 자녀들의 로스쿨에의 접근이 차단되고 있다는 점

이러한 점을 감안하여 로스쿨 시대의 변호사 자격 취득문제를 검토해 보기로 한다. 특히, 로스쿨 졸업자만 변호사 자격시험에 응시할 수 있도록 되어 있는 부분을 중심으로 문제점을 밝히고 대안을 제시하기로 한다.

2. 로스쿨 졸업자에게만 변호사 자격시험 응시기회를 주어야 하는가?

1) 변호사시험법 제5조의 문제점

현행 변호사시험법(2009. 5.28. 제정 법률 제9747호) 제5조(응시자격)는 "1항 시험에 응시하려는 사람은 법학전문대학원 설치·운영에 관한 법

률 제18조 1항에 따른 법학전문대학원의 석사학위를 취득하여야 한다. 다만 8조 1항의 법조윤리시험은 대통령령으로 정하는 바에 따라 법학전문대학원의 석사학위를 취득하기 전이라도 응시할 수 있다. 2항 제1항에 따른 응시자격의 소명방법은 대통령령으로 정한다. 3항 법학전문대학원의 장은 시험응시자의 자격에 관하여 법무부장관 또는 그 응시자가 확인을 요청하면 그 자격을 확인하여 주어야 한다.”고 규정하고 있다. 다시 말해 변호사 시험법 5조의 규정은 변호사 시험에 응시하려는 사람을 법학전문대학원의 석사학위를 취득한 자로 한정하고 있으며, 또한 법학전문대학원 석사학위 취득 후 5년 이내에 5회로 응시횟수를 제한하고 있다. 그러므로 이 조항은 변호사시험 자격을 지나치게 한정적으로 협소화하는 문제가 있으며, 직업 선택의 기회를 과도하게 제한하는 조항이라고 할 것이다. 구체적으로 현행 변호사시험법 5조는 헌법의 직업선택의 자유와 공무담임권, 평등권의 조항을 침해하는 것인데 아래에서 그 점을 밝힌다.

2) 변호사시험법 5조는 헌법 15조의 직업선택의 자유를 침해한다.

헌법 15조 직업선택의 자유 원칙에 따르면, 대한민국 국민이라면 누구든지 자유로이 자신의 직업을 선택하고 선택한 직업에 외부의 간섭을 받지 않고 종사할 수 있어야 함이 당연하다. 바로 이러한 연유로 직업의 자유는 재산권과 함께 자본주의 성립 초기부터 실질적으로 보장되기 시작한 기본권이라 할 수 있다. 그리고 통상 헌법 제15조에서 규정하고 있는 직업선택의 자유에는 직업의 선택뿐만 아니라 선택한 직업에의 자유로운 종사, 영업의 자유까지를 포함하는 것이다. 즉, 헌법 15조가 규정하는 직업선택의 자유는 자신이 원하는 직업을 자유롭게 선택하는 좁은 의미의 직업선택의 자유와, 그가 선택한 직업을 자기가 원하는 방식으로 자유롭게 수행할 수 있는 자유를 포함하는 보다 넓은 직업의 자유를 뜻한다(97헌마 194호 결정). 직업의 자유는, 삶의 보람이요 생활의 터전인 직업을 개인의 창의와 자유로운 의사에 따라 선택케 함으로써 다양한 인격의 발현과 행복추구에 이바지하게 하는 것이므로, 실로 우리헌법이 지향하는 자유주의적 경제·사회질서의 본질적 요소가 되는 기본적 인권의 하나이다(2001헌마 614호 결정). 따라서 직업의 자유를 최대한 보장하는 것이야말로 우리 헌법이념의 한가운데 자리하고 있는 기본정신이다(2001헌마 614호 결정).

결론적으로 직업선택의 자유는 모든 국가권력을 구속하는 권리이며, 국가는 개인에게 특정의 직업을 선택하도록 강제할 수 없고, 특정 직업에의 종사를 방해할 수도 없는 것이다. 한편, 직업선택의 자유를 제한하는 입법의 위헌성 판단 기준으로는 독일 연방헌법재판소가 제시한 3단계 이론이 주장되고 있고, 이는 부분적으로 우리나라 헌법재판소에 의해서도 받아들여지고 있다. 위 이론은 직업선택의 자유를 제한하는 것에 대한 위헌여부의 판단은 그 제한의 성격을 고려해 위헌심사기준의 차별적 적용을 해야 한다는 이론이다. 즉

첫째, 제1단계로는 직업의 자유에 대한 제한이 단순히 직업행사의 자유를 제한하는 것(가장 완화된 형태의 제한)일 경우에는 헌법 제37조 제2항에 의한 제한기준에 따라 판단해야 한다고 한다.

둘째, 제2단계로서는 주관적 사유에 의해 직업선택 자체를 제한하는 경우인데, 이는 개인의 능력에 따라(예컨대 일정한 자격시험을 거쳐서)

직업결정 가능성을 판단하는 것과 같은 것으로서 이 경우에는 직업행사의 자유에 대한 제한보다는 좀 더 엄격한 심사기준이 적용되어야 한다는 이론이다.

셋째, 마지막 제3단계는 개인이 어떻게 할 수 없는 객관적 사유에 의하여 직업선택의 자유를 제한하는 경우이다. 이는 직업의 자유에 대한 결정적인 제한이 되므로 신중을 기하여, 공공의 이익에 대한 명백하고 현존하는 위험을 방지하기 위하여 불가피한 경우에만 허용된다고 보는 것이다.

국공립 사범대학출신의 교육공무원 우선임용제는 사립 사범대학 졸업자 및 교직과정이수자들의 교육공무원 취업기회를 사실상 봉쇄하는 기능을 하므로 이는 직업선택의 자유를 침해한다고 판단한 것이 이런 원칙에서 내린 결정이다.(89헌마 89호 결정)

현행 변호사시험법 5조는 법학전문대학원 졸업자에게만 변호사시험 응시자격을 주고 있는데, 이는 교육을 통한 법조인양성, 법조의 다양화, 전문화, 기존 사법시험과의 차별화, 법학전문대학원의 조기정착 등을 위한 것으로 보인다. 그렇지만 기타 대학의 학부졸업자나, 소정의 법학전공학점 취득자들을 위한 제도(예비시험, 미국의 통신 로스쿨과 같은 제도)를 두지 않는 것은 교육을 통한 법조인양성이라는 공익관점에서의 객관적 사유에 따라 그들의 직업선택의 자유를 침해하는 것으로서, 이는 가장 강도 높은 직업선택 자유의 제한이며, 따라서 비례원칙에 따라 엄격히 적용되어야 하는 것이다. 즉, 현행 변호사시험법 5조는 법학전문대학원 졸업자가 아닌 사람들의 직업선택의 자유를 과다하게 침해하여 위헌이라 할 것이다.

3. 로스쿨시대의 변호사 자격 취득 문제

1) 변호사시험법 5조는 헌법 25조의 공무담임권을 침해한다.

헌법 제25조는 공무담임권을 보장하고 있는바, 그 취지는 능력주의에 합당한 선발기준을 마련함으로써 모든 국민에게 그 능력과 적성에 따라 공직에 취임할 수 있는 동등한 기회를 보장한다는 것이다.(98헌마 363호 결정)

법관이나, 검사의 직에 진출하기 위해서는 변호사자격을 가져야 한다. 그런데, 현행 변호사시험법에 의한다면 법학전문대학원에 진학하지 못한 사람들은 원천적으로 판사나 검사의 직에 진출할 수 없게 된다. 본래, 헌법적 요청이 있을 때 합리적 범위 안에서 능력주의가 제한될 수 있지만, 단지 법률적 차원의 정책적 관점에서 능력주의를 인정하려면 해당 공익과 일반응시자의 공무담임권의 차별사이에 엄밀한 법익형량이 이루어져야 한다.(2004헌마 675호 결정)

위와 같이, 법학전문대학원을 졸업하지 못한 사람들은 원칙적으로 공직에 취임할 수 없는 것은 공무담임권을 심각히 제한을 하는 것이다. 즉, 그를 위한 필요성 내지 공익이 긴요하고 중대하다고 할 수 없다. 따라서 현행 변호사시험법 5조는 헌법상의 공무담임권의 침해에 해당한다 할 것이다.

2) 변호사시험법 5조는 헌법 11조의 평등권을 침해한다.

헌법 11조의 평등위반 여부를 심사함에 있어 엄격한 심사 척도에 의

할 것인지, 아니면 완화된 심사척도에 의할 것인지는 입법자에게 인정되는 입법 형성권의 정도에 따라 달라질 것이라고 헌법재판소는 판단하고 있다.(98헌마 363호 결정)

즉, 먼저 헌법에서 특별히 평등을 요구하고 있는 경우 엄격한 심사척도가 적용될 수 있다. 헌법이 스스로 차별의 근거로 삼아서는 아니 되는 기준을 제시하거나 차별을 특히 엄격히 금지하는 영역을 제시하고 있다면 그러한 기준을 근거로 한 차별이나 그러한 영역에서의 차별에 대하여 엄격하게 심사하는 것이 정당화된다. 다음으로 차별적 취급으로 인하여 관련 기본권에 대한 중대한 제한을 초래하게 된다면 입법형성권은 축소되어 보다 엄격한 심사척도가 적용되어야 할 것이다.(2003 헌마 30호 결정)

그리고 엄격한 심사를 한다는 것은 자의금지원칙에 따른 심사, 즉 합리적 이유의 유무를 심사하는 것에 그치지 아니하고 비례성원칙에 따른 심사, 즉 차별취급의 목적과 수단 간에 엄격한 비례관계가 성립하는지를 기준으로 한 심사를 행함을 의미한다.(2003 헌마 30호 결정)

그런데, 현행 변호사시험법 5조에 의한다면 법학전문대학원 졸업자만이 변호사자격시험에 응시할 수 있으므로, 그들과 다른 일반인간에 차별이 있다 할 것이다. 차별목적의 정당성여부 및 차별수단의 적합성여부 및 차별수단에 기한 침해의 최소성 여부에 대한 신중한 고려 없이 위 변호사시험법5조가 입법된 것이 실상이라 할 것이다.

현재의 로스쿨은 그 준비기간과 소요경비 등에 있어서 실질적으로 진입장벽이 있다 할 것이어서, 로스쿨(법학전문대학원) 졸업자만 변호사시험의 응시기회를 주는 것은 헌법상 평등권의 침해라 할 것이다. 기탁금 2000만 원을 후보자등록의 요건으로 한 것이 서민층과 젊은 세대

들로 하여금 오로지 고액의 기탁금으로 인한 경제적 부담을 주어 입후
보등록을 포기하게 하므로, 이는 평등권과 공무담임권의 침해라고 헌
법재판소도 2000헌마 91호 결정에서 판단하고 있다.

경제적 여력이 없는 직장인들이 통신 로스쿨을 다녀서 변호사시험
에 응시할 수 있는 기회와, 소정의 법학 관련 학점을 이수한 경력자에게
예비시험을 거쳐 변호사시험에 응시할 수 있는 기회를 남겨두지 않고
단지 법학전문대학원 졸업자만 변호사시험에 응시할 수 있도록 하는
것은, 헌법 상 평등의 원칙 중 차별수단으로 인한 침해의 최소성의 원칙
에 반하는 것이다(현행 3년간의 로스쿨학비와 기타비용 등 약 2억 원은 서민
들이 감당하기에는 벅찬 금액으로, 사실상 법학전문대학원에의 접근이 차단
되었다 할 것이다).

(2011. 2. 17. 함석헌평화포럼 제2회 학술발표)

우리가
풀어야 할
문제

한마디로 이 정치가 왜 이렇게 어지러우냐. 아직 자기가 뭔지도 모르는 것들이 저마다 나라 하겠다고 일어서기 때문 아닌가? 그건 소경이 소경을 인도하겠다고 하면서 눈뜬 사람을 잡아먹겠다고 하는 것이나 마찬가지다.

_함석헌 저작집 4권, 334쪽,

우리에겐 풀어야 할 문제가 있다. 시대를 무시하고 정치적 강도질을 하는 이 정권이라든지, 이름을 건설에 빌려 이제는 나라 땅까지도 몇 놈이서 나눠먹고 말려는 대재벌들이라든지. 〈갈보년들 나라 망한 설움을 알지도 못하고 강 건너에서 그저 유행가만 부르고 있구나〉로, 한강 건너편에서 밤낮 벌어지는 유흥객들의 미친 꼴을 말하는 것 아니다. 그것도 문제 아닌 건 아니지만, 그 까짓 것은 다 잊어버리더라도, 군국주의, 제국주의, 산업주의의 역사의 긴긴 밤무대의 한구석에서 콩쥐처럼 학대만 받아오고 있는 우리의 이 수난의 여왕을 어떻게 한단 말이냐.

_같은 책, 335쪽

위 글은 함석헌이 1984년, "우리의 정치현실과 그 극복자세"라는 제목으로 쓴 글의 일부분이다. 25년이 훌쩍 흘렀지만 함석헌이 글을 쓸 때의 상황과 현재의 정치현실은 그리 차이가 없다고 본다. 오히려 몇 겹의 옷을 더 입은 것처럼 더부룩한 느낌이다. 왜 오랜 시간이 지나고, 소위 민주화가 됐다고 하는데도 정치현실을 이리 답답할까? 본래 함석헌은 육(肉)의 변화를 바랐다. 예수가 십자가에서 죽은 후 다시 새롭게 살아남을 빗대어, 이 나라 사람들이 낡은 몸을 벗고 새롭게 거듭나야 한다고 주장하였다. 새사람. 새나라. 새 종교를 위해서는 자기가 새롭게 거듭나야 한다는 것이다.

지금도 정치현실이 "막장드라마"인 것은 사람들의 육(肉)이 질적으로 변화되지 않았기 때문이다. 다들 탐욕에 사로잡혀 자리싸움이나 돈 되는 일에만 관심을 갖는다. 눈만 뜨면 보이는 것은 이런 온갖 탐욕의 흔적들이고 이것이 뉴스다. 다시 한 번 생각해보자. 과연 지금 우리가 풀어야 할 문제는 무엇인가? 이 나라 사람들의 제일가는 관심사는 살 집과 자녀들의 교육문제다. 정치인들은 가장 중요한 이 서민들의 문제에 대해 얼마나 관심을 갖고 해결하려고 노력하고 있을까? 글쎄다. 집값이 어떻게 되느냐에 따라 민심이 달라진다. 최근의 전세 값 폭등에 사람들 모두 아우성이다. 그만큼 주택은 사람들에게 생명수 같은 것이다. 이젠 적어도 전체의 자리에서 주택문제를 해결하자. 문제의 핵심은 서울의 비대화다. 이젠 서울에 대학교가 이렇게 많이 있을 이유가 없다고 본다. 서울에 있는 소위 명문 대학들을 지방으로 이전시켜야 주택문제가 상당부분 해결될 것이다.

이 나라의 또 하나 뇌관은 자녀교육문제다. 주택은 어떻게라도 참고 살지만 서민들에게 있어서 교육기회의 박탈은 정말 가장 참기 힘든 부분이다. 직업의 대물림이 생긴다면 사실상 이 나라도 카스트제도가 자연스럽게 들어온 것이 아닌가? 사교육의 비대화는 실상 서민들에게 더욱 더 박탈감을 심화시킨다. 사람은 교육을 통하여 사람으로 성장해 간다. 그 나라의 선진화 정도는 실상 교육의 기회가 얼마나 열려있느냐에 달려있다.

그런데 요즘 학교현장이 예사롭지 않다. 학생이 교사를 폭행하고, 학부모가 교사를 폭행하는 사건이 다반사로 일어나고 있는 것이 교육현장의 현실이다. 왜 이렇게 되었을까? 문제는 돈으로 해결하고, 돈이면 된다는 의식이 학교현장에 까지 들어왔다는 것이다. 이 문제를 어떻게 해결해야 할 것인가! 방법은 무엇인가? 각자가 거듭나야 한다. 새 몸이 되어야 한다. 물론 쉬운 일이 아니다. 우리가 이 단 한 번뿐인 삶의 소중함을 알게 되고, 나와 다른 사람들이 필연적으로 연결되어 있다는 것을 깨닫게 되면 자기를 칭칭 감고 있던 허위와 부정적인 에너지들이 떨어져 나갈 것이다. 그것이 함석헌이 말한 육肉이 철저히 죽고 새롭게 나는 것이다. 이렇게 목숨줄이 아닌 생명줄에 접근하면 육肉은 비계 덩어리가 아닌 성스러운 예술품이 되는 것이다. 실상 자기 몸이 가장 귀한 예술이다. 사람들이 이런 육肉으로 변화될 때만 이 나라의 정치는 무위이화無爲而化의 정치가 되고 민족의 통일도 이루어 질 것이다.

(2010. 11. 24. 함석헌평화포럼)

사람은
도덕적 책임이
있다

하나님은 왜 사람 속에 도덕의식을 넣었나를 물어도 소용없다. 그러
나 그 뜻을 체험하는 자에게는 한없는 축복이다. 하나님은 이 우주를
산 생명으로 완성하기 위해 그 가운데 도덕적인 인간을 두었다. 종같
이 복종하는 것만을 원치 않는다. 그러므로 자유의지를 주었다. 그러
나, 자유의지만으로는 위험하다. 자유와 방종은 서로 멀지 않고 의지
는 늘 고집·교만에 빠진다. 그러므로 자유하는 의지와 함께 양심을
넣어 자유의 가는 곳에는 반드시 책임이 따르게 하였다.

_함석헌, 『뜻으로 보는 한국역사』, 61쪽

사람을 도덕적 책임자로 봄으로 역사가 도덕적인 의미 활동으로 된
다. 그저 문화의 발달이 아니라 도덕적발달이다. 그저 진화가 아니라
도덕적 향상이다. 이해와 편리를 위해서는 정의와 인도도 관계하지
않는다는 오늘날의 문명에 있어서는 이 점을 특별히 주장할 필요가
있다. 배타적민족주의, 사람 죽이기를 꺼리지 않는 계급투쟁주의, 모
두 다 성경의 자리에서는 허락이 안 되는 죄악이다. 이름을 자유에
빌려가지고, 말은 평등에 팔아가지고, 사람을 마구 짐승이나 생선같

이 죽이는 오늘의 정치가들은 차라리 왕도정치를 이상으로 하던 옛날 전제군주에게 가서 그 책임감을 배워야 할 것이다.

_같은 책, 63쪽

도덕성의 태풍

왜 갑자기 도덕성이 강조될까? 의아해 하는 사람도 있을 것이다. 그런 사람들은 둘 중에 하나의 경우다. 하나는, 도덕성이라는 것에는 본래부터 아무 관심도 없는, 인간적 본성보다는 동물적 본능이 강한 사람이거나, 다른 하나는, 사람에게는 도덕성이 기본이라는 것을 알고 있으면서도 하도 세상살이가 칡넝쿨처럼 얽혀있어 그저 망각 속에서 살아오면서 체념한 사람이다. 그간 이 나라의 역사를 보면 언제나 도덕성을 강조한 온 삶이 존경을 받아왔으며, 공자가 말한 군자, 맹자가 말한 대장부를 높이 받들었었다. 그런데 어느 순간, 현대의 물질문명의 홍수 속에 이것이 가려졌다. 거울에 먼지가 많이 쌓인 것이다. 그래서 이제는 웬만한 도덕적 흠이 있어도 이 나라의 장관이나 국회의원이 되는 것에는 아무런 지장이 없다.

그런데 왜 지금 와서는 부동산투기, 위장전입, 탈세, 자녀의 이중 국적 등이 문제가 될까? 더욱 더 문제가 되는 것은 거짓말을 밥 먹듯 하는 것이다. 최근 한 총리지명자가 결국 거짓말 때문에 낙마하였지 않은가? 최근에는 장관이 자기자녀를 특채로 외교부에 합격시키려다 자리에서 물러나기까지 하였다. 이젠 비밀이 없다. 성역이 없는 것이다. 그래서 그동안 이런 것을 즐겼던 사람들은 조금 짜증이 날 것이다. 그렇지만 할 수 없다. 도도한 역사의 강물이 그렇게 가는데 어쩔 것인가? 진보니 보수니, 영남이니 호남이니, 좌파니 우파를 가르기 전에 인간의 기본적 덕목을 중시하고 있는 것이다. 그간 정치 쪽에는 사실 양심이니 도덕이라는 것이 들어가기 쉽지 않았다. 우선 "잘 살아 보세."라는 구호 앞에서 "올바로 살자"는 구호는 힘을 잃었다. 그런데 이제는 민중들 모두가 알게 되었다. 결국, 구호뿐이거나 조삼모사朝三暮四식으로 농간을 부리는 정치가들의 야바위속임수를 알아차린 것이다.

이젠 자녀의 취학을 위한 위장전입이라는 말은 역사 속에서 사라져야한다. 소시민들도 위장전입에 대하여는 어떻게든 책임을 지는데, 공직을 담당하는 사람들이 위장전입을 밥 먹듯 하면서 그 법을 집행하는 것은 말이 안 되지 않는가? 대법관, 장관들이 솔선수범 위장 전입을 하는데 누구 보고 법을 지키라고 하는 것인가? 도덕적 책임감을 되살리려면 어떻게 해야 하는가? 우선 양심의 거울에 쌓인 먼지를 없애야 할 것이다. 스스로 쓸어도 되겠지만 강력한 태풍으로 쓸어버려야 한다. 전체를 위해서는 양심의 태풍이 필요하다. 아! 누가 저 양심의 바다에서 태풍을 불게 할 것인가? 저 멀리 있는 하나님인가? 아니다. 민중들이다. 민중들의 가슴에 있는 양심의 소리가 태풍이다. 태풍이 오고 있다. 태풍은 먼 바다에서 서서히 만들어지기에 육지에 상륙하기 전까지는 잘 모른다. 지금 이 나라의 청문회 모습은 양심의 태풍을 예보하는 것이다.

태풍은 일단 만들어지면 도는 것이다

거대한 태풍이 되느냐 안 되느냐는 도는 것에 달려있다. 내부의 중심기압이 낮아야 강력한 태풍이 된다. 내부의 중심기압이 낮다는 것은 내적으로 더 파고 들어가야 한다는 것이다. 즉, 양심의 강에 더 깊이 접근하여야 강력한 태풍이 되는 것이다. 그래서 민중들의 양심이 돌고 돌면 거대한 태풍이 부는 것이다. 이 나라 민중들의 양심이 서울에서 지방으로, 경상도에서 전라도로, 저 한라산에서 백두산까지 돌고 돌아간다. 아! 태풍이 불면 시원하다. 태풍을 무서워하는 사람들은 숨고 피하고 난리지만 그것은 피한다고 안 오는 것이 아니다. 더욱 중요한 것은 이러한 양심의 태풍이 이제 시작이라는 것이다. 이 태풍은 계속될 것이다. 하나가 지나가면 더욱 큰 다음 태풍이 닥칠 것이므로 그저 숨는다고 피해갈 일이 아니라는 것이다.

태풍이 불면 세찬 비바람이 모든 것을 씻어 내린다. 한마디로 정화의식이다. 이 나라에 부는 양심의 태풍은 사람들의 가슴에 쌓여있는 먼지를 쓸어버리고 비로 깨끗이 씻겨줄 것이다. 아 양심의 태풍이여 계속 불어라! 먼지가 씻겨 날아갈 때까지 양심의 거울이 반짝반짝 빛날 때까지 불어라. 이제 민중의 가슴에 가득 차있는 저 양심의 먼지 쌓인 창고에 불을 붙이자! 훨훨! 먼지를 날리고 태워서 이 땅에 정의가 돌아가게 하자. 그래야 사람이 사람구실을 하는 것이다. 왜냐하면 사람은 함석헌 말씀대로 도덕적 존재이니까!

(2010. 9. 12. 함석헌평화포럼)

함석헌이
바라던
정치(政治)

2011년도 이젠 6월이다. 이 나라는 날만 새고 나면 어김없이 온 동네 여기저기 다들 난리다. 2011년 5월, 저축은행사건이 뚜껑을 여니 계속 오물들이 나오고 있다. 감독기관인 금융감독원의 비리에 감사원의 비리 거기에 정치권까지 모두 로비의혹으로 연관되어 있다. 그런데, 이게 갑자기 튀어나오는 것일까? 아니다. 지난 30년간 이루어졌던 압축성장의 문제가 이제 봇물처럼 터져 나오고 있는 것이다. 각종 인허가권을 가지고 있는 기관, 그리고 그러한 기관을 감시하는 감독기관들이 서로간의 정실로 얽혀있다는 것이 이제야 밝혀지고 드러난 것이다.

사법부도 마찬가지다. 전관예우의 출발이 사법부에 있다는 원죄를 무시할 수 없다. 전관예우의 폐단이 비록 어제 오늘의 문제가 아니지만, 더욱 심각한 것은 사법부가 시비를 가려야 하는 어떤 사안의 마지막 판단기관이라는 데에 있다. 전관예우의 폐단을 줄이겠다고 판검사 이전 근무지에서의 사건수임제한을 내용으로 하는 제도를 출범시켰지만, 그 운용의 효과는 좀 더 지켜볼 일이다. 그런데, 거기만 그러한가? 대기업과 중소기업 간의 영역싸움도 치열하다. 대기업이 중소기업의 고유한 업종에 무차별적으로 진출한다. 그리고 청년실업문제도 있다. 그러나 더욱 심각한 사회병리적인 문제는 자살이다. 언론이나 사람들이 언급을 하지 않지만 요즘 이 나라는 자살공화국이라고 부를 만하다. 이것을 어떻게 치유하여야 할까?

이러한 문제들은 사회구조적인 문제도 있지만, 이 나라 사람들이 성장주의의 물결에 휩쓸렸다가 겪고 있는 홍역이다. 그냥 그대로 놓아두면 때가 되면 해결이 되는가? 현재의 상태로는 그렇게 될 것으로 보이지 않는다. 정치인들은 이런 사태에 아무런 관심이 없어 보인다. 그들 대부분은 정치적인 헤게모니를 위한 싸움에만 관심을 보인다. 일단, 2012년에는 국회의원선거와 대통령선거가 있다. 2011년 하반기부터는 한마디로 선거판의 구도로 모든 것이 움직여지는 상황이다. 정치가 온 나라를 횡횡하는 이러한 시점에 과연 무엇을 하여야 하나? 필자는 이시대의 사상가였던 함석헌의 정치에 대한 생각을 다시 한 번 되새기고 대안을 제시하고자 한다.

지금의 시대는 어떤 시대인가?

함석헌이 살던 시대와 지금의 시대는 어떠한가? 함석헌이 이미 1972년 4월 『씨올의 소리』 10호에 기고한 글에서 보자.

60년 전에 나라가 먹히려 할 때 마음이 좀 먼저 깨어서 아직 자고 있는 씨올들을 불러일으키려 애를 태웠던 지사들이 울부짖던 때에, 다급해진 현실을 그리려고 흔히 썼던 비유가 있다. 큰 집 서까래 끝에 둥지 틀고 새끼를 친 제비란 놈들이 그 집에 불이 나서 타죽게 된 줄도 모르고 밝고 따뜻해 좋다고 지지배배하는 것과 같다는 비유다.

오늘도 그때와 다를 것이 무엇인가?

_함석헌저작집 3권, 192쪽

함석헌이 언급한 시대인 1972년은 박정희 정부가 유신헌법을 통해 통치하던 시대다. 함석헌은 그 시대가 일제하의 시대와 크게 다르지 않다고 보았다. 그러면 함석헌이 말한 그때와 오늘은 무엇이 다른가? 현재의 정치상황을 보면 함석헌이 지적한 1970년대의 상황과 크게 다르지 않다. 단지 군사독재가 아닐 뿐이지, 대통령의 권위주의적 습태는 여전하다. 좀 더 심각한 것은 부패가 관료나 각계각층에서 좀 더 구조적으로 조직적으로 만연해 있다는 것이다. 지금 드러나고 있는 것은 정말 빙산의 일각인지 모른다.

그래도 함석헌이 살던 시대는 순박한 점이라도 있었지만 지금은 다들 극도의 개인주의, 가족주의에 빠져있는 것이 현실이다. 함석헌이 살았던 시대나 일제하의 시대나 지금의 시대나 차이가 없고, 오히려 사람들의 마음은 더욱 더 황폐해진 상태다. 일제하에서는 독립운동을 하다가 전쟁터에서 죽거나 굶어 죽었고, 독재정부 하에는 민주주의를 부르짖다가 감옥에서 죽거나 살인적인 근로조건의 산업현장에서 재해로 죽었다. 지금은 감옥에서 죽거나 하지는 않는다. 산업현장의 노동환경도 예전보다는 개선된 것은 사실이다. 그런데도 사람들이 자살을 한다. 자살의 연유는 무엇일까? 사람들의 그 순박한 마음이 콘크리트같이 굳어져 화석이 되었기 때문이다. 이 화석이 되어가고 있는 사람들의 마음을 풀어헤쳐야 한다. 정치와 예술, 종교가 바로 그 일을 해야 한다. 그러나 그중에서 무엇을 우선해야 하는가? 정치다. 왜냐하면 사람들은 바로 날마다 정치와 마주치기 때문이다.

함석헌은 정치를 어떻게 보았는가?

함석헌은 사람이 사회 속에 살면서 정치와 피할 수 없는 싸움을 하게 되어 있다고 본다. 즉 삶에 있어서는 정치와의 싸움이 있고, 짧게는 하루하루에서 길게는 역사 전체가 정치와의 싸움이라는 것이다. 즉 사람과 정치는 분리될 수 없는 관계라는 것이다.

생명은 싸움입니다. 몸에서는 병과의 싸움이요, 정신에서는 악마와의 싸움이요, 그리고 생활의 역사에서는 정치와의 싸움입니다. 이세 가지 싸움 속에 삶이 있고, 그 사는 모습이 곧 자유입니다.

_앞의 책, 122쪽

그리고 함석헌은 정치라는 단어 속에서, 다스린다는 말부터 집어던지라고 한다. 다스리는 것이 아니라 살리는 것이라는 것이다. 이 나라 모든 정치인들과 공직자들은 입만 열면 국민을 섬긴다고 말하지만 실제로는 다스리고 있을 뿐이다. 이것이 문제다. 다스린다는 것은 민중을 우매하게 여긴다는 것이다. 이것을 깨우쳐주어야 한다고 보고, 민중들이 씨올로 진화해 나가도록 해야 한다는 것이다. 함석헌은 그럴 때 민중이 정부를 다스리는 것이라고 본다.

정치는 본래 싸움이다. 그러므로 다스림이란 말부터가 틀린 말이다. 올바른 정치라면 민중이 주인인데 그들이 남의 다스림을 받을 리가 없다. 그러나 현실의 정부는 언제나 정직한 대표자가 아니라 한갓 사사로운 욕심만을 가진 자들이다. 그러므로 민중은 언제나 자기 권리를 빼앗기고 있다. 그래서 예로부터 오늘날까지의 역사는 민권투쟁의 역사가 아니던가. 모든 정부가 자신들이 국가 자체라고 말하면서 민중을 속이려하지만, 정부와 국가는 다르다. 국가에는 무조건 충성을 해야 하지만 정부에 대하여는 늘 감시하고 싸워야 한다. 오늘 내 손으로 뽑아서 세운 정부라 해도 내일부터는 그것과 싸워야 한다. 구가에는 싸우는 신하가 있어야 한다. 정부가 민중을 다스리는 것이 아니라 민중이 정부를 다스려야 한다(문성호, 『민중주의 정치사상』, 249~250쪽).

또한 함석헌은 정치를 병자에게 쓰는 약의 사용이라고 하고, 농사지음이라고 한다. 이것이 다 무엇인가? 살리는 것이다. 죽어가는 것을 살리고 새로운 생명을 주는 것이 정치의 쓰임새인 것이다. 틀에 맞추어 기계식으로 하는 것이 정치는 아니라는 것이다. 명령하는 것이 정치가 아니라는 것이다. 그런데 이 나라는 관청이 명령하는 것을 정치하는 것처럼 인식한다. 이것부터 뜯어 고쳐야 한다. 민중들은 관청을 무서워하지 말고 당당히 말하고 소리쳐야 하는 것이다. 그것이 씨올의 소리다.

정치는 약 씀이다. 아무리 고명한 의사라도 먼저 병자가 되지 않고는 못 고친다. 어떻게 더러워도 제 몸같이 만져야 하고 아무리 독한 약이라도 제가 맛보지 않고는 쓰일 수 없을 것이다. 정말 민중을 살리는 정치를 하려면 민중을 들여다보고, 만지고 그 말을 듣고, 그 마음이 되어주지 않고는 할 수 없다. 우리에게 맞는 나라가 정말 나라지 책 속에 있는 나라가 무슨 나라일 수 있을까. 우리말을 듣는 것이 정치지, 정당사무실이나 정부 공청에서 짜내어 명령하는 것이 부슨 정치일까. 분명히 들어두어라. 정치는 농사지음이지. 결코 주먹질이나 대장질이 아니다. 정치가는 심고 가꾸는 농사꾼이어야지. 결코 깎아내고, 두들겨 맞추고, 틀에 부어내고 눌러대는 주우나 철공이어서는 아니

된다. 하물며 주판질이나 하고 그저 먹는 장사치나 총으로 쏴 잡고 그물로 덮쳐 잡아먹는 사냥꾼이나 어부여서는 아니 된다. 네 모든 쟁기를 버리고 먼저 우리 옆에 누워라. 그리하여 우리 앓는 소리를 들어라.

_앞의 책, 74쪽

이 나라의 제일문제가 무엇인가? 별로 일도 하지 않고서 큰돈을 버는 것이 문제다. 미공개정보를 이용한 주가조작 같은 것이다. 요즘은 이러한 일을 대기업총수의 자녀들이 한다. 또한, 대기업의 총수들이 자녀들에게 편법으로 부를 승계한다. 물류회사를 차려 대기업의 물량을 배정하여 그 기업에 막대한 영업이익을 주고, 나중에 주식 상장 시 막대한 부를 챙기게 해준다. 이것을 요즘 거의 모든 대기업이 따라서 한다. 정치는 약을 잘 써야 한다. 약을 쓰지 않으면 사실상 정치가의 소임을 그만 두어야 하는 것이다. 이는 대통령부터 동사무소 9급 직원에까지 동일하게 적용되는 원칙이다. 함석헌이 보는 정치政治는 바르게(正) 다 살리는(生) 것이었다.

함석헌은 정치가를 어떻게 보았는가?

함석헌은 정치가를 속알이 없는 쭉정이로 보았다. 역사에서 위대한 인물로 보고 있는 나폴레옹도 함석헌은 일개 미꾸라지로 보았다. 물론, 함석헌이 모든 정치가를 그렇게 본 것은 아니다. 최영, 임경업이나 정몽주, 장준하에 대하여는 높게 평가하였다. 그 사람들의 정신을 높게 본 것이다. 그렇지만 정치가로 행세한 사람들 대부분의 속성에 대하여는 민중위에 군림하는 존재로 본 것이다.

정치적 권력 관계도 그런 것입니다. 6, 7월에 일어나는 태풍 같은 것
이 정치입니다. 정치가란 그 회리바람의 중심 가까이 있던 고기 같은
것입니다. 미꾸라지가 날개가 있는 것도 아니요, 날씨를 내다보는
지혜가 있는 것도 아니지만 어쩌다가 그 반대되는 두 바람의 마주치
는 그 중앙에 있게 되면 그 진공작용에 의하여 공중으로 올라가게
됩니다. 그러면 혹시 잘하면 산을 넘어 구름에까지 올라갈 수가 있습
니다. 제 힘이나 재주나 공덕이 있어서가 아닙니다. 그저 우연한 회리
바람의 장난으로 인해서입니다. 역사에서 용이라던 모든 정치적 인
물은 다 잡아놓고 보면 미꾸라지입니다.

_앞의 책, 126쪽

즉 함석헌은 실상 그리 정치가를 높게 평가하지 않았다. 민중이 호
랑이라면 정치가는 하이에나라고 비유했다. 남이 사냥하고 농사지어
놓은 것을 교묘하게 빼앗아가는 것이 정치가라는 것이다. 또한, 정치가
는 자기의 욕심만을 챙기고 민중을 분재로 만들어 감상하려는 속성을
지닌다고 설파한다. 이것은 그간의 정치가들의 속성을 보면 타당한 지
적이다. 정치가들이 자신들의 이해만 따져 야합을 한다면, 씨올들이 정
치제도를 깰 각오로 반항을 해야 한다고 한다. 함석헌이 4·19정신을 높
게 평가한 것은 이런 연유일 것이다.

마치 제 몸을 사랑하는 사람이 발가락 끝에 독균이 들었을 때 될 수
있는 대로 온전히 고치려 힘쓰지만, 정말 부득이한 경우에는 그 한

발가락을 자르고라도 몸을 건져야하는 것같이, 자기 비대에만 힘쓰고 씨올 전체를 분재를 만들어 자기의 완상감을 만들려는 정치가가 있을 때는 끝까지 사랑의 반항을 하다가 정말 듣지 않으면 분을 깨칠 결심을 하면서라도 반항을 하지 않으면 안 됩니다. 그 때는 발가락 자른 것이 발가락 사랑함이듯 분 터트림이 분 살리는 일입니다. 분은 곧 정치제도입니다.

_함석헌,『끝나지 않은 강연』, 171쪽

함석헌이 주창한 정치악의 해결책
- 같이 살기 운동

함석헌은 정치악을 타파하기 위한 운동으로 같이 살기 운동[1]을 제창하였다. 함석헌은 이러한 운동을 제창은 하였으나, 그러한 운동의 구체적인 실천까지에는 이르지 못했다. 단지 정치적 집회나 강연을 통한 전파였지 그것이 사회운동에까지 이르지는 못했던 것이다. 함석헌은 이렇게 말한다.

같이 살기 운동은 곧 혁명운동이다. 폭력으로 하는 거짓 혁명이 아니라 참 혁명, 글자 그대로 명(命)을 새롭게(革)하는 운동이다. 왜 혁명을 하는가. 이 정치악이 끝장에 올랐기 때문이다. 내가 이 시점에서 같이 살기 운동을 부르짖는 이유는 첫째, 지금 우리를 못살게 구는 안과 밖의 정치세력의 악이 그 끝장에 올라서 지금까지와 마찬가지의 싸움

---

1) 함석헌은 1964년 정월, 남가좌동의 어느 아버지가 생활고를 비관하여 빵에 독약을 넣어서 세 자녀를 독살하고 자신도 산에서 목을 매어 죽은 사실에 충격을 받고 3천만 앞에 또 한 번 부르짖는 말씀이라고 기고하면서 '같이 살기'라는 운동을 제창하였다.

방법으로는 도저히 당해낼 수 없어졌기 때문이다.

_앞의 책, 196쪽

함석헌이 정치적 악이 횡횡한 연유로 이 나라가 당파성을 극복하지 못하였음을 든다.

어느 쪽에 있든 간에 그래도 진리에, 선에, 도덕에 바탕하고 행동하였더라면 이 나라 사람들의 마음이 그리 찢겨지지는 않았을 것이라는 것이다. 우리는 수백 년을 두고 나라가 전체의 나라노릇을 제대로 하지 못하고 어떤 당파의 나라가 되어 왔다. 그것이 지금도 고쳐지지 않고 있다. 그냥 있을 뿐 아니라 과학적인 방법을 쓰기 때문에 전보다 더해졌다. 이제 이것을 고치는 것이 우리의 가장 큰 역사적 과제다. 이 나쁜 버릇을 고치지 못하면 우리 민족은 옳은 발전을 할 수 없다. 깊이 보면 남북의 대립도 이 버릇 때문에 온 것이고, 여기 남한에서 오늘 가지고 있는 모든 문제도 뿌리는 다 거기에 있다

_앞의 책, 203쪽

현재도 마찬가지다. 정치적결사체인 정당이라는 것들이 친이냐 친박이냐에 따라 이합집산하고, 야당도 각 계파별로 당권과 대권을 위해 이합집산 한다. 거기에 영남, 호남, 충청의 지역적인 분열도 전부 당파주의다. 그렇다면, 이젠 우리 정당도 수도권의 이익을 대변한다는 정당 하나는 나와야 하지 않을까? 아직은 정치가 선善보다는 악惡으로 움직일 가능성이 너무 높다. 함석헌은 나라의 주인인 씨올이 가야할 길을 제시한다.

나라는 정치인의 것이 아니다. 머슴 놈이 아무리 무책임해도 주인은
집을 지켜야 하지 않나. 주인이 누구냐? 씨올이다. 정치악이 지독해
질수록 씨올은 기가 죽어서는 아니 된다. 짐승과 같은 싸움을 할 수는
없다. 짐승을 제어할 수 있을 때는 제어하지만, 그놈이 미쳤을 때는
피하는 것이 이기는 일이다. 우리는 미치는 정치를 이기는 길이 정의
와 평화의 정신밖에 없음을 안다.

_앞의 책, 206쪽

이 시대의 정치는 어떻게 되어야 하는가?

함석헌은 1960년대까지는 민중이라는 말을 사용하다가 1970년대
부터는 씨올이라는 말을 사용했다. 민중과 씨올의 차이점에 대하여 함
석헌은 이렇게 말한다.

사람은 제 뿌리를 깊이 파야겠는데, 제 뿌리를 깊이 파려면 말을, 말의
뜻을 생각하여야 해, 오늘은 왜 오늘이라고 그러지? 하늘은 어째 하늘
이라 그랬나? 생각을 하면 다 뜻이 있어요. 이제 모르게 된 것도 많이
있지만 말의 뜻을 생각하는 가운데 옛날 우리 조상들은 생각을 어떻
게 했다는 게 알려져요. 그래 "民"자를 즐기지 말고 능력이 있으면
우리 것을 찾아야겠지요.

_앞의 책, 109쪽

본래는 그렇지 않지만 민중, 인민, 서민, 하민, 민초 다 사람의 인격을
깔보는 사상이야, 그래서, 그놈의 民자 내버리고 우리말의 "씨올"쓰

면 좋겠다는 생각이에요.

_앞의 책 111쪽

즉 함석헌은 민중에서 씨올로의 전환을 통해 사람이 자신의 원뿌리에 접근할 수 있다고 본 것이다. 이러한 전환의 방법으로 함석헌은 "뜻"이라는 용어를 사용한다. 그렇다면, 정치도 이젠 주체가 민중에서 씨올로 된 사람들이 제소리를 내고 "뜻"을 구현하여야 한다. 함석헌도 '지금은 철학자가 아니라 씨올이, 길거리에 웅성거리는 생활꾼이 나라를 하고 임금을 하는 때다. 그러므로 씨올이 제 의견을 말하는 것은 떳떳한 일'이라고 말한다. 그러면 어떻게 운동을 펼쳐야 하는가? 함석헌은 간디의 제자인 비노바바베를 만난 적이 있고 비노바바베의 좋은 점을 높게 평가하였다. 같이 살기의 구체적인 모습은 무엇인가? 비노바바베가 주창한 대지주들의 토지헌납운동도 하나의 '같이 살기 운동'의 행태다.

이 나라에서 실천할 수 있는 방안은 무엇일까? 산지의 농민과 도시의 소비자가 연결되는 협동조합운동, 대학을 설립하여 서민자녀들이 무상으로 대학교육을 받을 수 있도록 하고, 대학의 운영은 부자들의 기부금으로 하는 운동, 특별한 이유 없다면 1가구가 1주택만 소유하도록 하는 사회운동, 고위공직자들이 공립 중·고등학교에 의무적으로 명예교사로 수업을 하는 사회운동, 종교를 떠나 자기수입의 10%는 종교단체가 아닌 자치단체 등이 운영하는 공익재단에 기부하는 사회운동, 아파트 입주자 대표회의와 각 시골마을 간의 연결을 통한 상호교류운동 등이 있을 것이다.

결국 누가 할 것인가? 깨인 씨올들이 나서야 한다. 제일 문제가 재정적인 부분이다. 이런 것을 정책에 반영하고 그러려면 결국 씨올들이 선거에 적극 나서서 이런 정책을 펼 수 있는 씨올 정치인들에게 정치의 소임을 맡겨야 한다. 나중에 잘못 뽑아놓고 두고두고 술안주만 삼는 것은 비겁한 짓이다. 즉 내 몸의 모든 세포가 참으로 깨어나면 그 사람이 철인이요 성인이 되듯이, 이 나라 민중들이 깨어날 수 있도록 외치고 행동하여야 한다. 우선 자기가 깨어나서 자기 집의 아내나 남편이, 자식이 깨어나도록 한다. 심봉사 한 명이 눈을 뜨면 바로 이어서 모든 맹인이 눈을 뜨게 되는 정치의 개벽이 조용히 일어날 것이다. 함석헌이 그리던 정치는 이것이 아닐까!

(2011. 6. 12. 함석헌평화포럼 부산아카데미 발표 원고)

그대는
이 나라 재판관이
맞는가?

요 며칠 사이로 2008년 촛불사건의 재판 배당과 관련하여 말이 많다. 이제 당시 법원장과 대법원장까지 의혹을 받고 있다. 점입가경이다. 재판은 중요한 것이다. 특히 요즈음 행정부 최고수장인 대통령부터 일선 경찰까지 법치를 운운하는 이 나라에 있어서 법관이 정치권력과는 독립적으로, 양심에 따른 재판을 하지 않으면 큰일이다.

그런데 더 중요한 문제는 누군가가 이러한 양심에 따른 재판을 못하도록 가로막고 있다는 것이다. 이는 더욱 더 큰일이다. 독재정부시절에나 있었던 일들이 왜 아직도 이 나라에서 일어나고 있는가? 시계가 거꾸로 가고 있다는 느낌이다. 이는 헌법 103조, '법관은 헌법과 법률에 의하여 그 양심에 따라 독립하여 심판 한다'라는 원칙을 거스르는 것이다. 법관이 가진 양심은 진리에 기반을 둔 샘물이다. 물론 각자의 양심은 다르다고 할 수 있지만 근본 양심은 동일한 자리를 차지한다. 그 샘물에서 솟아나는 양심에 따른 판결만이 판결이다. 그런 판결이어야 사실 모든 당사자의 마음을 적시고 흘러 근본적 치유를 해내는 것이다. 그래서 법관은 사람의 몸을 넘어선 그 전체를 치유하는 의사로서의 사명이 있는 것이다.

그런데 구체적인 사건에 있어 이러한 양심적인 판단을 공정하게 내릴 기회를 차단했다면 큰 문제다. 그것도 다름 아닌 법관이 그랬다면 이는 더욱 더 큰 문제가 아닐 수 없다. 특히 사회적으로 민감한 촛불집회에 대한 재판배당을 한 재판부에게 몰아주기 식으로 한 것은 무슨 연유였을까? 아마 사회적 파장이 크므로 들쑥날쑥한 판결을 없앴다는 소박한 의도가 있었을지 모른다. 그러나 이것은 국민의 정당한 재판받을 권리를 침해한 것이 아닌가? 혹시나 있을지 모르는 튀는 판결을 내릴 가능성을 차단한다는 취지도 국민의 정당한 재판받을 권리 앞에서는 별로 의미 없어 보인다. 그리고 사건처리와 관련해 고위법관이 은밀히 담당법관에게 이-메일을 보냈다면 어떻게 재판이 독립적일 수 있겠는가?

물론 법관은 판결로 말한다. 판결로 자신의 양심을 드러내야지 언론에 기자회견을 자청해서 양심을 드러내는 것이 아니다. 그렇지만 사건배당을 통해 미리 획일적인 사건처리를 의도한다면 이것은 사회적 정의에 대한 중대한 도전이다. 최근 소장 판사들이 이러한 몰아주기 배당 문제에 이의를 제기하는 것은 그래도 양심이 발동한 것이다. 아직은 사법부에도 양심이 살아있다는 징표일 것이다.

그런데 다른 판사들은 무엇을 하고 있는가? 다들 왜 꿀 먹은 벙어리가 되어 가는가? 법관은 중요한 자리다. 세상의 모든 것들이 판단을 받으려 법원으로 간다. 어떻게 보면 자기에게 유리한 말만 하러, 아니면 하소연하러, 또는 고해성사하러 법원으로 간다. 자기가 가고 싶어 가기도 하지만 할 수 없이 끌려가기도 한다. 심판을 받으러 법원에 가기에 다들 두려운 심정이다.

그래서 법관은 성직자와도 다름없다. 진리를 향한 구도자의 길과 크게 다를 바 없는 것이다. 물론 이슬만 먹고 살라는 것이 아니다. 세상을 위한 진리의 샘물을 뿜어내라는 것이다. 법관이 진리의 수호자가 되지 못한다면 어떻게 법관이라 부르겠는가?

중견법관들이여! 법원장, 고법부장 승진을 꿈꾸기에 입을 그렇게 다물고 있는가? 소리를 질러라. 적어도 재판에 외부와 내부의 압력은 없어야 하지 않겠는가? 독재정부 하에서 의기를 가지고 소신 판결을 했던 선배 법관들도 소리를 다시 질러라! 이 나라가 그래도 바로 길을 갈려면 판결이 바르고 공정해야 한다는 것은 삼척동자도 아는 사실이다.

이 나라 모든 법관들이여! 자신의 가슴에서 흘러나오는 양심에 침묵하지 말라. 그 양심을 건드리는 모든 것들에 대하여 소리를 질러라. "물러서라", "까불지 말라"고 크게 외쳐라. 그래야 당신이 이 나라의 법관이다.

(2009. 3. 3. 함석헌평화포럼)

여성이라는 존재, 그저 희생양인가

박 경 희

● 말로만 듣던 '돌잔치'가 '돈 잔치'일 줄이야

● 기독당 창당, 목사님! 똥물이 들어가지 마세요

● 대통령님, 『부끄러움을 가르칩니다』를 읽으세요

● 여성이라는 존재, 그저 희생양인가

● 은퇴자들의 허망한 눈빛, 그들만의 문제일까

● 가난하지만, 영혼마저 가난하고 싶지는 않습니다

  – 문인도 기초생활 보장이 필요한 때다 –

● 장로대통령님, 회개의 제단 앞에 무릎을 꿇으시오

박경희

2006년 한국프로듀서연합회 한국방송 라디오부문 작가상을 수상했다. 극동방송에서 "김혜자와 차 한잔을"이라는 프로그램의 구성 작가로 18년 간 일하다 시금은 탈북사 내안학교 '하늘꿈학교'에서 글쓰기를 가르치고 있다. 〈힘석힌평화포럼〉의 필진이다.

작품으로는 『천국을 수놓은 작은 손수건』(평단문화사. 2004), 『여자 나이 마흔으로 산다는 것은』(고려문화사. 2006), 『이대로 감사합니다』(두란노. 2008), 『분홍벽돌집』(다른. 2009) 등이 있다.

말로만 듣던
'돌잔치'가
'돈 잔치'일 줄이야

얼마 전, 지인의 손자 돌잔치에 초대를 받았다. 돌잔치를 하는 장소는 시내에 있는 유명 호텔이었다. 왠지 마음이 편치 않았지만 그래도 진심으로 축하해 주고 싶은 마음으로 초대에 응했다. 그런데 돌잔치가 준비된 연회장에 들어서는 순간부터 속이 울렁거렸다. 화려하게 꾸며진 실내 분위기와 각종 이벤트를 위한 장치로 어지러운 무대, 무슨 시상식에 온 듯, 화려한 옷차림을 한 손님들. 어느 것 하나 조촐한 돌잔치의 모습은 없었다.

잠시 후 시작된 돌잔치는 기상천외한 일들로 가득 했다. 현란한 말솜씨를 자랑하는 사회자가 각종 이벤트로 손님들의 정신을 뺐는가 하면, 드라마처럼 꾸며진 영상이 끝난 뒤 엄마 아빠의 화려한 옷맵시 자랑까지 이어졌다. 식이 끝난 뒤 먹는 음식 또한 가격이 만만치 않아 보였다.

아이가 세상에 태어나 맞는 첫 번째 생일은 정말 뜻 깊은 일일 것이다. 아픈 곳 없이 건강하게 자라 주위의 많은 사람들을 기쁘게 해준 보물덩어리를 축복해 주는 건 당연한 일이다. 그런데 어느 샌가 돌잔치가 이상한 형태로 변질되고 말았다.

그 날처럼 내가 들고 간 축하금 봉투가 옹색해 보인 적이 없다. 웬만한 결혼식보다 더 비용이 많이 들었음직한 대단한 돌잔치를 구경하고 (?) 돌아오는 발길은 가볍지만은 않았다. 예전 우리 어머니들처럼 백설기 떡과 건강을 기원하는 수수경단을 빚어 주는 것만이 아름다웠노라 말하는 건 아니다. 그래도 이건 아니다 싶었다. 그동안 말로만 듣던 '돌잔치'가 '돈 잔치' 인 현장을 직접 목격하고 나니 씁쓸하기 그지없었다. "요즘은, 부모님 칠순 잔치는 간단하게 친한 사람들끼리 식사하는 걸로 끝이지만, 아이의 돌잔치만은 남들 못지않게 해 줘야 기가 죽지 않는다."는 말이 현실인 듯싶었다.

언제부터 우리 아이들이 상전이 되었는지 알 수 없는 일이다. 그러고 보니 요즘은 아이들이 뱃속에 있을 때부터 시어머니가 이백 만원이 넘는 유모차를 사 주는 것이 관례처럼 되었다는 말도 낭설이 아닌 듯싶다. 그건 유모차가 아니라 뱃속의 아이에게 자가용 한 대를 사 주는 것이나 마찬가지 아닌가. 유모차마저도 수입품이 아니면 시부모의 낯이 안 선다니, 놀라운 일이 아닐 수 없다.

생각해보니 아이에 대한 부모의 지나친 사랑은 내가 아이를 키울 때도 마찬가지이긴 했다. 어쩌다 보니 아이가 교복을 입는 학교에 추천되어 들어가게 되었다. 그 결과 교육열 하면 대한민국에서 최고라는 학부형들을 만나게 되었다. 어쩌다 내 아이가 학급 임원이 되다보니 다른 엄마들을 만나게 되고, 그들의 불같은 자식 사랑을 목격하며 놀란 적이 한두 번이 아니다.

가장 기억에 남는 건 아이의 생일 잔치였다. 스무 명이 넘는 아이들을 초대해 놀이공원 자유이용권은 물론, 코스 요리까지 먹이는 게 아닌가. 적어도 백만 원이 넘게 나온 음식 값과 놀이 비용을 보며 나는 입을 다물지 못했다. 하지만 그건 그들의 경제 능력이므로 뭐라 탓할 수는 없었다. 나는 그런 일이 어느 특권층만의 일이라고 생각했지만, 그건 내 착각이었다. 그 후로도 몇몇 아이들이 비슷하게 생일잔치를 하는 것을 보며, 나는 내 아이를 그 자리에 보내지 않았다. 언젠가는 나도 그들을 대접해야 하는데, 그럴 생각이 없었다. 돈이 없다기보다는 마음이 없었다. 나는 가끔 생각한다. 그 때 그토록 요란을 떨며 생일잔치를 한 아이들은 성인이 된 지금은 무슨 생각을 하며 살까?

얼마 전에 신문 기사를 보니 거금을 들여 생일잔치를 하는 일은 아직도 여전한 것 같았다. 그렇게 자식을 상전처럼 떠받들어 돌잔치를 해 주고 생일잔치를 해 줘 봤자, 그들이 상전처럼 살아가는 세상도 아니다. 실제로 내 아이의 주변을 보아도 그렇다. 아무리 물질만능 시대라고 하지만, 스스로 자기 길을 개척해 나가지 않은 아이들은 엄마들의 극성에 명문 대학은 갔을지 몰라도, 그다지 빛나는 삶의 현장에 들어선 것 같지는 않다. 물론 일부는 승승장구 잘 나가고 있긴 하지만.

우리는 흔히 말한다. 아무리 목마른 짐승일지라도 물가까지 고삐를 끌고 갈 수는 있지만, 물을 먹여 줄 수는 없다고. 자녀도 마찬가지다. 돈으로 남보다 조금 더 화려하게 돌잔치를 해 주고, 생일잔치에 기백만 원을 쓴 다해도 그 아이들에게 참된 가치관을 심어 주지 않으면, 그 아이의 인생은 헛되고 헛될 수밖에 없다. 참된 자식 사랑은 무엇인가? 에 대한 깊은 성찰이 요구되는 시대이다.

(2012. 3. 14. 함석헌평화포럼)

기독당 창당
- 목사님!
똥물에 들어가지 마세요

내 유년을 떠올리면 자연스럽게 '언덕 위의 작은 교회'가 떠오른다. 산딸기나무에 종아리를 긁히면서도 산 넘고 물 건너 예배당에 가는 시간이 즐거웠다. 거기엔 나만의 특별한 이유가 있었다. 산타 할아버지처럼 흰 수염이 무성 했던 목사님으로부터 예배당 종을 칠 수 있는 권한을 부여 받았기 때문이다. 새까만 계집아이는 종소리 속에서 꿈을 키워갔다.

"뎅그렁! 뎅그렁~"

산속 시골 마을에 울려 퍼지는 종소리는 단순한 종소리만은 아니었다. 때를 알려 주는 시계 역할은 물론, 허리 한번 맘껏 펴지 못하고 일하는 농부들에게는 휴식을 알리는 신호이기도 했다.

모두가 가난한 시절이었기에 목사님의 삶이 궁핍했던 것은 당연한 일 일수도 있다. 그렇다 해도 그 분은 진정 성자였다. 단 한 벌 뿐인 낡은 양복, 구멍 난 양말을 몇 겹으로 꿰매어 신은 모습, 싸구려 구두가 전부임에도 목사님의 눈빛은 늘 형형했다. 한 번도 새 옷을 입은 적이 없지만 결코 초라해 보이지 않았다. 목사님은 동네에 힘들고 어려운 사람들이 있으면 종교와 상관없이 발 벗고 나섰다. 돈이 없으면 교회 주방에 있던 설탕이라도 갖다 주었다. 어쩌다 교인들이 갖다 준 뇌물(그래봤자 쌀 한 말 정도)도 홀로 사시는 할머니 댁에 몰래 전하곤 했다. 철모르는 나였지만 그런 목사님의 모습이 보이지 않는 예수님일 거라 믿었다.

그런데 지금은 그런 목회자를 일부러 찾아 나서도 볼 수가 없다. 그래서 더욱 시골 교회의 은은한 종소리가 그리운지도 모른다. 진정 목회자다웠던 작은 시골교회 목사님의 인자한 미소와 함께.

요즘은 어찌된 일인지 힘들고 목마른 성도를 위로해야 할 '목사님'이 '착한 성도'를 너무나 힘들게 하고 있다. 시도 때도 없이 언론의 가십거리로 목회자들의 비리가 등장할 때마다 쥐구멍이라도 찾고 싶다. '개독교'라고 욕을 하는 이들을 원망하기 전에 왜 이 지경이 되었는가에 대해 깊이 묵상해야 할 것이다.

얼마 전에는 '기독당 창당'에 대한 이야기로 시끄러웠다. 난 그 뉴스를 보며 걱정을 넘어 분노감마저 들었다. 더군다나 기독당 창당의 주역이라는 목사님의 이력이 너무나 화려해서(?) 얼굴을 들 수가 없다. '빤스목사' 라는 기사가 인터넷을 도배 했다. 내가 그 목사님의 이야기를 직접 듣지 않았으니 더는 거론하고 싶지는 않다. 문제는 기독당 창당의 본질에 대한 문제다. 종교가 소금의 역할을 해야 하는 것은 당연한 일이다. 또한 정의가 하해와 같이 흐를 수 있도록 늘 깨어 있어야 한다. 그리고 민주주의의 구현을 위해 제 몫을 다해야 한다. 그렇다고 목사님이 정치를 하겠다는 건, 스스로 똥물 속으로 들어가겠다는 것이나 다름없다. 입으로는 하나님의 정의를 부르짖지만 내가 보기에 그건 포장일 뿐이다. 부패한 정치를 바꾸기 위해서라는 말 역시 믿을 수 없다. 정치인을 바꾸기 전에 목회자 자신의 삶부터 되돌아 봐야 한다. 교회가 대형화 되어가

고 기업화 되면서 목회자들이 기업의 회장님처럼 군림하지는 않았는
지? 평신도가 피땀 흘려 낸 헌금을 마치 자신의 개인 돈처럼 쓴 목회자는
없는지, 가슴에 손을 얹고 생각해 보아야 한다. 무슨 명목으로든 교인의
주머니를 털면 금방 큰돈이 걷히는 걸 보며, 혹 돈을 너무 쉽게 생각하는
것은 아닌지……. 교회 내부의 갈등 요소를 깊이 들어가 보면 모두가 물
질과 관련되어 있다. 그래서 어디를 가든 '목회자가 썩었다는 말'을 듣
게 된다.

이런 마당에 기독교 정당의 창당이라니. 많은 성도들은 제발 기독당
창당이 조용히 막을 내리길 바라고 있다. 일부 의식 있는 목회자들 역시
반대 성명을 내고 있는 것으로 알고 있다. 얼마 전에 평신도 몇 몇이 모여
기독당 창당에 대해 의견을 나누었다. 모두가 걱정이 되어 한 마디씩 했다.

"성추행의 대명사, 대형 교회 당회장직 아들에게 물려주기, 자식 등
록금은 물론 유학비까지 교회 돈으로 쓰는 걸 당연히 여기는 목회자, 사
택은 물론 전기 값, 물 값 모두 교회 공금으로 해결하면서도 그 자체를
당연하게 여기는 목회자, 이런 목회자들이 '하나님의 이름으로' '주님
의 뜻으로' 라는 말을 부르짖을 때마다 국민들은 '저런 사람들이 믿는
하나님이라면 나는 절대 안 믿고 싶다.' 라고 할까봐 두렵다."는 누군가
의 말에 많은 사람들이, 우리라도 탄원서를 보내자고 했다.

"기독교 정당을 세워 사회정의를 이루겠다는 목사님께, 믿음을
선물로 받은 우리 평신도는 목회자가 목회자 본연의 자리를 지켜주길
간절히 바랄 뿐입니다. 성직자는 소명의 자리라고 알고 있습니다. 그러
므로 그 자리는 거룩하며 하늘은 물론 땅으로부터 존중받는 자리여야
합니다. 골방에 들어 가 기도하고, 아프고 힘든 성도 찾아다니며 구제하

고 기도해 주는 일에 신경을 쓰셔야 할 때입니다. 그런데 어찌된 일이 목사님들 얼굴을 텔레비전에서 더 많이 보게 된단 말입니까? 혹시 목회를 연예인처럼 인기를 먹고 사는 직업이라 착각하고 계신 것은 아닌지요?"

"성직자에게 성도는 자식과 같은 존재 아닙니까. 자식은 강대상 앞에서 세상살이 힘들다고 꺼이꺼이 울고 있는데, 목회자들은 더 높은 자리, 더 출세하고 싶은 욕망의 맨 앞줄에서 싸우고 있으니 어쩌란 말입니까? 혹, 그래도 세상 권력이 더 소중하다 여긴다면, 제발 목사라는 옷은 벗어 주십시오. 그냥 대한민국 국회에 가면 얼마든지 비슷한 족속을 만날 수 있을 테니 유유히 걸어 들어가십시오. 목사님. 부탁이 있습니다. 더는 착한 성도님들의 눈에서 그리스도를 믿는다는 것이 부끄러워 피눈물 나는 일은 없게 해 주십시오. 제발!"

이 글을 쓰는 내내, 가슴의 통증이 파도처럼 밀려온다. 하물며 부패해 가는 이 땅 종교의 모든 현실을 보는 하나님의 심정은 얼마나 더 아프실까.

(2011. 9. 21. 함석헌평화포럼)

대통령님,
『부끄러움을 가르칩니다』를
읽으세요

얼마 전 작업을 하고 있는데 "박완서 작가 작고"라는 문구가 인터넷 메인 뉴스로 떴다. 나도 모르게 훅, 숨을 몰아쉬어야만 했다. 10년 전 아버지의 부음 소식을 들었을 때처럼 아득했다. 100세까지 사는 세상이라는데, 아직도 선생님의 따스한 글을 방패삼아 험한 세상을 사는 이들이 많은데 왜 그리 급히 가신 것인지, 애달 펐다. 오래 전, 방송 취재차 만나 나누었던 선생님의 말씀이 떠올랐다.

선생님, 저도 소설 공부 다시 할까 해요. 전파를 타는 순간 새처럼 날아가는 글 대신 내 이름으로 남는 글을 쓰고 싶어요.

선생님은 연민 가득한 눈빛으로 날 오랫동안 바라 보셨다. 그런 후 선생님은 특유의 조용하면서도 카랑카랑한 목소리로 말씀하셨다.

정말 소설 쓰고 싶어요? 그렇다면 자신에게 물어보세요. 집안에 걸레가 말라 비틀어져 나뒹굴어도 상관없이 앉아 글만 쓸 수 있는지. 그럴 각오가 되어 있지 않으면 그냥 이대로 사세요.

난 솔직히 선생님의 격려와 응원을 기대했다. 장난으로 소설을 쓰겠다고 한 건 아니었기에. 하지만 선생님의 단호한 말씀을 듣는 순간, 왠지 움츠러들었다. 어찌어찌 해서 나는 소설이라는 장르에 발을 담그고 있지만 지금도 선생님의 말씀을 생각하면 그저 부끄러울 뿐이다. 선생님의 말씀 속에 들어 있던 열정을 다해 소설에 매진하고 있지 못하기 때문이다. 요즘 시간이 날 때마다 박완서 작가의 책을 꺼내어 다시 읽고 있다. 소설이지만 다큐멘터리처럼 리얼리티가 강한 선생님의 작품을 읽다 보면, 오래 전 내게 충고를 해 주시던 선생님의 모습이 떠올렸다. 그중 『부끄러움을 가르칩니다』라는 작품은 많은 걸 시사해 주고 있었다.

처음엔 나는 왜 내가 그 말뜻을 못 알아들었을까 하고 무척 미안하게 생각했다. 그러다가 몸이 더워오면서 어떤 느낌이 왔다. 아 아 그것은 부끄러움이었다. 그 느낌은 고통스럽게 왔다. 나는 마치 내 내부에 불이 켜진 듯이 온몸이 뜨겁게 달아오르는 걸 느꼈다.

이 부분을 읽는 순간 온몸에 전율이 일었다. 최근 들어 난 내부에 불이 켜진 듯, 온몸이 뜨겁게 달아오를 만큼의 부끄러움을 느껴 본 적이 있었던가. 그렇지 못했다. 나는 정작 부끄러워해야 할 일 앞에서도 고개를 빳빳이 들고 잘못을 은폐하기에 급급했던 적이 많았다. 이 사실을 깨닫는 순간, 나만 그런가? 세상이 다 그런데. 또 다른 변명이 은근히 나의 신경을 건드렸다.

그 순간, 박완서 작가의 영전에 꽃을 보낸 이명박 대통령을 비롯한 많은 정치인들의 얼굴이 스쳐갔다. 대통령은 작가의 영전에 꽃을 보내며 부끄럽지 않았을까(이런 질문을 던지는 것조차 부끄럽다. 기대치가 전혀 없는 질문이기에). 박완서 작가는 전쟁과 분단을 가족사적인 아픔으로 풀어 낸 글을 쓴 분이지만 특별한 이념을 내세운 작가는 아니었다. 하지만 작품을 읽어보면, 작가가 원하는 세상은 분명 정의가 살아 있는 따뜻한 세상이었음을 알 수 있다. 그런 의미에서 대통령이나 일부 부패한 정치인 혹은 기업인들은 작가의 영전에 꽃을 보내지 말아야 했다. 대신 『부끄러움을 가르칩니다』 작품을 읽는 게 날 뻔 했다.

나를 비롯해 많은 사람들이 부끄러움을 잊은 채, 너무나 뻔뻔스런 얼굴로 세상을 활보하고 있다. 이제라도 학교에서 아니 정규 과목으로가 아니면 학원에서라도 '부끄러움'을 가르치는 곳이 생겼으면 좋겠다. '부끄러움을 가르치는 학교'에서 제일 먼저 수강해야 할 학생은 두말 할 것 없이 대통령을 비롯한 이권 다툼에 혈안이 되어 있는 정치인들 아닐까?

적어도 나는 그렇게 생각한다.

(2011. 2. 6. 함석헌평화포럼)

여성이라는 존재,
그저 희생양인가

어느 덧 연말이다. 사람들마다 달력에 표시된 일정표를 보고 한숨을 쉰다. 오늘도 내일도 뱀꼬리처럼 이어지는 송년회에 얼굴을 내밀어야 할지 어쩔지 고민 중이다. 직장인들에게 송년회는 일의 연장선일 경우가 많다. 즐겁게 담소를 나누는 자리가 아닌, 술을 못 마셔도, 내일 죽을 만큼 몸이 괴로워도 술독에 빠졌다 나와야 하는 자리. 그래서 직장인들은 어서 한 해가 지나가길 비는 마음이 간절하다.

연말 모임이 많은 건, 평범한 주부인 김 여사도 마찬가지다. 오늘 따라 김 여사의 얼굴이 장마 끝에 비추는 햇살처럼 화사하다. 평소에는 5분이면 끝나던 화장도 오늘은 족히 50분은 거울 앞에 서 있다. 아이라인을 그리는 손길이 가볍게 떨린다. 온 정성 들여 주름진 얼굴을 감추느라 콧잔등에 땀방울이 맺힌다. 화장이 끝난 후, 입고 나갈 옷을 고르는데도 적잖이 신경이 쓰인다. 작년에 입고 나간 옷을 입을까 내심 걱정이다. 다행히 며칠 전 모임에 나가기 위해 새로 구입한 옷이 눈에 띈다. 새 옷과 새 구두를 신은 김 여사는 옅은 미소를 지으며 대문을 나선다.

왁자지껄. 어느 덧 모임 장소로 얻어 놓은 룸은 물론 노래방까지 완벽하게 준비해 놓은 대형 음식점에는 이미 동창들이 나와 북새통을 이루고 있다. 김 여사가 들어서자 이산가족을 만나기라도 한 듯 친구들이 반긴다. 이 맛에 김 여사는 시댁 경조사는 빠져도 절대 동창회는 빠지지 않는다. 먹고 마시고 남자 동창들과 춤추며 놀다 보니 어느 덧 새벽녘이다. 동창 모두 술에 취해, 덜 깬 여흥에 젖어 흐느적거리며 새벽까지 문을 연 술집을 찾아 어슬렁거린다.

김 여사는 나이 오십이 넘도록 가정만 지키던 현모양처였다. 남편 뒷바라지하고 아들 둘 알뜰살뜰 키우며 사느라 세상이 어떻게 돌아가는지 몰랐다. 아니 솔직히 말해 세상 돌아가는 것에 관심을 둘 여력이 없었다. 그러나 세상은 그녀를 순진무구한 아낙으로 그냥 놔두지 않았다. 즐거운 일들이 널린 세상에 왜 집안에만 처 박혀 사는 바보가 됐냐고 아우성이었다. 그러면서 시작된 김 여사의 외도는 폭우에 물이 불어 난 도랑처럼 차고 넘쳤다. 가정 안에서 느꼈던 답답함을 훌훌 털어 버릴 수 있는 유혹의 덫은 어디든 널려 있었다. 동창회, 향우회, 계모임, 등산모임, 훌라 댄스 모임, 식도락가 모임 등등…….

누군가 간절히 부르지 않아도 김 여사는 매일 집을 비워야할 만큼 바빴다. 처음에는 낯설었던 자리도 몇 번만 나가면 금방 친밀감을 느꼈다. 세상사는 참맛을 너무 늦게 알았다는 자괴감이 들 정도였다. 그래도 거기까지였으면 좋았을 것을, 유혹의 손길은 질기고도 감미롭게 그녀 곁을 맴돌았다. 김 여사는 조금씩 밤 문화에 빠져 들게 되었다. 산에 갔던 무리들끼리 내려 와 뒤풀이로 주거니 받거니 하다 보니 술이 취해 집으로 돌아 올 때가 많았고, 춤을 배우면서부터 카바레에 발을 들여 놓았고, 생각지도 못했던 쾌락의 절정을 맛보게 된다.

요즘 김 여사는 그렇게 만난 사람들과 각종 모임의 송년회를 쫓아다니느라 바쁘다. 밤마다 술에 취해, 남자에 취해 흐느적거리느라 정신이 없어 보인다. 김 여사의 손길이 닿지 않는 집안 장롱에는 먼지가 켜켜이 쌓이고 가족들의 가슴 속에는 분노가 쌓여 갔다. 언제 무너질지 모를 만큼 위태해 보이는 김 여사의 연말이다.

지금까지 쓴 글은 소설을 쓰기 위한 개요synopsis가 아니다. 내 주변에서 실제로 일어나고 있는 일이다. 아주 평범하면서도 모범적인 주부였던 김 여사의 변신을 보면서 만감이 교차했다. 그녀는 분명 고등 교육을 받았고 남편 역시 사회적으로 어느 정도 성공한 셈이다. 그런데 김 여사가 하루아침에 일탈의 길을 걷게 된 이유는 무엇일까?

그건 사회 전반적으로 깔린 여성에 대한 편견도 한 몫을 했다고 본다. 여자는 그냥 여자일 뿐이라는 생각. 특히 결혼한 여자는 '믹서된 인간'으로만 보는 시선 말이다. 그 여자가 예전에 무엇을 했든, 어떤 특성을 갖고 있든 아무 상관이 없었다. 그저 남편과 자식에게 헌신적이면 족했다. 현모양처라는 잣대로 모든 여자를 판단했다. 그런 면에서 밖에서 일하는 여성들은 왠지 모를 죄책감에 시달릴 수밖에 없었다. 그렇다고 살림만 하던 여성들을 대단하게 여겼던가. 그것 또한 아니었다. 양쪽 다 이 시대의 희생양이 되어 가슴으로 피를 흘리는 여성들이 얼마나 많은가. 특히 중년 여성들이라면 누구나 공감할 것이다.

집 안의 화초처럼 조용하던 주부들의 반란이 일부는 김 여사처럼 탈선의 길을 가는 경우를 보면서, 그 또한 사회 문제 대부분이 그렇듯 개인의 문제만이 아닌 사회 구조적인 아픔이라는 생각을 지울 수 없다. 특히 여성의 탈선은 지금 이혼 위기에 놓인 김 여사처럼 '건널 수 없는 강'이 되고 말 때가 많다. 남자의 일탈에 대해서는 관대하면서도 여성은 아주 냉혹한 대가를 치러야만 하는 것 또한 현실이다.

다시 연말연시다. 여기저기서 송년회 등이 열리고 있다. 김 여사처럼 답답한 가정의 울타리를 벗어나고픈 마음에 모임에 나갔다, 돌아올 수 없는 강을 건너는 일이 없었으면 하는 마음 간절하다. 이제 송년회가 더는 망하길 작정한 사람들처럼 흥청거리는 망년회 모임이 아니었으면 좋겠다. 따뜻한 눈길로 가족과 함께 올 한 해 좋았던 일과 아쉬운 일들을 나누며 내년을 설계하는 조촐한 자리였으면 좋겠다. 김 여사가 가정으로 돌아오길 간절히 비는 마음과 함께.

(2011. 12. 7. 함석헌평화포럼)

은퇴자들의 허망한 눈빛,
그들만의 문제일까

　내 고향은 경기도 양평의 끝자락에 있는 산 좋고 물 좋은 곳이다. 지금은 서울에서 대중교통으로 두 시간 정도면 닿을 수 있는 거리지만, 아직도 물을 끓이지 않고도 마실 수 있을 만큼 청정 지역으로 유명하다.

　나는 일이 잘 풀리지 않거나 삶이 버겁다고 느낄 때면 고향을 찾는다. 예전에는 시외버스를 타고 갔는데 요즘은, 중앙선 복선전철을 이용한다. 덕분에 시골에 내려 가 몸이 가랑잎처럼 말라, 보기만 해도 눈물이 나는 친정어머니와 점심을 먹을 수 있는 세상이 되었다. 그럴 때마다 복선전철이 고맙기 그지없다.

　그런데 중앙선 전철을 탈 때마다 안쓰러운 풍경을 목격하게 되는 건 유감이다. 전철 안에 탄 손님들은 대부분 등산객이다. 중앙선이 어느 역이든 산에 오를 수 있는 조건을 갖추었기에 당연한 일일 수도 있다. 그러나 평일 대낮에 등산복을 입은 사람들의 면면을 살펴보면 왠지 가슴이 아릿해진다.

　아직은 노인이라고 단정 지을 수 없는 나이. 그렇다고 중년으로 보기엔 너무 애매한 은빛 물결 출렁이는 머리. 새로 마련한 듯 한 깔끔한 등산복 차림. 얼핏 들리는 대화의 내용으로 보아도 금방 퇴직 한 오십 대 후반 정도의 남자들이라는 걸 알 수 있다.

이나마 시간을 죽일 수 있는 전철이 생겼으니 얼마나 다행인가. 자네나 나나 낙동강 오리알 신센데 이렇게 산이라도 오를 수 있으니…….

몇몇 남자들이 헛헛하게 웃으며 말했다. 나도 모르게 그들의 얼굴을 쳐다보았다. 영락없이 갓 은퇴한 중노인들이었다. 잠시 후, 말을 마친 사람이나 듣던 사람 모두 창밖을 내다보고 있었다. 너무도 허망한 눈빛들이었다.

그들의 눈빛이 남의 일 같지 않았다. 결혼 해 자식 낳아 키우며 오십 중반까지 쉴 틈 없이 달려오던 어느 날, 갑자기 찾아 온 은퇴. 그 순간부터 원하지 않아도 노년이라는 타이틀을 짊어지고 가야하는 이 땅의 수많은 가장들. 가족을 위해 동분서주하느라 정작 자신을 위해선 아무런 준비 없이 현역에서 물러난 남자들의 심정을 십분 이해할 수 있을 것 같았다. 물론 몇몇 사람들은 인생 제 2막을 향해 또 다른 일을 하는 경우도 있지만, 대부분은 무방비 상태로 은퇴를 하게 된다. 오죽하면 중앙선 복선전철에 탄 삼분의 이 정도가 노년도 아닌 그렇다고 중년도 아닌 중노인들일까. 참으로 서글픈 풍경이었다. 저들에게 새로운 길을 모색해 주어야 마땅한 일 아닌가? 누군가에게 소리 내어 묻고 싶었다. 졸업하고 3,40년 넘게 자신의 분야를 일궈 온 인재들을 하루아침에 쓸모없는 인간으로 내 몬 이 사회는 과연 건강한 것일까. 열심히 살아 온 저들을 등산복을 입혀 전철로 내몰기 전에 획기적인 계획안을 세워 인생 제 2막을 시작할 수 있는 제도적인 장치가 필요하다. 아주 시급히, 그리고 절실한 문제다. 우린 그동안 노후정책에 대해 무성한 말잔치만 벌여 온 것 같아 안타깝다.

은퇴를 한 신사가 공공 사무소에 가 서류를 떼는데 직업란에 '무직'

이라는 단어를 써 놓고 한동안 멍했다는 말이 특정인만의 일은 아닐 것이다. 우리 모두의 일이다. 노후대책을 개인의 문제로만 떠넘기는 것은 무책임한 일이다. 은퇴 후에 연계될 수 있는 일자리 창출(일본처럼)이 시급할 때다. 청년 취업 대책 못지않게.

더는 고향을 내려 갈 때 햇볕 쨍쨍한 평일 날 복선전철에서 허망한 눈빛으로 창밖을 내다보는 남자들의 얼굴과 마주치고 싶지 않다. 그들은 일할 수 있는 충분한 능력을 갖춘 사람들이다. 은퇴자들은 산을 찾는 즐거움보다는 무엇이든 자신을 필요로 하는 곳에 재취업되길 간절히 바랄 것이다. 그들에게 손을 내밀어 줄 수 있는 사람은 대통령을 비롯한 위정자들 일 것이다. 대통령은 물론 권세 높은 정치인들 또한 나이 들어가고 있지 않은가?

(2011. 2. 8. 함석헌평화포럼)

가난하지만,
영혼마저 가난하고 싶지는
않습니다
- 문인도 기초생활 보장이 필요한 때다

이번 달에 인세 백만 원 받았어요. 오늘 밥은 제가 쏩니다.

일주일에 한 번씩 만나 세상 돌아가는 이야기도 나누고, QT(quiet time, 敬虔時間, 또는 묵상의 시간)도 하고 가끔은 맛있는 밥도 먹는 팀에서 내가 한 말이다. 그러자 일행이 손뼉을 치며 축하해 주었다. 그들은 내가 매달 받는 인세보다 적어도 서너 배의 월급을 받는 커리어 우먼들이다. 한 분은 해외 방송국 지국장이고 한 분은 출판사의 임원이니 적어도 내 짐작이 틀리지 않을 것이다.

그런데 나는 일 년에 한 번, 그것도 정말 운이 좋아서 책을 천 부 더 찍은 것에 대한 인세를 놓고 생색을 내는 것이다. (물론 나는 그 외 다른 인세와 강의료도 있고 문예지에 작품을 발표해서 받는 원고료도 있다. 그래봤자 내 나이 또래의 중견직 임원의 한 달 월급 정도 밖에 되지 않을 만큼의 원고료지만.) 백만 원의 인세를 받고 이토록 유난 법석을 떠는 것은 결코 자랑이 아니라, 아픔을 이야기하려는 것이다. 솔직히 말해 내가 받은 인세 100만 원은 남편이 준 1,000만 원보다 더 의미가 컸다. 내 글에 대한 노동의 대가이기 때문이다.

　대한민국 문인의 한 달 원고료가 18만 원 정도라는 것은 이미 다 알고 있는 사실일 것이다. 그 기사를 보고 사람들은 믿을 수 없다고 했다. 사실 문단의 현실은 그보다 훨씬 참담하다. 한 달에 18만 원 정도의 원고료조차 못 받는 문인도 부지기수다. 굳이 원고료를 제대로 받는 문인이 1%에 머문다는 통계 자료를 인용하지 않겠다. 왜냐하면 내 주변의 상황을 설명하는 것이 훨씬 더 이해가 빠를 것이므로. 물론 이름 석 자만 들으면 알 수 있는 유명 작가나 베스트셀러 작가는 예외다. 하지만 다른 문인들이 가는 길은 거의 비슷하다. 문학이 구원이라 믿고 오랜 시간 습작 기간을 지나 낙타 바늘 구멍만한 등단의 기회를 얻었을 때의 기쁨은 잠깐일 뿐이다. 작가가 되었어도 원고 청탁이 들어오질 않는다. 행여 원고 청탁을 받았다 해도 단편 소설 한 편에 많이 받으면 50만 원이다. 어느 문예지에서는 단편소설 한 편에 30만 원에서 40만 원을 준다(시나 수필 등은 원고료가 더욱 짜다). 아무리 인정을 받은 작가라 해도 일 년에 서 너 군데의 문예지에 작품을 발표하기는 쉽지 않다. 그나마 이 정도의 작가는 아주 성공한 작가 군단에 속한다. 대부분 단 한 편도 발표할 기회를 얻지 못하고 한 해를 보내곤 한다. 한 마디로 무늬만 문인인 셈이다. 원고료 제로인 작가. 그럼에도 해마다 문인으로 등록되는 수는 늘어가고 있다. 발표 지면이 없어 전전긍긍하는 문인들을 위한다는 명목으로 우후죽순 문예지가 생긴다. 하지만 어째 수상할 때가 많다. 작품을 발표해도 원고료는커녕, 되레 작품을 실어 주었으니 책을 사라고 은근히 강요하기도 한다. 등단작이 실린 문예지를 삼 백부 이상 사 주지 않으면 등단을 취소하겠다고 엄포성 발언을 하는 곳도 있다고 한다. 그렇게 등단해서 작가라는 이름을 얻었어도 책을 내 주겠다는 출판사가 없다. 그간 간

간히 발표한 작품도 있고, 적어도 작품집은 내야만 이 바닥에 얼굴 내밀
고 다닐 수 있을 것 같아 떠밀듯이 책을 낸다. 이른바 자비출판이다. 그
비용이 적어도 500만 원은 든다. 왜 그렇게 무리하면서까지 등단을 하
고, 책을 내느냐고 물을 수 있다. 나도 이 세계를 몰랐을 때는 그렇게 물
었다. 그러나 지금은 쉽게 그들을 향해 돌을 던질 수 없다. 이건 개인의
문제가 아니라 구조적인 문제라는 생각이 들었기 때문이다.

　모든 예술 행위가 그렇듯, 솔직히 돈 생각하고 이 길로 들어 선 사람
은 드물 것이다. 글 쓰는 그 자체를 숙명처럼 여겼기에 모든 것을 감내하
고라도 펜을 잡는 것이다. 하지만 작가도 삶은 살아내야 하는 것. 먹고
자고 결혼하고 자식 낳아 키우는 최소한의 삶 말이다. 화려한 인생은 꿈
조차 꾸지 않는다. 그러나 그 꿈을 꾸는 것마저 허황된 것이라는 것을
알고 다른 일을 찾는 문인들이 얼마나 많은가. 물론 정부 지원금이라는
것이 있긴 하다. 그 또한 '그들만의 잔치'다. 오랜 무명으로 인해 가난을
밥처럼 먹고 사는 문인들에게는 지원금은 하늘의 별만큼 멀고도 높은
곳에 있다. 그럼에도 펜을 놓을 수 없는 건, 아직도 문학에 대한 순수를
믿기 때문이다. 그러나 이제 뻔뻔스럽지만, 작은 목소리라도 내고 싶다.
인세 백만 원을 받은 나를 부러워하던 작가들을 기억해 달라고.

　그들은 나보다 훨씬 글을 잘 쓸 뿐 아니라 치열하게 원고지와 싸우고
있는 작가들이다. 이제 얼굴이 누렇게 떠 가면서도 자기 세계를 추구해
가는 작가들이 더는 생활고에 시달리지 않았으면 하는 바람이다. 물론
개인의 능력 부족 탓일 수도 있다. 부인하지 않는다. 하지만 아무리 좋은
글을 쓰려 해도 생계가 유지되지 않으면 이야기가 달라질 수 있다.

　지금부터라도 문인들을 위한 기초 생활 대책이 필요한 때라고 생각
한다. 이건 구걸이 아니라, 이 땅에서 순수 문학이 사라지지 않기 위한

최소한의 방안이다. 인생은 빵으로만 살 수는 없다. 영혼을 채우는 일
또한 빵 못지않게 중요하다. 문인들은 보이지 않는 독자에게 영혼을 채
워주는 등불이 되기 위해 나름 밤잠을 설치며 원고지와 씨름하고 있는
것이다. 많은 걸 바라지는 않는다. 제대로 된 원고료만이라도 받을 수
있는 세상이 되었으면 좋겠다. 갑자기 중국 후난성 작가협회의 황후이
가 했던 말이 생각난다. 전적으로 공감하는 건 아니지만, 오죽하면 이런
말을 했을까 싶다.

> 내가 정신적인 독립과 완전한 자유를 추구할 수 있는 상황에서라면
> 신체상의 부자유를 선택할 수 있다. 나를 임차한 여성에게는 섹스
> 행위 등을 포함한 모든 의무를 다할 것이다.

(2012. 2. 1. 함석헌평화포럼)

장로 대통령님,
회개의 제단 앞에
무릎을 꿇으시오

대통령이 다니는 소망교회 이야기가 끊이지 않고 있다. 세습 문제로 시끄럽더니 목사들끼리 싸워서 병원에 입원하는 사태까지 이르고, 이번에는 부목사가 성도의 돈을 꾸고 갚지 않는 등 온갖 사기 행위를 벌이고 있다고 한다. 이번 사건을 일으킨 목사는 청와대 신우회에 나가 설교한 것을 자랑처럼 떠벌리고 다닌다고 하니 가히 놀랍다. 이런 소망교회의 사건들을 보며 대통령은 어떤 생각을 할까. 정권 초기부터 교회 사람들을 끌어들여 권력의 맛을 보여 준 것부터가 잘못 꿴 실이었다는 걸 알고나 있을까?

난 내가 기독교인 것이 너무나 부끄러울 때가 많다. 특히 목회자들의 비리가 펑펑 터질 때마다 고개를 들 수 없다. 주위에서 '개독교'라 욕할 때마다 살이 찢어지는 것처럼 아프다. 이 땅에서 교회가 온갖 비리의 온상인 것처럼 비춰지는 이유는 무엇일까. 우선 올바른 목회 철학을 가진 목회자가 없다는 것이 문제다. 흔히 목회자는 양을 치는 목자에 비유하고 있다. 그런데 양의 먹이와 안전보다는 자신의 권력과 출세를 향한 도구로 이용하기 때문에 교회가 점점 썩어 가는 것이다. 목회자들끼리 교회 크기와 성도의 수, 그리고 자동차 종류와 배기량에 따라 성공 여부를 가리는 세상이 되고 만 건 삼척동자도 다 아는 사실이다. 소위 말하는 유명 목사나 강사의 권세는 대단하다. 그들은 하늘조차도 쥐락펴락할 것처럼 당당하다. 정작 유명 목사를 둔 교회 성도들은 신령한 젖을 먹을 수 없어 사막의 들짐승처럼 곤고히 울고 있다는 것도 모른 채.

그러나 오늘날 목회자의 부패에 일조를 한 데는 성도의 몫도 빼놓을 수 없다. 가난한 이웃을 위해 쌀 한 포대 사주는 데는 인색해도, 당회장 목사를 위해서는 선뜻 대형 자동차를 사주는 성도를 본 적이 있다. 목회 자를 섬기는 것이 복 받는 지름길이라는 미신적인 신앙의 토대 위에서. 그럴 때 목회자는 새 자동차를 거절했어야 했다. 그 돈을 진정한 불우 이웃을 돕는데 쓰도록 권면하는 것이 참된 목회자의 자세다. 그러나 이 땅에는 그런 목회자가 별로 없다. 거절하는 것은 성도에 대한 실례라는 이상한 논리를 내세우며.

요즘 목회자는 그저 직업인에 불과한 것 같다. 그래선지 목회자 자 신조차도 사명감이라는 말조차도 쓰는 걸 꺼린다.(못 쓰는 거겠지.) 신학 교가 늘어가면서 해마다 배출되는 목사 지망생은 많기에 부목사로 부 임하는 것 또한 하늘의 별 따기다. 당연히 당회장의 위세가 높아지고, 목사 지망생들은 오직 당회장 눈에만 잘 보이기 위해 혈안이 되어 있다. 그런 절차를 통해 목회의 길에 들어섰으니 오죽하랴.

난 어린 시절, 시골의 언덕 위에 있는 작은 교회를 다녔다. 그 교회 당회장 목사님은 사십 대 초반쯤 되는 분이셨다. 신학교를 졸업하고 곧 바로 시골에 내려 와 목회를 한 지 십년이 넘었지만 교인 수는 그리 많지 않았다. 그나마도 농사철이면 일손이 모자라 식구들만 앉혀 놓고 예배 를 드려야 했다. 목사님은 변변한 외출복 한 벌 없었다. 어느 날, 목사님 이 서울에 무슨 일인가로 올라 가셨다가 기분이 좋아서 내려오신 걸 본

적이 있다.

일부러 의류수거함을 뒤지고 돌아다녔어요. 그런데 기대 했던 것보다 훨씬 더 괜찮은 옷들이 많더라고요. 마침 나에게 딱 맞을 것 같은 양복 한 벌이 눈에 띄기에 얼른 건졌지요. 횡재했다 싶었어요.

그 후로 줄곧 목사님은 설교 할 때마다 수거함에서 가져 온 양복을 입으셨다. 목사님의 모습은 초라하기는커녕 오히려 빛나 보였다. 어린 나였지만 왠지 그 목사님이 무척이나 존경스러웠다. 이렇듯 아직도 오지 깊은 곳에서 제대로 된 사례금조차 받지 못하지만, 성심껏 성도들을 섬기며 목회의 길을 걸어가는 분들도 분명히 있다. 이제부터라도 배부른 돼지처럼 부와 권세를 쫓는 목회자들은 진짜 초심으로 돌아가야 한다. 더는 '개독교'라는 지탄을 받지 않도록 무릎 꿇어 기도하고 반성해야 할 것이다.

그러기 위해서는 소망 교회 같은 대형 교회에서부터 회개의 물결이 일어야 한다. 제2의 종교개혁을 불러 올 만큼의 뜨거운 열망으로. 회개의 제단 앞에 맨 먼저 무릎 꿇어야 할 사람은 당연히 대통령이다. 물론 나 또한 기독교인으로서 회개의 제단을 쌓을 때라는 자성으로 이 글을 마친다.

(2011. 2. 7. 함석헌평화포럼)

다음은 핵발전소를 폐기하는 대통령이어야

박 병 상

● 곧 드러날 교활한 거짓말의 부메랑

● 차례상에 어떤 고기를 올려놓을까

● 개발독재가 인간까지 잡는다 – 보호대상종이 개발의 걸림돌인가

● 다음은 핵발전소를 폐기하는 대통령이어야

박병상

인천에서 성장하여 인하대학교에서 이학박사학위를 받았다.(1988) 가톨릭대학교 대학원에서 사회학도 전공하였다.(2007) 현재 인천 도시생태 . 환경연구소 소장으로 있으면서 인하대, 성공회대, 이화여대 교육대학원 등 대학 강단에서 "환경과 생태"강의하고 있다. 사회활동으로는 도시 속 생태공동체 고민, 생명복제와 유전자조작 반대운동을 지속적으로 전개하고 있다. 이러한 시민사회운동을 통하여 얻은 경험을 바탕으로 생명과 환경을 살리는 글들을 지역신문(인천신문, 기호일보, 인천in)과 중앙지, 그리고 잡지(녹색평론, 황해문화, 우리와 다음 인천문화비평 외 다수)에 칼럼을 내고 있다. 현재 『녹색평론』 편집자문위원, 환경정의 '환경책 큰잔치' 실행위원장, 생태보전시민모임 운영 및 편집위원, 공존사회를 모색하는 지식인연대 전문위원 등을 맡고 있으며 <함석헌평화포럼> 필진이다.

저서로는 『굴뚝새 한 마리가 GNP에 미치는 영향』(1999년, 다인아트), 『파우스트의 선택』(2000년 초판, 2004년 개정증보, 녹색평론사), 『내일을 거세하는 생명공학』(2002년, 책세상), 『우리동물이야기』(2002년, 북갤럽), 『참여로 여는 생태공동체』(2003년, 아르케), 『녹색의 상상력』(2006년, 달팽이), 『이것은 사라질 생명의 목록이 아니다』(2007년, 알마) 외 다수가 있다.

곧 드러날
교활한 거짓말의
부메랑

'4대강 사업'의 대형 보 개방 행사가 지난해 10월 22일 전국에서 대대적으로 열렸다. 그런데 그 떠들썩했던 행사가 조용해진 뒤, 낙동강 강정 '고령보'에서 물고기들이 떼죽음을 당했다는 보도가 나왔다. 정권 눈치를 보느라 행사에 참석한 귀빈과, 일당을 받고 참석한 하객들에게 보여주려고 이제껏 가두어놓았던 물을 한꺼번에 쏟아내자, 사달이 난 것이다. 계단식 어도에 제한돼 흐르는 물에 모였던 물고기들이 질식사했다고 참혹한 현장을 찾은 환경운동가들은 밝혔다. 행사를 위해 차단했던 물을 갑자기 쏟아내면서 어도에 물이 흐르지 않았던 거였다. 한데 그런 떼죽음은 이제 시작에 불과할 것이다. 물고기에서 그치지 않을 것이다. 대형 보에 일정한 깊이로 갇혀 흐름을 멈춘 4대강은 머지않아 썩어갈 게 틀림없으므로.

행사 현장에서 언론사 카메라 앞에서 함박웃음 짓던 인사를 향해 울려 퍼진 팡파르는 터전을 잃고 죽어갈 숱한 생명들을 위한 진혼곡으로 바뀌게 될 날이 멀지 않았는데, 한 학생이 4대강 사업이 가진 문제를 조목조목 제기하는 시민단체의 누리집을 찾아와 질문을 던졌다. 우리는 물 부족 국가가 아니고, 지류에서 발생하는 홍수를 대비해 본류에서 벌이는 4대강 사업이 가진 문제점을 어렴풋하게 안다고 생각해왔는데, 혼란스럽다고 했다. 어떤 언론은 4대강 사업으로 홍수가 줄었고 물 부족 현상도 막을 수 있게 되었다는 정부의 주장을 되짚어본다며, 진실을 알려달라고도 했다.

진실을 알려달라고? 정부가 아닌 시민단체의 누리집을 방문한 학생은 이미 진실을 알고 있겠지만 언론 보도에 혼란스러워져 확신을 원한 것일 텐데, 찾아온 그 누리집의 게시판을 조금만 둘러보아도 쉽게 찾을 수 있는 확실한 자료를 확인하지 않은 점은 못내 아쉬웠다. 그와 동시에 갑갑해졌다. '얼마나 많은 시민이나 학생들이 정부의 왜곡된 홍보를 그대로 믿고 있을까?' 하는 생각이 뇌리에 스치는 게 아닌가. 이런! 같은 말을 다시 해야 하나. 도대체 언제까지 반복해야 하나. 핵발전소, 핵 폐기장, 새만금, 갯벌매립, 대형 댐, 유전자조작, 조력발전, 그리고 경인운하와 4대강 사업에 이르기까지, 같은 말을 반복하게 만드는 우리의 현 상황에 분통이 터졌다.

요제프 괴벨스가 생각이 났다. 나치의 선전장관이던 그는 "우매한 대중은 황당한 거짓말을 처음엔 의심하지만 되풀이하면 결국 믿게 된다!"고 간교하게 설파했다. 우리가 '물 부족 국가'라는 거짓말, 4대강 사업으로 홍수가 발생하지 않았다는 거짓말, 4대강 사업이 강을 살리기라는 거짓말, 생태계도 지구온난화도 개선된다는 거짓말이 여전히 횡행하고, 그 거짓말들을 믿는 사람들이 적지 않다는 건, 우리 사회를 거짓말로 오염시키는 요제프 괴벨스 같은 자들, 그런 자의 눈치를 보려는 자들이 많기 때문일 것이다. 불행하게도 시민보다 권력의 눈치에서 자유롭지 않은 우리 언론들도 예외가 아니겠지. 굴업도 핵 폐기장 반대운동 때처럼 지겹더라도 대답을 할 필요가 있겠다. 시간과 돈과 권력에다 선전 창구까지 틀어쥔 세력이 반복하는 거짓말에 속는 자가 결국 당할 수밖에 없으니, 귀찮더라도 유권자이자 자식 키우는 시민들, 그리고 곧 그리될 학생들을 각성시킬 필요가 있겠다.

혼란스러워할 학생과 독자와 시민들을 위해 다시금 확인해보고자 한다. 우리나라는 물 부족 국가가 아니다. 여름 한철에 내리는 비의 60퍼센트가 집중되는 우리나라는 국토의 65퍼센트가 경사가 급한 산악지형이지만 갈수기인 봄철에도 맑은 물이 철철 흘렀던 이유는 무엇이겠는가. 좁은 국토에 많은 인구가 여전히 마시고 있는 물은 물론이고, 정부의 왜곡과는 달리 농업용수와 공업용수가 부족해 고생한 적이 그리 많지 않았다. 적어도 4대강의 본류가 흐르는 지역은 그랬다. 단순히 강수량을 인구수로 나누는 셈법을 신뢰하지 말아야 한다. 그런 셈법은 사하라사막과 몽골의 고비사막을 물이 풍성한 지역으로 간주한다. 내리는 빗물과 지하수의 관리, 그리고 사용한 물의 재활용까지 살핀다면, 유럽의 많은 국가에 비교할 때 우리의 물 관리 방법에 개선할 부분이 많은 건 사실이지만, 결코 물이 부족한 건 아니다.

4대강 사업 덕분에 홍수 피해가 발생하지 않은 걸까? 터무니없는 왜곡이다. 지금까지 전국에서 발생하는 홍수의 97퍼센트는 강 본류가 아닌 지류, 소하천에서 발생했다. 올 장마철 뒤의 국지성호우도 마찬가지였다. 하지만 이제 달라질 것이다. 4대강을 가로막은 대형 보가 물을 잡아 가둔 뒤는 어떨까. 사정이 급변할 공산이 아주 크다. 평균 수심 6미터를 유지시키며 계단처럼 물을 가둔 상태에서 슈퍼컴퓨터로도 정확한 예보를 힘겨워하는 기상대에서 국지성호우를 뒤늦게 경고한다면 어떤 불행이 생길지 경험을 돌이켜보자. 상류에서 지천과 소하천을 타고 마구 흘러들어오는 빗물은 하류의 보와 제방을 연실 넘을 것이다. 대형 보에 채워진 하천의 수위보다 낮은 마을과 농토에 돌이키기 어려운 피해를 입힐 가능성이 오히려 높아질 것이다. 모래를 막대하게 퍼내 강바닥이 깊어진 올해에 아직까지 홍수 피해가 없었던 건 당연하다. 채 완성되지 않은 대형 보의 수문이 열렸기 때문이 아닌가. 닫혔다면 4대강 사업 구간은 지난 국지성호우로 걷잡을 수 없는 피해를 입었을 게 거의 틀림없다.

　　"4대강이 살아나면 대한민국 방방곡곡이 골고루 살아날 것"으로 말한 대통령은 "우리의 민심도 4대강을 따라 흐르며, 서로 존중하고 아끼고 서로 사랑하는 사회가 되는데 기여할 것"이라면서 행복해했다고 언론은 시큰둥하게 전했다. 그런데 어떤가. 높이 10미터가 넘는 대형 보에 막힐 4대강은 흐름이 거의 차단당한다. 계단처럼 차단된 4대강 16개의 호수에서 흐르는 강물의 속도가 20분의1 이하로 줄어들 것이라 전문가들은 걱정한다. 자고로 흐름을 잃은 강은 예나 지금이나 썩는다. 게다가 5억 톤 가까운 모래의 흐름까지 잃은 강물은 어쩌겠는가. 굽이치던 흐름을 잃은 강의 생태계는 단조로워질 것이다. 이 땅에 강이 생긴 이래 4대강에 기대며 살던 숱한 생물들까지 단조롭게 줄어들다 썩은 물에서 생을 마감할 가능성이 높아질 것이다. '죽음의 강'으로 버림받는다는 거로, 그 예증은 차고 넘친다. 생명을 잃는 강에서 사람인들 온전하랴. 강의 물그릇을 키운다며 퍼낸 모래 때문에 벌써부터 사고가 발생했다. 흐름이 갑자기 빨라진 상류와 지류가 패이면서 다리가 넘어지고 둑이 무너지는 일이 드러난 것이다. 하지만, 같은 사고를 먼저 경험한 독일의 라인강이 그랬듯, 심각한 사고는 이제부터 시작될 것이다. 강을 살린다고 표현한 대통령은 지천까지 고치겠다고 했다. 고친다고? 우리의 강이 가전제품이고, 무슨 고장이라도 났다는 겐가. 도도했던 강물의 흐름을 막고 모래를 퍼내는 순간부터 사람이 진화되기 한참 전부터 살아왔던 우리의 4대강은 시방 죽어간다. 정부 연구비가 끊어지더라도 양심을 저버리지 않은 수많은 관련 학자들의 한결같은 예측이 그렇다. 하느님도 아닌 대통령이 흐름을 감히 차단하고 모래를 퍼내며 가라사대, "살아라!" 요구한다고 살아나는 게 전국의 4대강이 아니다. 우리의 4대강은 예나 지금이나 멀쩡하게 살아있지만, 뜯기고 패이고 막히면서 위험해졌다.

틈새에 미생물을 서식하게 하며 물을 정화하는 모래는 상류의 집수지역의 푹신한 부식토와 수목처럼 맑은 물을 잡아주는 일을 한다. 덕분에 한반도에 정착한 선조는 우리에게 삼천리금수강산을 물려주었지만, 앞으로는 모른다. 모름지기 세상의 모든 강은 흐름을 멈춘 그 순간부터 정화능력을 잃는다. 모래를 퍼 올리는 순간, 우리 강은 저장 능력마저 잃는다. 갈수기에도 맑은 물을 강에서 직접 받아 마실 수 있는 얼마 안 되는 국가에 살아온 우리는 이제 공연한 짓을 마다하면 안 될 것이다. 강바닥을 일률적으로 파낸 뒤 댐과 대형 보로 물질을 차단한 유럽의 국가들이 그렇듯, 막대한 비용과 에너지를 들이며 물을 고도로 정화해 마셔야 할 것이다. 그 과정에서 물 기업은 큰돈을 벌어들이고 많은 시민들은 지금의 수돗물보다 신뢰할 수 없는 물을 마시기 위해 터무니없는 비용을 감당해야겠지. 이미 대국적 물 기업이 우리나라에 들어오려고 한다. FTA 이후 우리는 그들의 돈벌이를 막을 수 없을 테고.

4대강 사업에 많은 돈을 쏟아 부은 수자원공사는, 강가에 수백 킬로미터의 자전거도로와 홍수에 잘 견디지도 못하는 나무들을 심어놓은 공원을 만드는 데만 그치지 않을 태세다. 경관이 좋은 곳마다 주거시설과 상업시설을 개발하려고 순진한 입주자 후보들을 유혹하려 든다. 그러자면 정화시설이 들어서야겠지만, 그런다고 강이 깨끗해지는 건 아니다. 아무리 완벽하게 정화해도 미생물을 잃고 방류돼 4대강 본류에 정체될 테니 썩을 수밖에 없다. 거기에 어떤 관광객들이 코까지 움켜쥐며 모여들까?

4대강 사업 구간 옆으로 자전거도로를 아스콘이나 콘크리트로 포장해 만드는데, 수많은 예를 미루어 짐작해보자. 국지성호우에 밀려날 아스콘과 콘크리트는 강으로 처박힐 가능성이 높다. 끊어지는 도로는 이용자에게 의미가 없다. 즉각 개보수하지 않는다면 이용객은 즉각 줄어들 것이 틀림없겠다. 게다가 4대강 사업 구간의 자전거도로는 레저용이다. 그것도 가벼운 만큼 값비싼 자전거라야 수백 킬로미터 이상 이어질 도로를 즐겁게 이용할 수 있다. 몇 안 될 부자 행락객의 즐거움을 위해 강을 망쳐놓았는데, 행복하다고?

행사에 참석한 대통령은 도산 안창호 선생의 '강산 개조론'을 인용하면서 "강산을 고쳐야만 선진국이 될 수 있고 미래가 있다고 말씀하신 안창호 선생님의 꿈을 오늘 우리가 이루어내고 있다"고 강조했지만, 지금은 21세기다. 우리의 강을 본 뒤 "꿈속에서나 볼 수 있는 강의 원형질"이라고 찬탄한 유럽의 강 관련 학자들은 도산 안창호 시대 이전의 오류를 시정하려 막대한 예산을 쏟지 않을 수 없는 자국의 현실에 안타까워했다. 운하로 사용하려고 강을 망쳐놓았던 자기 조상의 무지를 돌이키려 막대한 예산으로 애를 쓰는 마당에 '타산지석'이라는 훌륭한 경구를 가진 나라에서 벌리는 과오를 보고 말았고, 몸서리를 쳤다.

4대강 사업의 대형 보 개방 행사에 반기문 UN 사무총장을 비롯해 많은 해외인사들의 축하 메시지가 이어졌다고? 그거야 한 나라의 현 수장이 부탁하는데 어쩌겠는가. 연예인이 동원되었다고? 그 비용으로 최소 100억 원이 날아갔다고 언론을 전했지만, 그 정도의 낭비는 애교에 불과할 것이다. 4대강 사업 완공 이후 해마다 수천 억 원 이상의 비용이 들어갈 것이라고 전문 학자들은 예상했다. 그러지 않으면 걷잡을 수 없는 피해가 잇따를 것이라 예견했다. 정부는 4대강 사업으로 '새 물결'을 맞았다고 홍보했지만, 물결은 흐를 때 나타난다. 사업 이후 정체될 4대강은 물결을 잃을 것이다. 물결 뿐 아니라, 생태계, 그 생태계 안에 어우러졌던 생물들, 그 덕분에 문화와 역사를 이어온 우리네의 삶도 삭으러들 것이다. 후손의 삶이 크게 위협받게 될 것이다.

그런데 아닐 수 있다고 학자들이 새삼 주장하고 나섰다. 도도한 물결은 결국 콘크리트를 철거하고 말 것이라고, 해외의 수많은 사례를 근거로 전문 학자들은 확신한다. 독일을 비롯한 유럽의 많은 국가, 그리고 일본과 미국이 그래왔듯, 쌓이지 말아야 할 지점에 모래가 쌓이며 썩어가고, 모여 있어야 할 지점의 모래가 유실되면서 임시 복구에 막대한 예산을 밑 빠진 독에 물 붓기로 퍼붓다, 결국 철거하고 말았다는 건데, 이미 우리 4대강은 대형 보가 완공되기도 전부터 징후가 나타나고 있다. 퍼 올렸던 모래의 20~30퍼센트의 모래가 다시 쌓이기 시작하는 게 아닌가. 피해와 비용을 감당할 수 없었던 국가들과 마찬가지로, 우리 역시 보와 댐을 다시 뜯어내고 흐름을 복원할 수밖에 없을 것으로 우리 학자들은 한 결 같이 예견한다. 하지만 복원이 이루어질 때까지 4대강의 생태계는 창조의 역사 이래 겪어본 적 없는 고난에 휩싸일 테고, 맑은 강물을 잃은 우리 역시 고통당할 것이다.

양심을 저버리지 않은 학자들은 다시금 강조한다. 4대강 사업은 결코 완공할 수 없을 것이며, 4대강 사업으로 인한 걷잡을 수 없는 피해는 결국 교활한 거짓말과 감언이설로 4대강 사업을 강압적으로 추진했던 세력에게 부메랑이 될 것이라고…….

　4대강 사업으로 챙긴 막대한 이권은 바로 후손의 생명의 대가였다는 사실을 유권자들이 절절하게 각성할 날이 멀지 않았다고…….

(2011. 11. 11. 함석헌평화포럼)

차례상에
어떤 고기를
올려놓을까

2010년 말 50만 마리의 소와 돼지를 살 처분하게 만든 구제역은 결국 450만 미리에 기까운 가축을 땅 속에 매몰시켰다. 한 달 만에 250만 마리의 소와 돼지가 구제역에 감염된 축사와 가까운 데 있었다는 이유로 죽이더니 결국은 전국의 농촌이 살육의 현장이 되고 말았다. 그래도 대부분의 가정은 차례상에 쇠고기를 올렸다. 모처럼 모인 친척과 삼겹살도 구웠다. 전국에서 사육되는 소와 돼지의 대부분은 안전지대에 있어 수급에 큰 문제가 없다고 했지만, 삼겹살은 결국 유럽에서 수입해야 했다. 한데 닭과 오리는 단지 조류독감 바이러스가 검출된 철새의 똥이 안전반경 이내에 있다는 이유로 무려 650만 마리를 생매장했다.

우리의 한 시인은 소를 '숨 쉬는 햄버거'라 했는데 마이클 폴란이라는 미국 작가는 옥수수라고 했다. 전적으로 옥수수 사료로 사육했기 때문인데, 나아가 그는 미국인을 '움직이는 콘칩'이라고 했다. 유전자 변형 옥수수 사료로 키운 소, 돼지, 닭, 칠면조 고기를 배불리 먹는 미국인의 몸에 옥수수에 함유된 탄소원소가 유난히 많다는 뜻으로, 그 정도는 옥수수가 주식인 멕시코 인을 가볍게 넘어선다고 했다. 그런데 그런 옥수수는 석유 없이 생산할 수 없다. 옥수수에서 얻는 칼로리의 10배 이상의 석유 에너지를 투입해야 한다. 구제역과 조류독감으로 1000만 마리의 가축들을 죽인 우리는 사료용 옥수수를 미국에서 막대하게 수입한다.

계란 하나 올려놓은 도시락을 부러워하던 시절, 우리는 고기를 차례상이나 식구의 생일상에서만 맛보아야 했지만, 역대 어느 왕도 부럽지 않을 정도의 밥상을 받는 요즘, 고기는 도처에 넘친다. 구이와 볶음, 찌개와 국은 물론이고 이제 나물에도 고기를 넣으려 한다. 미국인처럼 먹어야 한다는 강박관념으로 상에 올린 그 고기들 역시 한 결 같이 옥수수고 석유다. 그런 고기를 조상은 맛본 적 없다. 상에 올린 음식을 식구들이 먹는다 해도, 지역의 오랜 음식문화를 반영하는 차례상에 조상이 구경조차 못한 고기를 올려놓는 건 결례가 아닐까.

건강보험공단 정책연구원은 지난해 1월 30일, 최근 7년 동안 치매환자가 4.5배 증가했다고 발표했다. 2002년 4만 8천 명에서 2009년 21만 6천 명으로 증가해 치료비도 11배나 급증했는데, 이는 고령화와 적극적인 건강진단에 원인이 있다고 덧붙였다. 한데 의문이 남는다. 건강검진이 요즘처럼 보편화되기 이전에도 치매가 없지는 않았을 것이다. 다만 굳이 입원 치료를 하지 않았거나 모르고 지나갔을 수 있다. 연구원은 보험료를 청구한 병원기록을 조사한 결과로 기록된 환자가 늘었다고 해석한 것일 텐데, 그렇다고 5년 만에 4.5배가 늘어날 수 있는 것인가? 증세가 가벼운 환자까지 포함하게 된 결과라고 분석했다지만 증가세가 지나치다고 생각하지 않을 수 없다.

65세 이후 치매에 걸릴 확률이 5년마다 2배로 증가하고 85세가 넘은 노인의 30퍼센트가 치매라지만, 그렇다고 5년 만에 급작스레 수치가 늘어난 사실은 연장되는 평균 수명 이외의 요인이 있을 것 같다. 2009년의 7년 뒤인 2015년에 조사했을 때 다시 4.5배 늘어났다는 결과가 나올지 알 수 없는데, 콤 켈러허라는 미국 의사는 소에게 같은 소의 도축 부산물을 먹인 이후 미국에서 치매로 사망한 환자가 8,900퍼센트 늘어났다고 주장했다. 24년 동안 89배 늘어난 미국의 치매 추세는 의미심장하다. 치매예방을 위해 독서와 편지쓰기와 같은 대뇌운동을 권하는 전문가는, 걷기와 수영과 같은 유산소 운동의 유용성을 강조하면서 기름기 많은 음식을 줄이고 술과 담배를 멀리하는 노력을 당부했는데, 우리가 먹는 요즘의 음식을 눈여겨볼 필요가 있을 것이다.

우리나라는 도축 부산물을 소에 먹이지 않는다. 광우병으로 시민이 희생되는 일이 발생한 이후 미국도 소 도축 부산물을 직접 소에게 주는 일을 금지하고 있다. 하지만 소 도축 부산물을 돼지와 닭의 사료에 넣고 돼지와 닭 도축 부산물을 소에 먹이는 일은 계속되고 있다. 전문가들은 미국산 쇠고기에서 '교차오염'이 발생할 가능성을 걱정한다. 소 도축 부산물에 있는 광우병 유발물질이 돼지와 닭에 옮겨갔다 다시 소로 이어질 가능성을 배제할 수 없기 때문이다. 광우병으로 가장 많은 시민이 사망하고, 수십만 마리의 소를 소각했던 영국을 비롯한 유럽은 소에 어떤 도축부산물도 주지 않자 비로소 광우병에 걸리는 소가 사라지는 결과를 얻었는데, 미국은 여전히 초식동물인 소에 도축부산물을 먹인다. 그 미국산 쇠고기를 우리가 먹었다. 최근에는 더 많이 먹는다.

미국의 소나 우리의 한우나 아주 어린 나이에 도축한다. 사람으로 치면 7살에 불과할 때 도축하므로 치매 유발물질로 인한 증상이 나타나기 이전일 가능성이 높다. 콤 켈러허는 그 점을 지적했다. 면역이 강하고 체력이 커 웬만한 병에 쉽게 회복하는 젊은이를 희생시키는 광우병이야 의료진의 눈에 띄고 언론에 노출되지만, 어디 노인에게 나타나는 치매를 주목하겠는가. 그런데 24년 만에 치매가 8,900퍼센트 증가한 미국의 결과는 가볍게 넘어갈 남의 현상이 아니다. 수명연장이나 일상화된 건강검진으로 해석할 수 없지 않은가. 7년 만에 치매가 4.5배 늘어난 우리의 현상도 마찬가지다. 경각심이 필요한데 도축부산물 제공 여부에서 그칠 수 없다. 미국이나 우리나 고기의 양을 늘리기 위해 몸에 맞지 않는 옥수수 사료를 주고, 그것도 모자라 육질 사료와 항생제와 호르몬을 마구 주입하는 공장식 축산을 포기할 생각이 없지 않은가.

가축에게 자연스럽지 않은 삶을 강요하는 공장식 축산업이 계속되는 한, 살 처분으로 구제역을 통제할 수 없다. 빠른 시간에 많은 가축을 성장시키려는 공장식 축산은 가축의 면역력을 떨어뜨렸을 뿐 아니라 환경변화에 이겨낼 힘을 갖게 하는 유전적 다양성의 폭을 극도로 좁혔다. 컴퓨터로 제어하며 고기나 우유, 계란을 생산하는 공장처럼 면역력이 약하고 유전자가 단순한 가축을 밀집시켜 사육하는 한, 내 나라든 남의 나라든 가축들은 구제역이나 조류독감, 혹은 그보다 더욱 무서울 수 있는 질병에서 자유로울 수 없다. 또한 그런 고기들을 게걸스레 먹는 사람도 안전할 수 없다. 석유로 농사를 짓는 한 지구는 더욱 뜨거워지고 식량 위기는 앞당겨질 수밖에 없다. 조상의 시대에는 상상조차 할 수 없던 일이다.

공장식 축산과 관계없는 고기가 없는 건 아니다. 생활협동조합에 가입해 주문하거나 가까운 매장에 가면 구할 수 있다. 그렇다면 조상이 상상조차 할 수 없었던 고기는 차례상에 놓지 않을 수 있다. 차례상은 그렇다 치고, 평소에 먹는 고기의 질과 양도 돌이킬 필요가 있다. 시골 외양간에서 한두 마리 키우는 가축으로 많은 고기를 먹을 수 없다면 밥상에 올려놓는 고기의 양을 대폭 줄이면 된다. 고기를 아예 끊어도 좋다. 치매에 걸릴 가능성이 크게 줄어들 게 틀림없다. 구제역 때문에 뒤숭숭

한 명절을 맞고 있으니, 모처럼 모인 식구들이 이제까지 별 생각 없이
먹어온 고기를 다시 살펴보는 계기를 마련하면 어떨까.

(2011. 1. 31. 함석헌평화포럼)

개발독재가
인간까지 잡는다
- 보호대상종이 개발의 걸림돌인가-

꽃놀이 버스들이 영동고속도로를 메울 때 지리산 댐이 예정된 경상 남도 함양군 용유담을 다녀왔다. 10미터가 넘는 대형 보로 강의 흐름을 가로막는 4대강 사업 덕분에 물그릇이 커져 가뭄과 식수난을 해결하겠다고 호언하는 정부였다. 그런데 왜 지리산에 댐을 만들려는 걸까. 아마도 4대강 사업의 진짜 목적이 운하건설인 탓으로, 배가 다닐 수 있도록 6미터 이상의 깊이로 모래를 계속 퍼내고 있으니 대형 보 안에 고인 물이 썩을 수밖에 없다는 걸 정부도 예상했고, 하는 수 없이 400만에 가까운 부산시민들을 위한 상수원을 따로 확보할 필요가 있기 때문이란 건 쉽게 짐작할 수 있다. 이제 사라질 위기에 처해 있건만, 지리산 용유담은 막 잎눈이 벌어진 벚꽃과 신록의 빛으로 물들어 수려하기만 했다.

용유담으로 가기 전, 일행은 잠시 지리산의 계단식 논을 답사했다. 모자로 덮을 만한 땅뙈기까지 모를 심었다는 계단식 논은 노을을 받아 아름답기 그지없는데, 한나라당 단독으로 체결된 한-EU FTA와 곧 여당 단독으로 체결할 한-미 FTA, 그리고 서두르고 있는 한-중 FTA가 체결된 이후에도 이 계단식 논에 모를 심으려는 농민이 있을지 알 수 없다. 한데, 생태학자가 본 문제의 하나는 맑은 물이 스며드는 심심산골의 계단식 논에도 개구리와 도롱뇽이 통 보이지 않는다는 사실이었다. 북방산 개구리와 도롱뇽의 알들이 바글거려야 할 계절인데, 웬일일까? 요즘 세상에 농약은 그리 많지 않을 터, 한때 환경부가 멸종 위기종으로 보호하던 두 종에 무슨 변고라도 생긴 걸까.

이맘때 산간계곡이나 물이 고인 논에 알을 낳는 북방산개구리와 도롱뇽은 어디서나 흔하디흔했지만 지금은 적막할 정도로 드물다. 얼음이 단단한 계곡을 굴삭기로 뒤집으며 쓸어 잡아들여 몬도가네 족들에게 팔아넘기는 기업형 사냥꾼들이 겨울부터 극성이지만 그런 행위가 북방산개구리가 사라지는 원인의 전부는 아닐 것이다. 지구온난화에 의한 생태환경의 변화도 의심스럽고 여전한 농약 사용도 걱정을 덜게 하지 않지만 산기슭까지 치고 올라가는 개발로 논에 공급되는 물이 불안정해진 것도 봄의 전령인 북방산개구리와 도롱뇽이 사라지는 중요한 이유 중의 하나일 것이 틀림없겠다.

환경부가 보호 대상종으로 한사코 인정하지 않는 북방산개구리와 도롱뇽도 줄어들고 있지만 최근까지 멸종 위기종으로 지정되었던 꼬리치레도롱뇽은 더욱 희귀해졌다. "학술적으로 보호할 가치가 있거나 멸종 위기에 처할 우려가 있는 야생동식물로서 자연생태계의 균형 유지와 그 종이 멸종 위기에 처하는 것을 방지하기 위하여"환경부장관이 관계중앙행정기관의 장과 협의하여 지정한 꼬리치레도롱뇽이 멸종 위기종에서 취소된 건 학술적으로 보호할 가치가 줄었거나 개체수가 늘어 멸종 위기에서 벗어난 까닭은 분명히 아니었다. 지정되어도 개체수가 계속 줄어들기만 했건만 멸종 위기종에서 해제된 것은 경부고속철도 천성산 구간을 개발하려는 정부의 의지 때문이라고 당시 환경단체는 의심했다. 갈라진 바위틈에서 차가운 물이 사시사철 흘러내리는 천성산에 꼬리치레도롱뇽이 적지 않았으므로.

　현재 맹꽁이와 금개구리는 우리나라 양서류의 유일한 2급 보호 대상종이다. 멸종이 우려되고 학술적으로 보호할 가치가 높기 때문인데, 들리는 소문은 흉흉하다. 정부가 맹꽁이를 보호종에서 제외할 예정이라는 게 아닌가. 그린벨트에 아파트와 체육시설을 지으려하다 맹꽁이가 나타났다고 환경단체가 현수막을 펼치고 반대하니 막막하기 짝이 없었던 모양인데, 해제 목록에 수달과 삵도 포함된다는 소문이 돈다. 마찬가지로 산간을 개발하려는데 걸림돌이 된 까닭이라고 한다. 하긴 부산 기장군 고리에 핵발전소를 증설하는데 방해된다고 지정을 외면한 것으로 의심하는 고리도롱뇽, 계룡산 관통도로를 개설하는데 발목을 잡을 거라 걱정해 지정 요구를 거들떠보지 않았을 것으로 의심되는 이끼도롱뇽도 개발의 걸림돌이었을 게 틀림없었다. 그렇다면, 우리의 환경부는 개발 관련부서의 친절한 동반자인 셈이다.

　맹꽁이는 진정 많아졌는가. 할일 많은 장마철이면 농촌의 애환을 달래주던 맹꽁이가 농약 과다 살포와 분별없는 개발로 일제히 자취를 감췄다 최근 여기저기에서 나타나는 건 여건이 조금 개선되기 때문이다. 그렇다고 생태환경이 안정되었다고 판단하기에는 아직 이르다. 서식지가 전에 없이 위축되지 않았던가. 한때 멸종 위기종으로 보호되던 두꺼비가 번식기를 맞은 호수에 잠시 올챙이 단계에서 바글거리다 이후 자취를 감추는 건, 주위의 서식환경이 위축되기 때문이다. 그리 멀지 않은 옛날, 산간계곡마다 꾸물거리는 모습이 쉽게 눈에 띄던 무당개구리가 어쩌다 보일 정도로 드물어진 것도 순전히 사람 때문이다. 임도(林道)가 산허리를 감돌고 계곡을 개발하자 약속이나 한 듯, 꼬리치레도롱뇽과 더불어 일제히 사라지고 말았다. 맹꽁이도 앞으로 그리 사라질 가능성이 높다. 농약이 잠시 줄어 퍼졌지만 이내 사라질 수 있는 불안전한 처지인데 개발 일변도의 정부는 얼씨구나 보호 대상종에서 빼려는 모양이다.

강과 호수 안을 돌망태와 철근콘크리트로 싸 바른 이후 자취를 감춘 수달이 한국에 많다는 걸 부러워하는 일본은 우리나라에서 수달을 보호 대상종에서 제외하려는 움직임이 이는데 아쉬움이 클 것 같다. 자국 하천의 생태계가 회복되면 우리나라에서 도입하고 싶을 것이기 때문인데, 우리 농가를 괴롭히는 '유해조수有害鳥獸'의 대명사로 지탄받는 고라니도 사실 우리나라 이외에서는 거의 발견되지 않는 희귀종이다. 세계 생태자원의 보전을 위해 고라니를 보호대상종으로 묶자고 다른 국가나 환경단체가 제안한다면 우리의 개발 동반자인 환경부는 뭐라고 답할까. 고라니가 먹는 농작물을 돈으로 환산한다면 얼마 되지 않을 것이다. 고라니가 인간의 방해를 받지 않고 편안하게 살 환경을 그들 생태계에 보장한다면 굳이 인간 주변을 배회하지 않아도 무방하리라. 도시를 배회하다 총에 맞아 죽는 멧돼지들도 마찬가지겠지.

조망권을 사전에 평가할 때 앞으로 지어질 모든 건물의 위치와 규모를 빠짐없이 상정해야 한다. 여러 건물을 나란히 세우려고 하면서 건물 한 채 씩 평가한다면 기만이 된다. 같은 맥락으로, 난립하는 골프장으로 백두대간에서 정맥으로 이어지는 녹지가 차단되는데 한 골프장의 생태계만 조사한다면 생태계 연결이 차단되면 사라질 수 있는 동식물을 보전할 수 없는 건 당연한 노릇이다, 하지만 실상은 하나의 골프장만 검토한다. 그래서 보호 대상종인 강원도의 하늘다람쥐는 위기를 맞았다. 현재 40여 개의 골프장이 운영되고 있는 강원도에 다시 40여 개의 골프장이 신축을 준비하고 20여 곳이 계획하고 있다. 한데 환경영향평가서는 하늘다람쥐가 다른 곳으로 터전을 옮길 테니 걱정 없다고 천편일률적으로 장담한다. 떠날 수밖에 없는 동물의 눈높이는 전혀 환경영향평가의 고려 대상이 아니다.

　하늘다람쥐나 맹꽁이도 사람처럼 함부로 자신의 터전을 옮기지 않건만 사람은 대체 서식지를 제공하겠다며 거룩한 포정을 짓는다. 대체 서식지로 옮겨진 동물은 생존율이 터무니없이 낮다. 적응된 서식지와 조건이 사뭇 다르기 때문이다. 사람의 알량한 눈으로 복원된 생태계가 동물의 눈높이와 맞을 리 없지 않은가. 개발할 때 잠시 대체 서식지로 옮기고 나서, 개발 뒤 생태계가 복원되면 다시 데려오겠다는 선언도 동물의 처지에서 위험천만한 건 마찬가지다. 복원된 생태계가 전과 동일할 리 없다. 더 좋은 환경으로 옮겨준다는 주장은 동물의 처지에서 어처구니없을 텐데, 한강 노들섬의 맹꽁이, '은평 뉴타운'의 맹꽁이, 4대강 사업 현장에 분포하는 수많은 보호 대상종들의 극히 일부만이 더 좋은 대체 서식지로 옮겨질 것이다. 보호 대상종이 떠난 자리에 사람만이 들끓겠지. 명맥을 유지한다고 믿은 이의 적극적인 보전운동이 있었기에 이제 몇 마리라도 조금씩 늘어나는 수달과 맹꽁이는, 우리 하천 생태계의 '카나리아' 처지다. 그들이 아직 이 땅을 누비고 있으니 우리 하천은 아직 안정된 상태라는 걸 알 수 있지만, 우리 '카나리아'의 운명은 앞날을 장담할 수 없다. 일부 토건족 대기업들의 이해와 대통령의 치적자랑만을 위한 4대강 사업을 위해 보호 대상종의 목록에서 제거할 경우 수달도 강(江)도, 그리고 우리 후손의 생태적 안위도 위기에 빠질지 모른다. 맹꽁이가 사라진 농촌과 도시 근교에 아파트와 공장이 들어선다고 우리가 행복할 것 같지 않다. 하늘다람쥐를 볼 수 없는 백두대간, 꼬리치레도롱뇽이 사라진 산간계곡은 더 없이 쓸쓸할 것이다. 그러다 사람도 대체 서식지를 찾아야 하는 건 아닐까.

　보호 대상종이 나타나도 대체 서식지 운운하거나, 아랑곳하지 않고 공사를 강행하는 현 정권에서 다시 검토하는 보호 대상종의 목록은 누가 작성하는지 몹시 궁금하다. 수도권 일원의 낮은 평지에 주로 서식하는 금개구리와 수원청개구리는 온전히 보존될 수 있을까. 생태 조건이 아주 까다로운 그들이야말로 대체 서식지에 가면 사라질 가능성이 높은데, 수도권의 개발압력은 하천이나 산간 계곡과 차원이 다르다. 눈앞의 돈을 위해 후손의 안위 따위는 거들떠보지 않는다. 새로운 목록에 오르거나 남을 보호 대상종은 안녕할 수 있을까. 아니 적막강산이 된 생태계에서 홀로 남는 인간은 안녕할 수 있을까. 우리는 스스로 만든 보호 대상종이라는 '카나리아'마저 내버리고 있는데…….

(2011. 5. 9. 함석헌평화포럼)

다음은
핵발전소를 폐기하는
대통령이어야

　태초에 생명이 깃들 때, 지구에는 방사능이 거의 사라진 즈음이었다. 완전히 없어지진 않았지만 개개의 생명이 자손을 낳고 숨질 때까지 건강할 수 있는 수준으로 방사능이 줄어든 다음에 비로소 지구에 다양한 생명이 꽃피우기 시작했다. 그 한참 이후, 지구에 가장 늦게 나타난 인간이라는 생물은 자연과 조화롭게 수십 만 년을 살았지만, 지질연대로 보자면 아주 최근에야 지구에 방사능을 쏟아내는 기술을 개발했다. 하지만 인간은 그 기술을 전혀 통제하지 못해, 가공할 위험을 자초한다.

　불과 70년 전, 핵무기를 만들어 수십 만 명을 순식간에 사망하게 만든 인간은 평화를 앞세우며 핵발전소를 세웠지만, 거대하고 복잡한 핵발전소는 처리할 수 없는 핵폐기물을 막대하게 배출할 뿐 아니라 감당하지 못할 사고를 피하지 못하고 있다. 사용 후 핵연료에 상당량 포함된 플루토늄은 그 양이 반으로 줄어드는 시간이 무려 2만 4천 년인데, 1그램의 독성만으로도 전 세계인에게 폐암을 선사할 위력을 가진다. 그런 핵발전소는 세계적으로 450기 가까이 존재하고 60여 기가 세워지고 있으며 300기 가까이를 더 세우려 하고 있는데, 지금까지 6기가 폭발했고, 언제 어떤 이유로 다시 폭발할지 아무도 모른다.

100만 년이 지나도 사고가 발생하지 않을 거라는 애초의 장담은 무너졌다. 450기 가까운 핵발전소에서 6기가 폭발했다면, 단순히 계산해 1기당 사고확률은 1.33퍼센트다. 우리나라에는 현재 22기의 핵발전소가 가동되므로 1.33에 22을 곱하면 우리나라에서 핵발전소가 폭발할 확률은 28퍼센트가 된다. 하지만 우리는 12기를 더 지으려 한다. 얼마 전에는 삼척과 영덕을 새로운 핵발전소 건설을 위한 부지로 선정했다. 정말 우리 핵발전소는 안전하게 설계되었고 운영관리가 철저해 안전할까. 그런 거짓말은 이미 들통이 났다. 고리1호 핵발전소는 비상발전기가 12분 동안 작동되지 않아 냉각수의 온도가 급상승했건만 관계당국은 그 사실을 국민들에게 알리지조차 않았다.

1979년 미국의 드리마일, 1986년 구소련의 체르노빌, 그리고 작년 일본의 후쿠시마 핵발전소 역시 세계에서 가장 안전한 방식이라고 그들은 우리처럼 주장했다. 드리마일은 노무자의 단순 실수로, 체르노빌은 과학자의 실수로, 후쿠시마는 자연재해로 사고가 발생했다. 그렇듯 핵발전소 사고는 안전 설계나 철저한 관리와 무관했다. 복잡할 뿐 아니라 거대한 핵발전소는 아무리 안전하게 설계했어도 당시 기술 수준을 반영할 따름이고, 아무리 철저히 관리해도 사람인 이상 실수가 있게 마련이다. 한데 핵발전소는 실수를 용납하지 않는다. 다음 사고는 그리 멀지 않을 텐데, 과연 어디일까.

이제까지 사고가 발생한 국가의 순서는 핵발전소를 소유한 수와 같다. 그렇다면 다음에 사고가 발생할 국가는 어디일까. 우리보다 30기 가까이 핵발전소가 많은 프랑스일까. 물론 그럴 가능성은 있다. 하지만 많은 전문가들은 우리의 핵발전소가 프랑스보다 먼저 폭발할 가능성이 높다는데 동의한다. 핵발전소를 감시하는 기관을 구성하는 인물의 성향을 비교해보니 그렇다는 것이다. 프랑스는 소비자를 포함한 각계각층의 인물이 핵발전소를 감시하지만 우리는 아니다. 정부가 급조한 '원자력 안전위원회'의 위원장은 핵발전소의 안전을 근거 없이 되뇌며 확산을 위해 평생을 바쳤던 인물이며, 지금도 마찬가지다.

핵발전소가 폭발하면 반경 30킬로미터 내에 거주하는 주민들은 신속히 탈출해야 한다. 체르노빌이 그렇고 드리마일이 그랬다. 후쿠시마는 위험반경을 20킬로미터로 슬그머니 줄였다. 최근에 30킬로미터로 환원했지만 미국의 핵 안전 전문가는 자국민에게 80킬로미터 밖으로 대피하라고 권했다. 체르노빌은 인구가 거의 없는 시골이고 드리마일도 인구가 적은 섬이었다. 후쿠시마 역시 인구가 드문 지역인데, 우리는 어떤가. 선명하지 않은 근거로 설계수명을 연장해 가동하다 정전 사고를 낸 고리1호 핵발전소의 반경 30킬로미터 안에는 350만 명 이상 거주한다. 월성, 울진, 영광핵발전소의 반경 30킬로미터 이내에는 100만 명 또는 적은 곳도 수 십 만 명이 산다.

우리나라는 세계에서 가장 핵발전소 밀도가 높다. 사고가 발생하면 피해자가 그만큼 많을 수밖에 없다는 의미다. 사고가 발생하면 반경 30킬로미터 이내의 재산의 가치는 그 순간 모두 사라진다. 대학도, 초고층 빌딩도, 굴지의 조선소와 제철소도 버려야 한다. 고철도 재활용할 수 없다. 그 반경 내에 거주하던 이는 즉각 직장을 잃는다. 집도 수입도 한 순간에 사라진다. 그 많은 사람들은 좁은 국토 내에서 어디로 탈출할 수 있을까. 탈출해 보아도 핵발전소 밀도가 높은 한반도 안이다. 한데 사람의 오감으로 느끼지 못하는 방사능은 반경 30킬로미터 밖에서도 매우 높게 검출된다. 갑상선암과 백혈병 그리고 대부분의 암이 급격히 늘어날 것이다.

후쿠시마 핵발전소에서 누출된 방사성 물질은 태평양으로 확산되며 반감기가 수십 번 계속 될 때까지 방사능을 유출한다. 1년이 지난 지금 하와이 언저리까지 오염시키며 인간이 먹는 어족자원에 방사성 물질을 축적시켰다. 방사성 물질은 몸에 들어갔을 때 매우 강력하다. 방사능의 위력은 거리의 제곱에 반비례하기 때문인데, 만일 일본 서쪽 해안에 있는 핵발전소에서 다시 폭발사고가 발생한다면 동해안은 1년도 못 가 아무것도 잡을 수 없는 바다로 버림받게 될 것이다. 우리나라 동쪽 해안에 밀집된 핵발전소도 마찬가진데, 고리1호기는 우리의 동해를 바라본다.

중국은 현재 13기의 핵발전소를 가동하고 있지만 후쿠시마 폭발 전에는 200기 이상을 증설하려고 했다. 핵발전소에 대해 강력하게 문제를 제기하는 환경운동가가 없는 중국은 자국 핵발전소의 관리현황을 전혀 공개하지 않는다. 모름지기 감시되지 않는 시설은 위험하다. 복잡할수록, 거대할수록 그 위험은 증가한다. 우리 서해안을 마주하는 중국 동해안에 세워진 핵발전소가 폭발하면 수심이 깊지 않은 우리 서해안은 동해안보다 훨씬 먼저 버림받을게 분명하다. 중국 어선이 불법으로 조업하는 바다는 물론이고, 서해안의 너른 갯벌에서 나오는 온갖 어패류는 우리 식탁에 다시는 오르지 못할 것이다.

독일은 2022년까지 자국의 핵발전소를 전부 폐기하기로 의회에서 결정했다. 17기 중에서 8기는 당장 껐다. 그 바람에 80퍼센트 가까운 전기 소비량을 핵발전소에서 충당하는 프랑스에서 전기를 수입하게 될 것이라고 많은 사람들이 예측했지만, 그 예측은 빗나갔다. 오히려 프랑스가 독일의 전기를 수입했다. 독일에는 바람과 태양에서 얻는 전기가 충분했기 때문이다. 핵발전소보다 일자리를 30배 가까이 창출하는 바람이나 태양에너지는 방사능은 물론 온실가스도 거의 내뿜지 않는 재생가능 에너지인데, 독일의 햇볕은 우리보다 약하고 바람의 세기도 우리보다 조금도 나을 게 없다. 그런데 우리는 재생가능 에너지로 얻는 전기가 전체의 2퍼센트도 채 못 되며, 위험한 핵발전소가 생산하는 전기를 과소비하기만 한다.

녹색당의 전통이 강한 독일은 결국 핵발전소를 자국 내에서 몰아낼 것인데, 독일의 정책을 따르기로 한 유럽의 많은 나라들 역시도 녹색당이 강하다. 후쿠시마 사고 이후 약진한 프랑스의 녹색당도 핵발전소의 증설을 막아내면서 의존도를 줄여나가겠다고 유권자에게 다짐했다. 녹색당의 약진에 자극을 받은 기존 정치인들도 핵발전소를 폐쇄하는 데 동의하지 않을 수 없게 되었다. 자손에게 위험천만한 에너지를 물려줄 수 없다는 유럽 유권자들의 각성을 무시할 수 없기 때문이다. 우리도 핵발전소 폐쇄를 당론으로 정한 녹색당이 본격 출범했다.

핵발전소의 대안은 재생 가능한 에너지원의 발굴이지만, 그 순서는 핵발전소 폐기에서 시작되어야 한다. 호되게 당했고, 현재의 위기가 언제 마무리될지조차 알 수 없는 일본도 역시 결국에는 그렇게 갈 수밖에 없을 것이다. 핵발전소가 사고를 일으키기 전에 우리도 최소한 설계수명을 다한 핵발전소를 폐기해야 한다. 정부와 관련 전문가는 전기 효율을 높이는 연구와 그 홍보에 적극 나서야 할 것이며 자식을 키우는 유권자들은 정부와 정치권에게 핵발전소 폐기와 재생 가능한 에너지원의 발굴을 동시에 촉구하면서, 스스로는 전기 사용을 줄이는 행동에 들어

가야 한다. 후손의 생명이 지속가능하게 만들기 위해서.

핵발전소에서 30킬로미터 이상 떨어졌지만 화력발전소가 유난히 많은 곳이 인천이다. 그래서 대기의 질이 형편없고 발전소의 온배수 때문에 바다가 덥고 더럽다. 그 인천에 사는 유권자도 전기 없이 존재가 불가능한 최첨단 초고층빌딩 숲을 자랑할 게 아니다. 내일의 건강을 생각해야 한다. 핵발전소의 대안은 폐기일 뿐이다.

2012년 12월 19일은 제18대 대통령 선거일이다. 다음은 핵발전소를 폐기하는 대통령이어야 한다. 자식 키우는 유권자의 역사적 소명이 거기에 있다.

(2012. 4. 20. 함석헌평화포럼. 이후 보완)

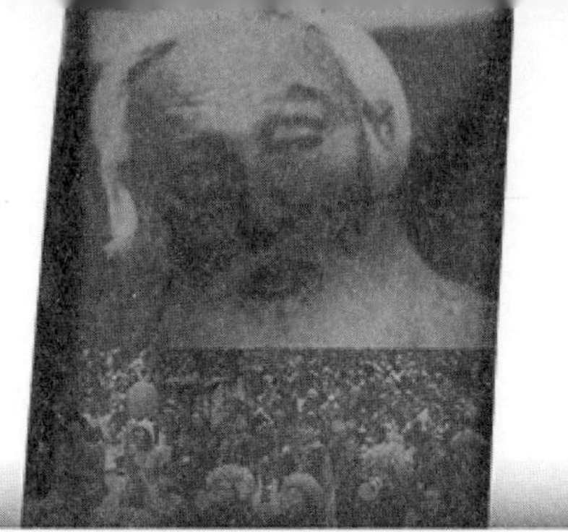

생각하는 백성이라야 산다

김 상 태

● 정치인은 투표하는 유권자를 두려워한다

● 누구를 위한 통합과 혁신인가

● 2012년을 기대하며

● 생각하는 백성이라야 산다

● 젊은이의 기백

김상태

충남 서천에서 태어나 서울에서 성장하였다. 인하대학교 대학원에서 박사학위 (조선시대 사회경제사 전공)를 받았다. 인하대학교 사학과 조교, 인하대학교 한국학연구소 연구원, 시립인천전문대 겸임교수, 한국학중앙연구원 연구원을 거쳐 현재 인하대학교, 가천대학교, 경희대학교 등에 출강하고 있다. 사회활동과 언론에도 관심이 있어 현재 인천상공회의소 오피니언 리더, 기호일보 객원논설위원, 인천가톨릭정의평화위원회 위원, 인천 동구 문화재자문위원, 함석헌학회 학술위원, 전통문화원 이사 등을 겸하고 있다. 현재 사단법인 인천사연구소 소장 겸 이사장직을 맡고 있다.

정치인은
투표하는 유권자를
두려워한다

한국고전번역원에서 주기적으로 보내주는 〈고전포럼〉에 나오는 이야기들은 그때마다 다양한 생각을 하게 해준다. 우선 그 이야기를 전제한다.

시비是非의 진실이라는 것은, 많은 사람들이 말한다고 해서 단정 지어도 안 되며, 한 사람의 말이라고 해서 버려서도 안 된다.
(是非之眞 不可以衆口斷 不可以單辭棄)

이 글은 성호 이익(星湖 李瀷, 1681~1763)의 『성호전서』, 「관물」편(星湖全書, 觀物篇)에 나오는 이야기이다.

내가 학생들과 수업을 할 때면 꼭 당부하는 말이 하나 있다. 그것은 모두에게 동의를 받지 않아도 좋으니 주관적으로 사물을 바라 볼 수 있는 자신만의 눈을 가지라는 것이다. 비록 지금은 어렵더라도 자꾸 훈련하다 보면 객관성을 담보할 수 있는 주관적인 눈을 갖게 될 것이라는 나의 믿음 때문이다.

세상은 온통 혼란스럽다. 마치 방촌 황희(尨村 黃喜, 1363~1452) 정승처럼 행동하지 않으면 참으로 살기 힘들겠다는 생각이다. 네가 말한 것도 옳고, 또 네가 말한 것도 옳을 수 있다. 그럼에도 우리는 시시비비를 가리기를 원하는 것이 많다. 그런데 그 시시비비라는 것이 절대 선이나 절대 악이지 않다는 사실에 약간은 혼란스럽다. 때문에 성호 선생도 시비의 진실을 가린다는 것이 얼마나 어려운가를 이야기 하며 신중에 신중을 기할 것을 언급한 것이다.

요사이 다행스럽게 인터넷이 발달하고 사이버 공간이 활성화되면서 자신의 견해를 표출할 수 있는 방법이 다양해 졌다는 점에서 그 혼란을 줄일 수 있다는 측면에서는 긍정적이다. 그러나 한편으로는 우리가 그 혼란의 늪 속에서 헤쳐 나오기에는 아직 조금은 더 성숙되고 훈련되어야 한다는 생각이다. 다만 다양성을 표출할 수 있고 정화될 수 있는 시간이 필요할 것이다.

그럼에도 불구하고 이런 논의의 장이 계속 유지되어야 하는 것은, 우리가 아직 이런 논의의 공간을 제대로 가져 본적이 없었다는 것 때문이다. 역사적으로 보면, 조선 왕조 시대에는 시민의 힘을 제대로 표출하기가 쉽지 않았다. 왕정이 끝나고 식민지 시대가 왔다. 이 시기에는 더더구나 시민의 의식을 가질 수 있는 시간이 허락되지 않았다. 그러다가 광복이 되었다. 그리고 갑자기 1948년 대한민국 정부 수립을 위한 보통선거권이 시민들에게 주어졌다. 투쟁하지 않고 훈련되지 않은 시민의 권리가 갑자기 우리 앞에 등장하면서 시행착오를 겪게 된 것이다.

그 결과 우리는 진정한 민주사회를 만들지 못했고, 많은 시간을 불행하게 지내왔다. 이제 그런 시행착오는 지나온 시간만으로도 족하다. 그렇지만 앞으로 오는 인간 삶의 모습은 이제껏 어느 누구도 한 번도 경험해 보지 못한 새로운 모습일 것이다. 그래서 또다시 시행착오를 겪을 수 있을 것이고, 그에 대한 대가도 각오해야 한다. 이 때문에 권리와 책임, 의무를 명확히 이해하고 준비해야 하는 것이다. 이런 저런 이유 때문에 학생(젊은이)들에게 자신의 눈으로 볼 수 있는 주관적 판단을 위한 준비를 요구하는 것이다. 이들이 다음 세계를 이끌고 나아갈 주역이기 때문이다.

2012년 오늘은 이 나라의 선량을 뽑는 선거 날이다. 모두들 고민들이 많을 것이다. 누구를 뽑아야 한다고 자신 있게 이야기하기도 어렵다. 최소한 객관성을 담보로 한 주관적 판단을 해야 할 시간이 빠르게 다가오고 있다. 선거의 목적이 무엇인가를 다시금 생각하면서 지난 시간의 착오를 되풀이 하지 말아야 할 것이다. 선거후 또 내 가슴을 치면서 후회하지 말아야 한다. 인간의 삶은 똑같이 반복될 수 없다. 언제나 조건이 달라지기 때문이다. 그러므로 자신만의 주관적인 잣대가 필요한 것이다. 그 잣대는 나름 명확한 기준을 가지고 있어야 한다. 사족으로 모 선관위 홍보계장이 했던 말을 옮겨 본다.

정치인은 투표하는 유권자만 두려워한다.

(2012. 4. 11. 함석헌평화포럼)

누구를 위한
통합과 혁신인가

며칠 있으면 설 명절이다. 명절을 앞두고 정치권도 큰 파동이 일고 있다. 여당도 야당도 기존 구도가 바뀌면서 야단법석이다. 표면적으로는 변화되지 않으면 살아남을 수 없다는 인식에서 여야 모두가 변화의 몸부림을 치고 있는 것이다. 그럼에도 그런 변화에 큰 희망을 느끼지 못하는 것은 필자만의 몫이었으면 좋겠다.

인간의 역사에서 기득권을 쉽게 버린 경우가 몇 번이나 있을까? 보통의 사람들은 이런 기득권을 쉽게 버리지 못한다. 흔히 우리가 기억하는 위대한 인물은 그런 기득권조차도 과감하게 버린 인물이다. 사실은 과감하게 버린 것이 아니라, 당연히 그래야 하는 것이기는 하지만 말이다. 말이 쉽지 기득권을 버린다는 것이 어찌 쉬운 일이겠는가? 그 기득권을 가지기 위해 얼마나 많은 노력을 해왔는데 말이다.

우리 정치사에서 3김시대는 바로 기득권을 버리지 못하고 '나만이' 할 수 있다는 오만의 극치를 보여주었다. 바로 그 3김의 '나만이'라는 생각은 우리 역사에서 민주화시대를 좀 더 지체시킨 대표적 사례일 것이다. 가진 것 없고, 배운 것 없는 일반 국민들도 3김이 한꺼번에 선거에 나오지 말고 통합된 후보를 내 줄 것을 요구했다. 그러나 그들은 국민의 요구를 받아들이지 않았다. 그러면서 자신만이 국민을 대표한다고 기득권을 포기하지 못했다. 그 결과 우리는 다시 수년 동안 원치 않는 시간을 보내야만 했다. 순진한 국민들도 아는 사실을 그네들은 왜 몰랐을까?

고려시대 귀족은 무신정권을 기점으로 문벌귀족과 권문세족으로 구분한다. 이들은 5품 이상의 품계를 가지고 있다는 공통점을 가지고 있다. 99개를 가진 부자가 100개를 채우기 위해 1개를 어찌하느냐가 이들의 차이이다. 1개를 채운다는 이야기는 남의 몫까지 빼앗아 채운다는 것이고, 그 결과는 밑으로 부터의 저항을 불러일으킨다.

1개를 포기하고 99개에 만족한다는 것은, 완벽하지는 않지만 적어도 자신들이 지금까지 쌓아 온 권력을 잃어버리지는 않는다는 것이다. 문벌귀족은 1개를 포기했고, 권문세족은 1개를 채운 집단이다. 고지가 코앞인데 한 걸음만 내딛으면 되는데 그 한 걸음을 포기한다는 것이 누구에게나 쉽지는 않을 것이다.

여야가 모두 새로운 개혁정치를 시도하고 있다. 그 개혁정치가 누구를 위한 것인지 잘 따져보아야 할 것이다. 정치가 개인을 위한 것이라면 결과는 국민의 비극일 것이고, 국민을 위한 것이라면 존중받는 정치가가 등장하는 것이다. 비록 우리의 민주정치가 오랜 역사를 가지고 있지는 못하지만, 이제는 우리도 존중받는 정치인들이 등장하는 그런 사회에 살고 싶다. 어찌 보면 정치는 자신의 욕망이기도 하지만, 그 욕망을 포기하고 자신을 희생하는 사람만이 존중받을 수 있을 것이다. 정치는 한풀이가 아니라 국민과 더불어 더 나은 삶을 만들기 위한 공동의 작업이다. 모두가 정치에 나설 수 없기에, 국민의 이름으로 나선 정치가에게 희망을 거는 것이다. 정치가는 국민들의 그런 희망을 볼모로 삼아 권력에 대한 자신의 욕망을 드러내서는 안 된다. 이탈리아의 베를루스코니(1937. 9 ~ , 이탈리아 총리)처럼 말이다.

누구나 같은 생각을 할 수는 없다. 적어도 인간은 그렇다. 이는 차이가 아니고 다름일 뿐이다. 바로 이런 다름이 다양성을 만들어 낸다. 그 다양성을 조화롭게 꾸미고 조절하는 것이 정치가 아닐까? 조화를 이루고 조절을 하는 것은 무엇을 위한 것이겠는가? 나만을 위한 것이 아니라면, 그런 조화와 조절에 시간이 좀 걸리면 어떤가.

흑백이 아니라 더 많은 색깔을 입혀보려고 애써야 한다. 우리 인간의 삶은 언제나 예정된 틀에 맞추어 살아본 경험이 없다. 그 예정된 틀이라는 것을 경험해본 적도 없다. 우리의 지혜를 총 동원하여 그럴 것이라는 예상인 것이다. 예상은 맞을 수도 있지만, 틀릴 수도 있다. 그럼에도 불구하고 원칙에 충실하면 그다지 틀린 세상을 살지는 않을 것이다. 설 명절을 지내면서 우리 사회도 누구나 원칙에 충실하고 존경할 수 있는 정치인이 등장하는 세상이 왔으면 좋겠다. 욕심을 버리고 더불어 살아갈 수 있도록 말이다.

(2012. 1. 17. 함석헌평화포럼)

2012년을
기대하며

　현대 민주주의 사회의 모습을 잠시 살펴보자. 세계적으로 정당정치를 하는 그 어떤 나라도 정파 간의 투쟁은 있기 마련이다. 권력이라고 하는 것이 갖는 속성을 생각해 보라. 적어도 역사를 살펴볼 때 사유재산이라고 하는 것이 확립된 이후 인간들이 자신의 것을 남에게 조건 없이 넘겨준 경우가 얼마나 있는지 모르겠다. 중국사에서는 선양禪讓이라는 미명으로 권력을 넘겨주고 있지만 그 실상은 어쩔 수 없이 빼앗기는 것이지 넘겨주는 것이 아니었다. 어쨌거나 정당정치 안에서 여야는 권력을 장악하기 위해 끊임없이 투쟁한다. 그 투쟁의 모습은 우리가 배웠던 공교육에서는 도저히 상상할 수 없는 별별 방법들이 등장한다. 때론 유치하고, 때론 비겁하고, 때론 역겹기까지 하다. 멀쩡한 정신일 때는 도저히 할 수 없는 일들도 자행한다.

　요사이 우리 사회를 보면 도대체 우리는 어디로 가고 있는지 모르겠다. 무슨 희망이 우리에게 있는지도 모르겠다. 우리네 부모세대들은 당신들이 열심히 노력하면 적어도 자신들이 누울 수 있는 집 한 칸이라도 마련할 수 있었다. 그런데 지금 우리는 그런 희망조차도 없다. 세계 경제가 불황의 늪에서 헤어나지 못하고 있고, 유럽에서는 국가부도의 위기 소식들이 잇달아 보도되고 있는데도 우리는 남의 일처럼 대하고 있다.

각 지방자치단체들 상당수가 모라토리엄 상태에 있음에도 우리는 아무런 걱정이 없다. 갑자기 오늘 아침(12월 19일 8시 30분)에는 김정일의 사망소식이 전해 졌다. 모두들 예측하지 못한 상황이라 긴장하는 모습이다.

정치는 더더욱 난장판이다. 뜻있고 열심이었던 정치인들은 아예 다음 선거에는 출마를 하지 않겠단다. 계란으로 바위를 깨다가 지친 모습들이다. 여야 정치인들은 자신들의 이익을 쫓아 또다시 이합집산을 할 모양이다. 그러면서 이 모든 것이 국민의 뜻이란다. 도대체 우리가 아는 국민과 정치인들이 아는 국민은 다른 사람인가 같은 사람인가? 언제나 그들의 입에는 국민이 붙어있다. 국민이 무슨 껌 딱지인가? 필요하면 꺼내 씹고, 불필요하면 벽에 붙여 놓고 그러다가 다시 또 씹는 그런 어릴 적 껌 딱지 말이다. 하기야 그들은 자신들이 차지할 권력밖에는 아무것도 보이지 않을 것이다. 국민은 자신들의 먹잇감일 뿐이지, 더불어 살아가는 존중받아야 할 대상이 아닐 것이다. 그러나 그네들의 권력은 바로 자신들의 힘에서 나오는 것이 아니라 국민에게서 나오는 것이다. 국민은 그들에게 권력을 준 것이 아니다. 그런데도 그들은 칼자루를 쥐어준 것으로 착각하고 있다.

세상은 급속도로 변하고 있다. 국민들은 그런 변화에 허덕거리며 적응하려고 하고 있는데, 도대체 정치인들은 그 변화를 읽지 못하고 있다. 소통이 없다. 자신들에게 불리한 새로운 경쟁자가 등장하면 그들은 어떤 방법을 사용해서라도 싹을 잘라버린다. 그럼에도 국민은 그런 사실들을 잘 모른다. 그래서 우리는 선거 때마다 인물이 없다고 불평하게 되는 모양이다. 현대사회는 전문가라고 자처하기가 쉽지 않다. 국민들은 전문가는 아닐지라도 눈이, 귀가, 입이 다 백단은 된다. 그런 국민들의 사고는 유연한데 어찌 정치가의 사고는 자신의 이익밖에 보지 못할까?

서양 중세사를 보면 봉건제도가 무너지고 절대주의 국가가 등장하면서 봉건제도하의 영주가 몰락하는 하는 과정이 등장한다. 영주들은 오랜 시간 봉건제도 아래서 무소불위의 절대 권력을 행사하였다. 그러나 상공업의 발달 등으로 세상이 변하고 있음에도 불구하고 그네들은 그 변화의 추세를 따라가지 못하고 있었다. 그사이 대상인과 자본가 세력이 새로운 세상의 지배층으로 등장하였다. 경제체제의 변동으로 부동산을 소유한 영주들의 생활은 예전과 같은 생활을 유지할 수 없었다. 시쳇말로 그들이 소유한 부동산은 '빛 좋은 개살구'였다. 배고픈 영주는 먹고 살기 위해 자신들의 영지를 헐값에 넘길 수밖에 없었다. 이런 방식으로 몰락한 영주들은 절대주의 국가체제 안에서 왕의 지배를 받는 월급쟁이로 전락하기도 하였다. 엄청난 변화가 그네들의 아성을 무너뜨렸고, 영주는 쪽박을 찬 모양새다. 그래도 그네들은 그 탓을 대중에게 돌리지는 않았다.

우리시대 정치인들은 참으로 대단하다. 모든 것을 남의 탓으로만 돌리고 있으니 말이다. 그리고 국민들은 더 대단하다. 그런 정치인들을 아직도 잘 참아주고 있으니 말이다. 어쨌거나 오늘의 정치인은 국민들의 비판을 겸허하게 받아들일 수 있는 용기가 필요한 때 인듯하다. 믿고 참아준 국민들을 생각해서라도 열심인 정치인들이 많았으면 좋겠다. 그래서 그네들이 선량이라는 소리를 들었으면 하는 2012년을 기대한다.

(2011. 12. 19. 함석헌평화포럼)

생각하는
백성이라야
산다

어릴 적 배운 콜럼버스의 서인도 제도 도착, 희망봉을 경유한 바스코 다가마의 인도로의 항해, 페르디난드 마젤란의 최초의 세계 일주는 일대 역사적 사건이었다. 그리고 이러한 사건은 우리에게 '신대륙 발견'이라는 용어와 함께 '유럽 중심적' 사고를 심어주었다. 그동안 사람들은 '신대륙 발견'이라는 용어에 대해 심각하게 고민하지 않고 지나쳐왔는데, 언제부터인가 이 용어에 대한 문제가 제기되기 시작했고 '지리적 팽창'이라는 용어로 대체되기는 했지만 이 역시도 '유럽 중심적' 사고에서 벗어나지는 못하였다. 유럽인들이 신대륙이라 했던 곳은 아무도 살지 않던 미지의 세계가 아니라 그네들이 알지 못했던, 뛰어난 문명을 가지고 있던 사람들이 이미 살고 있던 곳이었다. 오히려 무지하고 야만적인 그들이 자신들의 편의대로 '발견發見'이라 불렀던 것이다.

우리는 용어가 가지는 의미를 제대로 인식하지 못하면서 ─아니, 단 한 번 사전적 의미조차 찾아보지도 않고─ 대략적인 감으로 그 의미를 사용하는 경향이 강하다. 어느 때부터 인가 아이들의 책상위에 사전이 놓인 것을 본적이 없다. 적어도 내가 학교를 다닐 적에는 그 무거운 영어사전, 국어사전을 함께 가지고 다녔던 기억이 새롭다. 물론 지금은 종이

사전을 전자사전이 대신하고 있지만, 그 내용의 풍부함은 종이사전을 따라 가지 못하고 있는 실정이다. 그러니 개념에 대한 정확한 이해가 약해지는 것도 당연한 일인지 모르겠다. 디지털 시대에 살며 인터넷이나 '지식in'이 다 해결해 줄 것 같은 착각에 빠진 것은 아닐까.

최근 '근대'를 새롭게 바라볼 수 있는 계기가 있어 몇 가지 책을 다시 뒤적거리고 있다. 그 중에서 '세계화와 생태학적 관점'에서 흥미를 끄는 책이 있었다. 이제까지 근대세계사를 이야기 하면서 근대의 출발은 바로 유럽이었고, 현재는 그 정점에 미국이 있다는 인식이 대부분이었다. 그런데 이 책은 그 같은 인식의 틀을 깨고 색다른 관점에서 세계사를 바라보고 있는 것이다. 이 책에서는 '유럽 중심적' 사고가 얼마니 무력적인 것인지를 설명하고 있다. 서구의 부상이라는 허울 속에서 일부 선진국의 정상들이 모여 산업화된 세계의 지속적인 부와 권력을 보장하는 체제의 규칙을 결정하고 있다는 것이다. 2001년 7월 20~22일 이탈리아 제노바에서 G7 정상들이 세계경제를 논의하기 위해 모인 것이 바로 그것이다. 이것이 확대되어 2010년 11월 11~12일 우리나라 서울에서 G20 정상회의가 열리기에 이르렀다.

생각하는 백성이라 살 수 있다. 표면적으로 드러나는 사실만으로 무엇인가를 판단하기가 쉽지가 않은 세상이다. 사실(fact)에 관한 문제가 아니라 그것이 내포하고 있는 의미에 대한 문제이다. 사실은 객관적으로 던져진다 할지라도 그에 대한 의미를 부여하고 가치를 판단하는 것은 남에 의해 이루어지는 것이 아니라 스스로 해야 한다. 생각한다는 것은 바로 이러한 판단을 위한 객관적 준비를 해야 한다는 것이다.

대중은 몽매하게 보이지만 그렇지 않다. 다만 우직해서 쉽게 행동하지 못할 뿐이다. 그렇기 때문에 위정자들은 대중을 우습게 보는 경향이 있는 듯하다. 결국은 자신을 선택한 그 대중에게 몰락할 것을 알면서도 말이다. 프랑스혁명이 일어나고 자코뱅당은 대중의 지지를 받으며 권력을 장악했다. 그러나 자코뱅당은 철저한 독재로 대외전쟁은 성공적으로 추진하였으나 국민의 반감을 극복할 수 없었다. 내부적 문제를 손쉽게 해결하는 일시적 방법은 공포정치였으나 '테르미도르의 반동'으로 독재자 로베스피에르가 처형될 때 국민들은 철저하게 자코뱅당을 외면하였다. 외형적으로 드러나는 형태만 다르지 이 같은 모습은 현대 사회의 도처에서 나타나고 있다. 다만 우리가 생각을 덜하기 때문에 그냥 그렇게 지나칠 뿐이다. 이것은 바로 우리가 우리자신의 발등을 스스로 찍는 일일 것이다. 생각하지 않기 때문에 그런 고통들이 고스란히 우리의 몫으로 돌아온다. 그 같은 사실을 인식했을 때는 이미 늦지 않았던가?

(2011. 1. 26. 함석헌평화포럼)

젊은이의
기백

　　17세기의 『독대설화』(獨對說話)는 1659년(효종10) 효종이 이조판서 吏曹判書인 우암 송시열(1607～1689)과 독대한 내용을 우암 스스로 기록한 필사본筆寫本이다. 효종은 봉림대군鳳林大君 시절 오랫동안 볼모생활을 하였다. 효종은 왕으로 등극하자, 곧 친청親淸 세력을 몰아내고 척화론斥和論을 주장하는 송시열 등을 중용하여 북벌北伐 계획을 강력하게 추진하였다. 그러나 급진적인 군비확장에 반발하여 안민책安民策을 내세우는 대다수 문신들과의 갈등이 일어났다.

　　이에 효종은 1659년 당시로는 파격적으로 송시열과 독대를 하였고, 그로부터 2개월 후에 승하하였다. 왕조의 관례상 어떤 신하도 임금과의 독대가 허용되지 않았던 시대에 송시열이 이 금기를 깬 것은 당시는 물론 역사적으로도 많은 논란을 불러일으켰고, 그 자신에게도 책으로 기록할 정도로 충격적인 사건이었다. 송시열은 『독대설화』에서 왕이 희정당熙政堂에서 소대召對 하였다가 이판吏判 송시열만을 남기고 모두 물러가라고 한 뒤 왕 자신의 병이 깊다는 것과 북벌 계획 등을 털어놓으면서 청나라의 사정을 말하고, 후대의 왕을 도와 북벌을 꼭 성취시켜 달라고 부탁한 것 등을 기록하고 있다. 왕조시대에 왕과 신하의 독대는 어떠한 의미에서든 굉장한 파란을 일으키는 사건이었다. 때문에 가능한 한 이러한 독대를 피하고자 하였다.

며칠 전 신문에 20대 젊은이 한 명이 버락 오바마 미국 대통령과 백악관 대통령 집무실(오벌 오피스) 밖 테라스에 앉아있는 사진이 나왔다. 두 사람은 양복 상의를 벗어둔 채 서로 마주 보고 앉았다. 두 사람 사이에 놓인 테이블에는 각각 맥주 한 잔씩이 놓였고, 아무도 배석하지 않은 독대자리였다. 어떤 이야기가 오고 갔는지 알 수는 없지만 굉장히 상징적인 의미를 담고 있는 사건이라고 생각된다. 그러나 이러한 독대자리가 마련된 경위나 맥주잔이 놓이게 된 연유에 대해 보도가 되었기 때문에 그다지 큰 문제는 아닐 것이다. 다만 이 사진을 보면서 두 가지 다른 모습이 머릿속을 스쳐갔다.

하나는 우리 현대사에서 나타나는 밀실정치의 문제였다. 밀실정치의 관행은 긍정적인 모습보다는 언제나 부정적인 모습으로 우리 기억 속에 자리하고 있다. 너무나 재미없는 그림이어서 머릿속에서 빨리 지워버리고 싶어진다.

또 다른 하나는 젊은이의 패기이다. 미군 최고 무공훈장인 '명예훈장Medal of Honor'을 수상하는 다코타 마이어(23) 예비역 병장은 대통령에게 "대통령과 맥주 한 잔을 마시고 싶다"는 의사를 전했고, 오바마 대통령도 이 같은 제안을 흔쾌히 받아들여 이번 자리가 성사되었다고 한다. 한편 백악관은 오바마 대통령이 마이어 병장과 전화통화를 하기 위해 기다려야 했던 일화도 소개했다. 마이어 예비역 병장은 퇴역 뒤 현재 자신의 고향인 미국 켄터키주州에서 건설 노동일을 하고 있는데, 백악관 참모들이 무공훈장 수여사실을 대통령이 직접 알린다는 사실을 말해주자 "일과 시간에는 자신의 일에만 집중해야 한다."며 대통령의 전화를 점심때에만 받겠다고 했다는 것이다.

이러한 내용의 기사를 접하면서 우리의 젊은이들을 생각하게 된다. 며칠 전 오래전 가르쳤던 학생이 찾아왔다. 이런저런 이야기를 나누면서 앞으로의 진로에 대해 물어보았다. 남들과의 경쟁에서 살아남을 수 있는 희귀성이 있는 경쟁력이 있는 직업을 이야기한다. 선진국일수록 직업의 수가 많다고 하는데 대략 2만개 이상을 이야기 하는 것 같다. 우리나라의 경우 정확치는 않으나 1만개 정도를 이야기 하는 것 같다.

선진국형으로 가는 우리에게 직업은 날로 늘어난다는 이야기인데 그러한 직업을 만들어 내기 보다는 현실에 안주하는 직업군을 이야기하고 있다. 당당하게 자신의 길을 개척하기 보다는 현실에서 좀 더 나은 것에 안주하는 경향이었다. 그런 의미에서 우리의 젊은이들은 공부에 목숨을 걸고 있는데 그들이 원하는 것이 겨우 이런 모양이라면 우리 젊은이들은 너무나 패기가 없다. 물론 이런 패기를 가질 수 있도록 이끌어 주지 못한 기성세대의 책임이 더 클 것이다.

대통령의 전화도 자신의 일과 중에는 받지 않고 쉬는 시간에 받겠다고 하는 자신감은 어디에서 나오는 것일까? 대통령과 맥주 한 잔 마시고 싶다는 기세는 어디에서 나오는 것일까? 우리의 젊은이들은 자신의 생각보다는 부모의 생각, 사회의 통념적 상식만이 우선시되기에 그런 패기가 없는 것이 아닌가 생각한다. 우리 사회는 청춘의 패기를 너무 기성세대의 잣대로만 재고 있다. 공부는 좋은 직업을 얻기 위해서가 아니라, 인생에 대해 여유롭고 다양하게 생각할 수 있는 기회를 주는 것이라는 인식을 심어주면 안 되는 것인가? 그런 여유와 다양성 속에서 자신의 길을 개척할 수 있는 젊은이의 패기를 보고 싶다.

(2011. 9. 20. 함석헌평화포럼)

분노하는 국민, 삶의 질을 개선하라

박 상 문

● 시민문화운동-21세기는 '로컬리티'다

● 인천공항을 외국자본에 팔아넘긴다고

● 분노하는 국민, 삶의 질을 개선하라

● '레지던스' 사람이 사는 예술 창작공간지원 사업이어야

박상문

인천 태생이다. 인하대학교 대학원에서 행정학을 전공하였다.(석사) 대학을 졸업한 후 줄곧 인천에서 개인사업(출판, 인쇄)을 하면서 시민사회운동에 참여해왔다. 현재 명문미디어아트팩(출판사) 대표이면서 지역사회운동으로 지역문화네트워크공동대표와 인천의제21실천협의회 상임회장을 맡고 있나. 이전에는 인천 학교도서관살리기 시민모임 공동대표, 사단법인 해반문화사랑회 이사장(2대) 인천대학교 인천학연구원 운영위원, 인천문화재단 이사를 지낸 바 있다. 그리고 지금은 지역의 각 언론매체(인천일보 시론, 인터넷신문 인천인, 리뷰 인천 등)의 고정 칼럼리스트로 활동하고 있다. 이렇듯 박상문 선생님은 인천지역의 지역문화를 주도하고 있다.

시민문화운동,
21세기는
'로컬리티'다

1. 지역문화와 문화 NGO 역할

오늘날, 문화란 삶의 질을 통칭하는 개념으로 인식되고 있다. 그래서 문화란 정치, 경제, 환경과 정보화 등 사회 제 분야와 구별되지 않고 사용되고 있다. 세무엘 헌팅턴의 '문화가 중요하다'라는 명제가 실감나는 시대에 살고 있는 것 같기는 한데, 우리가 사는 지역에서는 문화가 과연 얼마나 중요할까.

지역문화란 어느 일정지역의 지리적 범주에 속한 사람들의 공동체적 삶의 형태와 집적을 말하는 것이며, 지역문화 활성화란 자연환경을 포함한 일정한 지리적 범주 안에서 자연과 사람, 사람과 사람들 간의 소통이 원활하게 되는 현상이라 말한다. "지역문화는 지역문화운동이라 믿는다."(충북대 김승환)고 말 한 것에 전적으로 동의한다. 김승환 교수는 "지역문화라는 것은 현상이자 실체일 뿐, 지역의 문화적 모순을 해결하지 못한다는 것이다. 그래서 지역문화 활성화를 위해 실천하는 것은 문화적 모순을 해결하고 문화적 억압을 해체하기 위함"이라는 것이다. 이처럼 지역문화란 지향성과 역동성을 갖고 있는 사회변화운동인 것이다.

문화로 지역을 바꾸고 문화를 통해 밝고 아름다운 사회를 지향하자는 것이 문화운동이라 할 수 있다. 최근 지역문화운동이 주목되는 이유가 여기에 있는 것이다. 지역문화운동은 지역문화 활성화라는 이름으로 논의되고 전개되고 있는데 이 운동의 주체는 지역민(시민)이다.

시민이 주체가 되는 문화운동단체를 일반적으로 시민문화단체 또는 문화시민단체라 하는데, 이는 보다 구체적으로 문화를 중심으로 하고 문화를 대상으로 하며 문화의 주체이고자 하는 비정부기구로서의 시민단체를 말한다. 실례로 인천의 해반문화사랑회, 전남광주문화연대, 부산시문화화네트워크 같은 단체들이 이에 해당하며 <문화+시민단체> 또는 <시민문화+단체>로 이해할 수 있을 것이다. 이러한 시민문화단체가 우리나라에서 본격적으로 태동한 것은 대체로 1980년대 후반의 민주화운동을 통해서이다. 그 후 1990년대 중반 시민사회운동이 분야별, 전문적으로 세분화되면서 유연한 대중운동의 전략으로 채택된 것이 문화부문운동이다.

시대가 변함에 따라 문화가 사회운동의 중심에 서게 되고, 문화가 중요하다느니, 21세기는 문화의 시대라느니 하는 문화주의적 사조가 시민사회에 형성되면서, 시민들은 자신의 정체성을 문화에서 찾고자 노력하고 있다. 사회 변화와 문화의 주체는 시민이라는 문화적 자각이 문화시민단체를 출현시킨 것이라 할 수 있다. 이 시기와 맞물려 전국적으로 지역분권론과 같은 지역적 자각이 일어나면서 지역문화란 무엇인가에 대한 고민과 지역문화운동이 다양한 방법으로 전개되기 시작하였다.

지역문화는 문화운동이다. 문화를 통해 사회를 변혁시키고 좀 더 좋은 사회를 만들기 위한 조직이 문화NGO라 할 수 있다. 1980년대부터 시작한 사회변혁운동에 있어서 문화운동은 시대사적으로 큰 의미가 있다. 권력에 대한 문화적 저항은 자유를 추구하는 문화예술의 원리로서도 가치가 있는 것이다.

문화NGO는 지역운동이면서 문화운동이고, 동시에 지역문화운동이기도하다. 그러므로 문화NGO들이 문화주의에 빠져 아름답고 고상한 문화만을 지향한다면 문화운동의 좌표를 상실하게 되는 것이다. 문화NGO는 문화를 본질로 하는 시민운동이며 지역운동이기 때문에 지역사회가 시민문화단체의 역할을 기대하는 것이다. 문화운동이 지역을 근거로 해야 한다는 것은 시민(지역민)이 주체가 되어 지역의 문화를 활성화 시켜야 한다는 뜻이다. 이때 고려되어야 하는 것이 문화운동, 시민운동, 지역운동의 상호관계라 할 수 있다. 그러므로 문화운동은 지역적 특성을 고려해야 하며 지역상황에 맞게 전개되어야 하는 것이다.

2. 지역문화와 문화운동의 네트워크

문화운동은 시민운동이고 지역운동이기에 지역사회 내에서 가용할 수 있는 자원을 최대한 활용해야 한다. 그러기 위해 문화운동의 네트워크는 다음과 같은 네 가지 성격을 갖고 있어야 한다.

1) 지적 네트워크

지역의 문화도 사회를 위해 각계각층에 인재들의 지식과 아이디어를 효과적으로 집결시키는 단위를 형성, 인재데이터베이스 작업을 통해 문화예술관련 인력정보를 체계적으로 구축하며, 인재 풀을 형성해야 한다.

2) 정책 네트워크

문화도시를 위한 각종 전략들을 시의 정책에 적극적으로 반영할 수 있도록 정책과 대안들을 제시하고 관철시키기 위한 창의적 협력의 네트워크를 형성한다. 그를 위해서는 민관협력체계가 자연스럽게 만들어지도록 해야 한다. 그러나 관주도 형식은 효과가 반감되기 때문에 민간주도형식을 가져야 한다.

3) 시민운동 네트워크

문화도시운동을 범시민적으로 확산하기 위해서는 궁극적으로 시민들의 자발적 참여가 이루어져야 한다. 이러기 위해서 여러 시민사회단체들과 협력하여 문화도시운동 벌여야 하는데, 문화시민단체들이 먼저 네트워크를 구성하고 지역의 일반 사회단체들과 함께 할 수 있는 과제들을 선정하여 수평적 네트워크를 넓혀야 한다. 아울러 다른 지역과 공동아이템을 선정하여 공동의 운동을 펼쳐가는 전국적 지역문화 네트워크를 형성하는 것이 문화운동을 효과적으로 전개하는 좋은 네트워크 방법이라 할 수 있다.

4) 공공선 네트워크

모든 부분의 운동이 그러하듯 공동의 목표가 공공선임을 확인해야 한다.

문화도시를 실현하고자 하는 운동은 전국적으로 확산할 필요가 있다. 서울과 지방의 문화적 격차가 점점 벌어지는 현상은 국가 전체를 위해서도 바람직한 일이 아니다. 가장 세계적인 것이 가장 지역적이라는 오늘날의 추세에서 지방의 도시들이 침체일로에 빠져 있는 것은 중앙정부와 지방정부의 문화인식의 부족에서 발생되었다 볼 수 있다. 이제 문화도시화 작업을 중앙정부와 지방정부에만 맡겨 놓을 수는 없다. 각 도시의 시민사회가 주도하는 문화운동의 폭넓은 네트워크가 필요할 때이다.

시민의 문화적 삶의 질을 높일 수 있는 자율적 기반과 능력을 키우기 위해서는 지역 내 다양한 주체들의 지적 문화적 역량과 네트워크도 중요하지만, 각 지역 간 수평적 문화네트워크도 매우 중요하다. 유럽의 경우 31개 주요 도시들이 문화도시 연합네트워크라는 것을 만들어 공동의 문화아이템 개발과 정책개발, 그리고 정보교류 등의 연대활동을 하고 있다. 우리나라에도 2003년, 전국에서 활동하는 문화 활동가와 주요 문화단체들이 모여 지역문화네트워크를 꾸려서 지역 간 연대행사를 벌여나가고 있다.

각 도시에서 문화도시를 창조하기 위한 운동이 시민사회 주도로 자발적으로 활성화 되고 서로 간에 긴밀히 협력한다면 문화도시를 만드는 문화운동은 상당한 시너지 효과를 거둘 수 있을 것이다. 이 역할의 선두에 지역의 문화NGO가 있어야 한다. 지역사회 문화예술단체들과 연대하여 지역문화 활성화를 위한 자리를 마련한 것은 매우 바람직한 지역문화네트워크 방법이며, 문화NGO로서의 역할을 하는 것이라고 생각한다.

(2011. 3. 21. 함석헌평화포럼)

인천공항을
외국자본에
팔아넘긴다고

인천국제공항이 세계 1천 700여 공항의 협의체인 국제공항협회(AIC)가 처음으로 제정한 '명예의 전당'(Rool of Excellence) 프로그램에서 세계 최우수 공항으로 선정되었다. 그리고 2014년 AIC 세계총회를 유치하였으며, 이채욱 인천공항공사 사장이 AIC 세계이사회 이사로 선임되었다.

이렇게 인천공항은 소위 잘나가는 공항이 되었음에도 불구하고, 이번 11월 국회에서는 인천국제공항공사 지분 매각에 관한 논란이 또 한 번 뜨거울 전망이다. 왜냐하면 국회에 계류 중인 한나라당의 인천국제공항공사법 개정안이 국회를 통과 할 경우 대한민국 최대의 황금주식이 될 인천공항공사 주식을 누가 사고, 갖게 될지 벌써부터 호시탐탐 노리는 사람들이 많기 때문이다.

인천국제공항 매각과 관련한 논쟁은 인천국제공항 건설 초부터 계속되었다. 1999년 설립된 인천국제공항공사는 처음부터 민영화 대상 기업이었기 때문이다. 그 당시 인천공항이 민영화 대상이었던 이유는 적자가 예상되던 인천국제공항의 원활한 운영을 위해서 정부가 지분 51%를 민간에 내놓을 생각이었기 때문이다. 그러나 당시만 해도 미래가 불투명한 인천공항은 투자자의 관심을 끌지 못했고 2002년 11월에 일단 보류되었었다.

그 후 2007년 5월 주식 상장이 재검토됐지만 시행되지 못했고, 현 정부 들어와 2008년 8월, '공기업 선진화 계획'을 세우면서 인천공항공사 지분 49%를 민간에 매각키로 하고 2009년 12월 이를 확정했다. 그리고 이를 뒷받침 해주기 위한 인천국제공항공사법 개정안이 의원입법으로 국회에 상정되는 상황에 이른 것이다. 이 법률안은 원칙적으로 정부입법으로 제출되고 숙려기간이 6개월 이상 걸린 후 상정 되어야 하나, 어찌된 일인지 한나라당 박상은 의원 등 36명이 의원입법으로 제출하여 일사천리로 처리 되었다. 일이 이렇게 되어가자 야당과 시민사회, 그리고 학계에서는 정부가 인천공항공사 지분 매각을 위해 어떤 의도를 갖고 서두르고 있다는 의심을 갖기 시작했다.(「한겨레」, 2008년 8월 17일자)

그런데 이런 의심의 진실은 곧 드러났다. 인천공항공사 지분매각에 참여회사로 거론되던 공항전문운영회사라는 맥쿼리 그룹은 호주의 시드니공항에 투자한 투자전문회사이며, 이 회사에는 이미 우리나라 정권의 핵심 실세들이 연결되어 있다는 보도가 나오기 시작했다. 그래서 야당과 국민들은 반발하였고 급기야 한나라당 홍준표 대표가 국민주 공모 방식으로 지분매각을 추진하겠다고 밝혔고. 정부는 당황하여 한발 물러서는 듯 했다.

그러나 인천공항공사 매각 시나리오는 이제부터 본격적으로 진행될 것 같다. 다음 달 국회에서 인천국제공항공사법 개정안이 통과될 경우 우리 사회는 돈 있는 사람들이 황금 주식을 갖기 위한 치열한 쟁탈전으로 인해 혼돈에 빠지게 될 것이다. 아마도 현 정부가 노리는 꼼수가 여기에 있어, 국민들이 또 한 번 당하지 않을까 걱정된다.

지금 인천공항의 위상은 처음 공항이 건설되던 때와는 너무나 다르게 변모하고 성장해왔다. 지난 10년간 인천공항 매출액은 개항 초기인 2001년 3,767억 원에서 2010년에는 1조2826억 원으로 340% 증가했다. 공항이용 여행객은 1,454만 명에서 3,348만 명으로 130%, 화물운송량은 1,191만 톤에서 2,684만 톤으로 125% 증가했다. 여기에 서비스평가에 있어서는 '세계 최우수공항 상'을 2005년부터 2010년 연속 6년간 수상하는 세계유일의 공항사가 되었다. 이러한 인천공항의 성장은 개항 초기, 운영상의 문제가 있을 것이라는 우려에서 시작된 '민영화' 계획을 불식시키기에 충분하다.

정부는 처음에 '인천공항의 운영을 선진화하기 위해서'라고 말하다가 이제 와서는 '국민에게 인천공항이 창출한 이익을 분배하기 위한 것'이라며 민간 자본이 투입되면 경영 투명성과 효율성도 더 좋아질 것이라고 말하고 있다. 또한 외국기업에게 지분을 대량 매각 한다는 것도 사실이 아니며 외국기업과 전략적 제휴도 지분을 맞교환하는 것도 아니라고 강변하고 있다.

그러면서 정부는 인천공항공사 지분매각에 따른 정당성과 공공성 논란을 국회가 해결해 주기를 바라고 있다. 한나라당 지역구 국회의원인 박상은 의원은 이에 화답하여 경제 주체별로 지분 취득량을 제한하는 '인천국제공항공사법 일부개정안'을 대표 발의했다. 정부 지분은 51% 이상으로 하고 외국인은 20%, 공항에 투자할 수 있는 개별 항공사는 5%로 제한하는 조항을 새로 넣었다. 현재 개정안은 국회 국토해양위원회 법안소위에 계류돼 있다. 그리고 홍준표 대표는 국민공모주를 제안해 놓고 있다.

이렇게 집요하게 이 정부 기간 안에 인천공항공사의 지분을 매각하려는 시나리오를 바라보는 국민의 눈초리는 탐탁지 않다. 그 이유는 인천공항공사의 지분을 매각하려는 정부의 행태가 일관적이지 못하기 때문이다. 이런 일련의 과정은 우량공기업을 민간에 팔아넘기려는 꼼수라고 생각하기에 충분하다. 정부가 국민을 설득하고 있는 '지분매각을 통한 경영 투명성과 효율성 제고 및 재원 조달'을 위해서라는 논리는 현재 인천공항이 확보하고 있는 투명성과 효율성, 그리고 그동안 확보한 충분한 재원 앞에서 무력한 논리이기 때문이다.

현재 인천공항은 정부가 개선하겠다고 하는 서비스의 질이 세계 최고 수준이며, 정부에 재정적으로 큰 도움을 주고 있으며 인력운용도 효율적으로 되고 있다. 그래서 지분 매각을 통한 재원확보를 해야 할 이유도, 굳이 민영화를 추진해야 할 이유도 전혀 없다.

그럼에도 불구하고 굳이 지분매각을 하고 민영화를 해야 한다면 그 이유는 무엇일까? 야당에서는 아주 확실한 민영화 이유가 있다면 그것은 바로 맥쿼리 같은 회사에게는 인천국제공항공사의 인수가 탄탄하고 안정적인 수익기반을 창출할 절호의 기회라는 것이다. 그러면서 맥쿼리와 연관된 정권 실세들의 유착설에 그 무게를 두고 있기도 하다. 또 다른 이유로 송영길 인천시장 등이 제기한 "정부, 여당이 4대강 사업으로 인한 재정손실을 메우기 위해 인천공항을 매각하려는 것이거나, 다른 재정적 필요에 따라 급전이 필요해 매각하는 것 아니냐"는 의혹이 이유일 수 있다.

정부와 한나라당이 진행하려는 인천공항공사 지분매각을 위해 마련된 '인천국제공항공사법 일부 개정안'의 「제안 이유와 제안 내용」을 순진하게 믿는다 치고 이에 따른 민영화가 된다면 정말로 인천국제공항은 더 좋아 질까? 맥쿼리 금융그룹이 투자하고 있는 호주 시드니 공항과 외국 민영화 공항을 보면 더 좋아질 거라는 확신이 보이지 않는다.

맥쿼리 그룹이 지분을 보유하고 있는 호주 시드니 공항은 2006년과 2007년 회계연도에 거의 7000만 호주달러(약 600억 원)에 달하는 주차료 수입을 올렸다고 한다. 그리고 매년 수천만 달러의 수입을 올리고 있는데, 모두 호주 국민과 여행객의 사용료를 인상해서 벌어들이기만 했지 민영화 이후 시설투자는 없었다고 한다. 영국의 런던 히드로 공항의 경우도 민영화 이후 공항운영사인 BBA가 이윤추구에만 집착한 결과 공항서비스가 국내 최하위로 떨어져, 급기야는 공항대란을 야기하여 국민들의 따가운 눈총을 받고 있다고 한다. 그리스 아테네 공항은 민영화 이후 공항사용료를 50%나 올리는 바람에 각국의 항공사 및 이용객과 갈등을 겪고 있다고 한다. 그러나 미국의 경우, 세계에서 가장 민영화 시스템이 잘되어 있음에도 불구하고 공항을 공영으로 운영하고 있는 이유는, 서비스 질의 하락과 사용료 급등을 방지하고 국가기간 산업과 국민의 생명을 보호하겠다는 안보적 정책결단이 작용했다고 한다.

인천공항이 개항한지 10년이 넘었다. 인천 영종도와 용유도의 강산이 변했듯 인천공항의 위상도 변했다. 개항 초기에 있었던 인천공항의 우려스러웠던 미래는 지금 세계 최고수준의 인천공항으로 우뚝 서있다. 지금은 개항 초기 조직과 경영상의 불확실성 문제로 제기되었던 '민영화'를 논할 때가 이미 지났다. 그럼에도 불구하고 집요하게 인천공항공사의 지분을 매각하겠다는 발상과 민영화를 실행하겠다는 의지를 보인다면, 국민들은 인천공항공사 매각 의도가 항간에 나도는 불순한 의혹들 때문이라고 생각하게 될 것이다.

우리 국민은 기껏해야 한두 주 돌아올 인천공항공사의 국민주식을 갖기보다(이미 우리 국민들은 국민주의 허상이 어떤 것인지를 맛본 경험이 있다), 인천공항이 세계적으로 우수한 역량을 갖춘 공항으로서 세계인들에게 호평 받는 것을 더욱 자랑스럽게 생각하고 있다는 것도 정부 여당은 알아주길 바란다.

(2011. 11. 4. 함석헌평화포럼)

분노하는 국민,
삶의 질을
개선하라

　며칠 전 모 경제신문과 리서치기관이 발표한 국민의식 조사를 보면 현재 우리나라 국민들이 생각하는 최우선의 국가 목표는 '삶의 질 개선'이라는 응답이 56퍼센트에 달했다. 15년 전, 같은 질문을 했을 때는 '경제 강국 진입'이 46퍼센트였고 '삶의 질 개선'은 고작 13퍼센트였던 것에 비하면 상당한 국민의식의 변화라 할 수 있다.

　그렇다면 우리국민들은 이제 먹고 살 만큼의 경제적 부를 쌓아 놓고 여가를 즐길 수 있는 처지가 되어 삶의 질이 개선되길 바라는 것일까? 아이러니 하게도 이 조사에서 '현재 가장 먼저 걱정하는 것이 뭐냐'는 질문에는 먹고 입는데 필요한 금전에 대한 걱정이 24.9퍼센트, 주거비 부담 24.6퍼센트, 노후대책 걱정이 24.3퍼센트라 답하고 있다. 사람 사는데 필요한 금전적 걱정을 하면서도 과거와 다르게 '삶의 질 개선'을 국가 목표로 삼자고 하는 것에는 분명 이유가 있을 것이다. 설문조사를 한 신문사의 평가는 '대한민국 국민이 분노하고 있다'라는 것이었다.

　열심히 일하고 성실하게 살면 부자는 못 되더라도 큰 걱정 없이는 살 수 있을 것이라는 생각이 무너지기 시작한 것은 현 정부에 들어와서 더욱 심각해졌다. 대학생들이 생활비 마련을 위해 학업을 뒤로 하고 아르바이트에 전전하다가 다단계 유혹에 빠져있고, 젊은 직장인들은 내 집 마련은 고사하고 전세금 마련을 위해 전전긍긍하고 있으며, 중장년 층은 자녀들의 교육비 마련을 위해 늘 적자 인생을 살다 보니 삶이 늘 팍팍하기만 하다. 그런데 간혹 소위 잘 나간다는 사람들을 보면 뭔가 다른 게임을 하고 있는데, 대체로 그들은 불공정 게임을 하고 있는 것이다.

오늘의 현실만 보아도 우리는 불공정한 게임이 우리 사회에 얼마나 만연 되어 있는지 알 수 있다. 현 정부의 실세들이 기업인과 금융인들로 부터 수십 억 원씩의 검은돈을 받았다는 보도가 있었다. 국익과 국민을 위해 봉사해야할 사람들이 그들의 직위를 이용하여 일반 서민들은 꿈 도 못 꿀 거액을 상납 받고 있었다는 이야기가 끊이지 않고 있다. 재벌기 는 각종 특혜로 상당한 부를 축적했음에도 불구하고 서민 생계형사업 까지 진출하여 족벌체제를 더욱 공고히 해가는 형편이니, 권력과 재력 있는 자만 승승장구하는 세상에 어찌 분노가 없겠는가.

국민들이 국가 목표로 생각하는 '삶의 질 개선'은 정당한 대가와 대 우를 받는 일, 그래서 행복한 인생을 사는 일일 것이다. 그런데 아무리 노력해도 늘 하루하루의 삶을 걱정해야하는 헛수고 일 뿐인 인생을 살 고 있다는 생각을 갖게 된다면 이는 얼마나 불행한 일인가? 이런 국민이 많은 사회는 불행한 사회 일 것이다.

지금의 우리사회는 불행한 사회이다. 이는 전적으로 정부의 정책 실 패와 공직자들의 부패 때문이다. 국민은 모두가 행복한 사회, 공정한 게 임이 이뤄지는 사회를 요구하고 있다. 그런데 아직도 산을 깎고 강을 파 서라도 경제가 돌아가야만 국민이 행복할 거라는 착각을 하는 토건족 정부와 정권창출을 권력과 재력, 명예를 얻는 수단으로만 생각하는 욕 심 많은 세간의 정치인들과, 부의 창출을 위한 근간인 도전적 기업가 정

신은 뒤로하고 정경유착과 부의 대물림에만 혈안인 재벌가들이 있는
한 국민들의 분노는 더욱 커질 것이다.

(2011. 9. 23. 함석헌평화포럼)

'레지던스',
사람이 사는 예술 창작공간
지원 사업이어야

'레지던스'사업이 지자체마다 우후죽순으로 생기고 있다. 미술인들이 아니면 잘 모르는 이 '레지던스'는 작가가 일정장소에 일정기간 상주하면서 예술창작활동을 할 수 있도록 지원해주는 시스템이다. 최근이 사업이 각 지역에서 활성화 되면서 예술인들에 대한 창작의욕을 불어 넣고 있다는 긍정적 평가도 있지만, 레지던스만 전문적으로 찾아다니는'레지던스 메뚜기'를 양산하고 있다는 비판도 있어 이에 대한 점검이 필요할 때이다.

인천시가 젊은 예술인들에게 작업공간을 지원하기 위한 예술인마을을 조성한다고 한다. 애초에는 구도심인 개항장 일대의 인천아트플랫폼처럼 부지를 매입하여 예술인들에게 임대할 계획이었으나, 시의 재정난 등을 고려하여 예술인들에게 임대료를 지원하는 방향으로 추진하겠다는 것이다. 이 계획을 실행하기 위해 부산시의 창작공간 '또따또가'의 사례를 분석중이라고 한다.

필자는 지난해 3월 부산시의 문화예술 창작공간 '또따또가' 개소식에 참석하여 창작공간에 대한 토론회를 갖고 지역별 창작공간에 대한 현황을 파악하고, 창작공간의 운영방식과 지역사회에 대한 역할에 대해 의견을 나누었다. 국내 도시에선 처음 시도되는 '또따또가' 방식의 창작공간에 대한 부산시의 문화예술 지원정책은 신선했고 좋은 결과가 있기를 기대하였다.

부산시의 '또따또가'는 문화다양성을 뜻하는 프랑스의 '똘레랑스'와 '따로 또 같이'의 의미를 담은 용어로, 부산시의 원도심 지역인 중앙동과 동광동 일대의 빈 건물 18채를 3억 원에 임대하여, 개인예술가 41명, 22개 문화예술단체 320여 명, 운영인력 5명이 활동하는 공간으로 꾸민 프로그램이다. 서울시의 경우 478억 원의 매입비용을 들여 서교 창작공간 외 5곳에 개인 86명을 입주시켜 운영하고 있고, 인천의 경우 230억 원의 비용을 들여 아트플랫폼에 26명의 작가들을 입주시켜 운영하는 것에 비하면 '또따또가' 창작마을은 적은 비용을 투입하여 많은 예술가들을 지원한 매우 바람직한 예술창작공간 지원정책이라 할 수 있다. 하지만 '또따또가'를 모델케이스로 예술인마을을 조성함에 있어 간과하지 말아야 할 사항은, 단순히 조성비용이 적다는 것만이 아님을 배워야 할 것이다.

예술인마을이나 창작공간을 조성한 선례는 국내외적으로 많이 있다. 파주의 헤이리마을과 제주의 저지문화예술인 마을처럼, 예술가들이 민간투자를 하여 마을 조성 전 과정에 참여한 경우가 있는가 하면, 경남 거창 연극마을과 같은 작은 규모의 예술인마을도 있다. 이 예술인마을들은 각기 다른 방식으로 운영되고 있으나 공통적으로 갖고 있는 특성이 있다. 그것은 부산시의 '또따또가'가 지향하고자 했던 것으로, 사람이 떠난 빈 공간을 예술을 통해 '사람 사는 마을'로 바꾸고자 한다는 것이다.

사람이 떠난 빈 구도심을 활성화시키기 위한 방법으로 예술인마을

이나 문화지구를 지정하여 성공한 이탈리아의 '볼로냐 2000 창의공간 프로젝트', 미국 뉴욕의 '철시마켓프로그램', 일본 요코하마시의 '고가 네쵸 프로젝트' 등 외국의 사례들도 사람이 사는 마을을 지향했기에 성공했다는 것을 기억해야 할 것이다.

이 처럼 예술인마을을 조성하여 구도심을 사람이 사는 마을로 변모시키기 위해서는 모범적 사례의 도시로부터 배워야 할 것이 있다. 그것은 예술인들의 특성인 자발적 창의성에서 도움을 얻어야 한다는 것이다. 시는 빈 건물을 임대하여 그 공간에 입주한 예술인들이 자유롭게 창작활동을 할 수 있도록 지원하고 마을운영위원회를 꾸려 스스로 마을을 가꾸도록 해야 한다.

예술인마을은 시민과 예술이 소통하는 공간이어야 한다. 이번에 인천시가 조성하려는 예술인마을은 패기와 열정이 있는 예술가들이라면 누구든 입주할 수 있도록 해야 한다. 그래서 예술인마을은 이들의 열정과 예술을 사랑하는 애호가들의 만남의 장소가 되어야 한다. 이들이 낮 밤 없이 자유롭게 만날 수 있을 때 마을은 활성화 될 것이며 구도심이 살아날 것이다.

작가의 창작의욕을 고양시키기 위해 시작된 '레지던스'는 이제는 지역 활성화를 위한 목적으로 여러 자치단체가 경쟁적으로 지원하고 있다. 이는 예술인과 지역이 예술을 통해 부흥하고자 하는 상생적 프로그램이어서 기대하는 사람이 많다. 그러므로 작가는 지역에 천착해야 하고 지역은 작가를 배려해야할 것이다. 정부나 지자체가 지원하는 예술인 창작공간이 사람이 사는 공간으로 계획되고 운영되기를 바란다.

(2011. 5. 16. 함석헌평화포럼)

인문의 실천은 용기 있는 저항이다

김 수 우

● 인문의 실천은 용기 있는 저항이다

● 남을 끌어안을 때 나는 하나로 완성됩니다

● 사람의 입이 만드는 문화 – 입의 문화, 말의 심연

김수우

1959년생 부산 출신(본명 김경복). 경희대 대학원 국어국문학과 졸업하고 '시와 시학'으로 등단하였다.(1995) 그는 '인문학적 실천'을 온몸으로 밀고 가는 저력을 가진 여성이다. 부산지역에서 '지역 인문학 운동'을 정말 온몸으로 실천하고 있다. 현재 부산에서 <백년어서원> 원장을 맡고 있다. 그리고 부산지역 인문학 연구와 발전에 힘을 싣기 위해 <신생인문학연구소>의 성괴확산실장도 맡고 있다.

시집으로는 『길의 길』, 『당이의 옹이에 옷을 걸다』, 『붉은 사하라』(2005), 『젯밥과 화분』(2011) 그리고 사진 에세이집으로는 『하늘이 보이는 쪽창』, 『지붕 밑 푸른 바다』, 『아름다운 자연, 가족』 등이 있다.

인문의 실천은
용기 있는
저항이다

어떤 열악한 구조에서도 생명이 지닌 가능성을 찾아내는 제3의 눈동자, 그것이 바로 인문이며 동시에 공감의 능력이다. 공감이 미래의 은빛 열쇠인 건 분명하다. 무한경쟁이 낯선 추상화로 만들고 말기는 하지만, 공감은 제비꽃이나 은행나무처럼 자연적 질서에 감응한다. 이러한 공감의 실천은 영적 차원의 에너지에서 나온다. 우리가 영혼을 가진 존재라는 확신이 있을 때는 영감과 계시를 세계를 향상시키는 원천으로 확보할 수 있음이다. 인문학은 인간에게 기억을 되돌려주는 작업에 다름 아니다. 근원에 관한 통찰은 자본의 무한질주를 뛰어넘는 예지력으로 작용한다. 만연한 상대적 빈곤과 비굴에서 벗어나 스스로 선택한 청빈과 겸허는 삶의 신성을 회복해내는 것이다. 하지만 그러한 감동은 도무지 감지되기 어려운 현실이다. 끝없는 자본의 소용돌이 속에 잠식된 몸뚱이들만 아슬아슬하다.

삶은 끊임없이 실패를 성공하는 과정을 말하는 게 아닐까? 실패를 성공한다는 말은 미완성이 가장 아름다운 완성이라는 논리와 통한다. 이는 곧 삶은 과정이라는 진리, 완성은 항상 이행의 선 위에 있음을 이르는 것이리라. 어떻게 실패를 성공할 수 있을 것인? 이 말 자체가 어쩌면 가장 저항적이며 동시에 인문의 상상력이 아닐까. 실패란 인간의 욕망과는 어긋난 방향이다. 인문학적 실천으로 실패하는 법을 언급하는 건 그 자체로 저항일 것이다. 하지만 이런 정신은 동학에서 말하는 '불연기연'의 세계에 맞닿아 있는 것은 아닐까? 불연기연은 숨은 질서를 칡덩굴처럼 따라가는 '과정'을 보여준다. '그렇지 않다, 그렇다', 부정을 통한 대긍정의 경계, 그 '불연기연'편이 『동경대전』에서 '앎'과 '수행'에 대한 글에 이어져 논의되고 있다는 점은 유념할 만하다. 서로 상반되는 개념이면서 함께 쓰이는 사유를 계속 이어가면, '너 자신을 알라'는 소크라테스의 '무지'에 닿지 않을까? '앎'과 '무지無知', '그러함'과 '그렇지 않음', '성공'과 '실패'가 뒤섞이면서 혼란스러운 듯 제시되지만, 그를 통해 불연과 기연의 틈새는 조심스레 좁혀지고 있다. 이 불연기연의 틈새로 지속적으로 나아가는 과정이 인문의 숨은 질서이며 곧 실패를 완성하는 방법이 아닐까. 그 틈새로 우연偶然과 필연必然이 작동하듯이 말이다.

일 년에 책 몇 권 읽어내지 못하면서 인문학 강의에 몰려다니는 지식의 소비 현상을 보면서, 우리가 대결해야 할 시대의 양상은 무엇인가 고민이 커진다. 오히려 더 많은 한계를 만들고 있는 건 아닌지. 인문 풍경을 성찰하는 동안 우리 문화가 얼마나 소비적인 것에 국한되어 있는지를 새삼 깨닫게 된다. 다문화, 통섭, 공감이란 말이 여기저기서 튀어나오면서 인문학이란 말도 덩달아 액세서리처럼 딸랑거리고 있다. 지금의 인문학은 화장발이다. 오늘도 성형수술 중인지 모른다. 오늘의 인문학은 이미 자본에 의해 길들여진 인문학인 것이다.

건강한 피부는 내면에 이미 빛나는 윤기를 가지고 있는 법이다. 그 한계를 극복하려면 우선 일상을 지배하고 있는 속도주의와 편리주의, 성과주의를 벗어나야 한다. 삶의 의미를 묻는 문제, 실존의 방식을 묻는 문제는 편리와 성과로는 접근할 수 없기 때문이다. 기계주의 현실은 성과로 가득하다. 그것이 대학에서 인문학이 죽어버린 이유이기도 하다. 인문을 지향한다는 것은 요구되는 성과와 싸우는 일이다. 여기서 인문학과 싸우는 인문학이 나올 수밖에 없다. 로댕의 말대로 '진보는 느리고 불확실한' 것이다. 더 불편하게, 더 천천히 가야 한다. 섬세하게 사물을 들여다볼 수 있을 때 우리는 실존의 문제, 또는 타자에게 접근할 수 있기 때문이다.

인문이란 물화된 지식이 아니라, 지배 관념을 똑바로 들여다보는 의식의 모험이다. 상황을 합리화하고 있는 왜곡된 신념체계에서 무엇을 반성할 것인가? 우리가 옳다고 하는 것과 참으로 옳은 것과의 차이는 무엇일까? 안정된 개인을 욕망하게 만드는 인문학의 유행은 경계해야 한다. 시민을 관리 가능한 교양인으로 만들어 내듯이, 오히려 사회의 관행을 내면화한 사람을 길러내는 것은 오히려 반反인문이다. 가치는 실천에서 향기를 낸다. 개념이 아니라, 체온으로 직접 부딪칠 때 인문학은 앎에서 삶으로 성장한다. 가치를 발견하는 데는 자긍심이 우선이다. 자신의 무늬를 환기하는 과정은 매우 소중하다. 세상의 어떤 명리도 자신의 자긍심 하나를 당할 수 없는 게 이치이다.

'인문'. 이 울림은 미친 말 같은 소비사회에서 늙은 창녀가 저녁마다 그리는 입술처럼 쓸쓸하고 애잔하다. 그러나 이는 우리 영혼이 온힘으로 요청해온 가장 오래된 몸짓은 아닐까. 도무지 아름답지 않지만 존재론적으로 연민 그 자체일 수밖에 없는 사랑인 것이다. 하지만 어떠한 문화변혁의 노력도 결국은 이해득실을 따지는 경제의 논리에 지고 만다. 위기의 본질을 파악하고, 거기에 저항하는 일은 지루하고 눈에 잘 보이지도 않는다. 그래서 인문의 실천은 미세한 상상력과 불온한 저항을 필요로 한다. 불편할 용기가 있는가? 손해 볼 용기가 있는가?

인문학은 앎이 아니라 삶이다. 사랑이 있는 사건의 인문학으로 나가야 한다. 흘러 흘러서 바다로 가야하는 것이다. 그건 자연스러운 소명이면서 생명적이다. 문득 실화라는 도마뱀 이야기가 떠오른다. 도쿄에서 올림픽 개최를 위해 주경기장을 확장하기로 결정하고, 정부는 경기장 주변의 집들을 모두 구입, 그것들을 헐기 위한 공사를 시작했다. 집을 허무는 작업 도중, 한 집의 지붕에서 작은 도마뱀 한 마리가 발견되었는데 그 도마뱀은 꼬리에 못이 박혀 움직일 수 없는 상태였는데도 멀쩡히 살아있는 것이었다. 집주인에게 확인해 보았지만 3년 동안 어떠한 수리나 공사도 한 적이 없다고 했다. 사람들은 도대체 어떻게 도마뱀이 아무 것도 먹지 않고 3년 동안이나 살아있을 수 있는지 궁금해 계속 관찰하게 되었다. 그러다 다른 도마뱀 한 마리가 먹이를 날라다 주는 광경을 보게 되었다. 몸이 불편한 친구를 위해 그 도마뱀은 3년 동안 그 집을 떠나지 않고 헌신 한 것이다. 거기에 무슨 성과가 있겠는가? 거기에 무슨 이유가 있었겠는가?

이 이야기는 실패를 성공하는 법을 잘 보여준다. 성실함과 기다림과 신뢰, 꾸준히 3년 동안 먹이를 물어다준 그 관계가 우리가 담지 해야 할 인문학의 세계, 곧 생명인 것이다. 그것이 배려와 환대의 기본조건이기에 말이다. 어떤 권력과 권위의 뒤편에서 열심히 살아낸 관절 불거진 손등이 곧 인문학이 아닐까. 이런 진실이 우주의 허공을 꿰뚫고 가는 광선처럼 앎과 삶을 가로질러야 한다. 인人은 없고 문文만 있는, 인人도 문文도 없고 학學만 있는 성과 중심의 인문은 결국 자본의 시녀뿐이다. 우리가 저항할 수 있는 자리, 상상할 수 있는 자리, 거기서 새로운 사랑이 싹트리라 믿는다. 하나씩 지워야 할 물화의 선들. 그리고 하나씩 돌아오는

사람, 그리고 역사, 그리고 예술. 그것이 우리에게 어떤 자긍심을 선물
할 것인가.

(2011. 12. 14. 함석헌평화포럼)

남을 끌어안을 때
나는 하나로
완성됩니다

1. 꽃을 그리워하다

그대, 어디 계신가요! 삶이라는 긴 여행은 당신을 그리워하는 일, 그 자체인지도 모릅니다. 문화도 교육도 종교도 소비재가 되어버린 물질 사회에서 나는 너무나 그대가 그립습니다. 경제성장을 자랑함에도 불구하고 자살률 세계 1위가 되어버린 현실이 나는 두렵고 쓸쓸합니다.

인간의 지성이 출현한 이후 인간에게는 많은 경전들이 생겼습니다. 이 무한에 대한 물음들은 결국 당신을 그리워하는 방식이겠지요. 생명 현상을 자각하면서, 또한 영혼의 실재를 감지하면서 사유를 진행시켜 온 인간은 결국 무수한 형식을 만들고, 형식을 해석하는 무수한 공부를 시작했습니다. 그러나 그 많은 지혜들이 결국은 근원을 기억해내는 일에 불과합니다. 문명사를 건너오면서 잃어버린 그 자리, 그 근원의 숲에는 분열되지 않는, 분석할 필요가 없는 무수한 내가 하나의 얼굴로 기다리고 있습니다. 예지되지 못한 모든 기억들을 회복하는 일이 바로 이 지구에 온 이유입니다. 체험된 과거이든 지식으로서의 과거이든 이 아름다운 타자를 찾아가는 일이 곧 나의 여행입니다.

Yama, 禁戒란 결국 타자의 존재방식에 관한 큰 질문과 실천에 해당합니다. 탐욕과 욕망, 집착 등으로 생긴 고통과 무지는 결국 타자에 대한 무관심이기 때문입니다. 살아있는 어떤 것이든 고통스럽지 않도록 배려하는 것, 이것이 조화의 큰 공식입니다. 이 조화는 결국 가장 자연스러운 진리이며 생명입니다.

아힘사, 불살생, 비폭력 이는 보편적 진리 또는 윤리 이전의 자연적 세계입니다. 정직함도 그렇습니다. 자기 자신과 남을 속이지 않는다는 것은 가장 원형적인 힘입니다. 훔치지 않는 것, 물질적인 것이나 비물질적인 것이나 부당하게 자신의 몫으로 가지는 것은 조화를 깨뜨립니다. 말과 행동을 순결하게 한다는 것은 사랑을 표현하는 중요한 양식입니다. 이 금계를 통하여 우리는 서로에게 서로를 부탁하지 않았던가요. 꽃을 그리워하는 것은 진리에 대한 질문입니다.

2. 꽃을 보다

그냥 오래오래 깜깜했습니다. 하지만 봄빛을 타고 여기저기 꽃잎 터지는 소리가 온 천지에 번집니다. 씨앗이었던 그리움들은 매순간 떨립니다. 보이는 곳, 보이지 않는 곳에서 파묻진 물결들로 온 우주가 떨립니다. 동시에 슬픔의 옷을 껴입고 있는 속삭임들, 우리 시대 불평과 신음들을 감지해낼 수 있나요.

본다는 것은 결국 존재에 대한 절실한 응시입니다. 서로가 서로에게 하나의 눈동자처럼 피어나는 것이지요. 이것이 타자를 이해하는 방식이라면 금계가 가진 의미는 곧 이의 실천일 뿐입니다. 이 실천은 어떤 노력에 의해서가 아니라, 꽃이 피듯 아름다운 에너지들의 바라봄으로 존재하게 되는 것입니다. 건축가인 루이스 칸은 '우리의 새로운 시설은 단지 놀라움에서만 나올 수 있는 것이지, 분석을 통해 나올 수 있는 것이 아니다'라고 말했습니다. 꽃을 보는 힘은 경이로움입니다. 생명에 대한 놀라움이 서로를 바라보게 하는 것입니다.

결국 우리 자신을 향하는 방식이 타자를 있게 하는 것입니다. 모든 존재가 꽃으로 피어있는 것이라면 어떻게 적의를 가질 수 있겠습니까. 우리가 서로에게 기적이라면 어떻게 설레지 않을 수 있습니까. 모든 고통과 무지는 탐욕과 욕망과 집착에서 비롯합니다. 이는 설렘이 아니라 두려움과 억울함과 아픔으로 굳고 굳어버린 어떤 이물질의 덩어리처럼 불편합니다.

유한한 존재로서 사유하는 방식은 유쾌한 가치를 피워냅니다. 강물은 그냥 흘러가는 게 순리이지만, 살아있는 물고기는 강물을 거슬러 올라가는 것이 순리입니다. 그것이 살아있다는 것이니까요. 물살을 만들어내는 투명한 지느러미를 우리는 꽃이라 부릅니다. 자연적이지 못한 인간의 모든 폭력, 욕망은 늘 우리를 목적에 잘 활용하고 늘 혼란하게 하지만 결국 꽃은 모든 자리에 피어납니다. 인류가 탄생하기 훨씬 이전, 광대한 우주 속에서 적막한 속도로 저 혼자 돌고 있었을 이 지구, 고생대부터 꽃들은 피기 시작했지요. 꽃을 보는 것은 진리에 대한 답입니다. 아름다운 영성에 대한 답입니다.

3. 꽃이 되다

나는 그대에게 질문하고 그대는 나에게 답합니다. 그대는 나에게 질문하고 나는 그대에게 답합니다. 그래서 세상은 꽃밭이 되는 것입니다.

그렇게 해서 우리는 씨방 속에 맺혀가는 씨앗을 느낍니다. 생명을 그리워하는 힘이 자신을 생명으로 만듭니다. 이 우주는 생명의 본성에 충실한 것들로 그득합니다.

내 얼굴을 육안으로 바라볼 수 있는 사람은 없습니다. 반사된 이미지를 거치지 않고서는 말입니다. 내가 어떻게 생겼는지, 내가 어떤 사람인지 주변의 사람들이 더 잘 안다는 말입니다. 또 타자의 얼굴도 내가 더 잘 볼 수 있습니다. 꽃이 된다는 것은 내가 타자가 되는 힘입니다. 타자를 끌어안을 때 나라는 존재는 하나로 완성됩니다. 가족을 끌어안을 때, 사회를 끌어안을 때, 동물을 끌어안을 때, 바위를, 강을 끌어안을 때 우리는 완벽한 우주의 질서로 편입됩니다. 사람이 사랑하는 방식, 사랑이 시작되는 방식으로서의 이 모든 질서는 이 별을 다양한 아름다움으로 수놓습니다.

인류에게 주어진 수많은 경전을 머리로 가져갈 것인지, 가슴 속으로 가져갈 것인지, 손으로 가져갈 것인지 우리는 고뇌해야 합니다. 우리는 머릿속에서 무수한 지혜를 분석하지만 아마 꽃이 되는 방식은 아닐 듯합니다. 경전은 결코 우리를 가르치려하는 것이 아니라고 믿습니다. 경전의 언어들은 마음 깊숙이 자리하도록 내버려두고 꿈을 꾸는 것, 경전을 이해하려 들기보다 그냥 깊이 느끼는 것이 나을 것입니다. 진리에 대해 끊임없이 이야기하기보다 그냥 침묵 속에 놓아두는 것이 나은 것처럼. 어느 날 문득 우리는 그 경전의 언어를 손으로 가져갈 것입니다. 오래된 상처처럼 딱지를 떼고 분홍 속살처럼 우리를 살아나게 할 것입니다. 그것은 생각하기보다 우는 것이 더 나은 상처처럼 치유의 힘을 발휘하지 않을까요.

이제 수행은 무엇을 위해 만들어진 결과가 아니라 무엇을 만들어내는 원인이 되어야겠지요. 내가 누군가에게 아름다운 원인이고자 합니다. 꽃이 되는 것은 진리에 대한 내 역할, 우리의 역할입니다.

(2011. 10. 20. 함석헌평화포럼)

사람의 입이
만드는 문화
- 입의 문화, 말의 심연

바다 위에 떨어진 햇살은 물결을 황금바늘처럼 세운다. 빛살의 파편들은 끊임없이 해안으로 우주의 신비를 실어 나른다. 그 물비늘은 삶을 설레게 한다. 그러나 우리는 그 아래 얼마나 깊은 심연이 있는지 아는 걸까. 그 반짝임은 심연에서 걸어 나온 파문과 진동이다. 심연은 얼마나 먼 데서 얼마나 먼 시간을 흘러온 것일까. 바다 앞에 서면 몸속으로 밀려오는 어떤 아득함과 비의에 숨이 멎곤 한다. 한 마리 고등어만큼도 그 심연을 우리는 이해하지 못한다.

일상도 그렇다. 우리가 누리는 삶의 표면, 그 순간순간은 영혼의 거대한 심연에서 비롯된다. 세태가 워낙 거칠어서 우리는 진정한 삶의 근원을 감지하지 못한다. 우리는 심연을 잃어버린 시대를 산다. 심연이 없이도 어디든 흘러갈 수 있다고 함부로 믿어버리고 마는 것이다. 입은 우리 심연의 출구이다. 말은 영혼의 심연에서 길어 올리는 물비늘이며, 언어현실은 심연을 그대로 보여주는 게 아닐까. 하여 말의 현장은 시대를 들여다보는 현미경이 된다. 가는 데마다 함부로 된 말들, 거친 말들, 거짓의 말들, 매끄러운 말들이 난무한다. 표피적이며 속도적인 목소리들이 사방에 넘치지만, 거기엔 진실도 진실에 대한 의지도 없다. 어떤 다양함을 내세워도 이는 소통이 되지 못하고, 사회는 우울하다.

말씨란 말이 있지만 말이야말로 씨 같은 것이다. 그것은 지나간 것의 결과인 동시에 장차 올 것의 원인이다. 말씀은 현재요, 현재는 말씀하는 뜻이다. 그것은 뵈지 않는 것과 뵈는 것 중간에 선다. 그것은 정신인 동시에 물질이다. 심판인 동시에 구원이다. 그것은 역사인 동시에 계시다. 말을 입으로 하게 된 것은 우연한 일이 아니다. 입은 한 입으로, 들어가기는 물질이 들어가서 나오기는 정신이 나온다. 죽음도 거기 있고 삶도 거기 있다.

_함석헌전집 2권 『인간혁명』, 16-17쪽

이처럼 함석헌 선생은 이미 언어의 근원적인 문제를 지적했다. 물질이 들어가지만 정신이 나오는 입, 거기에 우리의 미래가 달려있지 않을까?

우리에게 심연이 있다는 건 결국 인간은 영성적인 존재라는 말과 같다. 입은 정신이 나오는 곳인 것이다. 하나님이 천지를 말씀으로 창조하신 걸 보면 말은 곧 생명이고 숨결이다. 인류의 장구한 역사는 입으로 전해졌다. 따뜻한 목소리들로 전해져온 아름다운 전설과 신화들, 인류는 말을 통한 상상력으로 문명을 건설해온 것이다.

옛말에 천사와 악마의 차이는 그 외양에 있는 것이 아니라, 그 말에 있다고 하였다. 입술의 언어가 우리를 괴물이 되게 하거나 인간이 되게 한다. 한 마디로 우리를 인간답게 하는 것은 입술의 언어에 있다. 모든 말은 현재성을 가지고 우리를 표현한다. 입과 입속의 말은 그만큼 모든 삶과 정신의 척도인 것이다. 그래서 우리 몸에서 혀는 가장 길들이기 어려운 부분이었고, 선지자들도 입에 파수꾼을 세워달라고 하지 않았던가.

현대인들은 맛집 기행에 여념이 없다. 이른바 미각의 시대이다. 모든 매체는 미각을 찾아 나서고 사람들은 점점 더 미각의 쾌락에 환호한다. 하지만 그 맛을 섭취한 후, 입에서 나오는 건 정신이 아니라 기어(綺語)와 기어(旗魚)들이다. 정치와 경제판에서 종교와 교육판에서 밀실에서 광장에서 무수한 말들이, 무수한 소문들이 우리를 아프게 한다. 절망스럽게 한다. 끊임없이 심판하는 말들이 오간다. 말이 넘친다. 그리고 우리는 말을 신뢰하지 않는다. 우리 사회가 총체적으로 신뢰를 잃어버린 까닭은 무엇일까. 왜 우리는 돈만, 보험만 신뢰하게 되었을까. 기어(綺語)들이 만연한 까닭이다. 오늘날의 말은 매끌매끌하고 번지르르하다.(그중 히니기 광고이디.) 그리고 무수한 소문과 험담 속에서 함부로 번성되는 분노와 폭력들. 특히 험담은 세 사람을 죽인다고 한다. 말하는 자, 험담의 대상자, 그리고 듣는 자이다. 그만큼 말은 위험하다. 어떤 칼보다 위험하고 어떤 방사능보다 위험하다. 영혼을 죽이기 때문이다. 삶도 죽음도 거기 있음이다.

이러한 소통의 불능과 불신은 무관심으로 전개된다. 지하철 안이나 열차 안에서 보면 모두들 손바닥 안의 휴대폰에 몰입해 있다. 바깥 풍경이나 주변에는 별 관심이 없이 모두 작은 창을 뚫어지게 바라본다. 신인류라는 표현이 그대로 절감된다. 끊임없이 검색과 삭제를 클릭하는 눈빛과 손끝만이 자기를 찾아가는 방법이 되어버린 것 같다. 이 어찌 선택과 실천이 따라가지 않는다고 할까만 말의 심연을 기억하지 못하게 하는 건 아닐까 두렵다.

입은 모든 문제의 시작이다. 삶을 함정으로 만들기도 하고 존재의 심연으로 만들기도 한다. 심연은 보이지 않는 거대한 말의 질서를 이룬다. 소리 없이 흐르는 그 도도한 흐름을 우리는 자연이라고 부른다. 거기엔 아름다운 공존이 존재한다. 공존은 말의 현장을 기반으로 한다. 문화란 결국 전체를 전제로, 그리고 전체의 말을 통해서 진행되는 것이다. 말은 미래를 바꾸는 힘이다. 하여 모든 희망의 근원이기도 하다. 한 마디 말로 천 냥 빚도 갚을 수 있다고 하지 않는가. 말투와 어조에 따라 한 사람의 심연을 읽어내듯, 전체의 언어현실을 통해 공존하는 사회를 읽어내고 또 추구할 수 있다.

입이 만드는 문화가 맛집 기행뿐이어서야 하겠는가. 진실의 입, 입의 약속을 통해 말의 심연을 키워나갈 때 우리는 어떤 환경에 처하든지 공존하는 법을 익혀내지 않겠는가. 말은 감정을 만들어내고 동시에 행동을 만들어낸다. 무릇 시대를 걱정하는 자, 미래를 꿈꾸는 시민이라면 입의 문화에 좀 더 고뇌해야 하리라. 지성의 입술은 어떤 빛깔일까.

말은 소비의 방식에서 사랑의 방식으로 흐를 수 있을까. 과연 우리는 말의 진정한 심연을 찾아갈 수 있을까?

(2011. 9. 14. 함석헌평화포럼)

씨울들이여, 아일랜드에서 탈출하라

예 관 수

● 카이스트(KAIST)는 자살 배양대학인가

● 곽노현식 마녀사냥

● 한미FTA만이 살길인가

● 씨올들이여, 아일랜드에서 탈출하라

● 걸레를 빤다고 행주가 되랴

● 새누리당의 신하여가(新何如歌)

예관수

행정학을 공부했다. 주중에는 부산에서 개인사업(기계, 공구, 자재 판매), 주말에는 거창에서 농사(매실 등) 짓는 5도都2농農 5년차 농부. 농사에 이력이 붙는 대로 완전 귀농하여 자연의 품에서 살 계획이다.

카이스트(KAIST)는
자살 배양 대학인가

입학만 해도 본인은 물론 집안의 경사요 가문의 영광이며 장래도 확실하게 보장된다 하여 대한민국 이공계 영재들이 다 모인다는 카이스트KAIST에서 도내체 무슨 일이 있었기에 서남표 총장 취임 이래 9명이, 올해 들어서만 4명이나 되는 과학 영재들이 연이어 자살이란 극단의 길을 택하고 있단 말인가? 밝혀진 바로는 자살의 주요 원인은 성적에 따라 징수하는 징벌적 등록금제 때문인 것으로 알려졌다.

카이스트 학생들의 학비는 전부 국민의 세금으로 지불되니 모두가 다 장학생들이다. 그런데 현재의 서 총장이 취임하면서 경쟁제도를 도입하여 평점 3.0 이상인 학생은 학비 전액을 지급받지만, 3.0에서 2.0 사이는 최저 6만 원에서부터 최고 600만 원을 내야하고 평점 2.0 이하의 학생에게는 연간 1,500만 원이 넘는 수업료 전액을 부담하도록 했다. 학업성적만을 근거로 한 이러한 징벌적 학비부담제도는 단지 성적 중심의 무한경쟁을 통한 적자생존방식인 정글법칙을 적용하는 것인 바, 이공계 분야의 다양한 재능을 가진 학생들을 뽑아 그들의 능력을 최대한 개발하고 발휘하도록 학업 성취동기를 부여해야 함은 물론 백년대계를 도모해야 할 국책 대학에서 취할 합당한 교육 방식이기나 하단 말인가?

또 카이스트의 일부 교수과목은 어릴 때부터 사교육에 의지해 공부해 온 소수의 특목고나 과학고 출신 학생들이나 겨우 따라갈 수 있는 출구 없는 교육방식을 택하고 있을 뿐 아니라, 전 과목 영어수업 방식도 과연 이공계 교육을 효율적으로 하는 올바른 방법인지조차 의문이라는 학생들의 주장처럼 일방적이고 폐쇄적인 서남표식 교육 방식은 창의적인 인재 육성을 표방한다며 도입한 입학사정관제를 통해 뽑힌 다양한 능력의 학생들을 똑같은 빵틀에 넣어 찍어내려는 강압적 교육방식인 바, 과연 그런 교수법이 최선의 강의법이란 말인지? 또 선진국들 중에도 과연 이런 징벌적이고 살인적인 경쟁을 통해 교육 본래 목적을 달성하여 국민과 국가에 봉사할 훌륭한 인재를 키워내는데 성공한 예가 있는지 과문한 탓에 들어보지는 못했다.

이공계 최고의 엘리트들을 교육한다는 우리의 교육 현실이 이러하니 뉴턴도 한국에서 태어났다면 잘해야 강남 족집게 학원 강사가 되고, 에디슨은 전기 수리공이, 수학과 물리 외는 낙제생인 아인슈타인은 내신 성적 미달로 고졸 인생이 되어 피자나 자장면 배달부, 퀴리부인은 얼굴이 못 받쳐주어 근면성 하나로 미싱공, 노벨은 잘해야 한화 직원, 스티븐 호킹은 장애인 시설에 입소, 빌 게이츠는 컴퓨터 해커나 되었을 것이란 자조적 말이 인구에 회자되고 있는 것이다.

그렇지 않아도 돈을 최고의 가치로 여기는 신자유주의적 사고와 정책이 온 세상을 휩쓸고 있어, 경제적 약자인 대다수의 서민들과 사회적 수수자들은 살인적인 대학 등록금과 공교육의 붕괴로 헌법상 권리인 교육의 기회마저 점점 빼앗기고 있다. 이런 현실에서 한국 최고의 이공계 대학에서 들려오는 살벌한 소식들은, 이제 이 나라 최고의 영재들조차 결코 행복하지 못한 땅이 된 우울한 내 나라의 슬픈 자화상을 다시 한 번 확인시켜주니, 참으로 살맛이 나지 않는다. 대한민국의 건국이념이자 교육이념인 '홍익인간'의 정신을 살인적인 경쟁위주의 배타적이고 이기적인 인간육성으로 바꾸지 않으려면 이러한 교육방식과 제도는 분명 바뀌어야 할 것이다.

(2011. 4. 9. 함석헌평화포럼)

곽노현 식
마녀사냥

지난 일요일(2012. 8. 28), 곽노현 서울시 교육감은 지난 교육감 선거에서 진보진영 측 후보들 간의 단일화에 합의한 박명수 교수에게 2억 원을 건네 준 사실을 시인했다. 더불어 선거가 끝난 후 대가성 없이 단지 생활고를 겪는 그를 도우려는 선의에서 그 돈을 건넸다고 밝혔다. 진실이 무엇이고 어떤 성격의 자금수수였던 간에, 수도 서울의 교육을 책임 진 수장으로, 또 도덕성을 생명으로 삼아야 할 진보세력을 대표하는 교육감으로써 차별 없는 무상급식을 비롯한 과감한 교육 개혁을 추진해야 할 중차대한 시점에서 참으로 안타까운 일이다.

이에, 한나라당과 조·중·동을 비롯한 기득권 세력들은 마치 저승에서 할아버지라도 만났거나, 가뭄에 타들어 가던 웅덩이에서 소나기를 만난 고기 격이다. 오세훈 전 시장이 독단적으로 추진한 단계적 무상급식 안에 대한 주민투표 결과, 25.7퍼센트의 저조한 투표율에 그쳐 투표함조차 개봉하지 못한 채 180억 원의 엄청난 예산만 낭비했고, 연이이 시장자리 마저 내놓고 물러난 절박한 시점에서 상황을 반전시킬 아주 좋은 먹이 감을 만난 셈이다.

그들이야 그렇다고 치더라도 민주당을 비롯한 야당과 진보적 성향의 언론은 물론, 일부 NGO단체들도 무조건 그의 퇴진부터 먼저 거론하는 것은 심히 유감이다. 곽 교육감이 건넨 2억 원의 출처는 어떤 성격의 돈인지도 명확히 밝혀지지 않았을 뿐 아니라 그의 말대로 개인 돈을 선의로 주었다면 그게 무슨 죄에 해당되는지 부터 먼저 법절차에 따라 밝혀야 할 것이다. 물론 대가성이 있었다면 검찰이 입증책임을 져야함은 당연한 일이다. 막연히 대가성 없이 2억 원을 주기란 쉽지 않다는 주관적 생각을 일반화시키고 퇴진 기준으로 삼아서 여론재판 식으로 몰고 가는 것은 민주적 절차도 아니며 합법적이지도 않다.

온갖 종합비리세트의 표본으로 쫓겨난 공정택 전 교육감도 대법원의 최종 유죄판결이 날 때까지 1년가량을 물러나지 않고 교육감 자리를 굳게 지켰는데 그 당시 그에게도 시금처럼 모두가 이렇게 벌떼같이 달려들어 무조건 물러나라고 한 적이 있었는가? 우리나라 형소법에는 무죄추정의 원칙이란 게 있다. 비록 흉악한 범죄자라 하더라도 최종심에서 유죄판결이 날 때까지는 무죄로 추정하여 피의자의 인권을 존중한다는 원칙인데 하물며 아직 자금의 출처와 그 성격조차 밝혀지지 않은 상황에서 모두 너무 앞서 간다.

검찰의 수사의 방식과 시점에도 문제가 많다. 2009년 소위 '노무현 전 대통령 뇌물수사' 때도 그랬고, 그 후 '한명숙 전 총리 뇌물수수 사건' 수사 때도 확실한 증거를 확보하지 않은 상태에서 일방의 주장이나 미확인 설(그렇다 카더라… 아니면 그만이고…)을 슬쩍슬쩍 흘리고 이를 받아 확대 재생산하는 사이비 언론들에 의해 거의 기정사실처럼 보도되어 명예를 훼손하였는데 이번에도 무상급식에 대한 주민투표 결과로 책임지고 오세훈 전시장이 물러나고 한나라당이 곤경에 빠진 처지에서 나온 절묘한 타이밍은 물론 후보단일화의 대가성 돈으로 이미 기정사실화 되고 있다.

　　더불어 이렇게 온 국민의 이목이 곽노현 교육감에게 쏠린 시점에서 부산저축은행 비리관련 로비스트로 알려진 박태규가 4개월간의 캐나다 도피생활을 접고 검찰과 가족들의 설득(?)으로 29일 슬쩍 귀국하여 구속 수감되었다고 한다. 아! 역시 대한민국 검찰의 능력은 뛰어나고 그 타이밍도 언제나 절묘하다. 그리고 또 억울할 사람이 있다. 현대차 회장 몽구스(정몽구)다. 수년전 경제범죄행위에 대한 반성차원에서 1조원 출연을 약속하고는 뭉그적거리고 있다가 이번에 동생 정몽준의 '아산 나눔 재단' 설립과 2000억 원 기부에 자극받아 큰마음을 먹고 5000억 원을 출연했는데 새 발의 피도 안 되는 곽노현의 2억에 눌려 그 빛을 잃고 말았다. 이는 곧 정치적 타이밍의 예술가인 검찰과 상의(?)하지 않고 자의적으로 기부한 탓이 아닐까. 공직선거법 제232조에 의하면 후보 매수 행위 및 이해 유도 죄는 7년 이하의 징역이나 5백만 원 내지 3천만 원 이하의 벌금형에 처해지게 되니 곽노현이 준 2억 원이 이에 해당되는 돈으로 판결나면 처벌은 물론 당연히 교육감 직은 자동으로 상실하게 된다. 그러나 아직은 아니다. 범죄 행위를 밝혀내야 할 입증책임은 검찰에 있고 또 최종적으로 그를 판단할 곳은 법원이다. 구체적인 그이 범죄행위가 밝혀지기도 전에 자리에서 먼저 물러나라고 하는 것은 전형적인 여론몰이 식 수사와 재판을 조장하는 21세기 판 마녀사냥이 아닌가 싶다.

　　옛말이 생각난다. '待人春風 持己秋霜'(대인춘풍 지기추상: 남을 대함은 봄바람같이 따뜻하게 하고 자신을 지킴에는 가을 서릿발처럼 엄숭하게 하라), '진보는 분열로 망한다'는 말과 함께 개혁을 말하는 사람들이 가슴에 깊이 새겨야 할 말이 아닐까 싶다.

(2011. 8. 30. 함석헌평화포럼)

한미FTA만이
살 길인가?

"한국은 대외 무역의존도가 아주 높은 나라다. 그러므로 냉엄한 국제 경제현실 속에서 살아남기 위해서는 다자간 무역협상인 UR이나 WTO에의 참여는 물론, 양자 간 무역협상인 FTA 협상에 적극 임해야 한다." 이러한 논리는 오로지 양적성장만을 금과옥조로 삼아왔던 그 동안의 정권들이 국민들의 머릿속에 세뇌시켜온 구태의연한 말이다. 역대 개발위주의 경제정책만을 펴왔던 독재 권력들은 농축산어업과 다수 중소기업, 자영업자들을 희생양으로 삼아 소수의 대기업들에게 나라의 경제를 전적으로 의탁하는 정책을 펴왔다. 이 탓으로 대다수 국민들과 중소기업은 대기업의 하수인이나 하청업체로 전락하였다.

2003년 참여정부가 들어서면서 그 동안 독재 권력들이 펴온 소수 대기업 중심의 경제정책을 폐기하려하자, 미국은 무디스를 통해 한국의 국가신용등급 하락을 암시하는 등, 여러 가지 압력수단을 동원하고 한미 FTA 협상을 강제하였다. 당시 우리 측 협상 책임자인 김종훈의 입을 통해 알려진 바대로, 애초에 합의된 협정문은 '글자 한 자'의 수정도 불가하며 '재협상'이란 더더욱 있을 수 없는 '최종 합의문'으로 발표되었다. 그렇지만 곧 이어진 미국 측의 재협상 요구로 인해 말로는 '추가 협상'이라면서 결국은 실질적인 '전면 재협상'을 통해 미국 측의 이익을 대폭 반영한 '한미 FTA 재 협상안'이 탄생되어 두 나라가 서명하는 데 이르고 말았다. 이는 곧 한미 FTA 협정은 미국 기업을 대변하고 미국의 이익에 충실해야 한다는 사실을 의미한다. 즉 미국의 이익에 부합하지 않는 FTA 협정은 언제든지 뒤엎어질 수도 있다는 사실을 역설적으로 말해주는 과정이 아니었던가?

진실로 한미 FTA가 우리에게 이익이 되고 장차 민족과 나라의 운명을 바꿔놓을 중차대한 국가 간의 통상조약이라면 협상에 임하는 한국 정부는 미리 철저한 사전준비를 했어야 했다. 또한 역사와 미래에 대한 통찰과 혜안으로 양자협상에 임했어야 했다. 그렇게 해도 시원치 않을 차에 협상과정에서 흘러나온 이야기들을 종합해 살펴보면, 한국 측 협상 참가자들이 당시 노무현 정부(청와대)의 중요 협상지침을 어겼고 게다가 우리 측의 중요한 협상정보를 상대국 대표에게 흘리는 등 반국가적 행동을 하였다고 한다. 그들은 대체 어느 나라 국민이며 누구의 이익을 위해 협상에 나섰는지가 심히 의심스럽다. 더구나 국회에 제출한 협정문은 수많은 해석 잘못과 번역 오류투성이로 과연 그들이 정상적인 정신 상태에서 미국과 협상에 임했는지 조차도 의문이며 국민의 대의 기관인 국회를 모독해도 유분수가 아니다. 이러기 때문에 우리는 한미 FTA 협상 당사자들을 제2의 이완용으로, 한미 FTA 협상안을 '제2의 강화도 조약' 또는 '제2의 을사늑약'이라고 일컫는 게다.

이러한 불공정한 한미 FTA가 빌효된다면 공공성이 상한 전기와 수도 등은 물론 국민건강에 직결되는 의료분야에서도 심각한 문제를 일으킬 수 있다. 특히 독소조항으로 알려진 ISD(투자자-국가소송제 Invest-State Disment)를 통해 미국 투자자는 물론 그들이 지분을 투자한 국내의 대기업들을 통한 제소로, 이미 고사 직전인 국내 중소기업과 몰락

중인 골목 상인들의 운명을 더욱 강파르게 조여 올 것임이 명약관화하다. 그럼에도 정부는 한미 FTA만이 우리의 밝은 미래이자 살길이라며 국회의 동의를 압박하고 있다. 또 청와대의 거수기인 한나라당은 이를 힘으로 밀어붙일 태세이다. 그들 또한 누구를 위한 정부이고 국회의원인지 안타깝고 화가 치밀 뿐이다.

정말 우리나라의 미래와 운명이 미국과의 FTA 협상에 달렸다면 이렇게 서둘 일이 절대 아니다. 바쁠수록 둘러가는 말이 있듯이 이참에 다시 한 번 협정문을 꼼꼼히 살펴보고 토론하며 국민(국회) 앞에 더 자세히 설명해야 할 것이다. 그래서 우리에게 절대적으로 불리하고 불평등한 내용늘은 국회가 이를 부결시키는 게 마땅하다. 또 미국이 처음에 그랬듯이 재재협상을 통해서 우리 주장을 다시 관철시켜야 되지 않을까? 이미 미국이 우리에게 요구했던 일들을 우리는 그들에게 재차 요구할 수 없다면 그것만으로도 이번 한미 FTA는 불평등한 협정이며 우리에게는 굴욕이다.

더 솔직히 말한다면 한미 FTA협상을 통해 이득을 보는 이들은 이 나라 기득권층들이 아닌가? 이미 우리나라의 대기업들은 지난 독재정권들과의 정경유착과 농어민들과 노동자들의 희생을 발판으로 막대한 경제적 이득을 취해가며 몸집을 크게 부풀려왔다. 종국에는 정부에 대놓고 호령도 불사하는 거대한 기득권 세력으로 성장하였다. 그들은 일정 부분에서 국제경쟁력을 어느 정도 갖추었다고는 하지만, 문어발식 그룹을 형성한 자본권력들은 경영권을 세습하였고, 그 과정에서 불법으로 막대한 세금을 탈루하였다. 또 부실 경영으로 경제적 어려움에 처하게 되면 '대기업이 망하면 나라가 망한다.'는 공멸위기를 조장하고 대마불사식의 우격다짐으로 정부와 국민을 협박한다. 그런 후에 공적자금(국민의 혈세)을 지원받아 도산위기에서 벗어난다. 이게 바로 국가권력과 자본권력이 합작하여 국민의 혈세를 갈취하는 방법이다. 그러면서도 이러한 파렴치한 자본권력들은 입만 열면 '글로벌 스탠다드'를 주장하니, 그 이면에는 자신들의 자본권력을 위해 국민과 노동자들은 희생을 감수하라는 역겨운 음모가 숨어있음을 우리는 반드시 알아야 한다.

얼마 전 이임한 캐스린 스티븐슨(Kathryn Stevenson, 심은경) 주한 미국대사는 본국으로 보낸 한 전문에서 한미 FTA를 체결하는 이유를 '다음 세대에도 한국을 미국과의 관계에 단단히 붙들어 매어두기 위한 중요한 수단'이라고 표현했다. 이는 한 마디로 21세기에도 한국을 미국의 푸들로 묶어두는 올가미로 삼겠다는 말이 아닌가? 20세기 후반 구소련의 붕괴로 공산주의국가들이 몰락하자, 세계를 제패했다고 자만한 미국이 세계 곳곳에서 전쟁을 벌이고 신자유주의란 이름의 약탈적 경제정책을 펴는 동시에, 국내에선 서브프라임 모기지론과 같은 짓으로 돈 장난을 벌이다가 스스로 경제위기를 자초하고 말았다. 미국이 그러는 사이에 중국은 세계의 공장을 자처하며 등소평의 도광양회(韜光養晦, 날카로운 칼을 칼집에 감추고 힘을 기른다)와 장쩌민의 대국외교에 이어 화평굴기和平崛起 외교를 앞세우며 세계무대에 등장하였다. 이에 미국 패권주의자들이 위기의식을 느껴 중국을 견제하고 포위하는 여러 정책을 쓰기 시작하였는데, 대중국견제의 방파제로 만만한 한국을 이용하려는 얕은 속셈이 바로 한미 FTA라고 볼 수도 있다.

이렇듯 한미 FTA는 철저히 미국과 미국기업들의 이익을 대변하는 동시에 대한민국의 소수 대기업 및 상위 1%의 부유층 기득권세력과 손을 잡자는 의도이다. 즉 한국의 기득권세력의 이익을 보장해 주는 대신에 한반도의 영구분단을 획책하면서 남한을 중국견제의 수단으로 삼자는 속내가 숨겨져 있다. 미국의 이러한 얕은 수작을 국민들도 알고 있을 진데, 정부와 한나라당은 이것을 정녕 모른단 말인가. 만약 정부와 여당이 다수 국민들의 삶을 볼모로 잡고 힘으로 밀어붙여 굴욕적인 한미 FTA를 비준하려 든다면 99%의 국민들이 어떻게 나올지는 자신들이 더 잘 알고 있을 것이라 믿는다.

(2011. 11. 7. 함석헌평화포럼)

씨올들이여,
아일랜드에서
탈출하라

향후 나라의 경제주권과 국민의 삶을 좌우할 한미 FTA 협상안이 한나라당과 일부 정신 나간 야당 의원들의 날치기로 지난 달 22일 국회를 통과하였다. 그리고 엊그제 이명박 대통령이 협정 안에 서명함으로써 형식상의 절차를 마무리 지었다. 이제 한미 FTA를 찬성하는 그들의 주장대로라면 우리는 전 세계로 수출시장을 넓혀 막대한 경제적 영토를 넓혀 큰 이득을 취하게 될 것이다. 또 취업이 힘들었던 젊은이들에겐 세계를 향해 도전할 일자리가 엄청나게 열릴 것이며, 국민은 값싼 미국산 농축산물로 채워질 풍성한 고기 상을 상시로 즐기고, 나라는 미국경제를 수차례나 뒤흔들어 계층 간 격차를 더욱 심화시킨 신자유주의라는 선진경제(?) 시스템을 도입해 사회전반에서 새로운 변화와 혁신이 들불처럼 일어나는, 한마디로 경천지동驚天地動할 신천지가 열려 우리에게 달려올 것이다.

때맞추어 12월 1일 조·중·동 지라시(散らす: 傳單紙, 廣告紙, leaflet)들의 종편(綜編: 종합편성채널) TV방송이 출범하였다. 안 그래도 편협 되고 조잡한 보도로 국민을 오도해 온 지라시들에게 달아준 방송이란 날개는 우중(愚衆)들의 눈과 귀를 더욱 즐겁게 할 것이니, 벌써 그들만의 이

해를 더욱 공고히 하려는 듯 왜곡과 오도는 도를 넘고 있다. 조선 지라시의 <조선TV 방송>은 박근혜를 향해 '형광등 100개를 켜놓은 듯 한 아우라(Aura)' 라며 지X발광을 하고 있으니 기득권을 유지하려 아부하려는 그들이 애처롭기까지 하다. 이제 레임덕에 빠진 MB는 안중에도 없고 미래 권력이 될지도 모를 '유신공주'(維新公主)를 향한 '박비어천가'(朴飛御天歌)질로 제 살길을 찾으려는 그들의 변신이 참으로 역겹다. 이 딴 짓을 하라고 대리투표, 이중투표로 국회법을 어겨가면서 엉터리로 미디어 악법을 날치기했단 말이었겠다.

또한 수개월 전, 디도스 공격으로 인한 농협 전산망 마비를 북한의 소행이라 하여 우매한 우리들은 '북한의 IT 수준이 그렇게 발전 되었는가' 라며 한편 놀라하면서도 '그런가~?' 했었는데, 이번 10·26 재보선 때 다운된 선관위 홈페이지와 박원순 당시 서울시장후보의 홈피가 최구식(崔球植)이라는 여당 국회의원의 20대 보좌관이 '단독으로' 벌인 해킹이었다니, 참으로 더욱 놀랍다! 북한의 IT집단이 온 힘을 다해서 벌였을 일을 달랑 20대의 보좌관 한명으로 국가기관의 홈피를 다운시키는 저 능력, 그 의원님 이름은 최(崔) '구식'(舊式)이나 '최신식'(最新式)이다! 아마 그들은 불타는 애국심과 정의감으로 '철없는 젊은이들이 좌빨 후보에게 던질 투표행위를 저지'하려 벌인 그들 식의 애국적인 행동이었을 것이니, 잠시 애매한 북쪽을 의심했더라도 다시 한 번 통 크게 그들을 이해하자. 그것으로 과거 그들이 벌인 세풍, 총풍, 차떼기의 기억이 되살아나게 해주었으니….

게다가 그들은 뇌물과 '성상납性上納'은 기본, 그랜저와 벤츠 차를 받고 명품 핸드백 구입대금을 받아도 공사구별이 너무도 철저하여 직무와는 무관하다며 아무 죄가 안 된단다. 대통령은 퇴임 후 돌아갈 사저를

아들의 이름을 빌린 명의신탁과 국고전용 같은 갖은 꼼수로 구입해도 조·중·동 지라시들은 꿀 먹은 벙어리 행세다.

이른바 대한민국 1퍼센트라는 저들이 벌이는 후안무치한 짓거리를 보고 있노라면 수년전에 보았던 영화 아일랜드가 생각난다. 수백 명의 선택된(?) 사람들은 종말을 맞은 지구에서 살아남은 마지막 생존자들이라 믿고 있으며 그들은 매일 기상과 동시에 신체 점검을 받고 음식은 물론 생각과 행동까지 철저한 관리와 통제를 받으며, 이제 지구상에서 유일하게 남은 마지막 낙원이라는 아일랜드로 뽑혀 가는 날이 최고이자 마지막 희망이라 알고 그날을 학수고대하며 살아간다. 그러다 주인공은 철저히 통제된 그곳의 생활에 점차 회의를 품게 되며 결국 자신들을 복제시킨 스폰서에게 건강한 장기를 제공하기 위한 복제인간으로 자신들이 사육되고 있음을 알게 된다. 또 그들이 그토록 꿈에도 바라던 아일랜드행이 곧 장기축출을 위해 살육장으로 끌려가는 것임과, 급기야 그곳에서 산모가 장기축출을 당하고 죽는 장면을 목격하고는 마침내 목숨을 건 탈출을 시도하는 이야기다. 비록 복제인간으로 태어나 통제된 환경에서 온갖 정보를 차단당하고 세뇌되어 살았더라도 결국 인간은 사유하는 동물인 한 반드시 자신의 정체성을 되찾고 온전한 인격체로 재탄생 될 수 있다는 점에서 대단한 흥미를 끈 영화였다.

오늘날 이 땅에도 입만 열면 국리민복을 외치며 속으로는 그들의 뱃속을 채우고, 넘처나는 부와 권세를 지지손손 이어가려는 1%들이 벌이는 허황된 아일랜드의 환상에 속아온 탓에 99퍼센트인 서민들의 삶은 갈수록 강팔라지고 있다. 그나마 근자에 보수적이라는 사법부 안에서 일부 판사들 중심으로 한미 FTA가 사법주권을 심각히 침해할 수 있다는 참 목소리를 내고 있어 다소 위안과 희망을 갖게 된다. 그러나 영화의 주인공이 주어진 현실의 삶을 회의와 성찰을 통해 정체성과 새로운 삶을 되찾았듯, 서민이 행복해질 미래는 저들 손에 의해 절대 저절로 주어지지 않는다. 우리 씨올들이 이런 점들을 간파하여 역사를 통찰하고 이 시대가 우리에게 요구하는 사명을 제대로 인식하여 힘을 모아 연대한다면 이 땅을 사람다운 이들이 더불어 살아갈 신천지로 새롭게 만들 수 있을 것이리라.

(2011. 12. 4. 함석헌평화포럼)

걸레를 빨다고
행주가 되랴

정당이란 무엇인가? 같은 생각과 이해를 가진 이들이 모여 정권을 잡아 자신들이 추구하는 바를 실현하기 위해 존재하는 집단이 아니었던가? 그런 관점에서 본다면 그들은 소위 기득권층이라는 수구골통 집단의 이익을 제대로 잘 반영해 왔다고 해도 과언이 아니다. 이를 증명하듯 그들은 집권 후 소수의 재벌을 위해 각종 규제책을 폐지 내지 대폭 완화했고 곧 자신들이기도 한 부동산 부자들을 위해 종부세를 무력화시켰다. 또한 토건족들을 위해 4대강 사업을 강행했으며 조·중·동 지라시에게 종편채널을 허가하여 자신들의 영구집권을 위해 앵무새 언론 장치까지 마련하지 않았던가. 그러나 요즘 한나라당이 하는 일을 보면 참으로 딱해 보인다. 이제 와서 쇄신이니 제2창당이니 하며 벌이는 짓들은, 선거를 앞두고 정치적 목숨을 연장하기 위해 자신들의 정체성을 부정하는 자기모순이거나 자가당착, 자기부정으로 밖에 보이지 않는다.

알고 보면 권력이란 참 허망한 것이다. 특히 국민의 소리에 귀 닫은 5년짜리 시한부 인생인 오만한 최고 권력은 이미 레임덕에 빠졌고, 권력 맛에 길든 하이에나 근성을 가진 자들은 '미래권력'에로 줄 대기에 나섰다. 그동안 벌인 숱한 무리수로 당의 인기가 바닥으로 떨어지자 그 당의 장삼이사張三李四들이 국민의 눈을 속이기 위해 쇄신 운운하며 '비대위'란 옥상옥을 만들고 그 집단의 전가보도인 독재자의 딸 박근혜를 수장으로 앉혀 권력을 연장하려 다시 꼼수를 부리고 있는 것이다.

한나라당의 의원들은 집권기간 동안 내내 권력 핵심이 벌이는 잘못된 정책을 바로 잡기 위한 당내 투쟁은 고사하고 그 단맛만 쪽쪽 빨아먹고 살아온 자들이다. 그러다가 이제 19대 총선을 앞두고 당의 인기가 조금 떨어진다고 얍삽한 눈속임을 벌이고 있는데, 이는 자신들의 권력모태인 수구골통들의 이익을 대변하는 자랑스러운 정당임을 망각하거나 배반하는 일이다. 지난 시절, 선거에서 이기기 위해 자신들이 벌인 차떼기와 총풍사건 등을 진정으로 반성했다면, 어째서 국가기관인 선관위의 홈페이지를 니도스로 공격하여 다운시키고 당대표를 뽑는 전당대회서 돈 봉투를 뿌리는 이런 일들이 자꾸 반복될까? 이는 곧 당시의 관련자들이 권력층에 묵은 때처럼 달라붙어 그대로 있는 한, 그들 자의로는 절대 쇄신할 능력이 없음을 증명하는 일이다. 따라서 다시 재창당 수준의 쇄신이 어쩌고 하는 짓은 그저 선거에서 살아남기 위한 삼류 신파극에 불과할 뿐이다.

게다가 그들이 위기 때마다 구원투수처럼 등판시키는 박근혜가 누구인가? 학생과 시민의 힘으로 이승만 독재를 무너뜨린 4·19혁명 후 들어선 민주정부를 군사쿠데타로 짓밟고 헌법을 유린한 독재자 박정희의 딸이 아닌가? 박정희는 18년의 철권통치 동안 수많은 민주인사를 탄압하고 죽였으며, 35년 동안 우리를 압제한 일본과 수교하여 대일청구권을 포기했고 경제개발이란 미명으로 소수 독점 재벌들을 키워 지금의 경제적 불균형의 단초를 제공한 자이기도 하다. 물론 박근혜 비대위원장은 자신과는 직접 상관이 없다고 할 수도 있겠지만 74년 육영수 여사가 피살당한 후 사실상 퍼스트레이디 역할을 수행해온 점을 감안하면 전혀 무관하다고 할 수만도 없다. 또한, 한때 한나라당의 대표직을 맡았으면서도 자신의 아비가 벌인 헌정 유린과 민주주의 탄압에 대해 진심이 담긴 공식 사과나 해명조차 제대로 하지 않았다. 독재자의 딸로 '유신공주'란 냉소적인 이미지 외에 박근혜가 대한민국의 민주주의 발전과 국민의 삶을 질을 높이기 위해 한 일이 제대로 있기나 한가?

　이참에 진정으로 한나라당이 반성하고 국민의 곁으로 다가서려면 그들이 벌인 소수의 부자와 대기업 위주의 정책으로 벌어진 계층 간 격차를 완화하기 위해 서민을 위한 복지와 분배정책을 제대로 세워야 하는 것이 우선이다. 또한 남북 간 긴장과 대결을 조장해온 대북정책은 물론, 날치기로 통과시켜 통상 주권을 포기한 한미 FTA 법안, 어린 학생들을 죽음의 길로 내모는 경쟁위주의 교육정책 등을 즉각 폐기해야 하며 환경 파괴의 대명사인 4대강 사업도 즉각 중단해야 할 것이다. 이러한 실질적 변화 없이 말로만 쇄신 운운하는 정치 쇼를 되풀이하거나, 그들의 정강정책에 '보수'란 글자 대신 복지를 넣니 마니하며 말장난만 벌이는 한나라당의 꼼수에 속을 수 있음을 절대 간과해서는 안 될 것이다.

　사실 선거 때마다 그들이 매번 비슷한 꼼수를 부리는 데는 유권자인 국민들도 책임추궁에서 자유로울 수 없다. 한나라당은 그 뿌리가 친일세력이고, 헌정을 유린한 독재세력이며, 부정한 방법으로 부와 권력을 소유한 소수의 기득권층을 대변해온 정당에 두고 있다. 그럼에도 그들과 대척점에 살고 있는 대다수의 서민들은 고질적인 지역주의와 학연, 혈연에 빠져 행동하여 왔다. 그리고 이미 무덤 속에서도 썩어 유골이 되었을 왜곡된 이데올로기의 포로가 되어 자신의 정체성을 상실하고 저들에게 '묻지마'식 지지를 보내주지 않았던가? 스스로가 깊이 반성해볼 일이다.

이제 우리 서민들도 오늘날 나라가 이렇게 잘못된 것에 대한 일말의 공동책임을 느끼고 성찰해야 한다. 그리고 국민 무서운 줄을 제대로 알려 주어야 한다. 그러기 위해서라도 20년 만에 돌아오는 올해의 양대 선거에서는 '그 나라의 정치인 수준이 곧 그 나라 국민의 수준'이라는 따가운 지적을 절대 망각해서는 안 될 것이다.

걸레는 아무리 빨아도 걸레일 뿐이다. 당장 눈앞에 행주로 쓸 물건이 안 보인다고 해서 걸레를 빨아 행주로 쓸 수는 없지 않은가?!

(2012. 1. 16. 함석헌평화포럼)

새누리당의
신하여가(新何如歌)

성추행 어떠하리, 비리면 어떠하리
민간인 불법사찰 전정권도 했다더라
아무리 타락해본들 외눈한번 감으랴.

독재자 딸이라고 그 누가 말했던가
선거판 서는 곳에 못 불러서 안달인데
모리배 되려는 자들 유신공주 알라뷰.

선량질 하려거든 근혜마마 잘모셔라
아무리 무능해도 마마품 안긴순간
우루루 몰려드는표 로또당첨 별건가.

수도권 호남망외 전국이 뻘짓구나
빨갱이 치떨더니 이제보니 속았도다
진짜로 빨갱이들은 묻지마식 몰표군.

여기는 갱상돈데 빨갱이 웬말인가

친일파 독재자라 그 누가 말했던가
춘궁기 벗어나게한 우리성군 님인데.

호남땅 사무친한 그 누가 씻어줄까
못다핀 꽃봉오리 총칼에 짓밟혔네
무상한 세상인심을 열사들은 아실까.

이제는 부르지마 핫바지 충청도라
우리도 이제부터 근혜마마 모시련다
회충옹 모셔봤지만 멍청도라 불렸지.

강원도 산골동네 평소에 관심두냐
여름철 피서지라 니네들 놀이터다
이제는 감자바위도 유신공주 모셨다.

경기도 사람들도 수도권 서울시민
사는 곳 외곽이라 출퇴근 죽어난다
집값은 천정부지라 어디사나 죽을맛.

한성부 사대문안 고대광실 지난영화
압구정 기러기떼 어디로 날아갔나
급기야 신흥졸부들 불야성을 세웠다.

청년층 백수들이 못산다 난리길레

양손에 창검들려 죽일놈 치랬더니
귀찮다 모르겠다네 꽃구경만 떠난다.

육칠십 노인들을 늙었다 무시했나
한때는 우리들도 잘나간 애국전사
빨갱이 노는 꼬라지 눈뜨고는 못본다.

이제는 어찌하나 대한민국 어찌하나
자라는 후세들아 이땅에 살려거든
정의가 밥먹여주랴 힘센 놈에 붙어라.

그래도 우리나라 후손들 살아갈터
썩은곳 도려내고 사람값 하며살자
돌아올 대선투표때 정신차려 찍으세.

(2012. 4. 22. 함석헌평화포럼)

* 가능한 한 3.4.3.4 / 3.4.3.4 / 3.5.4.3 자의 전통시조의 운율을 따랐다.

꼴값하고 삽시다

박 정 환

● 애정남, 대통령의 원칙은 어디까지인가

● 꼴값하고 삽시다

● 새해, 새 역사를 창조하자

박정환

1960년대 초반에 태어났다. 영남대학교 법학과를 졸업한 후, 영남신학대학교
와 장신대 신학대학원(목회연구과)을 거쳐 대구가톨릭대학교 대학원 종교학과에
서 생태영성을 연구하여 석사 및 박사학위를 취득했다. 지금은 포항에 있는 대
한예수교장로회 포항 바다교회에서 목회를 하면서 대구가톨릭대학교에서 강의
를 하고 있다. '바다'라 함은 "바름과 다름"의 합성어다. 또한 박정환 목사는
사회문제에도 관심을 가지고 있어 <교회개혁실천연대> 등에서도 활동을 하고
있다.

※ cafe.daum.net/seachurch

애정남,
대통령의 원칙은
어디까지인가

우리에게 애매한 것들을 골라 명확하게 정리해주는 남자가 있으니 바로 <개그콘서트> 라는 한 TV 프로그램의 '애정남'(애매한 것을 정해주는 남자)이다. 마트 시식코너에서는 몇 개까지 먹어도 될까? 극장에선 오른쪽 팔걸이를 써야 할까, 왼쪽 팔걸이를 써야 할까? 결혼 축의금은 얼마를 내야 할까? 동료들과 함께 밥을 먹을 때 마지막 남은 음식은 누가 먹어야 할까?

그런데 이러한 애정남의 등장에 시청자들은 '속이 후련하다'는 반응이다. 왜 그럴까? 그것은 바로 애정남이 국민적(?) 공감대를 형성하고 있기 때문이 아닐까? 워낙 우리 사회가 원칙이 없고 '애매한 상황'이 많기 때문이리라. 똑같이 죄를 지어도 누구는 돈이 없어 처벌받고, 누구는 돈이 많아 처벌받지 않는 '애매한' 상황. 남에겐 준칙을 강요하면서 정작 자신은 자신의 편의대로 해석하는 '애매한' 상황, 장애아를 성폭행한 인물이 버젓이 또 다른 학교에서 교사로 재직하고 있는 '애매한' 상황, 법을 만드는 국회의원이 국회에서 동료 의원에게 최루탄을 날리는 상황에 대한 준칙 적용의 '애매한' 상황 등등. 아직 우리 사회엔 이러한 일들이 비일비재 하지 않은가?

안철수는『나의 선택』에서 다음과 같이 말했다.

매사가 순조롭고 평안할 때는 누구나 원칙을 지키려고 한다. 그러나
원칙을 원칙이게 만드는 힘은 어려운 상황, 손해를 볼 것이 뻔한 상황
에서도 그것을 지키는 것에서 비롯된다고 본다. 힘든 상황에서도 원
칙을 지켜나간다면 그것이 언젠가는 큰 힘을 발휘하게 될 것을 믿는다.

마하트마 간디(Mahatma Gandhi. 1869~1948)는 함석헌의 사상에 많은
영향을 끼쳤다. 그를 화장한 장소이자 추모공원이 야무나 강변에 위치
한 '라즈 가트Raj Ghat'다. 라즈는 '주권·지배·통치'라는 뜻이며 가트는
'강가와 맞닿아 있는 계단'을 뜻하는 말로서 그 자리에 검은 대리석으로
제단을 만들어 놓았다. 그 제단에는 간디가 마지막으로 남겼다는 '헤이
람'(라마신이여!)이라는 말이 새겨져 있다. 또한 라즈 가트 앞, 화강암 벽
에는 1925년, 간디가「청년 인도」(Young India)라는 신문에 기고한 '사회
를 병들게 하는 일곱 가지 사회악'(Seven Social Sins)이라는 글을 새겨 넣어
그의 신념을 표현했다.

간디는 국가와 사회를 멍들게 만드는 사회악으로 원칙이 없는 정치
와 노동이 없는 부, 양심 없는 쾌락, 인격 없는 지식, 도덕성 없는 상업,
인간성 없는 과학, 희생 없는 종교를 들고 있다. 간디는 '일곱 가지 사회
악' 중에서 제일 첫 번째로 '원칙 없는 정치'(Politics without principles)를 지
적했다. 바른 사회로 가는 첫걸음은 바른 정치에서부터 시작된다는 것
이 간디의 중요한 사상체계였다. 원칙과 상식이 통하지 않는 정치는 타
락하게 된다는 것이다. 두 번째로, '노동 없는 부'(Wealth without work)에서
는 자신의 노동으로 얻은 부만이 신성하고 값진 것이라고 역설했다. 열

심히 일하고 노력하는 자가 잘사는 사회야말로 가장 이상적인 사회라는 것이다. 사회는 비합리적인 방법으로 불로소득을 얻은 자들에 의해서 타락하게 된다는 것이다. 세 번째는 '양심 없는 쾌락'(Pleasure without conscience)은 가치관의 상실로 인한 부도덕한 쾌락을 뜻한다. 즉 윤리와 도덕이 땅에 떨어진 사회는 미래가 없다는 것이며, 아스케제(Askese, 단련 또는 훈련)를 통한 자기절제가 쌓인 사회만이 희망으로 갈 수 있다는 것이며, 네 번째 사회악인 '인격 없는 교육'(Knowledge without character)이란 교육은 언제나 인격향상을 위한 지식에 목적을 둬야 한다는 것이다. 지식의 목적이 대학을 들어가기 위한 수단으로 전락하고, 교권이 끝 모를 정도로 추락하는 사회, 남을 배려할 줄 모르는 철저한 이기주의자들이 양산되는 교육이라면 결국은 그 사회를 병들게 할 것이다. 다섯 번째는 '도덕 없는 경제'(Commerce without morality)를 지적하고 있다. 이윤추구는 상업의 목적이다. 그럼에도 불구하고 거기에도 원칙은 존재해야 한다는 것이다. 돈만 된다면 어떠한 부도덕에도 눈감는 사람들, 오늘의 사회 구성원들로 그렇게 많은 이익을 얻어도 그 사회에 이익을 환원하지 않는 기업이 많이 있지 않은가. 그것이 바로 큰 사회악이라는 것이다. 여섯 번째 사회악인 '인간성 없는 과학'(Science without humanity)은 과학이 인류의 보다 나은 미래를 위해 존재해야 하는데, 오히려 과학이 인류에게 해를 끼치는 방향으로 발전하면 큰 죄악이 아닐 수 없다는 것이다. 즉, 과학의 올바른 사용법에 대해 강조하는 것으로 과학은 인간에 대한 애정으로 인류의 복리증진에 기여해야 한다는 것이다. 마지막으로 '희생 없는 종교'(Worship without sacrifice)에서는 종교의 역할을 강조했다. 종교는 많은 이들의 살림과 행복을 위해 존재해야 한다. 그런데 종교가 본래의 역할을 망각하고 오히려 만인 위에 군림하거나 인간을 우매하게 만드는 것이라며 종교의 존재이유를 찾지 못할 것이다. 또한 역사적으로 부패하고 타락해서 인류에 해악을 끼친 종교는 계속 반복되고 있다고 경고한다. 인간을 살리고 희망을 주는 종교, 인류에 헌신, 봉사하는 종교가 진정한 종교의 역할이라는 것이다.

말로만 공정사회를 향한 외침이 공허함과 애매함으로 마음에 응어리를 만드는 이때에 원칙을 지킨다는 것이 어찌 쉬운 일이겠는가? 원칙 없는 이 사회를 향하여 누가 원칙을 세워 나갈 것인가? 그것은 우리 씨올들이 할 일이다. 어렵고 힘들 때 일수록 원칙을 지켜내야 하는 것이다. 간디의 애끓는 호소도, 애매함을 정리해 주는 애정남도 필요 없는 공명정대한 사회는 언제쯤 오는가?

(2011. 12. 2. 함석헌평화포럼)

꼴값하고
삽시다

잘 여문 씨가 땅에 떨어져 곧 새 나무로 태어나듯이 이 말씀은 곧 사람의 마음을 움직입니다. 바로 직지인심直指人心입니다. 사람의 마음을 바로 뚫는 것입니다.

_함석헌전집, 『영원의 뱃길 19』, 375쪽

이름값을 하고 사는가? 이름값을 하고 산다는 것은 무엇을 뜻하는가? 먼저, 그것은 이름값은 얼굴이라고 말하고 싶다. 소월은 「초혼」에서 이렇게 노래하고 있다.

산산이 부서진 이름이여!
허공중(虛空中)에 헤어진 이름이여!
불러도 주인(主人)없는 이름이여!
부르다가 내가 죽을 이름이여!

이름값을 한다는 것은 바로 얼굴값을 하고 있다는 것이다. 얼굴이란 '얼의 꼴'이란 말에서 파생된 말이다. 얼은 영혼, 정신, 마음을 꼴은 틀, 모습, 형상을 뜻한다. 법정 스님은 『얼굴은 얼의 꼴이다』에서 다음과 같이 말하고 있다.

얼굴은 가려진 내면의 세계를 드러내고 있다. 환한 얼굴과 싱그러운 미소로써 기쁨에 넘치는 속 뜻을 드러내고, 그늘진 표정과 쓸쓸한 눈매로써 우수에 잠긴 속마음을 표현한다. 그러므로 얼굴은 얼의 꼴이다. 사람의 얼굴은 사랑으로 둘러싸이지 않을 때는 굳어진다. 그건 사람의 얼굴이 아니라 얼굴의 단순한 소재素材일 뿐이다. 맑은 영혼이 빠져나가버린 빈 꺼풀. 사람에게 웃음과 눈물이 있다는 것은 얼마나 다행한 일인가. 웃음과 눈물이 우리를 구원한다. 웃음과 눈물을 통해 닫힌 밀실에서 활짝 열린 광장으로 나아갈 수 있다. 웃는 얼굴은 우리에게 살아가는 기쁨을 나누어 준다. 눈물 어린 얼굴에서 친구의 진실을 본다. 반대로 우거지상을 한 굳은 얼굴이나 찌푸린 얼굴은 우리들의 속 뜻에 어두운 그늘을 드리우고 살아가는 기쁨을 앗아 간다.

아름다운 얼굴을 가졌다는 것은 영혼을 아름답게 가꾸었다는 것이다. "얼"즉 "영혼"을 아름답게 가꾸면 그 꼴인 얼굴은 저절로 아름다워진다는 것이다. 그러므로 이제는 너나없이 이름값을 좀 하고 삽시다. 얼이 담긴 꼴값을 좀 하고 삽시다. 꼴값하고 있다는 것은 인물값을 하고 있다는 것이니까. 둘째로, 이름값에는 삶의 의미가 담겨 있다는 것이다. 김춘수는 「꽃」에서 이렇게 쓰고 있다.

내가 그의 이름을 불러 주기 전에는
그는 다만
하나의 몸짓에 지나지 않았다.

내가 그의 이름을 불러 주었을 때

그는 나에게로 와서

꽃이 되었다.

내가 그의 이름을 불러 준 것처럼

나의 이 빛깔과 향기에 알맞은

누가 나의 이름을 불러다오.

그에게로 가서 나도

그의 꽃이 되고 싶다.

우리들은 모두

무엇이 되고 싶다

나는 너에게 너는 나에게

잊혀지지 않는 하나의 의미가 되고 싶다.

사람이 이름값을 한다는 것은 너와 나에게 의미가 있어야 한다는 것이다. 나는 너에게, 너는 나에게 의미가 없다면 인생에 무슨 의미가 있을까? 이름값을 한다는 것은 서로에 대한 의미가 포함되어 있다는 것이다. 셋째로, 이름값은 서시다. 윤동주는 「서시」에서 자신의 삶을 다음과 같이 적고 있다.

죽는 날까지 하늘을 우러러

한 점 부끄럼이 없기를,

잎새에 이는 바람에도

나는 괴로워했다
별을 노래하는 마음으로
모든 죽어가는 것을 사랑해야지.
그리고 나에게 주어진 길을
걸어가야겠다.

오늘 밤에도 별이 바람에 스치운다

이름값을 하고 산다는 것은 '하늘을 우러러 한 점 부끄럼 없이' 살기를 희구하는 것이 아닌가? "아, 그 사람 이름값을 톡톡히 하네." 그 말은 그 이름에 걸맞게 정결하게 살려는 몸부림이 아닌가. '맑은 별이 맑은 바람에 스치듯' 그렇게 말이다. 오늘날 이 나라의 정치인들은 그 이름값을 하고 있는지 물어보고 싶다.

(2011. 12. 8. 함석헌평화포럼)

새해,
새 역사를
창조하자

　다사다난^{多事多難}했던 2011년이 저물어 갑니다. 국내적으로는 한미 FTA 비준안이 국회에서 기습 처리되고, 안철수 신드롬으로 시민운동가인 박원순이 서울시장에 당선되었다. 저축은행비리와 도가니의 충격, 김정일의 사망은 우리를 놀라게 했다. 한편, 반값 등록금 논란도 일고, 2018년 평창에서 동계 올림픽을 유치하는 기쁨(?)도 있었다. 한진 중공업 분규, 동남권 신공항 백지화 파문, 삼호주얼리호 구출, 서울에 집중호우로 우면산 산사태가 일어났으며, 9월 15일에는 사상 초유의 정전사태도 있었다.

　국제적으로는 일본의 대지진과 후쿠시마 원전사고로 15,843명의 무고한 생명이 사망하고 실종자도 3,469명에 달했다. 1월 5일 튀니지의 청년 노점상 모하메드 부아지지의 분신을 계기로 촉발된 시민혁명이 아랍의 봄을 이루었다. 튀니지의 벤 알리 대통령, 이집트의 무바라크, 리비아의 카다피도 차례로 축출되었다. 또한 그리스 발 재정위기가 전 유럽으로 번져나가면서 지금도 고통을 겪고 있다. 미국은 9·11테러 10년 만에 오사마 빈 라덴을 사살하였다. '21세기의 다빈치'라 불리는 애플의 최고 경영자였던 스티브 잡스의 죽음, 월가 점령 사건, 노르웨이 최악의 총기사건, 미군의 8년 만의 이라크 철수도 큰 사건으로 기억 될 것이다.

고대 그리스인들은 '시간'을 두 개의 헬라어, 크로노스chronos와 카이로스kairos로 이해했다. '크로노스'는 하루 24시간의 시계로 표시되는 흘러가는 시간이다. 이것은 불연속적인 우연들이 지나는 시간이며, 미래를 향해 진행하는 시간 개념이다. 반면 '카이로스'는 때가 꼭 찬 시간으로 구체적 사건의 특별한 의미가 담겨 있으며, 역사 저편에서 역류되어 현실을 꿰뚫고 이리로 들어오는 시간이다.

어쩌면 크로노스적 시간을 사는 사람들은 무미건조한 일상을 산다 할 것이다. 그러나 크로노스를 카이로스로 승화시켜 사용한다면 우리는 스스로의 위대한 가치를 실현하고 존재감을 얻게 될 것이다. 이것은 단순한 시간을 순간으로 받아들이느냐, 오래된 땀과 눈물의 결정체로서의 무한으로 받아들일 건가의 문제이다.

함석헌은 일생동안 인간의 일반적인 크로노스의 시간을 뚫고 특별한 카이로스의 시간을 살았다. 유한한 존재임을 알았던 그는 영원을 인식하였다. 그것은 직선의 시간 과정을 벗어나 진리 자체를 명증하게 관조하였다. 그가 진리의 빛을 관통하였기에 그에게 크로노스는 카이로스의 영원이 된 것이다. 즉 크로노스가 진리를 통해서 카이로스가 된 것이다. 그는 역사 속에서 무수한 부조리와 모순, 불의와 전쟁, 가난과 억압 등을 경험하였다. 오직 현재를 중시하고 역사의 판단에 무심하며 자본과 시류를 좇는 사람이 어찌 카이로스의 시간을 알겠는가. 역사적 사실보다 역사를 통해 살아있는 정신을 통해 자신을 성찰하고 선택하여 행동하는 그의 삶이 바로 카이로스의 삶이라 할 것이다.

첫눈, 첫사랑, 첫걸음,
첫약속, 첫여행, 첫무대,
처음의 것은
늘 신선하고 아름답습니다

순결한 설렘의 기쁨이
숨어 있습니다

새해 첫날
첫기도기 이름답듯이
우리의 모든 아침은
초인종을 누르며
새로이 찾아오는 고운 첫손님

학교로 향하는 아이들의
나팔꽃 같은 얼굴에도
사랑의 무거운 책임을 지고
현관문을 나서는 아버지의 기침소리에도
가족들의 신발을 가지런히 하는
어머니의 겸허한 이마에도
아침은 환히 빛나고 있습니다

새아침의 사람이 되기 위하여
밤새 괴로움의 눈물 흘렸던

기다림의 그 시간들도
축복해 주십시오

–이해인 시인의 「다시 시작하는 기쁨으로」 중에서

　　루터의 유명한 말 중에 '코람 데오Coram Deo'가 있다. 이 말은 '하나님 앞에서'라는 뜻이다. 우리는 항상 영원한 하나님 앞에 서 있는 유한한 존재임을 명심해야 한다. 다시, 한 해를 절대자 앞에 서 있을 우리! 새해를 새해답게 한 번 맞아보자. 좀 더 진리에 대한 눈을 뜨자. 좀 더 하나님과 자연과 인간을 바라보는 성찰이 깊어지게 하자. 크로노스의 삶을 카이로스로 바꿔 타고 날아보자. 2012년을 맞이하며 이렇게 기도하자.

　　아침에 우리를 당신의 인애로 채워 주셔서 우리의 모든 날 동안 기뻐 외치며 즐거워하게 하십시오.

_시편 90편 14절

(2011. 12. 31. 함석헌평화포럼)

우리는 인격 대통령을 원한다

황보윤식

- 4대강 파괴, 우리 모두 역사의 죄인이 되었다

- 36년만의 '긴급조치' 위헌판결과 인권해방

- 밑으로부터의 변화를 추구할 때다

- 19대 국회에 바라는 글

- 5 · 16쿠데타와 박정희, 그리고 박근혜

- 젊은이들이여, 박정희의 실체를 분명히 알라

- 우리는 인격 대통령을 원한다

황보윤식

1940년대 말에 태어났다. 대학에서 역사(한국사, 외국사)를 전공. 인하대에서 중국사(송대 사회경제사)를 전공하였다. 박정희 때(1979, 긴급조치 9호-문화혁명론 주장 관련)와 전두환 때(1981, 국가변란죄-5.18광주민주화운동 관련) 두 차례 옥고를 치르고 난 뒤에 대학 강단(충남대를 거쳐 인하대)에 있으면서 시민사회운동(생명 · 농촌운동), 정의평화운동(천주교 정의평화위원회, 인천)을 하였다. 지금은 귀농하여 소백산 자락의 작은 과수원(醉來苑)에서 농부로 일하면서 인문주의 전파에 노력하고 있다. 이외에도 <함석헌학회>, <함석헌평화포럼>, <국가보안법 폐지를 위한 시민모임>에 관여하고 있다

저서로는 『역사의 심판은 끝나지 않았다』(1989, 공저), 『길을 묻다, 간디와 함석헌』(2011, 공저), 『생각과 실천』(2011, 공저)와 「농업운동에 있어서 남북동질성 추구방안」(2000), 「北宋代女口不統計原因考察」(2002), 「6 · 15남북공동선언의 의미와 국가보안법 철폐의 필요성」(2003), 「3 · 1民衆起義 動因論과 그리스도교의 關係를 考察함」)(2005) 등 다수의 논문이 있다.

4대강 파괴,
우리 모두
역사의 죄인이 되었다

1

오늘날의 거버넌스統治, governance 양태는 '중앙통제시스템'에서 '지역관리시스템'으로 전환되는 시대로 가고 있다. 즉 국가관리시스템의 패러다임도 변하고 있다는 말이다. 지난날 박정희가 국가관료적 자본주의를 발전시키면서 한때는 밀어붙이기식 개발독재가 유행하였다. 이 결과 자연생태계와 역사문화가 엄청나게 파괴되었을 뿐 아니라, 오늘날 한국인의 의식주행衣食住行이 모두 중앙관리시스템에 의하여 통제되고 있다. 또한 국가기구 산하의 불필요한 공사公司들이 산더미처럼 생겨나. 남한의 민주적 사회발전과 경제발전의 성과를 좀먹고 있다. 가령 수도·주택·도로·전기·가스관리·교육 등을 모두 중앙에서 통제하고 있다. 그 결과, 국가집단주의가 발생하는 부정적 결과를 낳았다. 이것은 다시 정경유착형 관료구조·자본집중형 자본구조·재벌중심형 양극화구조·학벌중심형 계급구조라는 악순환 고리를 만들어 놓았다. 이 때문에 1997년도 IMF치료를 통한 국가구조조정이라는 극단적 처방까지 받았다. 세계는 개인의 자유와 생존권을 크게 해치는 중앙통제시스템의 불합리성을 인정하고 개인의 행복을 최대한 추구할 수 있는 지역관리시스템으로 전환하고 있다. ‘뉴거버넌스론’은 탈규제정부를 의미한다. 이제까지 남한의 사회구조와 경제구조가 기형적으로 가고 있는 것은 국가의 중앙관리시스템 때문이다. 이 나라도 이제는 지역관리시스템을 도입하여 에너지의 지역관리, 주택의 지역관리, 물의 지역관리, 교통의 지역관리, 교육의 지역관리를 하루 빨리 이루도록 해야 한다고 본다.

이야기를 이명박과 치수관리로 가보자. 이명박 서울시장이 청계천을 복원한 것도 풍수가의 “청계천을 파면 대통령이 된다.”는 풍문에 놀아났다는 말도 있다. 그래서 사람들은 이명박이 대권장악의 욕망에서 환경파괴·역사훼손·제정낭비의 역효과가 있음에도 청계천을 판 게 아닌가하고 의심한다. 이러한 풍문에 비추어 볼 때, 대통령에 당선된 이명박이 그렇게도 경부운하를 밀어붙이는 데에는 또 다른 고도의 정치적 계산이 깔려있는 게 아닌가 하는 의구심이 든다. 즉 ‘국운융성’이라는 도참설에 의지하여 집권당의 권력연장과 개인적 자본이득을 취하려는 의도 말이다. 지금 인터넷상에는 “이명박이 2005년부터 경부운하 건설의 당위성을 들고 운하경로를 사전에 유포하는 바람에 많은 건설업자와 졸부들이 그 지역의 땅을 대부분 사들였다”는 풍문이 나돌고 있다. 때문에 이들 건설업자와 대통령이 정치자금을 둘러싼 어떤 유착관계가 있는 것은 아닌지, 또 운하가 통과하는 시역의 땅을 미리 사 보은 졸부들과 대통령이 금전적으로 어떤 연관이 있는 것은 아닌지 하는 의구심들이 사람들의 입과 입을 통해 퍼져 나가고 있다.

만약 이승만이 해방된 조국의 서울을 한강 이남인 지금의 잠실에다 ‘새 서울’을 건설하였더라면 어떻게 되었을까. 아마도 대한민국은 신·

구新舊도시가 공존하는 동아시아의 세계적인 역사문화도시가 되었으리라 본다. 또 이명박이 청계천을 복원하지 않고, 시간이 흘러 우리 후손들이 원형 그대로 복원한다면 어떻게 될까. 아마도 이명박보다 더 명석한 두뇌를 가진 후배 정치인에 의하여 청계천은 살아있는 개천이 되어 있으리라. 서울의 역사에서 청계천은 한양성곽·경복궁·종묘사직 등과 함께 조선 초의 4대 토목사업으로 평가된다. 청계천은 본래 자연하천이었다. 이것을 조선이 한양도읍을 건설하면서 도성의 성곽구조에 맞게 360여 년의 세월 동안, 낮은 둑을 만들고 호안석축을 쌓고 남북의 왕래를 위하여 여러 개의 다리(石橋)도 놓았다(태조~영조). '서두르지 않고 오랜 세월을 고심'하면서 만든 자연과 인공이 조화된 친환경적 하전이었다. 그런데 일제강점기, 총독부는 풍수설까지 동원해 민족정신을 말살하고자 시도했으며, 그 중의 하나가 청계천 복개였다. 그리고 해방 후 친일파 박정희는 풍수권력에 의존하여 일제가 시작한 청계천 복개를 마감하였다. 이렇게 해서 청계천과 관련한 서울의 역사문화는 일차로 파괴되었다. 그리고 이명박이 서울시장으로 있을 때 풍수권력에 의존하고자, 역사·지리적 고증과 무관하게 복원을 함으로써 청계천의 역사문화를 두 번째로 파괴하였다. 이렇게 풍수권력에 의존한 세 명의 개발주의 편집증환자들에 의한 복개와 복원이라는 과정을 통해 청계천은 청계천이 갖는 고유한 역사적 가치가 파괴당하였다. 그리고 자연생태계가 교란되었다.

2

대통령이 국민들의 말을 너무 안 듣자, 항간에서는 17대 대통령

이명박을 두고 비방하는 말이 많다. 상식과 교양이 안 통하는 사람이라고들 한다. 그래서 그런지 지금 우리 사회는, 비교양인이 교양인을 이겨먹고, 비윤리적인 사람이 윤리적인 사람을 얕보고, 비상식적인 사람이 상식적인 사람을 업신여기고, 비도덕적인 사람이 도덕적인 사람을 깔보는 그런 막돼먹은 세상이 되어가고 있다. 그러다 보니, 돼먹지 못한 놈이 돼먹은 사람을 능멸하는 그런 싸가지 없는 나라가 되어가는 기분이다. 환경파괴 사업을 녹색성장으로, 위험한 핵 산업을 청정에너지산업으로, 강을 죽이는 사업을 강 살리기 사업이라고 프레임(frame: 인식의 틀)을 바꾸면서 국민을 호도하고 있는 게 그것이다. 그래서 작년에 지식인들은 이 나라 돌아가는 꼴을 방기곡경(旁岐曲逕: 그릇된 꼼수를 부린다)이라고 표현했다. 그리고 서민대중들은 조삼모사朝三暮四라고 표현했다. 조삼모사는 원숭이 조련사(狙公)인 대통령이 국민을 원숭이로 보고 우롱했다는 뜻이다. 현 권력자들이 국민의 인식을 호도하고 우롱하는 것 중에서 가장 악질적인 게 '4대강 개발사업'이다. 지금 개발독재자 이명박이 국민을 기만하면서까지 강행하고 있는 4대강 개발은 정말 위험천만의 일이다. 4대강은 한강과 낙동강, 그리고 금강과 영산강이다. 이들 강은 한반도 남단지역의 자연지세, 곧 백두대간의 바탕이며 영겁의 세월동안 민족이 살아온 터전이다. 따라서 역사유물의 보고寶庫, 우리 민족의 삶의 발자취가 고스란히 그곳에 묻혀 있다, 언제 어느 때 이들 강에서 세계문화유산급에 해낭하는 보물이 터져 나올지 모르는 일이다.

　이로 미루어 보았을 때, 이명박이 시작한 4대강 파괴사업(정부관리들은 자연파괴를 파렴치하게도 녹색개발이라고 한다)은, 한강(남한강)·낙동강·금강·영산강 주변의 땅 속에 매장되어 있는 역사유물은 하나도 남지 않고 모조리 사라지게 만든다. 이들 지역에 매장된 역사유물들은 오랜 시간을 두고 연구하며 발굴해야 할 것들이다. 이들 지역은 모두 큰 강가였기에 선사인류를 비롯한 고대로부터 근대에 이르기까지 많은 우리 조상의 삶의 모습들이 고스란히 묻혀있다. 때문에 4대강이 통과되는 지역의 하천주변은 청계천과 비교도 안 되는 역사적·문화적·생태적 보고들로 가득 차 있다. 그런데 이들 지역들이 시멘트로 멱살잡이를 당한다면, 역사유물은 더 이상 세상 빛을 보기가 어려워진다. 이것은 엄청난 역사문화가 갖는 자산의 손실이다. 따라서 대통령이 '풍수도참적 국운융성'의 기치를 내걸고 강행하고 있는 4대강 개발사업은 4대강 죽이기 사업이다. 그래서 역사에 죄인이 되는 사업이다. 이것을 말리지 못하면, 우리 국민 모두도 역사에 죄인이 된다. 역사문화유물은 경제석 가치로 평가할 수 없는 공익적 가치를 갖는다. 4대강 유역에 매장되어 있을 유물은 미래의 학문적 성과뿐만 아니라, 문화민족으로서 한국인이 갖는 문화적 우수성을 세계에 과시할 귀중한 보물들이다. 장차 중국·일본 등의 민족과 있을 역사전쟁에서도 이겨낼 수 있는 민족적 원동력들이다. 그럼에도 당장의 수자원 확보·고용창출·관광자원 창출이라는 사탕발림의 단기적 안목에서 4대강 개발사업이 착수되었다. 이것은 미래의 한국인에게 치명적 손실이다. 비참함 그 자체이다.

지금까지 한국은 독재적 개발권력에 압제를 당하여 고고학적 학문적 성과가 크게 후퇴 당해온 나라이다. 그런데도 또 다시 개발독재를 찬양하며 한국고고학의 지속적 학문발달을 저해하는 정책을 강행한다면 이는 어리석음 그 자체이다. 이명박 대통령이 '4대강 살리기 추진본부'를 방문하여 "4대강 사업은 시작할 때 정치적·사회적으로 반대자가 있었지만 완성하고 나면 모든 사람들이 적극적인 지지자가 될 것"이라는 말을 했다.(2010. 1. 19)고 한다. 이것은 어리석음의 극치를 보여주는 말이다. 국민을 바보로 생각하는 저공아저씨의 발상이다.

3

이제 이야기를 마무리하자. 이명박이 청계천을 판 것도 풍수가의 "청계천을 파면 대통령이 된다."는 풍수권력에 유혹되어서 그랬다는 풍문이 있다. 이러한 풍문에 비추어 볼 때, 대운하 건설＝4대강 파괴를 밀어붙이는 데에도 풍수권력과 관련이 있는 게 아닌가 하는 의문이 든다. 4대강 개발(＝파괴) 자체가 목적이 아니고 고도의 정치적 계산이 깔려있는 게 아닌가 하는 생각이다. '국운융성'이라는 도참설에 의지하여 집권당의 권력연장과 개인적 자본이득을 취하려는 의도는 아닌가 하는 생각이다. 이른바 4대강 개발은 국가경제의 이익이나 '국운융성'의 기회보다는 영토의 가치훼손·환경생태의 파괴, 역사유물의 매몰·공익기능의 상실 등 오히려 '국운쇠망'의 위험성이 더 많이 도사리고 있다. 4대강 개발은 전체 국민과 국가이익을 위한 대승적 차원에서 진행되어야지, 개인적 이익과 정치적 목적에 이용되어서는 결코 안 된다. 이제 풍수도참에 의거, 풍수권력의 연장을 꾀하려는 음모와 문화유린 행위는 그만 두어야 한다. 한국의 정치가 썩고 있는 것은 건전한 신앙보다는 미신에 의존하는 정치인들의 정신세계 때문이다.

(2010. 1. 21. 함석헌평화포럼)

36년만의 '긴급조치'
위헌판결과
인권해방

2010년 12월 16일은 민주주의의 정의가 되살아오는 순간이다. 박정희 유신독재는 국민들의 민주화 요구를 '위법석 권력'으로 억눌러왔다. 바로 긴급조치 1호에서 9호이다.(1974. 1. 8 ~ 75. 5. 13) 그리하여 이 위헌적 권력에 의하여 민주화를 열망하던 수많은 사람다운 사람들이 감옥에 가고 삶의 고통을 겪어야 했다. 그런데 이 긴급조치가 위헌이었다는 사법부의 공식 판결이 내려졌다.(12. 16. 대법원 전원합의체, 주심 차한성 대법관) 늦은 감이 있지만 이를 환영한다. 대법원은 판결문에서 "긴급조치 1호는 그 발동 요건을 갖추지 못한 채 목적상 한계를 벗어나 국민의 자유와 권리를 지나치게 제한함으로써 헌법상 보장된 국민의 기본권을 침해한 것이어서 실효되기 이전부터 유신헌법에 위반돼 위헌이고, 현행 헌법에 비추어 봐도 위헌"이라고 밝혔다.

박정희 유신독재(제4공화국) 때 위법적 권력으로서 발동한 긴급조치는, 권력유지수단으로 국가보안법과 함께 국민의 권리를 침탈한 위법적 조치였다. 긴급조치의 내용을 보면, "대통령은 천재지변 또는 중대한 재정·경제상의 위기에 처하거나 국가의 안전보장 또는 공공의 안녕질서가 중대한 위협을 받거나 받을 우려가 있어 신속한 조치를 할 필요가 있다고 판단할 때에는 내정·외교·국방·경제·재정·사법司法 등 국정 전반에 걸쳐 필요한 긴급조치를 할 수 있다."고 하였다.(유신헌법, 53조 1항) 그리고 "대통령은 제1항의 경우에 필요하다고 인정할 때에는 헌법에 규정되어 있는 국민의 자유와 권리를 잠정적으로 정지하는 긴급조치를 할 수 있고, 정부나 법원의 권한에 관하여 긴급조치를 할 수 있다."(유신헌법, 53조 2항) 유신헌법의 긴급조치 조항을 보면, 이것은 박정희와 유신권력을 위하여 존재하였던 법이지, 국가와 국민 일반을 위해 존재하였던 법이 아니다. 즉 민주주의의 삼권분립정신을 파괴한 파쇼적 악법이었다. 그런데 박정희 의 죽음 이후에도 역대 권력과 사법부들은 이에 대한 위헌과 불법적 권력 남용에 대하여 언급을 꺼려해 왔다.

이명박 정권이 들어서면서 다시 파쇼적 분위기가 일고 있는 이 시점에서 대법원의 긴급조치 위헌판결은 대한민국의 역사가 정의로 향해 가야 한다는 것을 실증적으로 보여준 사례가 된다. 민주주의는 삼권이 명확히 분립될 때, 살아 숨 쉰다. 지금 이 땅에는 긴급조치의 피해자들이 많다 그리고 긴급조치로 억울한 옥살이를 하는 바람에 삶의 행로가 바뀌었다. 그리고 어떤 이들은 그 여파로 고통스런 삶을 살고 있을지도 모른다. 그러면 당시 위법적 긴급조치가 시행되던 당시 상황을 적어보자.

당시 박정희 권력은 7·4 공동 성명(1972)을 계기로 국민의 적극적인 호응이 있자 남북대화를 뒷받침 할 수 있는 국민총화와 능률의 극대화라는 허울 좋은 명분을 내걸고 영구 집권과 권력 강화를 위한 유사체세 준비에 들어가고 있었다. 그러나 7·4 공동성명 후 남북조절위원회가 설치되고 남북대화가 시작되었지만, 이념 등의 문제로 난관에 부딪치자 불안한 정국을 수습하고 장기집권을 보다 확실히 하기 위하여 반민주적인 야비한 수단을 동원하였다. 즉 당시 국민의 시선이 남북 적십자

제1차 본회담(1972. 8. 29)과 남북조절위원회 공동위원장 1차 회의(1972. 10. 12)를 열고 있을 때 박정희는 느닷없이 국회를 해산하고 전국에 비상 계엄령을 선포 모든 대학에 휴교, 정당의 정치활동 금지 신문·통치에 대한 사전 검열제를 실시하는 10월 유신을 단행하였다. 그리고 비상 국무회의로 하여금 국무회의와 국회의 입법기능까지 떠맡도록 했다. 이것이 10월 유신이다.(1972. 10. 17)

그렇게 하여 비상 국무회의가 마련한 헌법개정안(유신헌법)을 비상계엄을 해제하지 않은 채 계도요원으로 하여금 온갖 협박으로 국민을 우롱·회유하여 국민투표에서 유신헌법을 찬성케 만들었다. 이 헌법에 따라 형식적인 국민투표로 선출된 통일주체 국민회의에서 대통령이 간접 선출되는 제4공화국을 출범시켰다. 비록 박정희가 유신헌법을 '한국적 민주주의'라고 자찬하였지만 국민들은 이에 속지 않고 유신헌법반대운동을 적극 전개해 나갔다. 먼저 학생들은 <민주청년 학생연합회>을 조직하여 전국적인 연대투쟁을 벌였으며 언론인들도 <자유언론 수호투기>를 결성하는 등 저항의 강도를 높여 나갔다. 이때 박정희는 그의 강력한 정적인 김대중이 일본에서 유신체제 반대운동을 벌이자 그를 납치해, 자택에 연금시키는 사건을 일으켜 국내외에 큰 충격과 파문을 일으켰다.(1973. 8. 3) 이 사건으로 남북회담이 중단되었다. 그리고 장준하를 중심으로 한 야당과 지식인의 100만인 개헌청원 서명운동이 30만 명을 넘어서자 박정희 정권은 유신헌법의 긴급조치 조항을 발동하여 헌법에 대한 부정반대, 비방행위와 개정, 폐지를 주장, 그리고 말의 제한 청원행위를 일제 금지시키는 긴급조치 1호(1974. 1. 8)를 시작하여 9호(1975)까지 선포되었다. 이리하여 긴급조치가 잇달아 발동되면서 교수, 학생, 군인, 언론인, 종교인, 문인 등 민주인사들이 투옥되고 해직 줄을 이었다.

긴급조치 발동에도 불구하고 유신헌법 반대운동은 끊이지 않았다. 전국 민주청년 학생총연맹사건(1974. 3. 3) 지식인과 야당 정치인들 중심의 〈자유실천 문인협의회〉의 165인 사건,(1975. 3. 15) 3·1 구국선언(1976. 3. 1) 등 반유신민주화 운동이 끊이지 않고 일어났다. 이러한 상황에서 1978년 12월 21일 통일주체 국민회의에서 박정희가 다시 집권하고 종신집권을 전망케 하였다.

당시 웬만한 한국인이라면 대한민국의 심각한 비민주적인 독재부패정치와 장기집권의 권력구조화로 민족적·사회적 위기감을 직감하고 있었다. 여기서 많은 생각이 있는 사람들, 사람답게 살고 싶은 사람들이 유신독재에 저항하였다. 이것이 긴급조치를 발동시킨 원인이 된다. 그러니까 긴급조치는 박정희가 자신의 독재권력을 위하여 발동시킨 위헌적 악법이 된다.

이 땅의 근현대사 속에는 일제에 의한 악마적 영토침략이 있었다면, 친일파 출신 독재자인 박정희의 불법적 인권침탈도 있었다. 그러므로 1945년 8월 15일이 일제의 노예상태에서 36년만의 민족해방을 의미한다면 2010년 12월 16일, 대법원의 긴급조치 위헌 판결은 유신독재의 노예상태에서 36년만의 인권해방을 의미한다.

(2010. 12. 17. 함석헌평화포럼)

밑으로부터의 변화를 추구할 때다

"유럽의 역사가 밑으로부터의 역사발전이라면 동아시아의 역사는 위로부터의 역사발전이다." 서양의 근대사회가 밑으로부터 자생적, 자율적으로 이루어졌다면 한반도, 중국, 일본 등 동아시아는 위로부터 강제된 민주주의 사회다. 서구의 근대의식은 15, 16세기에 이루어진다. 오늘은 근대사회의 특징을 통하여 "밑으로부터의 변화를 추구해야"하는 당위성을 이야기하고자 한다.

유럽은 르네상스와 시민혁명을 통하여 자유민주주의가 형성되고 개별적 민족국가가 성립된다. 또 밑으로부터 산업혁명에 의한 자본주의적 생산양식이 확립되면서 상공업자·부유한 농민층이 대부분 자본가로 성장한다. 이들 자본가가 시민계급을 형성하게 된다. 이들 시민계급을 중심으로 하는 민족국가들은 상호 대립·경쟁 과정을 통하여 근대화近代化를 추진해 나간다. 근대화의 추진과정에서 민주주의와 자본주의가 천착穿鑿하게 된다. 이것이 근대주의다. 근대주의는 계속하여 진화해 나간다. 20세기에 들어와 나타나는 국제화·세계화가 그것이다. 근대주의가 진화할수록 자본주의는 민주의의 권력과 밀착하여 세계 침략을 심화시켜나간다. 그리고 자본주의는 점차 독점자본주의로 진화한다. 독점자본주의는 자본계급과 노동계급의 경제적 편차를 더욱 심화시켜 나간다. 자본주의의 자기생존법칙은 절대빈곤의 퇴치다. 이 때문에 자본주의가 진전될수록 절대빈곤은 사라지지만 '상대적 빈곤' 은 더욱 심화되는 모순을 가지고 있다. 이 결과, 자본계급은 더욱 부유하게 되고, 노동계급은 상대적으로 더욱 가난하게 된다.

한편, 이미 16세기를 전후로 봉건계급에 저항하는 공산주의 이론의 맹아가 나타나고 있었다. 그러다가 19세게 후반에 들어 마르크스에 의해 본격적으로 노동계급의 이익을 대변하는 과학적 사회주의가 확립된다. 그렇게 하여 사회주의는 자본주의와 함께 근대사회의 양대 체제로 되었다. 이 때문에 근대사회에서는 하나의 사회공동체 안에 자본주의와 시회주의가 상호 공존하게 되었다.

근대사회는 자본가와 노동자가 상호 균형을 이룰 때 '삶의 질을 높이는 사회'를 만들어 갈 수 있다. 그래서 산업체에서는 자본가와 노동자 사이의 '상대적 빈곤'을 퇴치하기 위하여 노동조합이 만들어졌다. 이들 노동조합들은 보다 평등하고 자유로운 개인의 가치를 창출하기 위해 노력하고 있다. 이들 노동조합은 이 시대를 살아가고 있는 사람으로서 당연히 근대주의 사조에 영향을 받았을 뿐이다. 그런데 아직도 우리 사회일각에서는, 특히 수구·보수들은 전교조에 가입한 선생님들을 빨갱이 교사들이라고 몰아세운다.

만약 기업이나 산업체에서 노동조합이 만들어지지 않았더라면 노동자 가족들은 지금 승용차도, 냉장고도, 에어컨도, 김치냉장고도, 아파트도 갖지 못한 채 경제적으로 상대적인 고통을 받으며 살아갔을 게 틀림없다. 만약 교육현장에서 전교조가 없었더라면 지금 쯤 학교에서는 모든 학생들이 돈 있는 자와 돈 없는 자로 구분되어, 자본가 자식들은 뽐내며 학교를 다니면서, 노동자의 자녀는 어깨를 축 늘어트리며 다니고 있을지도 모른다. 이렇게 피고용자의 입장에 있는 자들이 고용주에 대항할 수 있는 노동조합을 만든 것은 인간으로서 당연한 논리이다. 그래서 국가권력의 일방적 통제로부터 구속당하지 않고 공무원의 책무를 다하여 국민에게 봉사의 직무를 다하고, 나아가 시민이익의 보호, 시민복지의 향상을 추구하는 '공무원노조'의 결성 또한 바람직하다. 바로 이러한 노동조합 조직의 움직임들이 균형 잡힌 사회를 만들어가는 디딤돌이 된다.

이렇게 우리 사회도 근대주의에 영향을 받아 밑으로부터 근대사회를 만들어가고 있다. 이 때문에 국가사회가 조금은 바람직한 사회로 발전되어 가고 있다. 우리나라의 경우, 이들 노동조합이 없었다면 국가권력에 의한 개인적 권리와 자유에 대한 통제와 구속만이 있었을 것이다. 이들 노동조합에 의한 밑으로부터의 사회변혁 추구가 없었더라면 우리는 아직도 유럽에서 볼 수 있는 인간다운 삶을 포기한 채 노예상태와 마찬가지의 삶을 살아가고 있을지도 모른다. 늘 권력(정치와 자본)은 자기들끼리만 잘 먹고 잘 살려는 생리를 가지고 있다. 피통치자나 소비자는 그들의 권력과 행복을 위한 희생양일 뿐이다. 이들은 언제나 "국민을 위한다. 국가를 위한다. 서민을 위한다. 소비자를 위한다."는 말을 입에 담지만, 이 말들은 자기들의 권력유지를 위한 수단일 뿐이다. 그것은 국민과 소비자에 대한 기만의 언어들이다. 그런데도 국민과 소비자는 권력층의 이 말에 어제도 오늘도, 그리고 내일도 속는다.

유럽의 근대사회는 시민계급(부르주아)에 의하여 산업사회가 달성되었기 때문에 시민 각자의 능력과 개성을 존중하는 평등사회라고 한다. 그렇지만 자본주의 사회에서 능력주의는 상품적 가치일 뿐 평등한 인간의 본질이 아니다. 예컨대 인간은 태어날 때부터 서로 다른 개인적 능력을 갖고 태어나기 때문에, 절대적 평등사회는 불가능 하다. 언어, 시력, 청각, 그리고 이외의 신체장애자들이 온전한 자와 완전한 경제능력의 평등을 가질 수 있다고 본다면 잘못이다. 자본가 집안에서 태어난 아이와 노동자 집안에서 태어난 아이가 똑같은 경제적 능력을 가지고 있다고 보면 크게 잘못된 생각이다. 그러니까 능력의 강조는 권력과 자본을 가진 자들이 그들만의 기득권을 누리기 위해 내세운 허구적 논리에 불과할 뿐이다.

한편 유럽이 오늘의 유럽으로 된 데에는 시민 스스로의 자각이 중요한 역할을 하였다. 유럽은 근대화 과정에서 각자의 능력과 개성을 지나치게 강조한 적이 있다. 그러다보니 능력주의와 개인주의는 극단적으로 이기주의화 하였다. 이기주의는 공공의 질서를 파괴하였으며, 공공의 이익도 무시되었다. 결국 시민계급 자신을 보호해주는 공동체질서가 깨졌으며, 그것은 시민들 스스로의 자각을 불러 일으켰다. 그것은 바로 '공공의 이익을 우선하는 시민의식'이었다. 곧, 국가의 법적 강제가 아닌 시민 각자가 밑으로부터 "공공의 이익을 우선"으로 하는 행동, 즉 근대적인 사회윤리가 발생하였다.

그러나 우리는 시민에 의한 밑으로부터 근대사회를 만들지 못하고, 위로부터 강제된 근대화를 맞이하였다. 이 때문에 '공공의 이익을 우선하는 시민의식'을 갖지 못히고, 아직은 가진 자(정치권력과 자본권력을 가진) 중심의 기망欺罔된 능력주의와 개인주의가 크게 강조되고 있다. 이 때문에 우리 사회는 아직도 '공공의 이익과 질서'를 우선하는 시민의식이 적으며 자기중심의 우월의식이 강한 사회가 되었다. 특히 정치인들에게 이러한 자기중심적 심리는 더 잘 나타난다. 국가이익을 빙자한 자

기중심적 정책의 반영이 그렇다. 4대강 개발이 그렇고 소위 형님예산
이 그렇다. 그것은 교육계에서도 심하게 나타난다. 내 자식만 잘나게 키
우면 된다. 여기서 치맛바람이 일어나고 교사들의 타락이 시작되었다.
그리고 사교육이 횡행하는 원인이 되었다. 대형 가전제품과 대형 승용
차의 구입 또한 환경보전을 뒷전으로 한 자기중심적 이기주의의 발로
이다. 공공교통수단(전철, 기차, 버스) 안에서도 모두가 자기중심적이다.
'반말녀', '패륜녀'의 유행어는 이것을 반영해준다. 또 음식점 등 공공장
소에서 애들의 지나친 소란을 방관하는 부모들의 태도도 자기중심적
이다. 자기 애만 즐거우면 그만이고 남의 기분 상하는 것은 뒷전이다.

우리는 아직도 서구로부터 강제 이입된 민주주의와 자본주의의 대
안을 찾지 못하고 있다. 그렇다면 우리는 현실을 인정한 상태에서 우리
사회를 사람답게 사는 터전으로 만들어갈 시대적 사명을 가지고 있다.
위에서 말한 산업체 노동조합이나, 교원노동조합이나, 공무원노동조
합, 언론노동조합 말고 할 일이 또 있다. 독점자본주의에 대항하는 밑으
로부터 개혁운동이다. 그 대표적인 것이 협동조합운동이다. 곧 생산자
협동조합, 소비자협동조합, 의료협동조합, 건축협동조합, 교육협동조
합, 신용협동조합과 같은 시민적 운동이다. 개발독재에 맞선 시민운동
도 필요하다. 곧 환경 및 생태살리기운동이나 종교권력에 맞선 종교개
혁과 다문화확산운동 등이 필요하다. 언론권력에 맞선 '세상 바로보기
운동'도 필요하다. 뉴라이트의 그릇된 역사인식에 맞선 '역사 바로보기
운동'도 필요하다. 이러한 의식개혁운동과 실천을 통한 '밑으로부터의
사회변혁'을 추구해 나갈 때 우리는 진정한 근대사회로 나감과 동시에
탈근대를 이룰 수 있다.

(2011. 1. 14. 함석헌평화포럼)

19대 국회에
바라는 글

역사는 정의 쪽으로 진보한다. 진보進步라 함은 정치인들이 쓰는 그런 타락한 개념이 아니며 사회학자들이 사용하는 그런 개념이 아니다. 여기서 말하는 진보는 '인간답게'라는 뜻이다. 인간답게라는 말은 하느님이 우리 인간을 만들었을 때의 그 모습 그대로를 말한다. 신이 인간을 만들었을 때 모습은 '선함'과 '자연' 자체이다. 선함은 거짓과 부정, 기만과 속임, 부패와 타락, 사기와 갈취가 없는 상태를 말한다. 곧 '자기중심'이 아닌 '타자와의 평화적 공존'이다. 타자와의 평화적 공존은 타자에 대한 존경심과 신뢰이다. 따라서 진보는 결코 남에 대한 속임과 거짓이 있어서는 안 된다. 이게 진보의 개념이다. 더 나아가 권력 중심이 아닌 평화 중심이다. 경쟁 중심이 아닌, 희생 중심이다. 자연이라 함은, 인간이 자연의 한 부분이지, 자연을 개척하고 자연을 개발(정치인들은 자연파괴를 개발 내지 개척이라고 표현한다)해서는 안 됨을 말한다. 정치적으로 말하면, 진보는 국가지상주의에서 탈피함을 말한다. 국가지상주의에서 탈피한다함은, 권력구조를 중앙집권시스템에서 지역자치시스템으로, '인간 중심'에서 '자연 그대로' 가는 것을 이름이다. 이제 세계는 진보를 전제로 한 진화한다. 이러한 주장을 인정한 바탕 위에서 이제 막 출발한 대한민국 19대 국회에 바라는 이야기를 전하고 싶다.

요즈음 국회의원들의 행태와 그 기능에서 개혁의 필요성이 제기된다. 국회를 개혁하지는 말은 어제오늘이 아니다. 2004년 3월 12일 국회 주도 쿠데타 음모(노무현 탄핵) 때부터 제기된 주장이다. 대한민국의 국회의원처럼 제왕적 대우를 받은 나라는 없다고 본다. 선거 전은 머슴이고 당선 후는 종 부리는 못된 주인으로 변신한다. 그래서 국회를 바꿔야 한다는 생각을 해본다. 국회를 개혁하기 위하여 국회법과 선거법 자체를 바꿔야 한다.

그래서 국회법과 그 관련법에 꼭 들어가야 하는 것을 적어본다. 먼저 국회의원 특권의 제한이다. 그 중 하나가 보좌관제도의 폐지다. 국회의원이 된 자는 누구나 나라와 사회, 그리고 사람을 위하여 무엇을 할 것인지를 정하고 스스로 연구하고 대안을 찾아야한다. 이렇게 되면 보좌관제도는 의미가 없다. 보좌관에만 의존하여 스스로는 글 한자도 읽지 않는 의원이 있어서는 안 된다.

다음으로 승용차 지급제도도 철폐해야 한다. 차가 없으면 의원들은 걸어서 또는 전철을 타고, 또는 자전거를 타고 다니게 된다. 그래야 민생을 알고, 평균적 경제원칙과 평등한 사회원리를 깨칠 수 있다. 현행 헌법과 국회 관련법은 의원이 되는 순간부터 지역주민은 안중에도 없는 한국의 특권층으로 돌변하도록 만들고 있다. 그리고 개인의원사무실을 폐쇄해야 한다. 국회에서 의원들이 머무를 곳은 많다. 개인 의원사무실 대신에 도서관을 확장하고 그곳에 3~5명씩 들어가는 의원연구실을 두면 된다. 의원사무실이 도박이나 하는 오락실로 전락하는 것을 막아야 한다.

또 수행비서 제도도 철폐해야 한다. 의원 한 사람 한 사람에게 어째서 각자의 수행비서가 왜 필요한가, 운전도 본인이 하면 되고 필요한 일이 있으면 혼자 하면 된다. 국회의원에게 필요 이상의 특권을 부여하기 때문에 의원에 당선되는 그 날부터 민중(국민이라는 말은 일제 강점기 황국신민이라는 뜻이므로 여기서는 인민 또는 민중으로 쓰겠다. 사실 민중도 변종된 말이다)과 동떨어진 특권층이 된다. 이러한 국회의원에게 부여되는 모든 특권은 비민주적인 권위주의시대, 그리고 출세지향적인 정치 우월시대의 유산이다. 또한 국회의원의 특권은 군사 쿠데타를 일으켜 권력을 찬탈한 군부독재자들이 자신의 독재권력을 유지하기 위한 방편에서 국회를 행정부의 시녀로서 만들기 위한 회유책이요, 권력 나눠 먹기의 더러운 행태의 유산이다.

대한민국의 헌법에서 말한 "대한민국의 주권은 국민에게 있고 모든 권력은 국민으로부터 나온다."(헌법 1조 2항)라는 법정신을 확실히 살리기 위해서는 나라구성원이 주체가 되는, 나라구성원의 입장에서 모든 하위법이 제정되거나 개정되어야 한다.

먼저 당의 공천권을 폐지해야 한다. 정당과 관계없이 국회의원이 되고자 하는 자는 지역주민의 일정한 동의를 얻으면 그가 원하는 당에 소속하든 무소속으로 하든 상관없이 국회의원에 출마할 수 있게 만들어야 한다. 그리고 무소속으로 당선된 의원은 지역주민의 일정한 동의 없이는 정당에 소속될 수 없게 해야 한다.

마찬가지로 당적변경도 주민의 일정한 동의 없이는 할 수 없도록 해야 한다. 만약 지역주민의 동의 없이 당적을 변경할 경우는 의원자격을 자동적으로 상실하도록 해야 한다. 그리고 의원에 대한 지역주민의 소환召還제도를 두어야 한다. 자기지역 출신 의원의 잘못이 인지되면 지역주민은 언제든지 일정한 주민의 동의(100~200명 정도) 절차를 거쳐 국회의 회기에 불문하고 소환이 가능케 해야 한다. 그래서 참석 유권자의

2/3의 동의가 있으면 즉시 국회의원 자격과 회의출석을 유보하고 국회에 제적동의를 구하는 절차를 밟되, 국회는 특별한 사유가 없는 한 지역주민의 제적요구서에 동의하도록 해야 한다. 이렇게만 한다면 대한민국의 국회는 생산적 국회가 되고 의원의 개인적 이익이 국민 전체의 이익을 무시하는 처사가 사라지게 되리라 본다. 또 의원에 출마할 수 있는 자격은 도덕성(인격적)의 검증을 필수로 해야 하며, 상식적인 도덕성을 상실했다고 지역주민이 인지하면 검찰로부터 소환장을 받는 것만으로 의원자격을 유보시키고 주민소환에 응하게 한다.

그 다음이 국민발의제이다.(일부 시행되고 있지만) 직접민주주의를 시행할 수 없는 현대사회에서는 그 단점을 보완하는 제도적 장치로 국민발의제가 시행되어야 한다. 즉, 주민이 직접 법률안을 발의하고 국회에서 통과된 법률이나 자치단체의 조례 등이 국민이나 지역주민의 이익에 반하는 것일 때는 다시 지역주민의 투표에 의하여 재결정될 수 있는 제도적 장치가 필요하다. 그리고 국회라는 명칭을 바꿔야 한다. 국회國會는 국어國語, 국사國史, 국민國民과 함께 일제강점기부터 잔재되어 오는 용어다. 곧 국회는 그냥 입법의회 아니면 공의회로 쓰면 된다. 국회라는 말부터 위압적인 용어다. 국회의원은 국민 전체의 이익과 사회적 평등을 실현시킬 수 있도록 노력해야 한다.

(2012. 7. 18. 함석헌평화포럼)

5·16쿠데타와 박정희,
그리고
박근혜

　　최근(2012. 5. 13)에 경향신문에 재미있는 기사가 나왔다. <더 좋은 민주주의연구소>가 여론조사기관인 <리서치 뷰>에 의뢰한(12일) 여론조사 결과이다. 내용 중에 "다시 뽑고 싶은 대통령"순위가 있었다. 박정희(57.5%, 1위), 노무현(47.4%), 김대중(39.3%), 전두환(22.0%), 이명박(16.1%), 이승만(14.2%), 김영삼(7.9 %), 노태우(3.1 %) 순이었다. 그리고 전·현직 대통령 중 가장 호감 가는 인물로, 박정희가 1위(31.9%), 노무현이 2위(30.3%), 김대중이 3위(19.8%), 그리고 이명박은 꼴찌였다(7.6%). 게다가 "다시 뽑지 않겠다."라는 설문에서 이명박 현직 대통령을 최고로 선정했다.(72.2%) 깨소금 같이 고소하고 재미있는 여론조사 결과이다. 이명박을 꼴찌로 친 것은 아마도 4대강 개발로 '미래 경제자원'(식량에너지)을 파괴했기 때문으로 보인다. 그런데 박정희를 1순위로 친 것은 아직도 이 나라에 "박성희 = 5·16혁명의 주역 = 경제성장의 주역 = 민족중흥의 주역"이라는 생각을 가진 사람이 많나보다. 바꾸어 말하면, 아직도 "쓰레기통에서 먹을거리를 찾고 싶은" '거지' 같은 사람들이 많나보다. 하여 오늘은 박정희와 5·16쿠데타(1961)를 연관하여 이야기를 해보기로 하자.

그러면, 먼저 혁명과 쿠데타 개념이 어떻게 다른지 간단하게 살펴보자. 역사해석으로 볼 때, 쿠데타는 지배층 내부의 권력쟁탈權力爭奪의 성격이 짙고, 혁명은 민중기의民衆起義의 성격이 짙다. 곧, 쿠데타는 민중의 이익과 무관하고, 혁명은 민중의 이익에 가깝다. 쿠데타의 개념을 좀 더 자세히 살펴보자. 쿠데타라는 말은 영어의 'stroke of state' 'blow of state'(국가에 대한 일격 또는 강타)에 해당하지만, 프랑스어인 쿠데타를 사용하는 이유는 그 전형적인 예가 프랑스적 기원을 가지기 때문이다. 쿠데타는 은밀하게 계획되어 기습적으로 감행되는 것이 보통이고, 반대파의 체포와 탄압, 정부요인의 불법납치·감금·암살, 군사적 강압 등을 배경으로 하거나, 의회를 강점하고 주요정부기관이나 언론기관을 탈취·점령하는 등 갖가지 방법이 동원되기도 한다. 그리고 강대국이 약소국에 대한 영향력을 행사하기 위한 괴뢰정부를 수립하고자 할 때도 사용된다. 따라서 역사적으로 부정적 기능을 수행하는 경우가 많다.

그러나 혁명은, 즉 역사발전에 따라 기존 사회체제를 변혁하기 위해 이제까지 국가권력을 장악하였던 계층에 대신하여, 피지배계층이 그 권력을 비합법적인 방법으로 탈취하는 권력교체의 형식으로 지배층의 입장에서는 피지배층의 권력탈취를 비합법적으로 해석할지 몰라도 피지배층 입장에서는 민중기의를 통한 합법적 권력 장악 수단이 된다. 따라서 역사에 긍정적 기능을 갖는 경우가 많다. 그 예가 근대국가에서 성공한 4개의 혁명, 즉 영국의 청교도혁명, 미국의 독립혁명, 프랑스혁명, 러시아의 공산주의혁명 등이다. 이렇게 본다면, 5·16은 분명 혁명이 아닌 쿠데타(권력에 야망을 가진 자에 의한 권력찬탈)가 된다. 함석헌은 5·16쿠데타에 대하여 다음과 같이 정의하고 있다.

〈군인이 정치에 주둥이를 내밀어서는 안 된다〉는 것은 일찍부터 들어 알고 있었다. 이것은 상식이다. 천하의 통칙이다. 정치의 철칙이다 인류 전체가 여러 천 년을 두고 많은 쓰라린 체험을 통해서 얻은 지혜다.

_함석헌저작집 4권 『5 · 16은 와서는 아니 되는 것』, 239~41쪽

이처럼 함석헌은 명백히 "5 · 16은 잘못된 군인들의 잘못된 정치행위"로 보았다. 그러면 이제, 필자의 입장에서 5 · 16을 정리해 보자.

5 · 16쿠데타는 분명 우리 역사에 와서는 안 될 일제강점기 친일로 먹고 살았던 못된 군인들이 저지른 권력 도적질이었던 것만은 사실이다. 5 · 16쿠데타로, 우리 역사에서 민주주의의 후퇴(인민이 선택권과 저항권조차 없게 만들었던), 자유주의의 후퇴(인권을 한없이 유린한), 영토통일의 지연, 민족분단의 고착화(7 · 4남북공동성명 등 기만적 통일정책 등)가 왔다. 또 위로부터의 유교자본주의(강제된 국가자본주의) 도입으로 정경유착, 자본집중, 빈부격차의 심화, 양극화사회로 추락 등 부패 자본주의가 만연하게 되었음은 분명한 사실이다.

그리고 인격을 갖추고 교양(윤리적 가치를 지닌)을 지닌 사람다운 사람이 푸대접 받고 비교육적이고 물질만능의 천박한 재능들이 능력이라는 허울 좋은 이름으로 대접받는 사회가 되었다. 이 삐뚤어진 경제제일주의, 능력최고주의, 일등우월주의 인식을 심어준 발단이 5 · 16쿠데타다. 그렇다면 이러한 잘못되고 비틀어진 사회의 원초를 만들어낸 5 · 16쿠데타의 주역이 누구인가. 바로 박정희가 아니던가. 그런 사람을 이 나라의 인민들이 다시 뽑고 싶은 대통령으로 각인하고 있다는 것은 아직도 이 나라에 넝마주이를 떠올리는 무지렁이들이 많다는 말이 된다. 또이 나라를 부패하고 타락한 사회로 만든 장본인의 딸이 대통령이 되겠

다고 설레발을 떨고 있다면, 이거 또한 이 나라의 구성원인 인민을 기만하고 우롱하는 처사가 아니고 무엇이겠는가.

소크라테스 왈 "박근혜, 너 자신을 알라"

이제 더 이상, 이 나라에 권위적 '이상한 대통령', 수구적 '한심한' 국회위원은 뽑지 말자. 특히 대통령은 더욱 그렇다. 내년 말이면 대통령선거가 있다. 그래서인지 이명박 계열, 박정희 계열, 노무현 계열의 예비후보들이 물밑 경쟁을 하고 있다. 앞의 세 계열 중 일찌감치 선두를 달리며 지명노가 높은 사람은 박정희 계열의 박근혜다. 박근혜는 현재대로라면 '이상한' 사람에 속한다. 박근혜는 군사독재자 박정희의 큰딸이다. 그녀는 박정희가 대통령직에 있을 때 어머니를 여의었다. 덕분에 영부인을 대행한 경험을 가지고 있다. 게다가 박정희 드림(꿈)에 빠져있는 일부 지역의 유권자들로부터 지지도 받고 있다. 그런데 박정희는 이승만에 이어 두 번째로 이상한 대통령이었다. 그런데도 박정희에 대한 왜곡된 유언비어가 많다. "이 나라에 보리 고개를 없애고 조국근대화(흔히 경제부흥으로 불리고 있다)를 이룩했다"는 거다. 이러한 여건들이 박근혜를 일찌감치 대권경쟁에서 앞서게 하고 있다.

그러나 박근혜가 꼭 알아야 할 것이 있다. 그것은 첫째, 아버지 박정희가 일제강점기 친일파 군인이었다는 사실. 둘째, 군사쿠데타(1961)를 일으켜 이 나라 민주주의를 짓밟은 장본이었다는 점. 셋째, 유신개헌(1972)을 통하여 조국분단을 영속화하려 했다는 점이다. 이 세 가지 중 박정희가 친일파였다는 사실은 무엇보다 한심하고 부끄러운 일이다. 그러한 사람이 대한민국의 대통령이 됨으로써 이 나라를 부끄럽게 만

들었다. 박정희가 대통령이 되었다는 사실도 망신스러운데 그의 딸마
저 정신없이 또 대통령이 되겠다고 나서는 것은 이 나라를 또 다시 망신
시키는 일이다.

몇 년 전, (사)민족문제연구소에서『친일인명사전』(이하, 사전)을 편
찬하여 세상에 내놓은 적이 있다.(2009. 11) 이 사전이 나오고 나서 정신
이 제대로 박힌 사람들 중 일부는 자기 부친, 또는 조부의 친일행위가
사전에 나오자, 그들 조상을 대신하여 사죄를 하였다. 예를 들어보자.

[사례 1] 대검찰청 차장 엄상섭 등 8명은 일제강점기 검사를 지냈다
는 이유로 사표를 냈다.(1948. 8)
엄씨는 "왜정 하에서 독립운동에 신명을 바친 애국지사들에게는 지
금도 면목이 없다", "일제하에서 검사, 즉 고관을 지냈다는 것은 한없
이 후회하는 일"이라고 회고했다.

[사례 2] 김남식은 일제가 우리 국권을 강탈한 시기, 일제 치하에서
'식민지교육'을 담당한 사실을 통탄하며 그 반성의 의미로 하루도 빠
짐없이 동대문구 회기동 주변의 쓰레기를 줍고 있다.

[사례 3] 김영식은 그의 "아버지가 일제말엽 때 저지른 치욕적인 친일
행위를 뉘우치고 변절의 고충을 고백하면서 '반역의 죄인'임을 자처
했다. 그리고 "가족을 대신해 국가와 민족 앞에 사죄 한다"고 밝혔
다.(1994)

[사례 4] 향린교회 조현정 목사는 "당시 많은 사람들이 일제에 항거해

투옥과 죽임을 당한 것을 생각할 때 현실과 타협하고 일제가 저지른 승리를 기원한 할아버지의 부역 행각은 분명히 민족의 지탄이 되는 중차대한 죄"라며 고백하였다.

정신이 제대로 된 사람들은 이렇게 부친과 가족의 친일행위를 자신의 일처럼 부끄럽게 생각하고 오늘을 살아가는 우리들에게 사죄하였다. 그런데 일제 강점기 일본 관동군 장교를 지내면서 민족해방운동을 탄압하였던 박정희의 딸인 박근혜는 그렇지 못하다. 그녀는 "하늘을 우러러 한 점 부끄러움이 없다"는 듯이 허구한 날 전국의 이곳저곳을 누비며 대통령 꿈을 불사르고 있다. '이상한' 대통령이 되려고 작정을 한 모양이다.

박근혜가 "하늘을 우러러 한 점 부끄러움이"없으려면, 먼저 앞의 사람들처럼, 자신의 아버지 박정희의 친일행각에 대하여 먼저 국민들에게 사죄부터 해야 한다. 그리고 아버지 박정희가 5·16군사쿠데타를 일으켜 이 나라 민주주의를 후퇴시킨 점도 인정하고 반성해야 한다. 또 '조국근대화'라는 미명 아래 수많은 양심적 자유의지를 가진 인사들을 투옥하고 사망에까지 이르기 한 범죄행위도 사죄하여야 한다. 뿐만 아니다. 박정희는 이 나라 경제부흥의 영웅도 아니라는 사실도 밝혀야 한다. 이 나라 경제부흥은 박정희 때문이 아니라, 1970년대 당시 아시아의 공통된 시대적 상황이었음을 밝혀야 한다. 뿐만 아니라, 이 나라 경제성장의 원동력은 노동자의 근면과 부지런함 때문이었다는 사실도 진솔하게 고백해야 한다. 또 있다. 장기적 독재집권을 위한 반공정책과 조국분단을 영속화 하는 유신헌법은 역사에 부끄러운 일이었다는 사실도 피눈물로 고백해야 한다.

앞으로 대통령이 되려는 사람은 적어도 '이상한' 성격의 소유자가 아니어야 한다. 이 나라 누구보다도 모범적이고 인간적이어야 한다. 그러려면 무엇보다 자기 조상(아버지)의 부끄러운 점부터 사죄하여야 한다. 고백과 사죄를 모르는 자는 대통령이 될 자격이 없다. 만약 박근혜가 자기 조상(박정희)에 대한 사죄와 그의 몹쓸 행각에 대한 참다운 고백 없이 대통령이 된다면, 그녀 또한 '이상한' 대통령이 되고 만다. 지금도 '이상한' 대통령에 의해 조국의 금수강산과 국민들이 죽을 지경인데 말이다.

(2011. 4. 15. 및 2011. 5. 15. 함석헌평화포럼)

젊은이들이여,
박정희의 실체를
분명히 알라

반전과 평화데모를 외치며 거리로 몰려나와 교통질서를 마비시키는 그대들이 과연 아버지와 할아버지 세대를 수구세력으로 폄훼할 자격이 있는가….

오늘날 우리가 누리고 있는 이 풍요로움이 그 분들의 희생과 수고가 있었기에 가능하기에 나라님을 비롯한 50, 60대 … 그 분들께 감사함을 전합니다.

위 글은 지방자치단체장 선거가 있을 때마다 인터넷상에 떠돌아다니는 <50·60대의 아픔>이라는 제목의 글이다. 참으로 황당무계하고 해괴망측駭怪罔測한 글이다. 아직도 '인간의 권리와 자유'보다 '교통질서'가 더 중요하다고 생각하는 사람이 있구나 하는 서글픔이 인다. 또 있다.

평생 모은 1백억 원대의 재산을 군에 모두 기증한 90살 할아버지가 있습니다. 이 돈으로 첨단 무기 연구소가 설립됐는데요. "인생은 유한

하지만, 나라는 영원하다."이 할아버지가 남긴 말입니다.

_MBC, 2011. 1. 12

올 초 MBC에 보도된 뉴스다. 시대가 바뀌었는데도, 시대의 발전과 변화를 읽어내지 못하고 아직도 낡은 우상인 국가주의와 반공주의에 젖어 있는 사람들이 있구나 하는 씁쓸함이 인다. 100억이라는 아까운 돈을 학생들 공부하는데 주었더라면 하는 아쉬움을 갖는다. 하여 "이게 아닌데"하는 생각에서 이 나라 젊은이들에게 바른 역사인식을 주기위한 이야기를 하나 해 본다.

"50·60대의 아픔"이라는 글을 다 소개할 수 없어 유감이다. 이 글을 보면 지극히 감상적 내용을 통하여 우리 사회의 본질을 왜곡·호도하고 있다. 앞글의 내용은 마치 이 나라 경제 부흥이 박정희 때문으로 미화하고 있다. 그래서 '5·16군사쿠데타'도 '혁명'으로 미화시키고 있다. 그리고 70년대 서독에 광부와 간호사를 파견하고, 미군 대신 월남에서 우리 젊은이를 총알받이로 희생시킨 것도 이 나라 경제 부흥을 위해 당연한 것처럼 말하고 있다. 경제성장만 하면 인간목숨은 파리 목숨이 되어도 괜찮고, 자유를 박탈해도 괜찮다는 말이다. 개인의 권리는 국가발전을 위해서는 희생되어도 괜찮다는 무식의 소치를 드러내놓고 있다. 그리고 그 이면에는 일제강점시대 친일파 박정희가 일본침략군의 장교가 되어 많은 우리 독립투사와 민족주의자들을 잡아가두고 두들겨 팬 사실은 별문제가 되지 않는다는 듯이 적고 있다. 이러한 사람들 때문에 친일파요, 유신독재, 반공독재, 군사독재자 박정희의 딸인 박근혜가 아직도 반성을 못하고 설치고 있는 게 아닌가 하는 생각이 든다.

우리 사회는 박정희 부패독재권력 때문에 수많은 인재들이 인권을 유린당하고 숨져갔다. 그래서 이 나라에는 정치적 인재가 없다. 뿐만 아니라 박정희의 독재로 이 나라 민주주의(국가중심보다 인간중심의)가 수십 년 뒷걸음 쳤다. 박정희 군부독재와 그 일당들은 '경제성장제일주의'에 빠져 인간의 기본권을 무시했다. 인간답게 살 삶의 권리도 무시했다. 자기들은 안가安家에서 계집 끼고 술 처먹으면서 온갖 잡소리를 다 지껄여놓고는, 우리 민중들이 술집에서 "더러워서 못살겠다고 말만 해"도 빨갱이라는 누명을 씌워 감옥에 보냈다. 그 때는 방범대원이 팔뚝에 완장을 차고 서슬 퍼렇게 설쳐대던 시대였다. 그래서 완장이 무서웠던 시대이다. 학교에서 수번이 '주번 완상' 반 차도 으스내던 시대이다.

오늘 우리 경제는 부정축재의 만연, 빈부격차의 심화, 매판자본의 집중, 부패자본과 부패권력의 유착 등 악순환이 꽈리처럼 얽혀 있다. 이것이 독제권력의 장기집권을 위한 박정희의 계획경제정책에서 비롯되었다는 것을 어째서 알지 못하는지 모르겠다. 이 때문에 오늘을 살고 있는 우리들은 그 피해를 고스란히 입고 있다. 빈부격차의 심화, 사회안전망 취약, 개혁·진보에 대한 정서적 억압, 친미 편향의 외교정책과 공안탄압, 양극단의 한반도 정국 등 부정적 사회현상들이 바로 우리가 입고 있는 피해이다.

박정희 독재권력은 가시적 경제효과를 위하여 수많은 노동자들의 권리를 침탈하고 유린하였다. 이 때문에 50~60대는 인간다운 삶을 거부당한 채 비참한 삶을 강요당해왔다. 이 나라의 경제성장은 박정희라는 한 개인과 무관하다. 1960~70년대는 전 인류사회가 달나라에 가고, 경제성장을 하는 변화의 시간을 맞고 있던 때였다. 따라서 우리 민족도 세계역사의 발전단계를 맞아 급변의 시간을 갖는 것은 당연한 역사적

이치였다. 경제성장과 개인의 영도력을 연관시키는 것은 낡은 영웅주의 사관이다. 우리는 다른 나라가 발전할 때 우리도 함께 발전할 수 있는 저력을 가진 민족이다. 영웅이 있었기 때문에 나라가 발전한 것이 아니다. 민족의 내재된 힘, 즉 3·1운동과 4·19혁명과업을 완수한 민중의 역량이 순기능적으로 발전하여 우리나라의 경제발전을 가능케 하였다. 다시 말하면 우리나라는 박정희가 아니라도 경제발전을 할 수밖에 없었던 시대적·역사적 요청이 있었다는 말이다.

박정희가 이른바 '유가주의'식 자본주의를 발전시키지만 않았더라도, 우리 경제는 보다 정직한 경제윤리와 양심적 사회질서를 확립하였을 것이다. 박정희의 존재 때문에 오히려 우리 사회는 비도덕적이고 비양심적인 사회로 악화되었다. 그래서 부조리가 순환 고리를 이루고 있는 사회, 부富가 일방적으로 특수층에 집중되어 있는 사회, 노동자가 부당한 대우를 받는 사회, 부적절치 못한 공기업이 유난히 발달된 사회가 되었다. 이것은 모두 군과 사회 기득권층에 일자리를 주고 박정희 장기 집권을 유지하기 위한 수작에서 비롯되었다.

이제 마무리를 하자. 한국의 50~60대 사람들은 농업사회에서 산업사회로 넘어가는 과도기에서 친일파요, 군부독제권력자인 파시스트 박정희로부터 희생을 강요당한 불쌍한 역사적 존재일 뿐, 그 이상도 그 이히도 아니다.

젊은이들이여, 일터에서 그대들의 권리를 찾을 수 없거들랑 단결하라. 그리고 투쟁하라, 그대들의 인격이 존중되고, 삶의 가치가 존중되는 그날까지 싸워야 한다. 국가보다 그대들 개인의 권리와 인격이 더 소중함을 알아야 한다. 그대들은 나약하게 독재자에게 굴종하면서도 그게 굴종이라는 것도 모르고 비굴하게 살아온 50~60대 너희 아버지세대를 결코 닮지 마라. 이것은 역사의 명령이다.

(2011. 1. 13. 다시 기고. 함석헌평화포럼)

우리는
인격 대통력을
원한다

함석헌이 이런 말을 했다.

꽃을 심는 사람은 그 꽃밭을 잘 지키고 가꾸겠지. 그래야 가을볕이
맑을 때 웃는 꽃을 볼 수 있을 것 아닌가. 네 맘은 무엇인줄 아느냐?
그것도 꽃밭이다. 거기도 아름답게 필 꽃씨가 심겨졌다. 누가 그 씨를
심었는지 너는 알지. 그럼 너도 네 꽃밭을 지키고 가꾸어야 한다. 버리
지가 아니 먹게, 짐승이 뛰어들지 않게, 병이 아니 나게, 비바람이
침노하지 않게, 가물이 들이 않게, 날마다 새를 쫓아야 하고 물을 주고
풀을 매야 한다. 이 나라에도 큰 인격이 나야 하지 않나? 우리의 갈
길을 가르쳐 주고 우리를 사람답게 인도해주는 거룩한 인격이 나와야
하지 않겠느냐? 네 맘이 꽃동산이란 말은 그것을 위해 하는 말이다

_함석헌저작집 제22권, 439쪽

이 글에서 몇 가지 핵심 주제어를 골라낼 수 있다. 마음(맘)·꽃밭(꽃동
산)·인격, 버러지, 짐승이다. 이것을 내식대로 풀이해 보면, 꽃밭은 우리
의 조국을 말한다. 내 나라를 말한다. 우리 사회를 말한다. 맘은 이 조국

을, 나라를, 사회를 잘 가꾸려는 마음을 말한다. 곧 마음은 우리 사회가 사람이 사람답게 사는 사회가 되는 희망을 말한다. 꽃은 나라사람을 말한다. 버러지와 짐승은 나라사람들을 괴롭히는 못된 정치권력과 국가폭력을 말한다.

나라사람이 사람답게 사는 사회는 곧 아름다운 꽃밭이다 꽃밭에 가면 마음이 행복해진다. 향이 가득한 꽃밭은 사람을 행복하게 만든다. 꽃밭에 핀 꽃은 곧 우리요, 향은 우리의 마음이다. 그래서 꽃밭에 여러 '버러지'가 아니 먹게, 짐승이 뛰어들지 못하게 지켜야 할 의무와 책임은 곧 우리에게 있다. '버러지'와 '짐승'은 곧 도적놈(파쇼와 독재를 꿈꾸는 정치꾼과 대통령, 사기로 권력을 탈취하는 정치꾼과 대통령)을 말한다. 더러운 버러지와 짐승들이 우리의 마음을 훔쳐가지 못하게 해야 한다. 우리는 그 도적놈들이 들어와 꽃을 꺾지 못하게 해야 한다. 잠시 한 데 눈을 팔면, 도적놈이 들어와 우리 맘을 훔쳐간다. 그게 역대 대선에서 입증해 주었다. 특히 17대 대선에서 우리 나라사람들은 마음을 버러지에게 도적맞았었다. 한눈을 판 탓이다. 이제 2012년 12월이면 또 18대 대통령을 뽑는다. 우리의 마음을 훔칠 버러지 같은 대선 후보들이 또 난립할까 걱정이다.

"소 잃고 외양간 고치는 일"을 우리 한국인들은 밥 먹듯이 잘 하는 속성을 가지고 있다. 더 늦기 전에 민주주의·자유주의 꽃밭에 도적놈이 못 들어오게 울타리를 쳐야한다. 울타리는 마음을 상징한다. 버러지가 못 들어오게 하는 것은 마음을 바로 잡아야 한다는 뜻이다. 18대 대선에서 마음을 도적맞았으니 이제라도 외양간을 고쳐야 한다. 꽃밭에 가물이 나면 꽃들이 말라 죽는다. 그래서 가뭄이 들지 않게 자주 물을 줘야 한다. 물은 촛불이다. 꽃밭은 우리 사회이니, 우리사회가 가뭄이 들지 않게 하려면, 촛불이 꺼지지 않게 해야 한다. 우리가 외양간을 고치고 기르던 소를 다시는 잃지 않게 단속 하듯이 우리 맘이 변치 않도록 마음의 외양간을 고쳐야 한다. 촛불을 켜는 것은 마음의 외양간을 고치는 일이다. 우리는 잊었던 마음을 다시 찾기 위해 마음의 촛불을 켰다. 이 촛불은 우리 꽃밭의 씨앗을 움트게 하는 물줄기이다. 정성스런 촛불로 만들어진 꽃밭에 '버러지'(어용기자)가 못 들어오게, 짐승(거짓을 일삼는 정치꾼)이 뛰어들지 않게, 비바람(색소물대포)이 침노하지 않게, 가뭄(꺼지지)이 들지 않게, 물(불)을 주어야(붙여야) 한다.

우리는 이제 우리 사회를 사람이 사람답게 사는, 거룩하고 행복한 사회로 만들어 갈 줄 아는 인격을 갖춘 대통령을 만나야 한다. 비인격적인 대통령은 안 된다. 행복한 사회를 만들자는 구호를 내 걸고 '나라사람들을 현혹하는 그런 대선후보자가 있어서는 안 된다. 민주주의 국가를 또 다시 유신독제처럼 총통제 국가로 만들려는 대통령은 안 된다. 대통령이 하는 짓에, 그건 "안 된다"고 울부짖는 "씨올의 소리"를 무지랭이 잡초의 소리로만 여기는 그런 대통령은 안 된다. 나라사람들의 행동을 획일적으로 통제하려는 대통령은 더더욱 안 된다. 그래서 우리는 다음과 같은 대통령을 원한다.

우선 조국의 미래를 볼 줄 아는 대통령이어야 한다. 조국의 미래는 조국산천의 아름다움을 자연 그대로 유지하는데서 희망을 찾는다. 인공석으로 조국산천을 모양내서는 미래의 희망은 없다. 또한 강이 굽이쳐 흐르고 길이 굽이돌아가는, 자연을 자연에 내맡겨두는 그런 환경대통령이어야 한다. 아름다운 강산은 조국의 미래며 희망이다. 한반도의 희망은 한반도의 통일과 연결된다. 통일 없이는 우리 사회의 행복은 있을 수 없다. 그래서 우리는 우리에게 희망을 주고 행복을 주는 통일대통령이 필요하다.

또 우리가 원하는 대통령은 유신을 모방하는 독재군주가 아니다. 우민독재愚民獨裁와 개발독재를 모방하는 그런 대통령이 아니다. 우리가 원하는 대통령은 부자와 가난한 사람이 상생(相生: 共生이 아닌)하는, 참 복지사회(福祉社會, 정치인의 정치적 구호가 아닌)를 위해 노력하는 양심적인 대통령이다. 양심적인 대통령은 사람을 중시하는 인권우선주의(이런 사회를 민주주의라고 한다)를 지켜나가는 대통령을 말한다. 환경대통령, 통일대통령, 양심대통령을 한데 일러 인격 대통령이라 한다. 이러한 인격을 고루 갖춘 대통령이 나올 때까지 우리는 촛불(양심의)로 가득 채워진 꽃밭을 가꾸어야 한다. 이것이 우리 민중(꽃)의 맘(마음)이다. 아울러 이 나라 대통령에 되고자 하는 자들은 자신이 버러지나 짐승이 아닌지 성찰해 보아야 한다. 나라사람도 대선 후보가 우리의 맘을 홀리고 사기 치는 버러지나 짐승이 아닌지 촛불을 높이 들어야 한다.

(2012. 9. 6. 함석헌평화포럼)

호소문, 성명서, 논평

경 고
이 곳은 가축전염병으로
살처분한 가축을 매물한
곳으로 접근을 금지합니다.
· 병 명 : 구제역 축 종 : 젖소
· 매물년월일 : 2011년01월15일
· 발굴 금지기간 : 매물일로부터 3년 이내
· 관리담당
  - 축산과 : 05?-779-6283
  - 환경과 : 05?-779-6185

호소합니다. 강정을 지켜주세요!

제주 강정 중덕해안이 몸살을 앓고 있습니다. 유네스코가 생물권보존지역과 세계자연유산, 세계지질공원으로 지정한 제주, 제주4·3사건의 한을 위무하기 위해 국가로부터 평화의 섬으로 지정된 섬, 그 중에서도 절대보전지역으로 지정된 강정 앞바다가 해군기지건설로 심하게 앓고 있습니다.

지금 정부와 군은 안보를 위해 해군기지가 필요하다고 주장하면서 기지건설을 강행하고 있습니다. 하지만 제주해군기지건설의 가장 중요한 근거로 내세웠던 대양해군 논리는 현존하는 위협에 대응하는 방향으로 국방개혁 법률안이 입법 예고됨으로써 사실상 폐기되었습니다. 또한 2007년 국회 예산 통과 시 부대조건으로 명시했던 민군복합항 건설의 취지는 온 데 간 데 없고 군사기지 건설만 추진되고 있습니다.

미국은 일본, 호주, 한국, 인도 등과 군사동맹을 유지하면서 필리핀, 베트남, 대만 등과 잇따라 연합 군사훈련을 전개하여 중국에 대한 포위망을 강화하고 있습니다. 제주해군기지가 건설되면 한국의 영토에 대한 한미상호방위조약상 무상주병권을 보유하고 있는 미국이 중국을 압박하고 포위하는데 이 기지를 활용하리라는 것은 불을 보듯 뻔합니다. 이럴 경우 평화의 섬 제주는 미국과 중국이 군사적으로 다투는 분쟁의 중심지역이 되어 안보가 오히려 위태롭게 될 것입니다.

하지만 정부와 군은 주민과 평화활동가들의 평화와 생명에 대한 외침도, 야당과 국회 진상조사단의 공사 중단 요구도 철저히 외면한 채 기지건설 공사를 강행하고 있습니다. 심지어 해군은 직접 민간인에 대해 폭력을 행사하기도 했습니다. 급기야 지난 11일에는 정부가 해군기지사업부지 내 서귀포시가 관리하고 있던 마지막 국유지인 '중덕해안 입구 농로'에 대한 용도폐기를 권고했습니다. 중덕 해안 진입로를 폐쇄하여 제주해군기지저지 움직임을 원천적으로 차단하려는 국방부의 요구에 따른 것입니다. 하지만 해군기지건설을 강행하겠다는 이러한 정부와 군의 태도는 기지건설을 결사적으로 저지하려는 주민과 평화활동가들의 거센 저항과 충돌을 불러올 뿐입니다. 그 어떤 불상사가 발생하기 전에 기지건설 공사는 지금 당장 중단되어야 합니다.

정부와 군에 호소합니다.

정부와 해군의 제주해군기지건설 논리는 설득력을 잃은 지 오래입니다. 또한 기지건설을 추진하는 절차와 방식 또한 기만적이고 폭력적이어서 더 많은 저항과 분노를 불러일으키고 있습니다. 국책사업이라는 이유로 밀어붙이기식 기지건설을 시도하는 것은 결코 현명한 방식이 아닙니다. 우리는 정부와 군이 농로 폐쇄계획을 철회하고 제주해군기지건설사업을 원점에서부터 전면 재검토할 것을 촉구합니다.

우근민 제주도지사에 호소합니다.

　지사께서는 일찍이 제주해군기지의 위험성을 잘 알고 있었습니다. 그 판단이 옳습니다. 기지건설에 따른 개발이익이라는 부질없는 환상을 접으시고 대신 주민의 처절한 목소리에 귀 기울이셔야 합니다. 그리고 이제라도 중덕해안에 대한 절대보전지역 해제를 직권으로 취소하는 결단을 내리시길 촉구합니다. 그렇다면 역사는 지사를 제주와 한반도 평화를 지킨 이로 기억할 것입니다.

　국회에 호소합니다.

　국민의 대표기관인 국회는 강정 주민을 비롯한 국민의 목소리를 듣고 응답해야 할 책무가 있습니다. 우리는 제주해군기지 건설사업이 중단될 수 있도록 보다 적극적인 태도로 임해주실 것을 야당에게 호소합니다. 한나라당 또한 제주해군기지가 과연 필요한 것인지, 적자로 허덕이는 국가 예산을 군의 몸집 키우기와 토건자본의 배를 불리는데 써야 하는지에 대해 진지하게 검토하기를 요구합니다.

　국민들께 호소합니다.

　강정 주민들이 4년이 넘노록 힘겹고 외로운 싸움을 이어가고 있습니다. 그러는 동안 마을 공동체가 갈가리 찢겨져 주민들에게 아물 수 없는 상처가 되고 있습니다. 날아드는 각종 고소고발장과 수천만 원에 이르는 벌금고지서도 주민들을 불안과 고통에 빠뜨리고 있습니다. 어릴 적 꿈과 추억이 서린 드넓은 구럼비 바위가 콘크리트에 뒤덮이는 것을 받아들이기 어려워 몸과 마음이 병들고 있습니다.

부디 주민들에게 위로와 연대의 마음을 전해 주십시오. 그리고 가능하다면 강정마을을 방문해 주십시오. 해군기지가 건설되어서는 안 되는 이유를 몸으로 느낄 수 있을 것입니다. 그리고 자신의 위치에서 할 수 있는 방법으로 제주해군기지건설을 저지하는 데 힘과 지혜를 모아 주십시오.

전세계 평화애호 민중들에게 호소합니다.

제주해군기지건설저지운동에 대한 해외의 관심과 지지 그리고 연대는 강정마을 주민들과 평화활동가들에게 힘과 용기를 줍니다. 더 많이 더 널리 제주해군기지건설 문제를 알려주시고 지지와 연대의 뜻을 보내주십시오.

우리는 한반도와 동북아 평화를 위협하고 주민의 삶과 천혜의 자연환경을 파괴하는 제주해군기지건설을 막아내는 데 온 힘을 다할 것입니다. 우리는 이것이 4·3의 원혼이 서린 제주에 대한 역사적 책무이자, 고통당하고 있는 강정 주민들에 대한 양심의 표현이며, 평화를 지키고 이를 후대에 물려주어야 할 시대적 사명이라고 믿습니다. 그 뜻을 함께 하는 모든 분들이 제주 강정을 지켜주실 것을 간곡히 호소합니다.

2011. 7. 13.
제주해군기지건설 저지를 위한 전국대책회의

평화의 섬 제주도 해군기지 건설을
반대한다

지금 제주도 강경마을에서는 해군당국이 해군기지 건설을 강행에 맞서 제주도민들과 충돌하는 등 갈등과 분열이 심화되고 있다. 제주도는 평화의 섬이자 유네스코에서 세계자연유산으로 지정할 정도로 생태계가 아름다운 곳이다. 또한 연산호 군락지 등 희귀 해양생물이 서식하고, 자연생태계와 경관이 뛰어나 절대 보조지역이다.

결코 제주 평화의 섬에 대규모의 해군 군사 기지를 건설한다는 것은 절대로 어울리지 않는다. 또한 정당한 법 절차와 주민들과의 충만한 대화 없이 강행한다는 것은 있을 수 없다.

제주해군기지 건설은 2007년 12월 이명박 대통령이 후보시절에 '관광 미항 기능의 세계적인 군항 건설'을 공약으로 내걸면서 본격적으로 주진되기 시작했고, 2009년 12월 제주도의회에서 다수낭인 한나라당 도의원들에 의해서 '강정지역 절대보전지역 변경동의안'이 도의회에서 통과되면서 해군기지 건설공사가 시작 되었다.

하지만 제주도 도민들의 의견수렴은 고사하고, 거기에 살고 있는 강정마을 주민들의 의견수렴 절차도 무시한 채 일방적으로 공사가 강행되고 있는 것이다.

지난 4월 임시국회 회기 내에 '제주특별자치도 특별법 개정안'을 통과시켜 해군기지 건설에 박차를 가해야 했으나, 제주도민과 야 5당들과 시민단체들의 반대로 무산되었다. 우리 평화연대는 제주도를 사랑하는 온 국민과 더불어 제주해군기지 건설이 중단되고 제주도가 '평화의 섬'으로 남아 있기를 원한다.

제주도의 평화는 한반도의 평화요, 동북아의 평화를 의미하는 것이라는 것에 적극적으로 동감하며, 끝까지 제주도민들과 시민단체와 연대하여 반드시 제주해군기지 건설을 막아낼 때까지 연대하여 투쟁할 것이다.

2011년 5월 2일

(사)평화통일시민연대

(준)전쟁을 반대하는 시민모임의 리비아 관련 성명서

리비아 전쟁에 반대한다!
즉시 살육행위를 멈추어라!

미국, 프랑스, 영국 등 서방제국은 리비아 폭격을 포함한 일체의 전쟁행위를 즉각 중단해야 한다. 선진국으로 불리는 이름과는 어울리지 않게 이들 나라가 하는 행동은 10년 굶은 하이에나 떼 모습 그대로다.

"자국민 보호 의무를 소홀히 했다"는 이유로 UN 결의를 끌어낸 것도 문제가 심각하지만 리비아 민중을 구하겠다고 하면서 리비아 민중을 살해하는 자기기만 행위를 하고 있다.

아시아투데이에 따르면 교전중인 미스라타에서만 21~22일 교전으로 어린이를 포함해 민간인 45명 이상이 숨지고 189명 이상이 다쳤다고 한다. 이들 서방의 군사 공격으로 생존을 위해 정든 교향을 떠나는 난민이 폭발적으로 늘어나고 남아있는 사람들도 목숨이 위험한 상태에 빠져들고 있다. 누구를 위한 전쟁인가?

전쟁은 이성으로 설명할 수 없는 인간이 벌이는 가장 큰 죄악이다. 인류는 20세기 두 차례의 세계대전을 치르며, 그 이성능력에 심각한 문제가 있음이 백일하에 드러났다. 어떻게 인간이 인간을 그다지도 처참하게 살육하고 말살할 수 있단 말인가? 전쟁은 몰지각한 지배층과 그 꼭두각시들의 광대놀음이었으며, 최대 피해자는 항상 민중이었음이 드러났다.

전쟁은 결코 민중을 위한 선택이 될 수 없다. 작금에 벌어지는 리비아 전쟁의 명분이 "리비아 민중을 구하기 위한 것"이라는 서방측의 변명은 허구이며 뻔뻔한 거짓말이다. 그들이 언제부터 착한 사마리아인이 되었나? 그들은 리비아 민중을 더욱 고통의 소용돌이 속으로 빠뜨리고 있다. 오직 그들의 목적은 '눈엣가시인 카다피 축출과 친 서방 정권 수립'과 '석유'를 확보하기 위한 것일 뿐이다. "리비아의 주권 또한 존중되어야 한다."

진정 리비아 민중을 구하려거든 천문학적인 돈이 들어가는 무기를 쏟아 붓는 대신에 리비아 민중과 빈민에게 그 이상의 긴급 생활 물자를 제공하고 내전을 중지시키며 그들의 민주화를 돕는 것이 옳은 일이다. 그러나 내전의 한쪽 당사자편이 되어 전쟁에 뛰어든 서방세력은 그 반대의 선택을 하고 있다.

미군이 주둔하는 바레인의 민주화시위는 주위 독재국들이 군대와 경찰까지 파견해 탄압하고 있음에도 한 줄의 뉴스마저 접하기가 힘들다. 33년 독재자가 수십 명을 학살한 예멘의 민주화투쟁에도 같은 태도를 보이고 있다. 이들 서방 나라가 민주화시위를 금지하는 악명 높은 왕조국가인 사우디아라비아의 민주화에 관심을 가진다는 이야기는 눈을 씻고 찾아봐도 없다. 바레인 민주화 시위를 탄압하러 보내는 사우디는 이들 서방나라에 의해 전혀 제지받지 않았다.

이들 서방 나라들은 언제나 2중 3중의 잣대를 가지고 제멋대로 전쟁을 일으켰다. 전쟁명분을 위해 사건 조작도 서슴지 않은 적도 많았다. 리비아에서 벌이는 전쟁 놀음에서도 서방의 허위와 기만, 탐욕이 여실이 드러나고 있다. '야만의 악순환'을 끊어야 한다. 어떤 경우라도 전쟁에 호소하려는 발상은 없어야 한다. 전쟁은 그 자체가 죄악의 근원이자 민중의 적이기 때문이다.

클아우제비츠는 『전쟁론』에서 "전쟁은 다른 수단에 의해서 수행되는 정책의 연장에 불과하다"라고 설파했다. 그 "다른 수단"은 언제나 민중들을 볼모로 하여 벌이는 위험한 정책이었고, 모든 피해는 항상 민중들, 특히 여성들과 아이들에게 돌아갔다. 인간사회에서 폭력의 악순환을 끊어야 하듯, 국제사회에서 전쟁의 악순환을 끊어야 한다.

아름다운 하늘을 나는 미사일은 세계 민중의 고혈이다. 민중의 고혈로 만들어진 무기로 민중의 목숨과 재산을 앗아가는 전쟁은 어떤 경우든 야만이고 폭력이며 살육이다. 다시 한 번 강조하지만 우리는 야만적인 리비아 전쟁을 강력히 반대한다. 나아가 조兆 단위의 전쟁자금이 평화를 위해 쓰일 것을 희망하며, 또 다시 호소한다.

당장 리비아 전쟁을 중단하고 평화협상에 나서라!!

2011년 3월 24일
(준)전쟁을 반대하는 시민모임
공동대표 : 원아모스, 황보윤식, 최창우

국민의 반값등록금 요구에 대한 색깔공세를 중단하라!

국정원은 '북의 노동당 225국의 지령에 따라 지하당을 조직하려한' 사람이 속해 있다는 이유를 내세우며 '반값 등록금' 운동에 불을 지피고 이론적 근거를 제시하는 역할을 해 온 '한국대학연구소'를 전격 압수수색했다. 반값등록금 문제가 사회적 이슈로 등장하며 정권의 온갖 실책이 수면위로 드러나자 반값등록금과 교육개혁, 사회개혁 요구에 색깔을 덧씌워서 반값등록금 실현과 개혁 의지를 꺾고 반사이익을 보자는 정략적 의도를 드러낸 것이라는 의혹을 지울 길 없다.

반값등록금은 한나라당과 이명박 정권의 공약사항이었다. 공약이행을 회피하는 가운데 수많은 학생·학부모들이 반값등록금을 실현하기 위해 거리로 나오고 등록금 문제로 학생·학부모가 연이어 죽음에까지 이르게 되자 이에 대한 대응으로 '미친 등록금의 나라'를 출판하는 등 반값등록금운동의 핵으로 떠오른 대학연구소를 압수수색하였다는 것이 우리의 생각이다.

돌이켜보면 국가보안법은 민주화운동과 민중운동 그리고 통일운동을 탄압하기 위해 전가轉嫁의 보도寶刀처럼 휘둘려지던 법이었다. 이 땅의 모든 민주·민중세력을 탄압의 대상으로 삼고, 사상·양심·학문·결사의 자유는 물론이요, 각종 서적과 한마디 대화까지 일상생활 구석구석을 통제했던 헌법 위의 법이었으며 사람을 죽이고 사회를 분열시키는 요술방망이였다.

그동안 정권에 위기가 닥칠 때마다 공안사건이 터져 나오지 않은 적이 없었다. 지난날 군사독재정권 때 시도 때도 없이 터져 나왔던 공안사건과 조직사건은 오늘날 대부분 무죄가 되었고 또 막대한 국가적 배상책임을 지게 되었다. 그동안 겪은 고통과 설움과 사회적 차별, 스러져간 목숨과 가정파괴는 누가 책임질 것인가? 이 얼마나 극악무도하고 야만적인 일인가?

스스로 자기검열을 하게 만드는 악법 중의 악법이 국가보안법이다. 국가보안법이 존재하는 한 개인의 행복추구권과 양심의 자유는 지켜질 수 없다. 또한 같은 민족인 북한을 적대하도록 제도화시킨 법이 국가보안법이기 때문에 남북 평화공존과 평화통일의 길에 커다란 장애물이 되어왔다.

이명박 정권 말기에 접어들어 온갖 부정과 비리·모순이 터져 나오는 시기에 '지하당 조직 기도 사건'이라니. 이번 조직 사건이 터져 나온 점에 주목한다. 이번 사건이 권력의 위기를 돌파하는 수단으로 이용하려는 의도를 숨기고 있는 것 아닌가하는 의구심을 지울 수 없다. 2012년 정권교체기에 국가보안법을 정권유지의 도구로 써먹을 가능성을 크게 우려한다.

제 민족을 적으로 규정하고 자유와 인권 등 민주적 기본권을 박탈시키는 국가보안법은 세계적으로 유명한 악법이다. 국가보안법은 즉시 폐지되지 않으면 안 된다.

2011년 7월 12일

국가보안법 폐지를 위한 시민모임

공동대표 : 원아모스, 조헌정, 최창우, 황보윤식

연락처: 02-2232-4087

정부는 대북전단 살포행위를 규제하라!

4일 20개 탈북자단체는 기자회원을 열고 북한의 조준사격 위협 등에 상관없이 8월 10일 임진각에서 대북전단을 날려 보낼 것이라고 말했다. 정부는 탈북자단체 등의 대북 전단 살포행위를 즉각 중단시킬 것을 다음과 같이 요구한다.

1. 대북전단 살포 행위는 남북 사이 군사긴장을 고조시켜 한반도 평화에 큰 장애물로 작용하고 있다.

2. 대북 전단 살포행위는 전쟁을 수행하는 방법 가운데 하나로서 정전협정의 정신에 위배되는 행위이다.

3. 정전협정에 어긋난 행동을 하는 것은 상대방의 정전협정 위반을 부채질하는 것으로 한반도 전쟁 위험을 그만큼 높이는 행동이다.

4. 대북 전단 살포가 탈북자 단체 등 일부 정파의 이익에는 득이 될지 모르지만 한반도 평화와 안보 등 국익에는 큰 걸림돌이 되고 있는

현실을 생각할 때 통일부 등 정부당국이 이를 규제하지 않고 팔짱만 끼고 있는 것은 직무유기이다.

5. 앞으로 정부 당국은 전단 살포, 대북 비난 방송 등 심리전은 정전협장 위반이자 한반도 평화에 장애가 된다는 걸 명심하고 일체의 심리전을 중단할 것을 요구한다.

2월 16일 한나라당 국회의원 9명(신지호, 권경석, 차명진, 강석호, 나성린, 박상은, 이은재, 이두아, 조전혁)이 임진각에서 자신의 이름을 쓴 대북 전단 살포에 나선 것은 평화에 걸림돌이 되는 대단히 경솔한 행동으로 이 같은 일을 다시는 벌이지 말 것을 촉구한다. 앞으로 정부는 이들 역시 규제해야 한다.

2011. 3. 5

전쟁을 반대하는 시민 모임

(공동대표: 원성희, 황보윤식, 최창우)